# 从诗经出发

雍也  著

四川人民出版社

图书在版编目（CIP）数据

从诗经出发 / 雍也著. -- 成都：四川人民出版社，
2024.4
　　ISBN　978-7-220-13573-6
　　Ⅰ.①从… Ⅱ.①雍… Ⅲ.①《诗经》-诗歌研究
Ⅳ.①I207.222
　　中国国家版本馆 CIP 数据核字（2024）第 091217 号

**从诗经出发**
CONG SHIJING CHUFA
雍也　著

| | |
|---|---|
| 责任编辑 | 姚慧鸿　王其进 |
| 装帧设计 | 书香力扬 |
| 责任印制 | 祝　健 |
| 出版发行 | 四川人民出版社（成都市三色路 238 号） |
| 网　　址 | http://www.scpph.com |
| E-mail | scrmcbs@sina.com |
| 新浪微博 | @四川人民出版社 |
| 微信公众号 | 四川人民出版社 |
| 发行部业务电话 | （028）86361653　86361656 |
| 防盗版举报电话 | （028）86361653 |
| 印　　刷 | 四川科德彩色数码科技有限公司 |
| 成品尺寸 | 145mm×210mm |
| 印　　张 | 15.75 |
| 字　　数 | 308 千 |
| 版　　次 | 2024 年 4 月第 1 版 |
| 印　　次 | 2024 年 4 月第 1 次印刷 |
| 书　　号 | ISBN　978-7-220-13573-6 |
| 定　　价 | 78.00 元 |

# 序　言
# 将磅礴思情注入诗经的氤氲之美

李明泉

　　《从诗经出发》是雍也继《回望诗经》之后的又一部文化散文集。这是一部有高度、有宽度、有厚度、有温度的作品。全书分上中下三编，上编为诗经意蕴的再发掘再解读，中编为对文学史上被误读误解之作的辨析，下编为诗经在外国的传播及文学文化比较。这是雍也近年来醉心于诗经研究、书写，倾情奉献的又一力作，是让书写在古籍里的文字活起来，把中国文明历史研究引向深入的有益实践和探索。

　　**一、凤凰鸣矣，于彼高岗：这是一部站高望远之作**

　　雍也认为："诗经蕴含着中华历史文化及其发展的独特胎记、基因与诸多密码。"作者力图破解这些密码，如书中关注的中国人的天命观、战争观、君子观、龙文化观、玉文化观、饮食观，以及诗经对越南、朝鲜、日本诸国的深远影响等，认为天命观成为构建我们民族思维、民族心理、民族哲学、民族思想的重要精神源头，是诗经天命观之于中华民族的巨大意义之一。他指出："中华文明是早熟的文明。从哪里最先显现出早熟的迹象？从提出具有哲学意涵的天命观就开始显现出来了。"对于龙文化的形成，作者则认为"正是中华文明多元一体的体现，正是中华文化和谐包容的体现，正是中华民族源远流长生生不息的体现"。

《一样血与痛，别样歌与哭》写道："《诗经》与《荷马史诗》都有尚武精神，都有英雄歌颂，都有战争带来的伤痛，又有显著不同。我们的尚武是保家卫国型的，他们的尚武是进攻侵略型的；我们的英雄是道德正义型的，他们的英雄是武力搏杀型的；我们的伤痛因战争而起，因而反对战争；他们的伤痛因战争而止，因而拥抱战争。这进而影响了民族性格：我们是内敛平和型的，他们是外向进取型的。从战争观而言，一言以蔽之：我们爱和平，我们爱家乡；他们爱战争，他们爱远方。这里面蕴含着中西方战争文化的根本不同，甚而至于是人与人、族与族、国与国相处之道的根本不同。这种根源性深层次不同，并未因时代发展、历史演进而消失，反而在后世之冲突中一再显现，对此我们不得不察。"

作者认为，君子观的重品德、重文教、重自律、重和谐等特征，对当下中国在三个方面具有现实意义：从个人讲，可以增强个人修养，提升个人素质，促进自我平衡自我成长，增强个人身心健康，增进个人幸福；从社会来讲，有益世道人心，提升文明程度，消减社会戾气，减少违法乱纪，化解矛盾冲突，促进社会和谐；从国家来讲，提倡传统美德，增强文化自信，提高国民素质，提升对外形象，增强文化软实力，助推民族复兴《君子》。

可以说，本书从诗经出发，实现了"在追根溯源中探寻中华民族的基因密码，在融会贯通中彰显中华文化的魅力风华"，甚至回答了我们中国人"我是谁？我从哪里来？我要到哪里去"的深刻命题。这是难能可贵的。

### 二、日居月诸，照临下土：这是一部视野宏阔之作

本书体现出纵向的历史视野、横向的国际视野以及专业的文学文化视野和广阔的社会人生视野。书中对诗经篇章及文本的探讨，都是以诗经为原点的深挖细掘和历史观照，并且往往进行横向国际参照比较。这纵横交错经纬交织的写法构成本书写作的基本特征。

首先，在总体结构上，以两个专章探讨、辨析、新解诗经，以一个专章阐述诗经对外传播并进行文学文化比较。

其次，在具体篇目中渗透这种纵横交错的内容。如《一个绝代佳人引发的"国际风云"》在叙述夏姬一生丰富多彩的故事后，将夏姬的命运与海伦的命运进行对比。《君子》在叙述君子

的产生、内涵、发展及意义、作用后，将君子与武士、骑士进行对比。其中在谈到历史上的君子小人之争时，作者感慨道"其实，历史上冤冤不解的君子小人之争君子小人之命化用北岛一句诗就可以概括：小人是小人的通行证，君子是君子的墓志铭。就个人来看，君子大多未得善终。触抚他们的一片丹心，谛听他们慷慨激昂的呼喊，遥望他们以身许国栉风沐雨的前行之姿，聆听他们舍生取义毅然决然奔赴黄泉的心曲，真让人仰天长叹、垂首流涕"。这真是历史的浩叹。长达两万余字的《我们的餐桌：一幅开放交流的历史长卷》对古今中外的粮食来源、作物迁徙、饮食构成、烹饪方式、饮食方式、饮食风俗、饮食礼仪、饮食文化进行信手拈来的交代阐述比对印证解释申发，让人觉得仿佛进入一场食物博览之旅，并获得启迪："文明如流水，四方可至；文明如阳光，无远弗届。交流互鉴是文明的自带属性。我们有什么理由故步自封、妄自尊大或妄自菲薄呢？"这哪里是就诗说诗，就《诗经》说《诗经》，就饮食说饮食，这简直是"读史使人明智"。

再次，作者的诗经研究引证内容并非局限于古往今来而是古今中外，是将国际上诗经研究的重要成果悉数纳入，将诗经对朝鲜、日本、越南以及琉球等国的深刻影响进行专题考察，并将诗经与雅歌、与荷马史诗进行文学文化比较和社会对照，体现出非常开放的学术视野、文化视野。

最后，作者写作并非局限于文学文化，而是融进自身经验体验、民间风俗和社会人生乃至历史文化等。因此，本书虽然并非大部头，但却不能视为一本小书而堪称一部富有思想内涵的"大书"。

### 三、桃之夭夭，灼灼其华：这是一部精彩纷呈之作

一是创见迭出。雍也在书中提出了许多独树一帜自出机杼的论断，其中有许多令人耳目一新的创见。如诗经是诗非诗、是歌非歌、是经非经；如《关雎》诗中男女非平民百姓，本诗非爱情诗，甚至非"诗"、非民歌、非后妃之德、非文王太姒婚恋，几乎将历史上关于此诗的定论甚至共识推翻；如《君子偕老》中的女人不是风流淫荡的坏女人而是至善至美的好女人；雅诗中的许多诗是屈原诗歌中政治思想的源头或者说屈原诗中有诗经雅诗的诸多影子；《草虫》《风雨》《隰桑》《隰有苌楚》是爱情诗是赞美诗不是政治诗讽刺诗；《车辖》是歌者歌咏"自己"新婚的诗而非咏王者之婚；《东方之日》是希望获得女子芳心的爱情咒语诗而非历代研究者所认为的讽刺女子行为不端。在对雅诗地位价值的论断上也有新意："近现代以来不少学者论风雅颂，多认为风诗价值大于雅诗，雅诗大于颂诗，甚至认为颂诗除了歌功颂德毫无价值，导致当代人学习关注《诗经》几乎只到风诗。我认为这些观点颇可商榷，更个人化一点，我认为：风诗固然颇多优秀之作，但此说过多受近现代以来政治影响。以上述征引雅诗也可管中窥豹，其思想内容的深刻性、反映社会政治生活的丰厚性、

艺术的精美性、表现手法的多样性、对中国文学发展的影响性，都是不容忽视的。"（《屈原早在〈诗经〉中》）应该说，这些鲜明提出并充分论证的创见，非但能够自圆其说，而且是令人信服的，体现了著者实事求是、独立思考、不"随人说短长"，不迷信名家大家的可贵精神。因此，这些创见和探讨对于正确解读诗经、认识诗经、传承诗经、弘扬诗经是非常有意义的。

二是引证新奇。《贵族生活："革命"不是请客就是吃饭》精细统计分析出周王的伙食团有如下几个突出特点："一是规模大。全部厨师编制共2291人，其中职官胥吏208人，杂役奴隶2000余人，达到现在军队一个普通团的人数，占整个周天子居住地区总人数（约4000人）的70%左右。二是分工细。共分膳夫、庖人、内饔、外饔、烹人、甸师、兽人、渔人、鳖人、腊人、食医、疾医、疡医、酒正、酒人、浆人、凌人、笾人、醢人、醯人、盐人、幂人共二十二个部门。每个部门都有负责人和具体工作人员。其中人数位居前三名的是酒人（负责供奉酒，340人）、甸师（负责籍田及粮仓，335人）、渔人（负责捕捞，334人），编制最少的也有两人（食医，即营养医师）。三是职责明。上述二十二个部门每部皆有其职，如庖人负责宰杀，鳖人负责煮鳖，腊人负责制作腊肉，酒正、酒人分别负责酿酒和供奉酒，浆人负责制作饮料，笾人负责竹制食器中的食物，食医、疾医、疡医分别负责营养、内科、外科，凌人负责用冰，醢人、醯人分别负责制肉酱、醋及果酱，连用冰以及食物和餐具上的防尘布也有专人负责。四是地位高。如膳夫，可参与周王室的最高政务。"

三是行文活泼。《彼其之子，美如玉——我眼中的〈诗经〉》写道：

"可以说《诗经》一亮相就光彩照人，一发声就四方皆惊。经历岁月荡涤侵蚀和世人的取舍毁损，也未失其根本，反而成为后世诗人们仰望的一隅星空，成为中国诗歌长河的清莹源头，成为东亚古代文学特别是诗歌创作的圭臬。它是四大文明不甘寂寞争先恐后的歌唱之一，愈久愈显，愈远愈明，最终跻身殿堂成为世界文学史上比肩希腊荷马史诗、英国莎士比亚戏剧的文学经典。"（著名美籍华裔学者陈世骧观点）

《为一个女人平反》描述道：

"两千余年来，这个女人就被儒生们五花大绑地捆绑在历史的耻辱柱上，她已经满身污秽。她的手臂、肩膀、腿脚已被勒上深深的血痕。她的脸色苍白如冷月，她的眼中满是屈辱的泪水，她凌乱的头发在风雨中像无力自主的树叶一样飘摇……每一个人走过《诗经》，都向她投来鄙夷的甚至仇视的目光，一些人包括她的同性后辈甚至一边朝着她的脸吐口水，一边骂骂咧咧：丢人！破鞋！淫妇！狐狸精！我呸！……这个女人，其实也是个被历史强暴了的受害者。"

《一个绝代佳人引发的"国际风云"》则是这样描绘的：

"一段时间以来，陈国广大干部群众茶余饭后都在摆一个类似的龙门阵，他们挤眉弄眼地一会儿小声嘀咕，一会儿哈哈大笑。据路边社消息灵通人士说，国王陈灵公这段时间天天一大早就坐专车外出，不是去株林就是在去株林的路上。听说是去会大美女、他的新情人，也就是他的婶娘，那个美艳无比、风流成性的寡妇夏姬。他与夏姬天天泡在一起你侬我侬、颠鸾倒凤，玩得天昏地暗后才回去上班。《株林》即是狗仔队关于这件事的报道。"

这类阐述在书中随处可见，体现出其风格的多样性和一贯的"雍氏幽默"，让人大呼痛快。正因为这些行文特点，使这本具有相当学术性和专业性的书籍同时具有趣味性、可读性。

### 四、如切如磋，如琢如磨：这是一部考辨扎实之作

作者不迷信共见共识，不迷信历史定论，不迷信名家大家。一是论必有据；二是旁征博引；三是多元考察，将古今中外研究成果纳入观照范围。如《〈关雎〉不是民歌是"官歌"》，为论证此诗非爱情诗，作者即做了三重论证：诗歌的主要内容反映的是婚姻的完全形态，诗歌中的采摘荇菜着眼于宗族祭祀即落脚于家庭，诗歌中的琴瑟鼓钟着眼的是贵族婚姻礼仪。最精彩的是用一系列证据特别是琴瑟钟鼓的产生时代、礼制要求、使用场合、考古证据等证明《关雎》非民歌、非文王太姒婚恋。

在《爱情咒语》中，雍也更是从诗意考辨、印度爱情咒、南

太平洋民族咒语、民间咒语、自身经历、诗经其他咒誓现象等，并引用一系列诗经学、民俗学、人类学专家研究成果，论证此诗为爱情咒语，让人顿生铁板钉钉无可置疑之感。

《为一个女人平反》，从引发争议的关键词（"不淑"）着手辩证，为平反找到关键证据，并独具慧眼地从历史上几乎从没有人特别关注的"胡然而天也，胡然而帝也"着手详加论证，为平反找到又一铁证，再从诗章重章叠句及诗意逻辑方面论证，并从历史角度考证分析具体主人公，最后分析历史上为什么会众口铄金地错误判决这个女人，得出了可谓无可辩驳的结论，表达了对一个含冤两千余年的美善女性的深刻同情与不平，实乃用心用情之作，体现了深切的人文关怀和深厚的人文精神。

《我们的餐桌：一幅开放交流的历史长卷》更是书中深度考辨之作。文章内涵丰富，包含诗经时代的粮食作物饮食风貌，外国传入的大量粮食作物，外来烹饪技术与饮食革命，饮食礼仪，饮食背后的民族观念、民族特质，中国餐饮对世界的贡献等诸多内容。此外，仅从书中所引资料也让人惊奇，其中除了一系列专家论文专著外，竟引用了《中国饮食史》《中国饮食文化史》《餐桌上的中国史》《欧洲饮食文化史》《古代中外科技交流史略》等五部史书，以及《尚书》《左传》《周礼》《史记》甚至《剑桥世界史》等众多史料，无可辩驳地得出了中华饮食史是开放交流史的结论，令人兴趣盎然、深受震动并掩卷沉思。

从全书看，作者参考的诗经研究专著除了毛公、孔颖达、朱熹、马瑞辰、姚际恒、崔述、王国维、闻一多、顾颉刚、钱锺书等中国古今名家的经典之作外，更着意参考引用了葛兰言、白川静、高本汉、弗雷泽等一系列国外汉学大家、诗经名家及人类学家的研究成果，甚至由书本经籍而至生动的个人体验、细微的民风民俗、广阔的社会世相，体现了广博严谨的考辨之风和灵动活跃的思维特质。从诗经研究角度讲，《从诗经出发》似乎可谓"究天人之际，通古今之变，成一家之言"。从文本看，雍也本身似乎亦有此追求。这是令人惊喜点赞的。

当然，我对本书的激赏并不是说她是完美无缺的。如果对个别篇章再做深入推敲，精雕细琢，或许更完美；如果对古人错误的批判再理性客观一点、"温柔敦厚"一点，或许更有"君子风度"。

最后，我想特别补充的一点是：雍也说自己写作此书是"业余时间'不务正业'"，而且"几乎是用学生时代上早晚自习的求学心态、求学状态、求学功夫，甚至有过之无不及"，这让我这个曾经的师者甚为欣慰，并为之击节叫好！这样的"不务正业"岂非越多越好！

是为序。

二〇二三年三月一日于成都华阳

（作者系中国文艺评论家协会副主席、四川省社科院二级研究员）

# 内容提要

  《从诗经出发》着眼于把中华文明历史研究引向深入，致力于弘扬中华优秀传统文化及其创造性转化、创新性发展，用心于勾连历史文化与当下现实，从诗经出发，在追根溯源中探寻中华民族的基因密码，在融古汇今中彰显中华文化的魅力风华。

  本书在深入研究比对古今中外特别是近现代《诗经》研究重要成果与精华的基础上，将对《诗经》重要篇目的新解读、对《诗经》传统论断的新考辨、对《诗经》内涵的新认识、对《诗经》传播与文学比较的新视角融为一体，并与自身经历体验、人生家国世相、当下社会现实有机结合，熔文学、历史、人类学、哲学、民俗学、社会学、美学等内容于一炉。时间横贯古今，空间横越中外，内容横穿文史，体裁横跨诸体。具备历史与国际视野、文学与文化视野、学术与思想视野、社会与人生视野。其思源远流长，无远弗届；其论不落窠臼，创见迭出，既具学术性文化性，亦具可读性趣味性。

目

录

# 引　言
# 彼其之子，美如玉
## ——我眼中的《诗经》

　　《诗经》元气淋漓地摇曳着远古草木葱茏的枝叶，腾跃着飞禽走兽自由灵动的身影，流转着日月顾盼多情的目光，飘荡着人们言笑歌哭的和声与踏歌起舞的欢欣，膜拜颂赞着天地山川化育万物的恩泽。她三千年间一路跋涉而来，在漫长岁月的摧折和迢迢旅程的风霜磨蚀下，已是满面尘灰、音声含混、真身难辨。诗三百篇本身特别是某些具体篇目在历史上也有多种多样甚至冰火两重天的解读。今天，我们站在21世纪的大道通衢上，应如何倾听和辨识这一从华夏民族童年穿越历史烟云飘飞而来的天籁一般的歌唱？

**一、"巧笑倩兮，美目盼兮"：《诗经》有翩跹的文学精灵**

　　《诗经》在未成"经"的周代，因"可以兴，可以观，可以群，可以怨"（孔子语），已被世人实质上尊奉为经；未称"经"的宋代以前，就被汉儒等弄得"作古正经"；称"经"以后更是被弄得"一本正经"。在中国包括历史上的朝鲜，经学都发挥了巨大作用，浸润滋养着民众与社会乃至影响文化与政治的底色光泽。经典一例是，西汉昌邑王刘贺即帝位后的二十七天内荒淫无道、作恶多端，被权臣霍光铁腕废黜，一大帮身边近臣因被认为未尽到劝谏之责而受到株连诛杀，其老师王式也在被诛之列。但王式为自己做了无罪辩护，说自己为之朝夕传授《诗经》，篇篇都是在对他进行用心良苦的劝谏，怎么没有尽到责任呢？最后因之保命①。而朝鲜，则因为经学上的争论，多次引发严酷的政治斗争。这说明，《诗经》是当时的重要教科书，特别是思想伦理政治教科书，即"经"已成为时代共识，这也是后世的普遍认知。

其实，《诗经》是有着曼妙风姿的文学性很强的作品，对我国文学特别是诗歌有开拓性贡献，在世界古典文学史上也占据重要地位。可以说《诗经》一亮相就光彩照人，一发声就四方皆惊。经历岁月荡涤侵蚀和世人的取舍毁损，也未失其根本，反而成为后世诗人们仰望的一隅星空，成为中国诗歌长河的清莹源头，成为东亚古代文学特别是诗歌创作的圭臬。它是四大文明不甘寂寞争先恐后的歌唱之一，愈久愈显，愈远愈明，最终跻身殿堂成为世界文学史上比肩希腊荷马史诗、英国莎士比亚戏剧的文学经典（著名美籍华裔学者陈世骧观点）。可以说《诗经》是华夏民族青少年时代的嘹亮啼唱、人类初春原野绽放的绚丽花朵、世界文学宝库中光芒四射的硕大美玉。那些动人心曲、摇曳多姿的爱情，那些异乡征途的哀号悲泣，那些抗御外侮、维护统一的

英雄礼赞，那些对国难民瘼椎心泣血的呐喊和祈祷，那些对祸国
殃民的人和行为的愤怒控诉和痛骂诅咒……具有惊天地、泣鬼神
的力量。

　　要而言之，《诗经》开创了中国诗歌三个传统。一是现实主
义传统。诗人们的思虑普遍关注现实，眼光瞄准现实，落笔映照
现实。即使告天祭祖带有浓郁宗教色彩的颂诗也着眼于为家国子
孙祈福，即出发点虽然是祭祀天地祖宗，落脚点却是福佑后人。
就是对高高在上掌控人间命运的天，《诗经》中反映出的畏天—
敬天—疑天—斥天的变迁，也是着眼于与人的关系，究其实质也
是一种"现实主义"。从内容看，《诗经》的内容既有所谓饥者歌
其食，劳者歌其事，也有贵者咏其忧乐，贱者抒其苦悲，智者虑
其祸患，贤者思其得失。这一点，从印度、希腊等国最早的诗歌
以神话传说等超现实为重要甚至主要内容可以看出明显差异。二
是开创了咏物言志传统。也就是李山先生所说的"融情入景、情
景交融的艺术"②，奠定了中国诗歌抒情风格的基本走向。三是
开创了赋比兴传统。赋比兴成为影响中国诗歌创作的基本技法。
风雅比兴也成为古典文学史上重要的文学主张，诗人创作的重要
法度，品评诗人优劣的重要标尺。


## 二、"昔我往矣，杨柳依依"：《诗经》有珍贵的历史影像

　　古人有"六经皆史"的说法，把《诗经》在内的六经都当历
史教科书看。这虽属以偏概全，并不属实，但并非全无道理，因

为从历史上看,《诗经》有巫史传统的影子。《诗经》浸透着、折射着、闪烁着深厚的历史因素。从《诗经》看,其中有古人各具情态的婚恋、或苦或欣的生产劳作、愁苦劳禄的奔走行役、酢酬歌舞的欢会宴饮、悲欢离合祸福相依的人生际遇、孝亲友朋的人伦亲情、激动人心

后蜀毛诗残石（雍也摄于四川博物馆）

的杀伐征战、筚路蓝缕的祖先传说、雍雍肃肃的天地祖宗祭祀,也有其命维新凤鸣高岗的时代风尚、穷途末路大厦将倾的愁云惨雾……这一帧帧影像无疑都是华夏民族青少年时代的动人姿影,散发出一个民族青葱盎然的气息,是极其珍贵的历史画卷,可以说《诗经》是周代的清明上河图,甚而至于是一个时代的简易百科全书。

近现代学者梁启超和顾颉刚对《诗经》的历史性、真实性都给予了极高评价。梁启超充满理性地说:"现存先秦古籍,真赝杂糅,几乎无一书无问题,其真金美玉,字字可信者,《诗经》其首也。"顾颉刚则满怀深情地说:"《诗经》这一部书,可以算作中国所有的书籍中最有价值的,里边载的诗,有的已经二千余

年了，有的已经三千年了。我们要找春秋时人以至西周时人的作品，只有它是最完全，而且最可靠的。我们要研究文学和史学，都离不掉它。它经过了二三千年，本质没有损坏，这是何等可喜的事！我们承受了这份遗产，又应该何等的宝贵它！"正如两位知名汉学家的评论：《诗经》是"东亚传给我们最出色的风俗画，也是一部无可争辩的文献"（［法］比奥），"诗经是中国古代的一部独具一格的百科全书"（［俄］费德林）。这显示出《诗经》除巨大的文学价值外，还有巨大的社会价值、认识价值、学术价值、历史价值。

### 三、"我求懿德，肆于时夏"：《诗经》有深厚的民族基因

天帝看重之德和民意俯就之善是《诗经》在思想意识上所重视的两个方面，体现了当时统治阶层和民众对道德的尊崇和价值追求。主要表现在两大方面：国家层面提倡以德治国，即"我求懿德，肆于时夏"（《时迈》）；民众层面普遍重德尚德，即"民之秉彝，好是懿德"（《烝民》）。以《诗经》整体观之并从后来华夏民族的发展来看，我认为，《诗经》已经体现出以下五个民族看重之德或曰民族特性：

一是敬天尊祖。"天"在诗经中总体上不是自然概念，而是宗教性概念，即《诗经》中常提到的"帝"或"上帝"，而且被视为至高至大、主宰人类命运和家国吉凶祸福之神。祖先也被周人纳入神的序列加以崇拜。敬天尊祖的一大表现是将敬奉天地祖

宗视为国之大事和人之大德，认为"国之大事，在祀与戎"，开启了中国人敬天法祖的传统。敬天尊祖观念应是周而复始几至一成不变即"匪今斯今振古如兹"（《载芟》）的农业社会的产物，"它们宣称表现了某种自起源以来毫无变动的延续性"③。

二是以人为本。首先是托物言志抒发自我的悲欢离合。其次是同情关注他人的命运不幸。再者是反映社会的平安丧乱（包括如前所述祭祀天地祖宗也全是着眼于护佑祈福）。《诗经》之眼从未放弃对民生的关注，《诗经》之心从未离开对民瘼的挂牵，整部作品都呈现出强烈的人本色彩、人伦情谊、人性意识、人文情怀。

三是厚德载物。《诗经》中对德的歌咏非常突出，具体表现在对周初先祖创业立国时的筚路蓝缕、艰苦奋斗、和谐万邦、大度包容、忠厚传家、孝亲友弟的歌颂，对忠诚正直、忠君爱国等美德的歌咏及以德治国的观念，还包括热情洋溢讴歌推举君子及君子之风等。

四是家国情怀。主要表现在战争诗、徭役诗中的同仇敌忾、奔赴国难的大义情感和庙堂贤良忧惧讽谏体现出的忧国忧民情怀。

五是中庸和谐。激烈的情绪、疯狂的情感、极端的事件不是《诗经》表现的主要内容。有论者指出，《诗经》有四大精神线索：族群之和、上下之和、家国之和、人与自然之和④，这是有一定道理的。《诗经》整体上的确体现出如孔子论《关雎》之"乐而不淫哀而不伤"，节制有度。一言以蔽之：诗经反映了民族意识，润泽了民族气质，涵养了民族精神。

### 四、"叔兮伯兮，倡予和女"：《诗经》有悠远的歌唱回响

《诗经》曾经像涓滴流水和奔腾江河一样深深浸润滋养过华夏大地甚至异国他乡的人民。据中国《诗经》学会原会长、已故著名诗经学学者夏传才等考证梳理（或推断），《诗经》至少在公元 5 世纪开始向中东地区传播。公元 5 世纪中叶，日本雄略天皇致表南朝刘宋皇帝，其中就引用了《诗经》。公元 541 年朝鲜半岛百济王朝遣使请求梁朝派遣诗经博士，梁武帝派学者陆羽前往。新罗王朝 765 年定毛诗为官吏必读书，高丽王朝于 958 年定《诗经》为科考科目。公元 781 年设立在唐朝长安的大秦景教流行中国碑，撰写者景净为叙利亚人，碑文引《诗经》达二十余处。在越南，李朝十世开始以《诗经》为科考内容，士人无不熟诵《诗经》，12 世纪开始并现多种译本，其诗文中广泛引用《诗经》诗句典故。17 世纪《诗经》通过来华传教士被译介到欧洲。19 世纪 30 年代，通过来华传教士传入北美。1852 年俄罗斯出现《诗经》译本。

由此可看出《诗经》传播之广之深。从学术界来看，现在《诗经》已成为全世界诸多大学的课程，已成为全世界汉学之显学。

### 五、"行迈靡靡，中心摇摇"：《诗经》有滞重的岁月风尘

我认为，历代中国学者，对《诗经》的研究和解读，在做出了全面广泛深入细致研究的同时，其中也有不少政治化、道德

化、伦理化、主观化解读，严重地误解误读和歪曲了诗篇的本义，遮蔽了诗篇的本来面目。美刺说、六经皆史论，甚至包括司马迁《史记》所言"诗三百篇，大抵圣贤发愤之所为作也"等论断，有的部分合乎事实情理，但更多的是让《诗经》被经学、被历史的尘土遮蔽得"不识庐山真面目"。淫诗说等，在某种角度上又让《诗经》几乎惹得一身腥臊。本来，淫诗说是对汉儒政治解诗的一大革命，颇多精彩可取之处，在《诗经》研究史上具有划时代价值、里程碑意义和革命性贡献，但将众多反映人性人情的爱情诗斥为淫诗却是误导世人甚至贻害后人的。清代《诗经》研究本来有对宋代朱熹等《诗经》研究"拨乱反正"的意识，但正如瑞典汉学家高本汉所言："在重新以四家诗的异文为研究的正当依据的时候，也把说教的全诗意旨的解说重新尊重起来，结果是绕了一圈又回到了原点。"⑤

对历史上《诗经》研究的错误和偏颇，国外汉学大家葛兰言、白川静，国内钱锺书、闻一多等颇多订正。如葛兰言明白指出："倘若诸君依赖儒学的注释书，依据书中象征性的解释，必然从始至终走错路。⑥不言而喻，根据高尚的宗教思想的推敲，或以虔诚的稽古学者们再构的仪礼的法则和润色的事实来解释《诗经》的歌谣，是非常危险的。解释《诗经》应该尽可能地根据《诗经》本身来解释"，"《序》（指《毛诗序》）中解说的性质完全是历史的、道德的并且是象征的"。高本汉更是一针见血指出，"在中国，两千多年来，研究和注释诗经的学者，真是数以千计，而有关《诗经》的文献，也真是卷帙浩繁。然而在具有科学头脑的现代学者看来，大半都是没有价值的，可以置之不顾。因为总有百分之九十五是些传道说教的浮词"。⑦白川静则别具慧眼指出，"将诗篇作为经书……古代文学所具有的民族精神的活泼胎动，由此反而遭到权威化、形式化，结果是阻碍了丰富的生命流动。诗篇迷失在谜一样的解释学迷途之中，失去了对于古代文学正当的理解之道，对于诗篇而言可以说是难以恢复的损失"。⑧

我认为，造成这些谬见的原因，是因汉儒戴着"罢黜百家，独尊儒术"的紧箍咒，而宋儒带着儒术本身的紧箍咒。千百年来少有质疑辩驳的原因则是学术上的述而不作和师承传统导致泥古难化或画地为牢，正如孔夫子所提倡和标榜的"祖述尧舜""宪章文武"，一味尊古崇古，少有创新开拓。李白在《嘲鲁儒》一诗中对这种"读死书，死读书，读书死"的儒者做了辛辣嘲讽："鲁叟谈五经，白发死章句。问以经济策，茫如坠烟雾。足著远游履，首戴方山巾。缓步从直道，未行先起尘。秦家丞相府，不重褒衣人。君非叔孙通，与我本殊伦。时事且未达，归耕汶水滨。"一些穿靴戴帽、涂脂抹粉、穿红挂绿甚至莫名其妙的解读让曾经年轻朝气的诗篇成了任人打扮的小姑娘，变得少年老成或老气横秋甚至妖里妖气，大大失真、失本、失色、失水，乃至变成僵尸木乃伊。这也是我们后人应加以辨析的。

今天，我们触抚《诗经》，在凝固的文字里仍能频频撞见蓬勃生命的鲜活涌动和流光溢彩，在静止的诗行里清晰听见古人明澈纯粹的话语、歌声、哭声与叹息，清晰望见山川草木俯仰生姿，然后看见中华民族头顶日月，怀揣希望与梦想，从远古一路跋山涉水风尘仆仆而来。

## 注 释

①班固，《汉书·儒林传》，中华书局，2005，2677。

②李山，《风诗的情韵》，东方出版社，2014，310。

③宇文所安，《他山的石头记：宇文所安自选集》，生活·读书·新知三联书店，2019，31。

④李山，《诗经析读》，中华书局，2018，8。

⑤转引自吴结评，《英语世界里的诗经研究》，四川大学出版社，2008，139。

⑥［法］格拉耐，《中国古代的祭礼与歌谣》，张铭远译，上海文艺出版社，1989，13，16，25。

⑦［瑞典］高本汉，《高本汉〈诗经〉注释》，董同龢译，中西书局，2012，1。

⑧［日］白川静，《诗经的世界》，黄铮译，四川人民出版社，2019，211。

桃之夭夭，灼灼其华

# 天命观

## 一、《诗经》天命观的内涵

《诗经》中的天命观集中体现并广泛渗透在雅颂众多的诗篇中，体现出有周一代的哲学、宗教、政治、思想意识，可以说是周人之世界观、人生观、价值观的集中表现。有关表述像散落在草丛里的熠熠生辉的花朵，非常醒目且带着周人赋予的特别的气息。

文王在上，於昭于天。周虽旧邦，其命维新。有周不显，帝命不时。文王陟降，在帝左右。

亹亹文王，令闻不已。陈锡哉周，侯文王孙子。文王孙

商代人面铜方鼎（雍也摄于湖南博物院）

子，本支百世。凡周之士，不显亦世。

世之不显，厥犹翼翼，思皇多士，生此王国。王国克生，维周之桢。济济多士，文王以宁。

穆穆文王，於缉熙敬止。假哉天命，有商孙子。商之孙子，其丽不亿。上帝既命，侯于周服。

侯服于周，天命靡常。殷士肤敏，裸将于京。厥作裸将，常服黼冔。王之荩臣，无念尔祖。

无念尔祖，聿修厥德。永言配命，自求多福。殷之未丧师，克配上帝。宜鉴于殷，骏命不易。

命之不易，无遏尔躬。宣昭义问，有虞殷自天。上天之载，无声无臭。仪刑文王，万邦作孚。

西周何尊及其体现天命观思想的铭文（雷电供图）

这首诗集中表达了周人天命观的三重意涵：

1. 周虽旧邦，其命维新。

2. 天命靡常，骏命不易。

3. 聿修厥德，自求多福。

三星堆青铜大立人（雍也摄于三星堆博物馆）

可以概括为：其命在天，其命无常，其命唯德。它的三重内涵，分别回答了周之天命从哪里来、天命有何特点、天命如何保有三个问题，这三个问题共同构成了一个论证周密、逻辑自洽的思想政治学说。在它产生的那个时代，无疑是先进的。

我认为周之天命观，天命、人、德三者构成了一个类似于数学函数的关系，而且天命与德是一种正相关关系。与商相比，周之天命观既沿袭重申天之神圣威重，又有了明显的发展变化。在殷商的观念中，天是至高无上的。而人在什么位置呢？事实上，除了统治者自命为天之贵胄而外，其他人即广大被统治者是任其生杀予夺、其卑无下的。"在殷商卜辞中，没有一个关于人的道德智慧的术语，有的是'上帝'和占卜'上帝'后获得的'吉''不吉''祸''咎''不利'等结果的术语"。①这就说明此时根本没有把人当人看。而周之天命观已非如此，它明确指明，天命是变化的而非固化的。这在诗经中多处出现："天命靡常"（《文王》），"其命匪谌"（《荡》），"天难忱斯"（《大明》），"天命不彻"（《十月之交》），等等。这让周人在安享以周代商的成功喜悦中，又时刻保持谨慎戒惧之心，防止天命弃之而去得而复失。同时它明确提出德对天命的影响或曰反作用，也即天命的变化是因德的变化而变化。对德的重视，是周立国伊始即确立的治国主张。这在早期武王的治国纲领《时迈》中就郑重宣示："我求懿德，肆于时夏"，表明其以德治国主张。对德的歌颂或呼唤不时跳荡在雅颂中，如："帝谓文王，予怀明德"（《皇矣》），"群黎百姓，遍为尔德"（《天保》），"怀德维宁"（《板》）等。这让周之统治者特别是最初几代统治者特别重视以修德来防止骄奢淫逸、忘乎所以。正因为德这个类似于函数自变量概念的提出，导致天命这个因变量的变化，从而凸现了人的主观能动性，并且由于历史事实及发展，让人们不断认清人的主观能动性之于天命这一客观规律性的反作用，从而让华夏民族一步步强化人本意识，并最终突破宗教意识。换言之，周代天命观的提出特别是引入"德"这一与人主观能动性关系密切的因素，预示着华夏民族由神本主义向着人本主义的方向迈出了极其重要的第一步，从而最终远离宗教神学束缚，向着人道方向前行。

从认识论上说，当周提出"天命靡常"的时候，较之殷商的天命不变，已是一种认识和思维的巨大进步，甚至是一种飞跃，可以视为具备初步的辩证法思维。这种思想或许来自："文王拘

而演周易"。 "易"之三意
（变易、不易、容易）中，
"变易"是最核心、最普遍之
意。众所周知，《易经》是中
国哲学的开山之作。黑格尔在
其《历史哲学》中也特别提
到：中国哲学源于易经，"可
以看到纯粹抽象的一元和二元
的观念"[2]。当这种思想再引
入"德"这一概念，其意义变

太阳神鸟（向咏梅摄于金沙博物馆）

得更为重大（据考证，"德"这个字及其意义也正是在周时才产
生的）。原因有三。一则强调德可以反过来影响命。二者关系几
乎可以视为哲学上的主观能动性与客观规律性，而且其关系已处
于一种相互影响的互动状态，上帝决定人的命运，而人通过修德
对天命产生反作用（保有增加或丧失减少福禄）。这几乎就是一
种辩证统一关系。二是强调修德的意义为"永言配命""自求多
福"，即人作为主体的不断作为的意义是保有天命，增加福禄。
三是修德的主要内容就是敬天、畏天、保民、安民。《皇矣》中
响亮地提出，连"上帝"也是爱民护民的，"皇矣上帝，临下有
赫。监观四方，求民之瘼。"威灵赫赫的上帝严密监管四方的目
的，就是为了追求广大民众的安定。"是否真正的敬天，是看其
保民与否。保民即是敬天，敬天即是保民。"[3]因此人就由最初

在殷商观念中的任神主宰、任神摆布、唯神是从甚至如虫如蚁的角色，开始站立起来，凸现起来，重要起来，高大起来，真正地开始逐渐成为人。这太难得了，太重要了，太关键了。这像婴儿从四肢着地爬行到迈出第一步，虽然步履蹒跚晃晃悠悠，但是令人欣喜，它当然应被视为中国人自我意识第一次重大觉醒和理性精神滋长的重要产物。而且我认为这是华夏民族强化人本意识，淡化宗教信仰迈出的根本的、关键的、决定性的第一步。

梁漱溟先生在论述中国"两大古怪点"之一"几乎没有宗教的人生"时，认为"宗教在中国卒于被替代下来之故，大约由于二者：一是安排伦理名分以组织社会；二是设为礼乐揖让以涵养理性。二者合起来，遂无事乎宗教。此二者，在古时原可摄之于一'礼'字之内"。"在中国代替宗教者，实是周孔之'礼'。不过其归趣，则在使人走上道德之路，恰有别于宗教。因此我们说：中国以道德代宗教。"④梁先生的认识深合史实，所论亦甚精当，而且将中国宗教与宗法礼制道德之关系做了非常简洁准确的梳理，令人信服。这一点，他明显比冯友兰先生高明和诚实。冯友兰先生说："他们不大关心宗教，是因为他们极其关心哲学……他们在哲学里满足了他们对超乎现世的追求。他们也在哲学里表达了、欣赏了超道德价值，而按照哲学去生活，也就体验了这些超道德价值。"其理由则在于"按照中国哲学的传统，它的功用……在于提高精神的境界——达到超乎现实的境界，获得高于道德价值的价值"。"中国哲学传统里有为学、为道的区别……为道的目的就是我所说的提高精神的境界。哲学属于为道的范畴。"⑤冯先生的说法我们听起来当然很舒服，也有利于提升文化自信。但是，我认为，冯氏之言并非实事求是。因为他此番言论，将中国文化之"道"的概念（一为哲学之"道"，一为道统之"道"）统统上升到哲学之"道"概念，须知儒家文化所重之"道"更多偏重"道统"之"道"，或者说重"道"者多为儒士或官方而并非广大民众，因此其论明显有故意与西方争短长之嫌。另外，就梁漱溟先生的中国宗教论看，他说明了宗教在中国不发达的历史原因，看到了周之宗法礼乐的体制化、规范化、道德化对宗教发展的抑制作用，而未看到这三化后面的认识论根源即在于周初天命观的构建中蕴含着对宗教（天帝崇拜）的否定性因素（"天命靡常"甚至"天难忱斯"，以及"聿修厥德""以德配天"）。周人较之于商人，其宗教意识已有弱化，并且，对人的态度由极端轻视转向了十分重视。这两点都是有史实为证的。前者表现在武王伐纣出现凶兆（旗杆折断，占卜为凶）时周人仍能坚定出击，后者表现在周立国后广泛采取的修德安民、对内自我警示、对外怀柔的政策。

牟宗三先生在论述中国哲学特质时有一个非常精当准确的表述：中国哲学注重主体性和道德性。可谓一语中的，而这恰好可在周之天命观即《诗经》天命观中找到源头。

因此可以说天命观成为构建我们民族思维、民族心理、民族哲学、民族思想的重要精神基石。这应是《诗经》天命观之于中华民族的巨大意义之一。有人说，中华文明是早熟的文明。从哪里最先显现出早熟的迹象？我认为，从提出具有哲学意涵的天命观开始就显现出来了。

## 二、《诗经》中的天、人、德

关于天的形象，一方面，周人承认，谁也没看到过上天，"上天之载，无声无臭"（《文王》）。这一点倒体现了周代统治者的诚实。另一方面，周人又因为统治之客观需要，禁不住为上天画像。有宗教色彩的主宰之天的形象，被集中刻画表述在《皇矣》中，零散出现在雅颂诸篇中，至于风中的天则更多以自然之天的形象出现。《皇矣》中的天是什么形象呢？他能思："帝度其心。"他能看："乃眷西顾，此维于宅。"他能说："帝谓文王：无然畔援，无然歆羡，诞先登于岸。"他能动："帝省其山。"他能明察："维此二国，其政不获。维彼四国，爰究爰度。"他能行权："帝作邦作对。"他能赐福："则笃其庆，载锡之光。受禄无丧，奄有四方。"这里的上帝，明显是耳聪目明、睿智公正、爱护子民、可敬可亲、全知全能。很明显，这是刚得天命、获天下、心怀感恩敬畏的周初统治者塑造出来的天的美好形象。我们甚至可以说：这是周人与"上帝"的蜜月期。天的本质是什么呢？天即是"上帝"："皇矣上帝。"（《皇矣》）"天作为上帝，上帝作为天，在周初已是一具完整的人格神。"（褚斌杰、章必功《诗经中的周代天命观及其发展变化》）天有什么特点？"临下有赫"。天的职能是什么呢？"监观四方，求民之瘼"。

关于人，人来源于天，为天所生。关于天人关系，一是为天所生："天生烝民"；二是为天所护："求民之瘼"；三是为天所宰："荡荡上帝，下民之辟"。我们可以看到，在整个《诗经》早期即颂中涉及天命论的表述中，民的内容和形象还是比较单薄的。这或许源于该思想来自轻民"无德"之商代天命论，而周人带有新思想、新理论的天命观更强调三个方面：周人之大命来自于天；天命是变化无常的；修德可以求得更好的命运。强调的这三点，着眼点都不在民本身而在统治者自身。这也表明，周公等周朝立国者所设计的天命论本质上是一种服务于周朝统治的思想政治学说。

周人自始至终强调"德"。他们旗帜鲜明地表明：上帝重视"德"（"帝谓文王，予怀明德"），君王重视"德"（"我求懿德，肆于时夏"）。《诗经》中"德"的内涵是什么呢？我认为主要包括以下三个方面。一是"德"的根本意义。其根本意义是配命求福。它用最简洁的语言警诫殷人警示周人：虽有天命，人若无德，上天即可收回；天命虽至，修德方可致福。二是"德"的主要体现。这主要体现在对先王的歌咏中。从《诗经》看，周人所颂之德主要包含了敬天法祖、敬德明德、爱民佑民、因亲孝友、秉文成人、恭谨修身等，特别表现在对先王之德之纯的反反复复、真挚深情的咏赞中。"诗篇歌颂他是天之子，具有非凡的人格和智慧，是道德的楷模，天意的化身，赐予人民光明和幸福的恩主，显然是把他神圣化偶像化了"⑥，甚至有时让后人觉得这个文王、这些先王简直就是"一个高尚的人，一个纯粹的人，一个有道德的人，一个脱离了低级趣味的人，一个有益于人民的人"。三是"德"的主要功用。除了前述的永言配命、自求多福而外，还有"怀德惟宁"即安定天下人民等作用。

需要指出的是，"德"在周朝具体所指有一个变化过程，即由获得之得而至道德之德的过程。而且无论何"德"，均与天紧密相连，如"得"是天赐之得，"德"是敬天之德、保民之德等。"传世文献中，周人之德虽然已有伦理道德的含义，但在许多情况下，'德'是指周人具体所得（特别是得自于天）、具体的统治术（怀柔民众），尚不能说周人之德皆为道德之德。"⑦

### 三、《诗经》天命观的发展历程

从《诗经》看，天命观经历了三个发展阶段。

1. 敬畏尊崇、深信不疑阶段

这种认识，体现得最充分的是在《我将》里面：

我将我享，维羊维牛。仪式刑文王之典，日靖四方。伊嘏文王，既右飨之。我其夙夜，畏天之威。

此诗应是周成王祭祀天帝祖宗时的祭文。其诗虽短，但祭祀礼仪之肃，感念效法先祖之诚，忧惧上天威灵之重，祈求天帝祖宗护佑之殷历历可见。完全可以感受到其虽贵为周天子，但在天帝面前那种朝乾夕惕、匍匐在地、不敢造次的情状。

另一首据传是成王自作的诗表明，即使不在祭祀天地祖宗之时，王一样虔诚敬畏上天并谦虚谨慎、好学进取、修德自律：

敬之敬之！天维显思，命不易哉。无曰高高在上，陟降厥士，日监在兹。维予小子，不聪敬止？日就月将，学有缉熙于光明。佛时仔肩，示我显德行。（《敬之》）

在其他诗中也有类似表达，如：

昊天有成命，二后受之。成王不敢康，夙夜基命宥密。於缉熙，单厥心，肆其靖之。（《昊天有成命》）

它同样体现了周王面对上天心怀忧惧，夙夜在公，以德治国的心理状态。

此外，即使在西周后期王政衰颓时这种敬天畏天之观念仍然在一部分王公大臣中存在：

敬天之怒，无敢戏豫。

敬天之渝，无敢驱驰。

昊天曰明，及尔出王。

昊天曰旦，及尔游衍。（《板》）

此诗为凡伯劝诫厉王。这与周初对上帝的敬畏及认为上帝明察秋毫，无时无刻不在监督人世的观念是完全一致的。

这种忧惧有历史和现实原因。即周以殷之属地小邦战胜强大的殷商，而殷人既有不食周粟的不合作者，也有武庚等叛乱者，还有三监等内乱者，而且开国者武王三年后即亡。可以说内忧外患像达摩克利斯之剑一样时刻高悬周朝统治者头顶。这种忧惧在几乎与《诗经》同时代并形成互文关系的《尚书》中更明确直白：

　　"呜呼！皇天上帝，改厥元子兹大国殷之命。惟王受命，无疆惟休，亦无疆惟恤。呜呼！曷其奈何弗敬？"

　　"我不可不监于有夏，亦不可不监于有殷。我不敢知曰有夏服天命，惟有历年；我不敢知曰不其延，惟不敬厥德，乃早坠厥命。我不敢知曰有殷受天命，惟有历年；我不敢知曰不其延，惟不敬厥德，乃早坠厥命。今王嗣受厥命，我亦惟兹二国命，嗣若功。"⑧

　　文中明白指出：美好无穷无尽，忧患也无穷无尽。但反复申说强调的不外乎一重意思：深刻吸取夏商二朝灭亡教训，不要掉以轻心，抓紧敬德修德，以保天命！这种忧惧之心在后来《诗经》反映幽厉之世的正道直行的大臣的讽谏诗中也被刻骨铭心地表现出来。对周人的这种思想，扬之水先生有一句很精当的评语："正是这种自信与敬畏的交织，使颂祷声中始终有着内省的觉悟。"⑨

　　这种忧惧有巨大的现实历史意义。它让周初统治者始终战战兢兢、如履薄冰，始终敬天法祖、修明政治、和谐邦国、善待人民。因而保持了相当长时间的安定开明。这在中国历史上也是不多见的。并且在这种忧惧之心下，实施井田制、宗法制、分封制、礼乐制等一系列着眼长治久安的、极富开拓性、创新性而且对中国影响至深至远的制度。这些制度设计堪称天才设计，也开启了历史上第一个盛世——成康之治。易中天指出:"周人创造出井田制、封建制、宗法制和礼乐制的时候,世界上许多民族还迷迷瞪瞪。"他举例指出,南亚达罗毗荼人创造的哈拉巴文明已与世长辞,未来文明的主角雅利安正摸着石头渡过印度河,西亚巴比伦王国乱作一团,犹太人刚刚建立希伯来王国,南欧希腊仍然停留在"尧舜"时代,中美洲奥尔梅克文明只有脑袋没有身子,欧洲大多数地方或者荒无人烟或者住着野蛮人,北美与大洋洲基本上是不毛之地。可以比较的是埃及和亚述。埃及巩固政权的方式为国王纳尔迈在上、下埃及各加冕一次,手法较周之分封粗糙得多并最终花落别家;人类历史上的第一帝国亚述一味杀戮,最终陷入万劫不复之地。⑩周之历史正可印证"生于忧患,死于安乐",周之开拓与创造更令人惊奇。对于周,我们不得不借用一下孔夫子赞美周伟大的句子与句式,高声表扬一番周人:郁郁乎文哉! 浩浩乎大哉! 巍巍乎高哉! 倬倬乎明哉!

周人的忧患意识,敬畏之心,自警自省自励自律,是周能长治久安和兴旺发达的根本原因,值得后人"敬畏",就是今天也对我们颇有启发:今之某些国人如多一点敬畏之心,社会上会有那么多伤天害理的乱象吗?

2. 怨天尤人、反思反省阶段

这一阶段比较典型的作品有《云汉》《正月》《十月之交》《板》《荡》等。《云汉》是"美宣王禳灾",但在宣王对上天的祈求及呼唤中也有埋怨:一是降灾太重,让人民承受太大的苦难，"天降丧乱，饥馑荐臻""旱既大甚，则不可推""周余黎民，靡有孑遗"。二是祭祀甚殷、甚全、甚笃、甚诚，但老天不为所动，"靡神不举，靡爱斯牲，圭璧既卒""不殄禋祀，自郊徂宫，上下奠瘗，靡神不宗"，祭祀对象甚至包括"父母先祖""群公先正"，但"昊天上帝，则不我遗""昊天上帝，宁俾我遁""昊天上帝，则不我虞"。三是周王与官民并无过错，却被惩罚，"兢兢业业，如霆如雷""王曰於乎，何辜今之人？"因此，在"瞻卬昊天，云如何里？""瞻卬昊天，曷惠其宁？"的祈祷与呼告中对上天是有怨言的。又如：

> 倬彼昊天，宁不我矜！
> ……
> 天降丧乱，灭我立王。降此蟊贼，稼穑卒痒。哀恫中国，具赘卒荒。靡有旅力，以念苍穹。（《桑柔》）

这种大灾难，在另一些诗中也有反映：

> 浩浩昊天，不骏其德。降丧饥馑，斩伐四国。（《雨无正》）

甚至各种灾害异象接踵而至：

> 日月告凶，不用其行……烨烨震电，不宁不令。百川沸腾，山冢崒崩。高岸为谷，深谷为陵。（《十月之交》）

在这些诗里，反映出来的多是天象之乱、时政之乱、民生之乱、人世之乱。这些乱象导致作者对天帝和人的看法态度也发生了一些改变。作者认为，上帝面对灾难祸患无动于衷，面对烝民困苦无所作为。对上帝的这种不负责不担当不作为，诗中或诗人当然有所不满，有所埋怨，但这一阶段更多的是"反求诸己"即反省人类自身而不是追究上帝之责。因此，批判君王失政、批判公卿失德、批判民众失信之作大量出现。如：

匪上帝不时，殷不用旧。（《荡》）

赫赫宗周，褒姒威之。（《正月》）

四国无政，不用其良。

……

下民之孽，匪降自天。

噂沓背憎，职竞由人。（《十月之交》）

这种反求诸己既是天命观中"聿修其德""永言配命"观的实践运用，也是现实政治昏乱的客观反映，更是当世人们思想认识进步的反映（即人们逐渐认识到天命在人）。《诗经》变风变雅中有些政治讽喻诗根本连天提都不提，完全从王朝政治、德治、人事等角度讽谏，就反映了这一点，如《民劳》等。它与下一阶段中对上帝的态度一样，预示着人们对上天的思想认识的明显提高。"西周后期产生的怨天尤人思潮，则冲击着有神论的围墙，为无神论的萌发创造了条件，预示着有神论和无神论的对立即将到来"。⑪

3. 指斥讽刺、控述否定阶段

如《节南山》《桑柔》《巧言》等诗。

上帝板板，下民卒瘅。（《板》）

旻天疾威，天笃降丧。（《召旻》）

疾威上帝，其命多辟。(《荡》)

悠悠昊天，曰父母且！无罪无辜，乱如此憮。昊天已威，予慎无罪。昊天泰憮，予慎无辜。(《巧言》)

不吊昊天，乱靡有定。式月斯生，俾民不宁。(《节南山》)

民今之无禄，天夭是椓。(《正月》)

彼苍者天，歼我良人。(《黄鸟》)

其中指斥最有力的是《节南山》，简直是为暴虐的上帝定性："昊天不佣""昊天不惠""不吊昊天""昊天不平"，直接控述上帝不明达，不仁惠，不体谅，不公平。

在诗人的笔下，上帝的形象已然是冷酷暴虐、不顾民众死活，不仁不义、罔顾人间是非。对上帝的态度不仅是指斥责骂，甚至是冷嘲热讽了。毫无疑问，诗人或者认为上帝与暴君沆瀣一气残害邦国人民，或者对其极其失望，认为其非蠢即坏。这几乎可以视为对上帝的公开宣判：你已经是个坏家伙！或者如关汉卿笔下之窦娥的控诉："地也，你不分好歹何为地？！天也，你错勘贤愚枉作天！"对比一下，《诗经》中早期即周之初上帝的形象已经发生了显著的改变：那时的上帝是神圣威严、明智公正、爱民佑民。用周人眼光来看，现在这个上帝已经昏聩不明，腐化堕落变质了！

需要说明的是，讽刺控诉上帝，表明人们对上帝更加不满、更加不恭、更加不认同了。这已较怨天尤人阶段更进一步了。但也表明此时人们心中还是有上帝，只不过这个信仰信赖信任的铁索已经吱吱作响行将断裂了。这并非一些人认为的已产生了无神论思想。而且这一阶段甚至仍有对上帝的敬畏和"改邪归正"的期待。《正月》里有明确的表达：

> 民今方殆，视天梦梦。

> 既克有定，靡人弗胜。

> 有皇上帝，伊谁云憎？（《正月》）

此外还有：

> 如何昊天，辟言不信？

> ……

> 胡不相畏，不畏于天？（《雨无正》）

但是，毫无疑问的是，上帝的伟光正形象已经千疮百孔摇摇欲坠了。这也预示着，人们在上帝天命面前的进一步觉醒进一步站立进一步直视，而人们眼中曾经至高无上的上帝也像黎明前的黑暗一样，在一点点消隐远遁。人们已经揉着惺忪的眼睛，进一步觉醒了。或许可以说，正是因为这些思想的火把照耀，春秋时代诸子百家的此伏彼起、思想文化的风起云涌已经在远方上路了。

以上三个阶段大致对应春秋时期三个阶段：励精图治，天人和谐阶段，以成王（前1043—前1021）时代为重点；王政混乱，天灾频发阶段，以厉王（前877—前841）时代为重点；政治腐败，大厦将倾阶段，以幽王（前781—前771）时代为重点。但除第一阶段外，《诗经》的内容与上述历史之二、三两个阶段并非完全一一对应，甚至是交错的。这与诗人的关注重点（在天命或在人事）有关系，更与个人思想高度认识深度有关系：一些诗人站在时代的桅杆上，或许早在厉王时代就看到了天命论的不可靠或不靠谱。

这种天命观、哲学观及其发展可以与希腊哲学做一简单对比。希腊哲学"最初主要是对外在的自然感兴趣（自然哲学），只是逐渐地转向内部，转向人类本身而带有人文主义性质……最后，上帝和人同上帝的关系问题，即神学问题，占有显著地位，希腊哲学像它开始那样，仍归结于宗教"⑫。这说明二者有着不相同的起源，相似的转向和不相同的结局。而这种似与不似其实在一开始就几乎奠定了。

郭沫若先生认为周人重天和天命论的提出一开始就是一种权谋，一种统治术。"请把周初的几篇文章拿来细细地读，凡是极端尊崇天的说话是对待着殷人或殷的旧时的属国说的，而有怀疑天的说话是周人对着自己说的……周人根本在怀疑天，只是把天来利用着当成了一种工具。但是既已经怀疑它，那么这种工具也不是绝对可靠的。在这儿周人的思想便更进了一步，提出了一个'德'字来……德不仅包含着正心修身的功夫，并且还包含有治国平天下的作用……这一套思想，以天的存在为可疑，然而在客观方面要利用它来做统治的工具，而在主观方面却强调着人力，以天道为愚民的政策，以德政为操持这政策的机柄，这的确是周人所发明出来的思想"⑬。这里指出周人的天命观内外有别，是统治上的两手抓即对内自我警戒以保天命，对外假借天威以治民众。这种看法一方面有着史学家的慧眼与火眼金睛，甚至有着政治家的精明，但另一方面也有误读和臆断。他所根据的主要是《尚书·君奭》中的"天不可信"和《大雅·小明》中的"天难忱斯，不易惟王"等，并不完全符合实际（甚至带着时代的烙印或局限）：他把一个民族涉世未深的儿童时代看成了老谋深算的老成时代，他错看了周公等人构建新型天命观的具体时代背景及用意，他高看了这个时代的圣哲对皇天上帝的认知。

我们从周初统治者的作为来看，据称为周公所作，反映周武王巡行天下、祭祀天地山川的宗庙祭祀颂歌的《周颂·时迈》中说"时迈其邦，昊天其子之"，明确说上天以周武王为子。召公诫成王之《尚书·召诰》中语"皇天上帝，改厥元子兹大国殷之命"，且"今天其命哲，命吉凶，命历年"，明确说上天改变殷为上帝之子的天命，且天掌控着人的明哲吉凶寿夭。据考为成王祀武王的《周颂·我将》坦白言"我其夙夜，畏天之威"，明确表达其白天黑夜都畏惧于上天之威。成王自警的《周颂·敬之》明白无误地说"敬之敬之！天维显思，命不易哉。无曰高高在上，陟降厥士，日监在兹"，明确表明上天时刻目不转睛在此监临，自己必须时刻谨慎戒惧。成王诫康叔《尚书·康诰》中的"惟命不于常""天命靡常"，明确指出天命不会恒常降于某人。《尚书·蔡仲之命》中成王诫蔡仲"皇天无亲，惟德是辅"，明确指出上天只青睐有德之人。这些诗文正是郭氏所言之"周初的几篇文章"，也正是"周人对着自己说的"。这里，有一丁点儿

"怀疑天的说话"吗？从这些坦白真切的表达里，我们可以看到，上天犹如达摩克利斯之剑高悬头顶，用明察秋毫的鹰一般的锐利之眼时刻监视着他们，我们能够异常清晰地听到周初统治者那种深深渗透在历史深处的对天的虔诚献祭祷告之声、看到其顶礼膜拜毕恭毕敬甚至战战兢兢如履薄冰的惶恐之状、听到其对皇天上帝及祖先神祇颂赞声中敬惧之心的跳动，进而窥知，在这个人类的青少年时代，是存在着浓重的宗教情结、宗教思维的，是匍匐跪倒在皇天上帝之下的，其敬天畏天是真诚真实的，其人的觉醒清醒程度是有限的，离真正的人道主义的青天白日是很有距离的。这一点，明哲伟大如周公者也不例外（几百年后的老子还大讲天道，孔子还畏天命，墨子还倡鬼神，而与之同处人类轴心时代、东西相望而不相知的苏格拉底、柏拉图等西方圣哲也同样笼罩在含义虽不尽相同，但均属命定之天的天命论之下）。

其实，在《君奭》中已有"天命""民""德"等语及具周代天命观内涵之语，更有"时我，我亦不敢宁于上帝命"，"我受命无疆惟休，亦大惟艰"，"予不惠若兹多诰，予惟用闵于天越民"等明显敬天、畏天、尊天、顺天语，以及"故殷礼陟配天，多历年所。天惟纯佑民，则商实百姓"叙述殷代贤明先王以礼配天获天之佑史实之语。结合周初小邦周灭大邦殷的历史背景，殷自以为上帝庇佑无所顾忌而失天命，武王、周公、成王等人恭敬言天、谨慎戒惧、多难兴邦的各种史实，可知此中之"天不可信"并非字面上的"天不可相信之意"，孔安国、孔颖达将此释为

"无德去之，是天不可信，故我以道惟安宁王之德，谋欲延久"[14]，即"不可信"意为不可认为天命只钟情周、只降于周、永远无条件护佑周（若周失德，天命也将收回）。此释才是符合周初之人言天命之史实及语境的。我们可视为天命条件论而非郭氏之疑天论。这应是对殷人眼中的天唯殷为庇的盲信盲从的重大修正，即不可因天灭殷兴周就认为天永远无条件青睐周而忘乎所以。

结合《尚书》《诗经》多处论述，我们惊讶甚至惊喜地看到，周人的天命观之天、人、德、民、命等构成一个有机的系统，一个体系性的、辩证性的、逻辑自洽性的"世界观""人生观""价值观"！

在周初政权的巩固和新型天命观的构建中，周公姬旦厥功至伟。"周公目睹了周朝崛起的过程，当他为此巨变寻找终极性解释时，却发现那导致巨变的源头其实就在他父亲的一言一行中，正是这种德赢得了人心。长久以来，人们一直是抬头来寻找和仰望天意，可是，周公发现，天意的体现者就在地上，就在他的父王身上，天命与人事由此而打通了，这是中国精神史上最重要的变革。它不仅将天命引向了人事，开创出人文价值，同时也将人事提升至天命境界，获得了超越性意义。这是一个双向互动过程，所谓天人合一正是在这一双向互动过程中实现的。所以，周公不仅是华夏礼乐文明的奠基者，也是儒家天人之学的开创者"[15]。周公这个曾经照耀华夏千秋的伟大圣哲，在世人眼中其形象早已模糊不清，其对中华民族的奠基性开拓性贡献已为人淡忘，从弘扬中华优秀传统文化角度讲，我们是不是应该偶尔"梦见周公"呢？

周初引入"德"后形成的具有能动性的天命观是建立在对殷代天命观的批判继承和总结殷灭周兴历史经验的"得道悟道"和"理论创新"上的，当然是为其治国驭民服务的，当然有周公依托天命思想对殷商遗民等的震慑，但也是自我警示警戒的，是真信真行（至于后来西周末年厉幽之世出现疑天论则是后话）。即是说，周初不是怀疑天，而是觉得"天命靡常""皇天无亲，唯德是辅"——天对人的眷顾厚爱是有条件的、有选择性的，是看重德的，是可改变的。

## 四、《诗经》天命观的来源形成

《诗经》天命观来源于殷商，"商奴隶主贵族为了论证其统治的合理性，炮制了一个天上和人间、社会和自然的最高主宰'帝'或者'上帝'"。[⑯]追记其先祖创立殷商的《商颂》明确宣称殷商来源于天："天命玄鸟，降而生商"。其王权属于君权神授："帝立子生商"。其先祖盘庚也曾告诫奴隶"予迓续乃命于天"，表明其"通天"的本领。甚至，在周文王已经民望高涨号令四方，蠢蠢欲动威胁到殷纣统治时，纣王还不以为然地沉浸在上天庇殷的迷妄中："呜呼，我生不有命在天！"周代之天命观当然是来自殷商之天命观。他们同样强调自己以周代殷是来自天帝的旨意："周虽旧邦，其命维新""上帝既命，侯于周服"（《文王》），但其内涵已发生转变。首先，把上帝和祖先分开，让上帝变得更纯粹、更神秘、更权威、更至高无上，"明明在下，赫赫在上"；其次，表明自己政权神授，其命自天，来源是"合法合规"的；更重要的是周奴隶主贵族又在总结商亡周兴的历史经验的基础上，在"宜鉴于殷，骏命不易。命之不易，无遏尔躬"的反思中，明确认识到"皇天无亲，唯德是辅"⑰，既向殷商遗民其实也向周人提出了"聿修厥德"的要求。在周人的天命观中非常突出地引入了"德"的概念。其目的，当然在于以殷为鉴，缓和矛盾，加强统治，防止天命被上帝收回。周人重德，既是其理性认识，也是其治国理念。对此，王国维先生在其享有盛名的《殷周制度论》中说："一曰立子立嫡之制……二曰庙数之制。三曰同姓不婚之制。此数者，皆周之所以纲纪天下。其旨则在纳上下于道德，而合天子、诸侯、卿、大夫、士庶民以成一道德之团体。"⑱静安先生从政治社会实践的角度指出了周对"德"心口如一、真抓实干的推行。

　　针对西周对殷商的制度变革，王国维先生还有一段极有分量、极为中肯、极富价值的评价：

　　"殷、周间之大变革，自其表言之，不过一姓一家之兴亡与都邑之移转；自其里言之，则旧制度废而新制度兴，旧文化废而新文化兴。又自其表言之，则古圣人之所以取天下及所以守之者，若无以异于后世之帝王；而自其里言之，则其制度文化与其立制之本意，乃出于万世治安之大计，其心术与规摹，迥非后世帝王所梦见也。"⑲

这个评价有纵览千古雄视百代的历史眼光、披沙拣金切磋琢磨的学术涵养、独具慧眼别出心裁的思想洞见、沉郁顿挫热情喷薄的情感温度，让人深为倾倒折服，也让我们为少年老成甚至堪称天才少年，并深刻影响中华近三千年的周朝拍手点赞！

但我认为，西周颇富创造性、影响深远的制度与文化建设正是在古代极具包容性、革新性、创造性、先进性的天命观的引领、照耀下实现的。

而傅斯年先生的看法则与王国维先生不同。他认为："殷周之际最大变化者……既不在物质文明，又不在宗法制度，其转变之特征究何在？曰，在人道主义之黎明。"⑳此亦为极具识见之论。周人在殷周易代之际中认识到民众的力量，并将人摆在了极其重要的位置，即上天所垂怜看重甚至倚重的位置，如《尚书·泰誓》中武王伐纣之誓词所谓"天矜于民，民之所欲，天必从之""天视自我民视，天听自我民听"，并将这一重民之识融进了集宗教、哲学、政治、教化等多种功用于一体而又特别用于治国理政的天命观中。因此我认为，王、傅的观点看似针锋相对，实际上从天命观角度看则是相辅相成的：王侧重于从"德"的角度论述西周极具开创性的制度建设；傅侧重于从天命观之人的角度论述西周人的觉醒与地位提升。二者虽各执一端，却都可以统一于对西周新型天命观的肯定。

### 五、《诗经》天命观的意义

1. 成为有周一代治国理政主导思想和驭民之术。事实上，天命观既是周朝统治者的政治宣言，也是其治国理念，还是其指导思想与行动指南，与此同时，它也是安抚说服殷商遗民，引导民众信服顺从其统治的驭民之术。

2. 成为中国人本思想的最初源头和远离宗教信仰的主要原因。前已详论此不赘述。

3. 成为中国重要政治思想。天命观是贯穿周代以后两千多年特别是中国封建王权的重要政治思想和号令天下的理论武器。所谓"天命无常，唯有德者居之"。而且，几乎可以说，其后影响中国至深至广的儒、道思想均发端于此，滥觞于此。儒家之要义无非为"敬天安民"，道家之要义无非为"顺天行道"。以德治国的思想不仅对中国影响深远，在世界历史上也是与以宗教治国、以法治国等相提并论的重要治理思想。

4. 成为中国古代民众思维方式。相信命运特别是安天命尽人事成为历代中国人的主体思维方式。傅斯年先生在《性命古训辨证》中，将周诰和大雅中的天命靡常观称为人道主义的黎明。许倬云先生从历史的角度更进一步指出： "天命靡常，惟德是辅……安定了当时的政治秩序，引导了有周一代的政治行为，也开启了中国人道精神及道德主义的政治传统。"[21]

德国诗人海涅有言："思想走在行动之前，就像闪电走在雷鸣之前一样。"周代天命观思想对中国历史文化的影响是巨大的。它是后世中国宗教、哲学、政治、思想、文化的源头活水，它以其清澈，以其纯净，以其生机，以其丰盈，以其光芒，以其神奇，以其高度，以其包容，开启了风华独具、熠熠生辉、源远流长、蔚为大观的中国文化浩荡江河。其孕育可谓妙哉！其产生可谓善哉！其力量可谓伟哉！其影响可谓大哉！

## 六、天命观的"天命"

历代统治者皆以此寻求在政治上站稳脚跟，以此表明自己来路是正的，所为是义的，所以他们扯的大旗总是"奉天承运"，历代农民起义也多以此号令民众。陈胜吴广起义时颇具首创精神地弄出"大楚兴陈胜王"、黄巾起义的"苍天当死，黄天当立。岁在甲子，天下大吉"，元末农民起义的"石人一只眼，挑动黄河天下反"等都是直接或间接在用天命论号召群众起义。

随着历史的发展进步，对天命论提出怀疑质疑者大有人在，并且其市场与影响逐渐变小，但在两千余年封建社会中始终有自己的一席之地，特别是被封建统治者作为美化自己政权来源合法性并忽悠广大民众的工具。就是今天这种观念也并未完全消失。今人不是还有"三分天注定七分靠打拼"的说法吗？不是还有对哪吒"我命由我不由天"的高度赞赏吗？但天命论总体是逐渐式微的。这也是天命论的必然"天命"。关于天命观受到的挑战，最令人印象深刻的是王安石。他掷地有声地提出："天命不足畏，人言不足恤，祖宗不足法。"这句话发生在讲究温柔敦厚的封建王朝，发生在注重"祖述尧舜，宪章文武"的儒家之国，王安石堪称是那个时代拿着匕首与投枪作孤勇之战的斗士。这话简直是石破天惊，震古烁今。这种怀疑质疑的勇气、打破陈规的勇气、特立独行的勇气、一往无前的勇气，让人想起孟子"虽千万人吾往矣"的大无畏精神，让人不得不深为这个中国 11 世纪的改革家，这个儒家的异类，官员的另类，甚至可能是腐儒眼中离经叛道的败类，钦佩点赞喝彩！当然，细细琢磨其语，他也没有或者也并不敢从根本上否定皇权念兹在兹、视若命根的天命。

### 七、西方天命观

天命观在古今中外特别是古代广泛存在。西方也有天命一说。"柏拉图认为，人要获得真理就必须满足如下条件：1. 人对神保持一种接受者的恭敬态度；2. 神愿意赐教于人；3. 人拥有领受神的思想的能力。柏拉图在《蒂迈欧篇》称此为'天命'（或译'天恩'）"[22]。这里，他所指的天命为神明赐予人的理性精神。但偏重于命运一面的天命观，在西方历史文化中同样存在，比如古代希腊。希腊神话及索福克勒斯戏剧《俄狄浦斯王》中俄狄浦斯王无法逃脱神谕弑父娶母的重大悲剧即是其典型体现。而在历史之父希罗多德的名著《历史》中，尽管希氏充满求真求实的史家精神，但其崇神敬神的意识却笼罩全书，书中的神迹、神托、神示、神谕比比皆是，让人深深感到神的"无所不在"和"神通广大"。他甚至饶有兴致地以史家之口言之凿凿地讲了一个国王在天命面前努力挣扎却无法摆脱的悲剧：国王克洛伊索斯梦见自己最钟爱的儿子阿杜斯将被铁制尖器刺死，于是精心安排儿子脱离战场、结婚居家，收捡其一切兵器，降低儿子被铁器伤害的可能。可最后阿杜斯还是在打猎行动中被同伴用铁制尖器误刺而死。克洛伊索斯（当然也包括希罗多德）将这一切都归为无可逃避的神意㉓。有研究者认为：在美国 200 多年的发展历程中，天命观是美国历史文化传统的核心因素，也构成了美国外交哲学的核心。美国学者莫雷尔·希尔德指出："美国外交事务的出发点是基于这样一种信仰，即美国在外部世界中享有一种任何其他国家都不能享有的特殊使命。""对于美国的任务，是要

帕特农神庙（毛晓初摄于希腊雅典）

建立'宗教理想国',执行'神圣计划',以'拯救'整个世界,带领全人类走向'重生'。这种使命感使美国迷恋其自身价值观和政治经济制度的优越性。""美国外交哲学理念中的'天赋使命'意识,起源于清教徒的宗教信仰,根植于北美大陆的特殊地理环境,形成于美利坚民族的特殊性,加强于世界上发端于较早的美国资产阶级民主政体。"[24]

如果做一简要比较,可以发现,中西两种天命观有一个共同点:人都受命于天,为其主宰。但也有较大差异:在人的作用上,中国天命观认为,人可以能动地作用于天命,即通过修德来增加或减少福分,即影响天命。而在西方的天命观中人是按上帝的旨意行事,无论怎么折腾,也是跳不出上帝手掌心的。也即是说西方天命观较之中国天命观,宿命论色彩重得多,而中国天命观中人的主观能动性强得多:人本身就是命运天平的重要砝码。

此外,学者谢文郁认为,二者建立的情感基础不同:"以儒家为主流的中国传统天命观是建立在'敬仰'这种情感基础上的……基督教主导的西方天命观则是建立在'信仰'这种情感上的。"追求路径不同:"儒家追求在'诚'这种情感中呈现并认识天命,是一种内向而求的进路。基督教则教导在'信'这种情感中成为接受者,是一种外向依靠的进路。"[25]

## 注 释

①祁志祥，《国学人文导论》，商务印书馆，2013，219。

②黑格尔，《历史哲学》，王造时译，上海书店版社，2006，126。

③李山，《"敬天保民"的民本思想与〈诗经〉风、雅、颂分类的内在统一性》，淮北煤炭师院学报（哲学社会科学版），2001（05）。

④梁漱溟，《中国文化的命运》，中信出版社，2010，54。

⑤冯友兰，《中国哲学简史》，世界图书出版社，2013，5。

⑥夏传才，《诗经讲座》，广西师范大学出版社，2019，214。

⑦罗新慧，《周代天命观念的发展与嬗变》，《历史研究》，2012（5）。

⑧孔安国传，孔颖达正义，《尚书正义·召诰》，上海古籍出版社，2007，586。

⑨扬之水，《诗经别裁》，中华书局，2007，218。

⑩易中天，《易中天中华史·奠基者》，浙江文艺出版社，2013，141-143。

⑪褚斌杰、章必功，《诗经中的周代天命观及其发展变化》，北京大学学报（哲学社会科学版），1983（06）。

⑫［美］梯利著，［美］伍德增补，《西方哲学史》（增补修订版），葛力译，商务印书馆，1995，7。

⑬郭沫若，《青铜时代·先秦天道观之进展》，科学出版社，

1957，20-22。

⑭孔安国传，孔颖达正义，黄怀信整理，《毛诗正义》，上海古籍出版社，2007，646。

⑮赵法生，《殷周之际的宗教革命与人文精神》，《文史哲》，2020（3）。

⑯中国哲学教研室、北京大学哲学系，《中国哲学史》，商务印书馆，2004，8。

⑰《尚书正义·蔡仲之命》，中华书局，2011，662。

⑱王国维，《观堂集林·殷周制度论》，中华书局，1959，453-454。

⑲王国维，《观堂集林·殷周制度论》，中华书局，1959，453。

⑳傅斯年，《性命古训辨证》，广西师范大学出版社，2006，90。

㉑许倬云，《西周史》，生活·读书·新知三联书店，2018，125。

㉒谢文郁，《柏拉图真理情结中的理型和天命——兼论柏拉图的"未成文学说"》，北京大学学报（哲学社会科学版），2016（02）。

㉓［古希腊］希罗多德，《历史》，王以铸译，商务印书馆，1959，19-23。

㉔易中堂，《美国战略思维中的"天命观"》，《洛阳师范学院学报》，2014（6）。

㉕谢文郁，《"敬仰"与"信仰"：中西天命观的认识论异同》，《南国学术》，2017（2）。

# 江河水

  《诗经》特别是国风，是被水浸润为水滋养的湿漉漉的山川万物摇曳生姿的舞蹈，是华夏先民丰润灵动的歌唱。它体现了华夏民族早期与水相生相伴不可分离的关系，反映出其崇水、敬水、亲水、近水亦忧水、畏水等情感，折射出天人合一观念隐隐约约的影子。

## 一、远古之水

  据梳理，《诗经》涉及水意象之作有 33 首，涉及的江河有黄河、长江、汉水、淇水、渭水等 11 条，其水的主要形态有江河、泉流、溪涧、池塘、冰雪等。这反映出周人对水的依存、亲近、崇拜、忧思、欢欣等各种心理。

  与所有民族早期逐水草而居类似，周之先祖也多次逐水迁徙。《大雅·公刘》是周人自述其祖先开创基业历程的史诗，其中写道："笃公刘，逝彼百泉，瞻彼溥原；乃陟南冈，乃觏于

京""既景廼冈，相其阴阳，观其流泉"。最后周人才选定"芮
鞫"即河曲内侧作为聚居之地。《大雅·绵》则记述了周太王自
豳迁到岐周的历史，"古公亶父，来朝走马，率西水浒。至于歧
下，爰及姜女，聿来胥宇"并最终"筑室于兹"，反映了周民族
早期对自然环境的理性选择，对水草丰美之地的特别青睐。此
外，还有多首诗歌反映了渔猎、采集水生植物等活动，如《潜有
多鱼》《采蘋》《采蘩》等。这当然是特定时期生产力所决定的理
想家园之地。

崇敬之心主要体现在颂中。"时迈其邦，昊天其子之，实右
序有周。薄言震之，莫不震叠。怀柔百神，及河乔岳。"（《时
迈》）"於皇时周！陟其高山，嶞山乔岳，允犹翕河。敷天之下，
裒时之对。时周之命。"（《般》）其中涉及周代及殷商所有的天
帝祖宗及山川众神祭祀的，对众神是顶礼膜拜的，即《周礼》之
"以玉作六器，以礼天地四方：以苍璧礼天，以黄琮礼地，以青
圭礼东方，以赤璋礼南方，以白琥礼西方，以玄璜礼北方"。"圭
璧以祀日月星辰，璋邸射以祀山川。"[①]以君王之尊，以所贵之
玉，以众多牺牲，以雍肃的仪礼，祭祀天地山川，体现了对天地
山川的虔敬。

《诗经》中与水有关的爱情诗多有忧思，如《关雎》《汉
广》《在水一方》等。"求之不得，辗转反侧"（《关雎》），这是
相思之苦。"南有乔木，不可休思；汉有游女，不可求思。汉之
广矣，不可泳思；江之永矣，不可方思。翘翘错薪，言刈其楚；

之子于归，言秣其马"（《汉广》），这是相思之愁。"扬之水，不流束薪。彼其之子，不与我戍申。怀哉怀哉，曷月予还归哉？"（《扬之水》）关山阻隔，家园遥远，之子不见，音讯难达，江水流不动一束柴薪，多像远去的江水托不起我沉重的思念！这简直是"只恐双溪舴艋舟，载不动许多愁"之意的源头，这是相思之哀。"彼泽之陂，有蒲与荷。有美一人，伤如之何？寤寐无为，涕泗滂沱"（《泽陂》），无法掩饰的"哀而且伤"，这是相思之痛。而《在水一方》尤其动人。追寻者失魂落魄地上下求索，意中人永远可望而不可即。这种追求是怅然若失的、是苦涩的、是枉然的，也是氤氲的、朦胧的、渺远的、悠长的、淡雅的、令人牵挂的，这是"路漫漫其修远兮，吾将上下而求索"的先声。两千多年来，他满怀期待的跋涉、搜寻、张望牵动了历史长河两岸所有人的目光，他永不停歇的爱的叹息和吟唱也一直在诗经河岸氤氲的烟云中飘荡！据刘毓庆先生的研究，这种阻隔之忧思也是远古时代性禁忌、性隔离制度的体现，"白露为霜的秋天，这正是原始狩猎时代的性禁忌季节""伊人所在的水中央，当是由神话中的女子国演化而来的女性学宫、辟雍、泮宫之类。伊人当即性成熟期被隔离的女性"②。

钱锺书先生从比较文学角度，认为《蒹葭》和《汉广》"皆西洋浪漫主义所谓企慕（Sehnsucht）之情境也"。对企慕情境，锺书先生大约表达了三层意思：

浪漫主义之企美（Sehnsüchtelei），即取象于隔深渊（ein Abgrund

*tief und schaurig*）而睹奇卉、闻远香，爱不能即，愿有人为之津梁
（*Kannst du mir die Brücke zimmern?*）（*Zur Ollea*，*vii*，*Werke und Briefe*，
*Auf-bau*，*I*，316）。正如"可见而不可求""隔河无船"。

"抑世出世间法，莫不可以'在水一方'寓慕悦之情，示向
往之境。"

"释氏言正觉，常喻之于'彼岸'。"③

先生抓住了中外思慕的本质：可望而不可即，可欲而不可
得。吾爱钱大师，但吾更爱真理，个人认为：西方浪漫主义文学
概念下的思慕似乎含有更多希望色彩、欣然以待色彩，而钱锺书
先生在阐发中所说的"企羡""慕悦""彼岸"，并不能非常准确
传达这个由《诗经》开创，为后世沿用并成为中国文学重要情境
之一的文学概念的内在特征：求之不得，忧伤不止。换言之，中
国文学此特征并非特别着眼于彼岸之美善，而是纠结徘徊于未求
得此美善时之忧愁。人生不满百，常怀千岁忧。这种忧思之悲在
中国古典文学中可以说是一个重要题目。如："终日不成章，泣
涕零如雨。河汉清且浅，相去复几许？盈盈一水间，脉脉不得
语"（《古诗十九首·迢迢牵牛星》），是不可抑制的哀伤；"美人
如花隔云端"，引发的"长相思，摧心肝"（李白《长相思》），
那更是痛彻心扉的忧伤；"过尽千帆皆不是，斜晖脉脉水悠悠，
肠断白萍洲"（温庭筠《菩萨蛮》），是千万次搜寻、日复一日的
等待、一天又一天的失望带来的伤心欲绝的苦痛；"寸寸柔肠，
盈盈粉泪。楼高莫近危阑倚。平芜尽处是春山，行人更在春山

外"（欧阳修《踏莎行》），是对远行人"迢迢不断如春水"思念不已的忧伤；"陌上忽见杨柳色，悔教夫婿觅封侯"（王昌龄《闺怨》），虽然似乎是常规思念、中度忧伤甚至后者仅是轻度忧伤，但毕竟不是悦而是忧。这些文辞都立足于此岸，止目于彼岸之崖。

《诗经》中也有欣喜。欢欣之心在《溱洧》《衡门》《河广》等诗中扑面而来。面对草木吐绿的春光，河水漫流铮铮钑钑的吟唱，莺莺燕燕在田野间的自由穿梭飞翔，岸芷汀兰的拂动与溢香，少男少女风姿翩翩呼朋引伴的欢笑，相互间眉眼含笑的采摘与赠送，心中的情爱也如春天的河流在嗞嗞解冻、哗哗流淌。这首诗其实是春天的旋律，青春的歌唱，生命蓬勃的脉动。需要指出的是，《河广》并非反映爱情而应是反映归家思乡心切之作，"谁谓河广？一苇杭之。谁谓宋远？跂予望之。谁谓河广？曾不容刀。谁谓宋远？曾不崇朝"，这种不畏河广，一苇可渡，不畏宋远，踮脚可望的豪情，也只有"朝辞白帝彩云间，千里江陵一日还"的李太白才能做出来！我认为这也是现实主义的《诗经》中极难得一见的浪漫主义之作了。

此外，他们面对不幸不公之忧伤悲愤也有对河流的倾诉甚至控述。《竹竿》《江有汜》《柏舟》《伐檀》即是此类表达。《竹竿》是对故乡甚至少年时光如淇水悠悠一般的思念和倾诉。《江有汜》则是在江河间对负心人的怨愤呼号。而《柏舟》是在河流中对意中人的誓言，对天地和母亲的控诉。《褰裳》对男子态度的不明朗或不坚定给予嘲笑，给出的路径是以男子汉的勇气撩起衣裳跨河而来！《新台》中对遇人不淑、嫁非所愿之悲像河水汤汤，令人悲愤不已。

可以说，人类面对河流的最基本情感在《诗经》中几乎都有所体现。撇开颂诗阶段对河流所有的带有宗教色彩的心理不提，《诗经》之水所体现的主要是一种情绪的而非理智的，自然的而非观念的，主客观交融的而非单一的，生活的而非哲学的状态。

这种自然之河、生活之河、生命之河，与我们今天也是呼应的、贯通的、润泽的、亲切的，《诗经》之水与我童年的水、生

长江虁门峡（马晓红摄）

命的水、血脉的水也是一致的。江水年年暴涨的渠江曾经阴郁过我的童年，我常心怀忧惧、杞人忧天地担心它会发狂冲走远在数公里之外并居于高处的家园；曾经在家乡的小河中浸泡，度过童年的夏天；大巴山的渐滩河曾经差点吞没我的生命，因为救同学而与之同沉江底差点一命呜呼；在渠江中畅游青春；携手恋人漫步在锦江边的柳丝与春色里；用岷江的雪山之水濯洗自己蒙尘的灵魂；在都江堰与李冰胼手胝足驯服的河流亲密接触；满怀敬意地与黄河、长江擦肩而过或拱手相见……

《诗经》里大水汤汤小溪潺潺，水汽弥漫，但并非中华典籍或者说中华文明的江河之源。实际上，还有更早出现的《易经》，其中八卦中的坎卦，即是指水，表明水是人类生存发展之要素。这当然仍然不是源头，最久远的与水的关联，恐怕要数到女娲抟土造人。没有水，这个土是没法抟的，自然，人也无法被造出，何况土中本身即含水，何况后来女娲以产业工人方式大批量造人（甩泥浆），更离不开水这个重要生产原料。这个传说内在的信息即包含了人是水土所生。这或许是曹雪芹说"男子是泥做的骨肉，女儿是水做的骨肉"之所本吧。

洪水神话几乎是全世界各民族都有的神话。而对比一下中外洪水神话，是有共同点的，即"洪水灭世"和"人类再生"。这表明人类历史上可能共同遭遇过旷古大洪水并积淀成记忆，但更有不同。中国洪水神话中人是没有原罪的，而西方洪水神话人是生而有罪的，这甚至可能是两者后来宗教发达与否的起因。中国洪水神话中人与水的关系是可调和的，即可治的，人可以用智慧与人力战胜洪水，如大禹治水。正如范文澜说："许多古老民族都说远古曾有一次洪水，是不可抵抗的大天灾，独在黄炎族神话里说是洪水被禹治得地平天成了。这种克服自然、人定胜天的伟大精神，是禹治洪水神话的真实意义。"西方洪水神话人与水是不可调和的，只能避让，只能靠神谕神助，只有依托以神示而建的挪亚方舟才得以求生。这表明在自然和灾难面前，中国人有更早的站立和平视，更强的拼搏和斗争，更多的团结和协作，更好的效果和结局。中国洪水神话是建立在人本主义之上的，强调人力的伟大、人神关系平等和谐、天人合一，西方洪水神话是建立在神本主义之上的，强调神性的伟大，人神不可逾越。[①]可以看出，中华文明在她的婴幼儿时代即呈现出与众不同的气质禀赋和个性魅力。

## 二、水的飞升

《诗经》之后，华夏民族对水的认识逐渐深化，逐渐由形而下达至形而上的认识。这主要体现在春秋时代百家争鸣时期出现以水喻德和以水喻道，体现出其时思想认识的深化特别是哲学思维的勃兴。这也正是华夏民族心智快速成长、思想风暴迭起、青春热情张扬、生命活力焕发的可贵阶段。

其一是以水喻政治。召公谏周厉王弭谤说："防民之口，甚于防川。""故治川者决之使导，治民者宣之使言。"孟子以水说"仁政"，谓"民之归仁也，犹水之就下"（《孟子·离娄上》）。荀子说："君者舟也，庶人者水也。水则载舟，水则覆舟。"（《荀子·王治》）他还说君民关系犹如水的源流关系，"原清则流清，原浊则流浊"（《荀子·君道》），表明以上率下的重要性。他还以水阐明"礼法"思想。他说："水行者表深，表不明则陷。治民者表道，表不明则乱。礼者表也，非礼昏世也，昏世大乱也。"（《荀子·天论》）即水路要设置标志，标明水的深浅，治民要给民指明"道"，即礼。此可视为法家先声。

其二是以水喻美德。《荀子·宥坐》及刘向《说苑·杂言》对孔子观水的原因提出了一种新的解释。《荀子·宥坐》云："孔子观于东流之水。子贡问于孔子曰：'君子之所以见大水必观焉者是何？'孔子曰：'夫水，大遍与诸生而无为也，似德；其流也，埤下裾拘，必循其理，似义。其乎不尽，似道。若有决行之，其应佚若声响，其赴百仞之谷不俱，似勇。主量必平，似法。盈不求概，似正。约微达，似察。以出以入，以就鲜洁，似善化。其万折也必东，似志。是故君子见大水必观焉。'"《说苑·杂言》云："子贡问曰：'君子见大水必观焉，何也？'孔子曰：'大水者，君子比德焉。'"无论《荀子》《说苑》所记孔子之言是否足以采信（我认为追记或与时俱进地申发甚至根据需要编造的可能性甚大），但表明儒家把水作为道德象征在春秋时期已经出现，在西汉已经盛行。

其三是以水喻天道。《老子》说："上善若水，水善利万物而不争，处众人之所恶，故几于道。居善地，心善渊，与善仁，言善信，正善治，事善能，动善时。夫唯不争，故无尤。"这段文字赞美了水的尚柔、守雌、渊深、包容、利他不争，这是对水的高声赞美、真情歌唱，是将水视为至真至善至美至宝之物的咏叹，是以黄钟大吕的虔敬、如玉如圭的奉献、如诗如歌的吟诵，对水展开的最高礼赞，是诗的哲学和哲学的诗。这种对水的人格化、诗意化、哲学化描绘在世界古典文化史上也是光彩夺目的，至今也是熠熠生辉的。

其四是以水为本源。《管子》说："水者何也，万物之本源也，诸生之宗室也。"⑤这是中国古典哲学对水的最高评价和形而上之思考，它不再是比喻，而是定论。与此相关的还有在春秋战国时即有的金木水火土五行学说中，将水作为万物相生相克的基本代表。

世界古代四大文明，全部诞生于大河流域：埃及尼罗河，巴比伦幼发拉底河与底格里斯河，印度恒河，中国黄河长江，表明水是人类文明之源。而且世界多有水是万物构成要素甚至万物本源之说。如印度哲学认为世界由地火水风四大元素构成。希腊恩培多克勒（Empedocles）提出世界由"气、水、火、土"四种元素组成。而有古典哲学和现代哲学鼻祖之称的泰利斯也有"水是万物之源"之论。⑥

这些认识是把形而下之水上升到形而上之水。这些哲学性认识反映了各民族在他们的童年时代非常善于观察和思考。他们一眼不眨地盯着山川变幻和草木生长，他们不知疲倦地思索探究日月轮回斗转星移蕴含的道理，他们获得的成果给后人以深深的启迪和震撼。包括四大文明在内的所有人类文明，从来就没有离开过河流的滋养，它们既是生命之源，也是文明之源。

孔子说："逝者如斯夫，不舍昼夜！"感叹时光的流逝，是生命的喟叹，是欲有作为于世的儒者面对有限生命与宏大使命的抒怀，是非常感性的动人表达，是孔子诗性的体现。而赫拉克利特说："人不可能两次踏进同一条河流"，则是洞见事物本质与真相的哲人之见：运动和变化是永恒的绝对的，世间从来就没有真正的静止不动和一成不变。

智者乐水。水性使人通。可以说，水不仅让人变得灵动秀美，而且让人类变得聪明智慧。


### 三、江河水长流

伊沙先生曾有一首以黄河为题材的诗：

列车正经过黄河

我正在厕所小便

我深知这不该

我应该坐在窗前

或站在车门旁边

左手叉腰

右手作眉檐

眺望 像个伟人

至少像个诗人

想点河上的事情

或历史的陈账

那时人们都在眺望

我在厕所里

时间很长

现在这时间属于我

我等了一天一夜

只一泡尿工夫

黄河已经流远

——《车过黄河》

这里面要表达的是抛弃历史等诸多包袱，以揶揄之心、睥睨之眼、吊儿郎当之态面对曾经崇高事物。这里面有重新审视乃至解构历史与传统文化，甚至一切崇高神圣之物，不人云亦云的积极一面。但是，这里面更多体现出的对历史和传统的不以为然，对千百年来民族生存发展之依的不屑一顾，对民族共同心理积淀和认知的不屑，对芸芸众生不由自主如水趋附的嘲弄，这不能说是正确和明智的。韩东《大雁塔》里说："有关大雁塔，我们又能知道些什么。我们爬上去，看看四周的风景，然后再下来。"韩东重在入骨的反思，重在将自己入乎其中出乎其外。

此诗则仅为皮相上的嘲讽，是高高在上的隔岸观火、冷嘲热讽。作者自己或许没有认识到，他几乎是在用他可能反感的姿态在故作姿态，即以逆潮流的姿态在顺某种"潮流"，似乎还一度赢得了几许掌声。这种割裂自然与人文，割裂当下与历史，割裂民族与传统，割裂自己与民众，否定一切，消解崇高与庄严的手法，无疑是认为自己是石头缝里蹦出来的，并且有一种自以为是的高明和俯瞰众生的不屑，以及对一切崇高或神圣之人或物的吊儿郎当，是一种虚妄的挥刀自宫之举。为此，我也建议他读一读冯至的诗：

我们站立在高高的山巅
化身为一望无边的远景，
化成面前的广漠的平原，
化成平原上交错的蹊径。

哪条路，哪道水，没有关联，
哪阵风，哪片云，没有呼应；
我们走过的城市、山川，
都化成了我们的生命。

我们的生长，我们的忧愁
是某某山坡的一棵松树，
是某某城上的一片浓雾；

我们随着风吹，随着水流，

化成平原上交错的蹊径，

化成蹊径上行人的生命。

        **——《我们站立在高高的山巅》**

    诗人凸凹去年一本以李冰及都江堰、以众江河水为题材的长诗《水房子》惊艳诗坛。全书诗思喷涌不息，诗章水汽淋漓溅身，氤氲迷人，构建了一座水波涟滟、云蒸霞蔚、光怪陆离、引人入胜的诗歌的水宫殿。其中一首《有一种水》写道：

有一种水是海拔统筹指挥的水。

闭着眼，水走出水，沿着海拔的曲线与路标，

往大海里走。


这个海拔，大地和能量的海拔，正是你自己。

正是你自己，

永不停息的心跳的高差。


有一种水，是处低而居的水，

也是逆流而上的水，

能够从脚踝往上爬，成为上善和唇齿之依。

……


时间上千年、上千年证明：你的命，水的命，

都在一种水里活着。

水与命，有过命的深刻与亡命的漩涡。

……


飞沙走石。我一次次走在离堆的堰功道上，

石头一尊一尊排开、垒筑，

水声绽放，露出眼睛和呼吸。


我看见，

文翁、诸葛亮、高俭、章仇兼琼、刘熙古、赵不忧，

看见吉当普、卢翊、施千祥、阿尔泰、强望泰、丁宝桢……


看见有一种水在时间中涌流，

那么多你，赶着浪头，

一路护航，滴水不羼。

这是当代人谱写的水的交响乐，是多声部的合唱，是崇高的礼赞，是一脉相承而又立异标新的哲思之流。这里的历史意识、文明认知、生命观照、民生情怀、幸福祈盼，可谓元气淋漓、诗意饱满、情深义重。

这或许是我们面对水应有的态度。


"君不见黄河之水天上来，奔流到海不复回。"这是时空

之叹。

"星垂平野阔，月涌大江流。"这是浩荡之美。

"大江东去，浪淘尽，千古风流人物。故垒西边，人道是，三国周郎赤壁。乱石穿空，惊涛拍岸，卷起千堆雪。江山如画，一时多少豪杰。"这是江山之舞。

都江堰水利工程（文彩凤摄于都江堰）

"滚滚长江东逝水，浪花淘尽英雄。是非成败转头空。青山依旧在，几度夕阳红？"这是历史之问。

"江畔何人初见月？江月何年初照人？人生代代无穷已，江月年年望相似。"这是天道之思。

太阳底下没有新鲜事，而太阳每天都是新的。流过《诗经》的水一样而又不一样地流过山川、家国、过往、你我，流向未来。

## 注 释

①《周礼·春官·大宗伯》，上海古籍出版社，2023，274。

②刘毓庆，《中国文学中水之神话意象的考察》，《文艺研究》，1996（01）。

③钱锺书，《管锥编·毛诗正义·四三·蒹葭》，生活·读书·新知三联书店，2007，208-210。

④金家琴、李志华，《从洪水神话中看出中西哪些同与不同》，《中国社会科学报》，2018年1月2日。

⑤《管子·水地》，北方文艺出版社，2013，245。

⑥［德］汉斯·约阿西姆·施杜里希，《世界哲学史》，吴叔君译，山东画报出版社，2006，76。

# 龙行天下

潜龙腾渊，鳞爪飞扬之处，风生水起；飞龙在天，雷霆震荡之间，风起云涌。这是我们中国人头脑中存在的龙的形象。龙是中华民族的图腾和象征，其刚健勇猛之形、昂扬进击之气、卓尔不群之质、

历代龙形玉器组图（雍也摄于三星堆博物馆）

君临天下之威、护佑人民之德，令世人瞩目，并成为独特的民族文化，是中华民族"天行健，君子以自强不息；地势坤，天地以厚德载物"的形象写照。但是它的"来龙去脉"却扑朔迷

离、疑团重重，正如古人所谓"云中之龙，东鳞西爪"，龙到底是什么东西？它是怎么产生的？它有怎样的发展过程？应该怎么看待这一文化现象？

实在是一言难尽。

## 一、《诗经》之龙，不见真容

《诗经》中出现"龙"有四种情况：

一是与军事有关。主要是旗帜上绘有龙的图案。如：《周颂·载见》："龙旗阳阳"，《周颂·閟宫》："龙旗承祀"，《商颂·玄鸟》："龙旗十乘"，《大雅·韩奕》："淑旗绥章"。此外，还有一例为盾牌上绘有龙，《秦风·小戎》："龙盾之合"。

二是与衣服有关。如《豳风·九罭》："我觏之子，衮衣绣裳"，《大雅·韩奕》亦提及"玄衮赤舄"，《毛传》曰："衮衣，卷龙也。"孔颖达疏曰："画龙于衣谓之衮。"可见是绘龙之衣。很明显，这是龙还没有被皇权霸占独享时的贵族服装。倘在后来穿这样的衣服，恐怕会死得很惨。

三是与君王有关。如《小雅·蓼萧》："为龙为光。"《周颂·酌》："我龙受之。"《商颂·长发》："何天之龙。"历史上多解为"龙""宠"通用，但孔颖达对此提出过质疑。我认为根据历史悠久的龙崇拜及其后逐渐走向的王权专享，解为象征君王的龙似更合理。

四是与植物有关。《郑风·山有扶苏》："山有桥松，隰有游龙。"毛亨注曰："龙，红草也。"郑玄笺曰："游龙，犹放纵也。"孔颖达引陆机疏曰："一名马蓼，叶大而赤白色，生水泽中，高丈余。"就是说，此处的"龙"，当指水荭、荭草，是一种蓼科一年生草本，生长于水泽之中。可能是取其生于水中且其态屈曲蜿蜒如龙而命名，实与龙关联不大。

概而言之，《诗经》之龙，有图腾意义，表现在旗帜上；有身份意义，表现在贵族衣饰上；有象征意义，用在君王之喻上。但是，没有对龙形象的具体描绘，没有对龙神通的叙述，换言之，并未见到龙的"真容"，写到龙的"真功"。对比一下《楚辞》即可看出差异。《楚辞》写龙要深入许多。它交代了龙的

青铜龙柱形器（雍也摄于三星堆博物馆）

种类有龙、虬、蛟、螭等，交代了龙的神通，如《离骚》中"麾蛟龙使梁津兮，诏西皇使涉予"，龙可以做渡口桥梁以济人。交代了龙的形貌状态，如《远游》中"玄螭虫象并出进兮，形蟉虬而逶蛇"，《大招》中"螭龙并流，上下悠悠只"。这种龙是"生

龙活虎"的龙，是"活生生的龙"，是"真龙"。这说明：第一，《诗经》时代龙文化主要遗留下图腾性元素，并上升为象征性元素（至尊者）；第二，以北方为主的周人崇真尚实，不善玄想，与楚地巫风盛行、想象瑰丽奇特天马行空大异其趣。这恰好也是《诗经》与《楚辞》风格最大的不同，即《诗经》现实主义精神突出，浪漫主义精神阙如，而《楚辞》正好相反。

## 二、问世间龙为何物

《诗经》虽然写到了龙，但是龙到底是什么？不知道。像什么？不知道。能什么？不知道。为什么？不知道。我们只能透过其他典籍得以窥知：

《周易》中多处出现龙上天入地的身影。"潜龙勿用""见龙在田""飞龙在天""亢龙有悔""群龙无首""龙战于野"，正如古人的疑问："若不朝夕见，谁能物之？"从这里，我们至少知道，龙是能上天入地的。它对人们做出趋吉避凶的行动是有启示的。

《左传》之龙为水中之龙。"郑大水，龙斗于时门之外洧渊。"①这段记载其后还讲述了管子认为龙与人两不相干互不相求，不愿祭祀的有趣故事。这难道是古人所谓的蛟龙？还有一段讨论龙是否智慧、为何少见、今人为何无法获其真身的有趣对话。魏献子问于蔡墨曰："吾闻之，虫莫知于龙，以其不生得也。之知，信乎？"对曰："人实不知，非龙实知。古者畜龙，故国有豢龙氏，有御龙氏……"献子曰："今何故无之？""……龙，水物也。水官弃矣，故龙不生得。"[2]这段话表明：此前，人们眼中的龙是"水生动物"，且人们曾有豢龙、御龙、食龙的历史，其后，人们口耳相传的龙，即使在华夏民族的青少年时代，也已经是"凤毛麟角"了。

《山海经》之龙是古代典籍中最神妙的。其眼一睁一闭即为昼夜之替："西北海之外，赤水之北，有章尾山。有神，人面蛇身而赤，直目正乘，其瞑乃晦，其视乃明。不食不寝不息，风雨是谒。是烛九阴，是谓烛龙。"[3]能致雨："应龙已杀蚩尤，又杀夸父，乃去南方处之，故南方多雨。"[4]出没时"声光电"齐备："东海中有流坡山，入海七千里。其上有兽，状如牛，苍身而无角，一足，出入水则必有风雨，其光如日月，其声如雷，其名曰'夔'。黄帝得之，以其皮为鼓，橛以雷兽之骨，声闻五百里，以威天下。"[5]从这里，我们知道，龙是神物，有呼风唤雨神通广大的本领。《山海经》中的龙无疑是古代典籍中最灵异、最神奇、最

全国多地周代蟠龙铜罍（雍也摄于四川博物院）

玄幻甚至最有趣的。

《楚辞》之龙如上文所述，可以看出其较为生动丰满的形象。但其在水中游弋的形象令人不由自主地想到鳄鱼。

《史记》之龙饶有趣味："天降龙二，有雌雄，孔甲不能食，未得豢龙氏。陶唐既衰，其后有刘累，学扰龙于豢龙氏，以事孔甲。孔甲赐之姓曰御龙氏，受豕韦之后。龙一雌死，以食夏后。夏后使求，惧而迁去。"⑥这段故事与《左传》上记载大体一致，特别表明其时有驯龙培训师、养龙专业户，并受到君王器重。似乎说明龙是曾经真实存在之物。那么我们猜测，如果这个龙不是传说之龙，则此龙或为鳄蜥之物？此外，《史记》中还有龙躺在刘邦母亲身上而使之受孕生刘邦的记载："其先刘媪尝息大泽之陂，梦与神遇。是时雷电晦冥，太公往视，则见蛟龙于其上。已而有身，遂产高祖。"⑦联系到历史上皇帝位登

沈府君阙龙衔玉璧石雕（戴连渠摄于渠县沈府君阙）

九五之后为自己及家族搽脂抹粉、脸上贴金的不良诚信记录，我们有理由相信，这是刘邦为自己平民出身而编造的"血统来源高贵"的神话故事，也是商人"天命玄鸟降而生商"、周人"履帝

武敏欣"之类古代神异传说的翻版。

《说文解字》之龙变幻莫测。"龙，鳞虫之长。能幽能明，能细能巨，能短能长。春分而登天，秋分而潜渊。"[8]虽然仍然是大而化之，但可能已是古人对龙说得比较清楚到位的一段文字：是什么东西？居什么地位？有什么神通？有什么习性？

东汉龙虎衔璧石棺拓片（雍也摄于四川博物院）

《本草纲目》之龙形象鲜明。"龙者鳞虫之长，王符言其形有九似。头似驼，角似鹿，眼似兔，耳似牛，项似蛇，腹似蜃，鳞似鲤，爪似鹰，掌似虎，是也。其背有八十一鳞，具九九阳数。其声如戛铜盘。口旁有须髯，颔下有明珠，喉下有逆鳞。头上有博山。又名尺木，龙无尺木不能升天。呵气成云，既能变水，又能变火。"[9]这个龙的形象实际是引用汉代人的描述，已经与今人眼中的龙形象几乎毫无二致。

综上可知：无论是"一本正经"的史书还是荒诞不经的志怪之书，无论是文学性书籍还是医学性书籍，都承认有龙，而且有形有象，"有为有位"。总体上看，历史上的龙有变化莫测之形，有神通广大之能，有护民佑人之德，有仰止景止之位。当然也有穷凶极恶的种类和兴妖作怪的不良记录。

### 三、龙是怎样"炼"成的

龙是怎么产生的？闻一多先生考证后，做出了三个极具识见并影响深远的论断：

1. 龙是一种图腾集合体，其主干和基本形态是蛇

"它是一种图腾（Totem），并且是只存在于图腾中而不存在于生物界中的一种虚拟的生物。因为它是由许多不同的图腾糅合成的一种综合体。因部落的兼并而产生的混合的图腾……龙图腾，不拘它局部的像马也好，像狗也好，或像鱼、像鸟、像鹿也好，它的主干部分和基本形态却是蛇。这表明在当初众图腾单位林立的时代，内中以蛇图腾为最强大，众图腾的合并与融化便是这蛇图腾兼并与同化了许多弱小单位的结果……大概图腾未合并以前，所谓龙者只是一种大蛇，这种蛇的名字便叫'龙'。后来有一个以这种大蛇为图腾的团族（Klan）兼并、吸收了许多别的形形色色的图腾团族，大蛇这才接受了兽类的四脚，马的头，鬣的尾，鹿的角，狗的爪，鱼的鳞和须……于是便成为我们现在所知道的龙了。"[⑩]

2. 龙图腾与诸夏关系紧密

"这综合式的龙图腾团族所包括的单位大概就是古代所谓'诸夏'，和至少与他们同姓的若干夷狄。他们起初都在黄河流

域的上游即古代中原的西部，后来也许受东方一个以鸟为图腾的商民族的压迫，一部分向北迁徙，即后来的匈奴，一部分向南迁移，即周初南方荆楚吴越各蛮族，现在的苗族即其一部分的后裔。留在原地的一部分，虽一度被商人征服，政治势力暂时衰落，但其文化势力不但始终屹立未动并且做了我国四千年文化的核心。东方商民族对我国古代的文化的贡献虽大，但我们的文化终究以龙图腾团族（下简称龙族）的诸夏为基础。龙族的诸夏文化才是我们真正的本位文化，所以数千年来我们自称为'华夏'。"[11]

3. 龙是中国人的象征

"历代帝王都说是龙的化身而以龙为其符应，他们的族章、宫室、舆服、器用，一切都刻画着龙文。总之，龙是我们国家立国的象征。随着帝制的消亡，这观念才被放弃。然而说放弃实地里并未放弃。正如政体是民主代替了君主，从前作为帝王象征的龙，现在为每个中国人的象征了。"[12]

这些论述论断深具史见、史识、史才、史智，并有人类学作为支撑，让人钦服。但我认为其涵盖的动物并不全，比如鳄鱼，在出土龙形文物中能看到鳄鱼元素甚至鳄鱼形象，如最早的蚌塑龙即中华第一龙。个人甚至认为，因史前气候物候与后世差异巨大，其形态还可能包含蜥蜴。

刘毓庆坚持并发展了闻一多先生的观点，特别指出了其中蕴含的古人的思维心理及其文化意义，他认为：

"龙可以说是一个文化象征系统，它由众多的图腾糅合形成了巨大的形象，而每一部分形象的取舍，都是由民族的审美心理在驱动、支配着的，每一部分都有其象征意义存在，简单地说，它的象征意义是：牛头，象征勤苦、忍从、拼斗，代表着农耕文化；猪嘴，象征食欲，代表着口食文化；蛇身，象征性欲，代表着性文化；鱼鳞，象征多子欲望，代表着生殖文化；龟颈，象征长寿欲望，代表着养生文化；马鬣，象征功业欲望，代表着英雄崇拜；鸟爪，象征权力欲望，代表着'官本位'文化；羊须，象征心地善良；鹿角，象征君子风范；狗形，象征忠实品格。龙的生成是文化融合的结果，而这种文化融合所构成的特殊形态则体现着中国文化包容与和谐两种基本精神的力量，而这两种基本精神，正是人类未来所需要的。"[13]

其论我认为总体颇为有理，唯蛇身象征性欲恐怕未必。因其形总体取蛇为基，则应是取其灵敏凶猛威慑为其内在寄托（据研究，因其时水泽众多，草木茂盛，蛇虫四处出没，古人畏蛇，已进入潜意识，形成忌避崇拜心理，乃至不敢直呼其名而称"它"），况其蛇身与性欲关联性似乎太牵强了。

闻一多先生关于龙之原型及其产生的观点虽然立论有据影响广泛深远，但并未一统江湖。据徐永安先生梳理，还有如下一些重要观点。

王从仁"区域生成说"：形形色色的龙，是各自独立地产生于各个地区的，龙形的起源是多元的，中华大地上曾经长期共存过多种姿态不一的龙。

阿尔丁夫"野马说"："中原地区的龙并非固有，乃是来源于北方，连其名称也来源于北方民族当中的匈奴或东胡系诸族语言的音译。""华夏文化中的龙即神化的野马及其有关传说，归根到底是经由北方民族传入的。"

何星亮认为：龙的原型是蟒蛇。

杨青认为：南蛇形态是龙的原型，而且南蛇（蚺蛇）诸类形态，也构成了龙的多形态。

李炳海提出龙蛇图腾源于雷图腾。

苏开华提出"胚胎说"：龙的原型是母腹中尚未发育成形的胎儿。

何根海提出龙的初始原型为河川，而蛇蟒蜥鳄是龙的次原型。

此外，徐永安还梳理了一些学者对少数民族龙文化观念的研究：

覃圣敏考察壮侗语诸民族龙蛇观念，认为"图兀"应是鳄鱼。进入农业社会后，才输入了汉族"龙"的名称，并逐渐取代了"图兀"之名。

蓝鸿恩认为壮族先民最早崇拜的是"蛟龙"，蛟龙图腾应该是鳄鱼。

谷因依据布依族的传统风俗和民间文学撰文分析指出：布依族所崇拜的龙的原型是大蛇和鳄。

杨鹍研究苗族刺绣龙纹的文化内涵，认为它们反映的是生殖崇拜，而不是图腾崇拜。

杨昌鑫通过对五溪之域少数民族文化中的龙文化内涵的分析，认为这里"民间世代承袭的是远古对'龙'原生态的虔诚崇奉，根本不是将其作图腾信奉，而是视为最能生殖之'男性圣根'"。

陈啸认为，龙崇拜是苗族祖先崇拜的主要反映。

杨正权认为在图腾生人神话中，龙也被西南各民族奉为图腾，进而产生了人龙同源、人龙结合生人等神话。

高静铮认为，白族自称为"九隆族"后裔，白族初民以龙为图腾、水神。

吉成名研究少数民族崇龙风俗得出以下结论：第一，少数民族崇龙风俗源远流长，最早可以追溯到四千多年前，不同民族崇龙风俗的形成有早有晚，绝大多数少数民族都崇龙；第二，少数民族崇龙风俗是受汉族崇龙风俗影响而产生的，少数民族的崇龙风俗往往具有本民族的文化特色；第三，少数民族主要把龙当作主管雨水的水神崇拜，少数民族赋予龙的文化含义不如汉族那样丰富；第四，有些少数民族本民族各地的崇龙风俗也不完全相同，具有较强的地方特色。

从上述梳理的情况看，龙的观念在少数民族特别是南方少数民族中也广泛存在，而且由来已久，绵延数千年。但追根溯源，应来自华夏民族。

徐永安先生还对日本学者的龙文化研究做了梳理。

伊藤清司：龙的原型之一是鳄。

石田英一朗：在北方是与马结合的能入水升天的龙，在南方是与牛结合的潜入水中的蛟龙，并指出两者长期交流而融合。

安田喜宪：长江流域的龙以清晰的形象出现的年代为五千年前的良渚文化时期，较北方的查海遗址要晚两千年以上，应该说它是受来自北方的红山文化的影响而诞生的，而"将蛇和龙同等看待可以说是龙传播到南方稻作地带以后的事"。

荒川纮：水与龙蛇紧密结合的观念遍布欧亚大陆；产生龙的是幼发拉底河、底格里斯河、黄河；龙的观念产生在美索达米亚早于中国，是由美索不达米亚传入中国的。

田中英道：西方龙有些部分是在西方独自产生的，而有些部分是从某个时代起受到东方龙的影响后产生的，中国的龙大多是善的象征，但在西方，龙几乎都是作为善恶二元论中的恶的象征出现的。而且作为邪恶象征的龙不知不觉间又成了与西方对立的东方的象征。[14]

不得不说，这些日本学者的研究非常广泛深入，既融有文化、历史、地理、民俗和人类学的研究，有些还结合了考古成果，是非常有学养、有见地、有启发、有价值的，特别是指出了历史上南北龙文化的差异、传播、交流、融合与统一，在我看来，这些日本学者的研究是得到了龙文化真谛的。

这些龙文化形成的观点可以说是令人眼花缭乱，莫衷一是，个别观点石破天惊甚至似乎荒诞不经，让人不敢苟同。但细看其论证，又各有其理，各见其妙。这些不同的观点，恰恰说明了龙文化产生的多元性、复杂性、交融性、变异性、复合性、长期性、衍生性、扩散性、发展性、趋同性，换言之，"你有你的龙，我有我的龙""此时有此时的龙，彼时有彼时的龙""未必都叫龙，未必都像龙，表现为诸物，本质是图腾"。最后，万涓成水终于汇流成河，不同族群及其"龙"在历史的长河中相遇、碰撞、纠缠、交流、融汇，最后一条为各地各方各民族所共同尊奉的新龙昂首摆尾，呼啸而出，腾空而起，飞扬在中华民族的上空。这正是中华文明多元一体的体现，正是中华文化和谐包容的体现，正是中华民族源远流长生生不息的体现。

### 四、重见天日的龙

龙的形象历来众说纷纭。考古让历史上特别是史前时期"沉睡"在地下的龙得以重见天日，露出真容。首都师范大学历史学院教授袁广阔从考古学视野下研究梳理的中华龙的起源发展情况如下：

1. 仰韶文化时期

距今 7000~5000 年的仰韶文化已开始出现原始的龙纹，如鱼龙、蛇龙、猪龙、鳄龙等。这些早期龙形文化遗存的产生，与自然崇拜密切相关。这一阶段社会生产力水平低下，原始宗教盛行，为"万物有灵"提供了文化土壤。一些与早期文明生活关联

紧密，或具有威慑力的动植物，成为自然崇拜的对象。东北地区
祀蛇和猪，太行山以西崇鱼和鸟，太行山以东敬虎和鳄鱼，长江
中游尊鳄鱼。这些动植物在崇拜、敬畏的文化滤镜下被逐渐神
化，形象上更经由不断加工、融合、创新，形成了不同区域各有
特色的原始龙形象。

简言之，仰韶文化中不同地区的鱼龙、蛇龙、鳄龙，均是现
实生活中鱼、蛇、鳄等自然形象神格化的产物。

2. 龙山文化时期

距今 5000~4000 年前的龙山时代是中华文明形成的关键阶
段。这一时期，各地文化争奇斗艳，古国、青铜、文字等文明因
素不断涌现，文明化进程大大加快。文化间的交流更加频繁、剧
烈。地缘化的鱼纹、鸟纹等开始减少，南北各地自成一格的龙纹
形态则开始趋同，统一表现为鳄鱼与蛇纹的融合体。这一新的格
制化龙纹形象，经过先民不断汇融、取舍、创新和改造，体现出
更为神灵化的特征、更加接近神龙的形象。

龙山时代的龙纹已摆脱仰韶时代单一动物形象的特征，以蛇
与鳄为主体，吸收虎、鱼等多种动物的特征，成为汇集多种形象
的趋同人格化形象。

此外，遗存的物质信息展示出这一时期龙纹应是权力和王者
的标志，陶寺的龙纹盘、凌家滩玉钺、龙形玉器都出自大型王墓
之中。龙作为王权的象征，早在中央集权王国形成之前的方国时
期已经出现，龙形象的不断成熟与格制化，造型的日趋定型、完

善，可视为中华文明不断发展的侧影。

3. 夏商时期

夏与商不仅认为龙是自己的神祖，而且认为龙与自身族群的存亡联系紧密。夏人不仅尊龙、养龙，而且专设养龙的官职。商代人对龙的信仰抱有更大的热忱，铸形以象物，在祭祀坑及墓葬中埋藏数量惊人的青铜器。这一时期的龙纹在继承蛇龙、鳄龙等原始龙纹的基础之上，又具有了鸟、象、鹿、马等动物的特点，形象上更为怪异神秘、绚烂瑰丽。商代龙纹是青铜器装饰图案中最优秀的作品之一，代表了时代铸铜工艺的最高水平。它涵容化用"百物"特点，奠立了后世龙形象的基本特征。

袁广阔先生建立在实物证据上的结论是十分坚实有力的：

"考古学视野下中华龙的起源与演变大致经历了三个阶段：仰韶时代以单一动物为原型的龙纹；龙山时代以鳄鱼、蛇纹为主体兼取一两种动物特征的龙纹；夏商时期以鳄、蛇为主体，兼容鱼、虎、鹿、鸟等多种动物特征的龙纹。龙纹从孕育到滥觞，经过仰韶和龙山时代的发展传承，夏商时期的协和融通，最终风驰雷动、孕育成形，奠立起后世龙的基本格制。中华龙的形象，是撷取拼合多种动物交融的神物，其形成与演变过程正是中华文明不断发展的真实写照：从仰韶时代以中原为主星，带动周边满天星斗，到龙山时代的逐渐融合，最终形成夏商时期多元一体的格局。经历数千年的创造、演进、融合与涵育，龙最终升华为中华民族的精神象征、文化标志、信仰载体和情感纽带。"⑮

　　这篇文章极其雄辩有力地说明了中华龙文化的起源、传播、流变、形成、发展、定形，回答了关于中华龙文化的诸多疑问，也间接驳斥了千百年来的许多谬见陈说，探讨了龙的起源，回顾了考古显示的龙在中华大地上走过的漫长的岁月和道路。我们需要知道，中华第一条龙在何地、何时、以何种方式出现。

　　最早有中华第一龙之称的是红山 C 形墨绿玉龙，1971 年在内蒙古翁牛特旗发掘出土，据测定为距今 5000 年前作品。它光洁圆润，简练生动，秀美优雅，沉默而含情欲语，娴静而飘飘欲仙，如一弯从地平线上飞升、永远定格在历史天空的新月，闪烁着悠悠的清辉与神秘，勾挽着人们的目光与柔情、迷恋与遐想，显示出古人以宗教般的虔诚和热忱、以智慧和心血创造出的艺术的光芒。

　　但后来的考古成果证明，这并非中华第一龙。1987 年在位于河南省濮阳县城西水坡仰韶文化遗址中发现，在一个墓室中部的壮年男性骨架的左右两侧，有用蚌壳精心摆塑的龙虎图案，其中龙图案身长 1.78 米，高 0.67 米，龙头前伸略扬，如蛇鳄一样的长嘴露齿大张欲啮，足爪张开抓地，尾长曳如飘，腰背收缩隆起，耸身欲前，形如马犬蛇鳄之合体，势若欲奔欲击之状。其形似犬马而身形比例明显长于犬马，瘦于鳄而丰于蛇，其头长、颈长、身长、尾长，已是多种动物形体构件组装之具，除头部尚无后世之头角峥嵘之形外，已然为龙之形貌。其与虎各呈于主人尸骨之侧，或为守护主人灵魂，助其奔走穿越、呼风唤雨、上天入地之用？这只龙据测定约为 6000 年前作品，是目前所知的中华第一龙。以后还有没有考古成果刷新这个第一？相信会有的。

### 五、源远流长的龙崇拜

从典籍到考古成果都清晰地表明：中国人对龙的热衷是由来已久的。朱学良先生以专文探讨了中国人龙崇拜观念的发展过程。他认为，上古至秦汉是龙崇拜观念从产生到成熟的重要时期。在这漫长的历史时期，龙崇拜又被划分为图腾崇拜阶段、灵物崇拜阶段、神灵崇拜阶段、王权崇拜阶段。对王权崇拜阶段的龙崇拜，他特别指出："龙崇拜在王权崇拜阶段的表现是帝王家族独占，人们的思维意识是对王权的臣服、惧怕与顶礼膜拜，帝王家族正是借助此种心理，以龙来神化自己的出身，以此凸显自己的权力，以至于龙已经沦为皇权的奴隶，这恰是集权政治在思想意识领域的表现。这种情况下的龙崇拜活力最少，它为帝王所垄断所占有，成为权力代表，是一种僵化，也表现出人们对这种权力崇拜的臣服心态。当王权崇拜的实质不断被历史事实戳穿，才会有底层意识的反动，'王侯将相宁有种乎'，已经不仅仅是冒险家的豪言壮语，也是普通大众对此种政治文化的心声。在权力层面不能分享龙崇拜的大众，转向民间社会的风俗，将龙崇拜的文化意蕴发挥到了极致，表现出另外一种反垄断的方式。否则，中华大地上绵延大约六千年的龙文化不会丰富多彩，因为有了对龙崇拜的多元理解，龙文化才会有历久弥新的文化意蕴。"⑯

这里对龙崇拜的分期，非常有意义。对王权崇拜阶段龙崇拜导致的龙文化活力的降低，也指出了社会对垄断的反动，这是非常有见地的：封建专制从来就是抑制思想活力、文化活力、社会活力、创新活力的紧箍咒和铁锁链。这或许也是以黑格尔为代表的学者对中国两千余年封建社会的看法：中国几千年封建社会无本质变化（原文为："中国很早就已经进展到了它今日的情状，但是因为它客观的存在和主观运动之间缺少一种对峙，所以无从发生任何变化，一种亘古如此的固定的东西代替了一种真正的历史的东西。"）。[17]

## 六、龙泉驿的龙：豢龙世家今犹在

我工作生活的成都市龙泉驿区有丰富的龙文化。除区域之名有与龙有关的传说，包括辖区内的龙泉湖、龙泉山、青龙湖、金龙寺、金龙水库，甚至龙泉街道办事处（原龙泉镇）和十陵街道办处事（原十陵镇）有来龙、接龙、转龙、合龙等村（社区）名，对龙的"接

北周文王碑石雕双龙（雍也摄于龙泉驿区北周文王碑）

待"简直是"一条龙"服务。

龙泉驿之名因何而来？问许多人都一脸蒙。据久居龙泉的作家、学者贾载明先生的广泛考证、深入论证，其中一说为：在宋朝每逢旱灾，人们便会求雨。那时成都人求雨主要在两个地点：一个地方是位于都江堰的宝瓶口，另一个地方，大概就是现在龙泉驿自来水一厂附近的位置，在当时，这两个地方被称作"龙眼"。龙泉驿在唐宋年间为灵池县的王店镇，只有一条长街，位于这里的一颗"龙眼"实则为一口大井。而在当时，就单单这一口大井的出水量，就养活了半条街，约五千人。经后来探索，发现了该泉眼下的暗流，人们赞其为"龙泉"。贾指出：这个说法，得不到考据学的支持，不足为信。但是吻合了古人命名"龙泉"的文化心理与历史真实。他引用《茅亭客话》中"灵池县分栋山磵洞土穴之内出龙骨，大者十数丈，小者三五丈。有五色者，有白如绵者"一句，指出这是龙泉山麓以"龙"命名的主要文化历史依据，并考证出龙泉其名在《蜀中广记·卷八》和《读史方舆纪要·卷六十七·四川二》中均有出现。前者为"自赖简西亘，潜渡雁江而直走龙泉，又曰隆泉，在治北八十里，以涧水隆盛为名。……《灵泉志》云：废灵泉县在州西北七十里隆泉驿之右"，后者为"龙泉镇，州西七十里，有巡司；又西十里，有龙泉驿，亦曰隆泉，一名灵泉"。他还指出龙泉驿之名应在明朝洪武六年（1373）之后。可谓考辨翔实，言之有理。我个人认为，从自古以来崇龙尊龙的观念、龙为生水兴水之物的认识来看，"龙泉"从唐宋时期存在的以水命名的"灵池""灵泉"转化而来的可能性更大。

十陵街道办事处之明蜀僖王陵内圹志上，有矫健张扬、威猛凌厉、皇帝专用的五爪金龙，而且其墓门上钉有九九八十一颗凸起的门钉。这两者是位居九五之尊的帝王才能享有的葬制。很明显这是有杀头甚至灭门之罪的严重的僭越行为，而且发生在拥有铁血心肠、霹雳手段的朱棣所统治的时期。为什么会有这种严重犯忌的行为？据研究是因为僖王在朱棣发动靖难之役时与大多数反对朱棣拥护朱允炆的藩王不同，他自始至终坚定地站在朱棣一边。因而僖王英年早逝后，明成祖特示恩宠破格赐予死者使用。另一镇洛带镇公园内有一古迹名"八角井"亦有水通东海龙宫的传说。洛带镇更有与中国古代龙文化直接勾连的刘家舞龙文化及其家族传说。

刘家为湖广填川时自江西赣州迁入龙泉驿区之客家人，至今与该区域及周边众多客家人一样说客家话，并保留可溯至夏

蜀僖王陵五爪金龙（明蜀王陵博物馆提供）

刘家龙舞（金士廉摄于龙泉驿区洛带古镇）

朝刘累的族谱、清明举族祭祖等风俗和耕读传家、忠孝为本等家风家训。刘氏后裔、我的朋友刘学伟回忆其家族原有碑刻："豢龙世家，破楚苗裔"，叙其先祖事，即刘累豢龙、刘邦击败项羽事。其舞龙文化来自与《左传》《史记》所载相似的传说：夏朝时其先祖刘累受聘为君王孔甲养龙，因工作认真负责，成效明显，受到孔甲高度赞赏，获得御龙氏的荣誉称号。但天有不测风云，后来一条龙不幸死掉，刘累只得偷梁换柱，用有关器物扎一条活灵活现的龙以蒙混过关。后世子孙遂传下扎龙舞龙之技。刘家子孙舞龙时金龙翻腾神采飞扬，在成都远近闻名。我有一首名为《宝胜村》的诗叙其舞龙之风：

在龙泉驿眼中

这里绿色丰盈

乡愁茂盛

在这里可以吃葡萄不吐葡萄皮

有被养得白白胖胖的传说

可以听到一千年前古人

打躬寒暄的声音

云朵在乡村天空的 T 形台上

花枝招展顾盼生情

白鹤的翅影被清澈的阳光濯洗后

片片散落下来

让前村的东山相望相闻

让百里外隐居的西岭雪山现身

观景台上可以看到

月亮星星和农家庄稼鱼塘明亮的心情

庄稼汉们一呐喊

闭目养神的刘家龙就两眼放光

兴奋地扭动起被困得发痒的腰身

腾空而起

吞吐出漫天的风景


## 七、龙之路

几千年间，龙由祖先眼中的蛇鳄等超凡灵异之物演化而生，它一路迤逦而来，一路腾云驾雾而来，一路兴云致雨而来，一路电闪雷鸣而来。在我们回望的目光中，它一路走一路像光与影一样不停幻化，像江河一样吸纳山川灵气蜿蜒前行，其形象越来越复杂，能量越来越强大，地位越来越显赫，渐渐地，它变得怪异而凌厉，神圣而威严，无声而张扬，卓然而孤立，最终定格在帝王的宫殿、民间的庙宇、物件的内部和人们的头脑深处，成为神圣不可侵犯、神秘不可测度的威权力量的象征（其实，民间更多把它看成能致雨致水的神怪）。在近代皇权坍塌迷信渐远之后，又像被风吹散的一片云雾，变得模糊抽象而疏离疏远。

龙者为何？我认为，龙是中华文化中一种独特而突出的文化，是中华民族的图腾。它起源于史前时期的动物崇拜，在不同地域、不同民族、不同历史时期有不完全相同甚至完全不同的形象，但有相似的内涵，历经动物崇拜、神灵崇拜、王权崇拜，其形象、特征及内涵、功用、地位大致在秦汉时期确定。其形象汇集了蛇、鳄鱼、蜥蜴、鱼、鹰等多种形象，具备上天入地兴云致雨护佑人民的"超凡本领"，也偶有兴风作浪的"不良记录"，在中国人心中有很高的地位，在封建社会是皇权的象征，在民间为生水兴水之神。龙文化的形成与发展过程是中华文明异彩纷呈、多元一体、互动交融、海纳百川、生生不息的体现。龙已成为中国和中国人的象征。

在梳理龙和玉等中华文明的标志性元素中，在聆听《诗经》等典籍中的金声玉振里，我们对中华的认知也逐步清晰起来。从"宅兹中国"的何尊中，我们听到了中国从十月怀胎一朝分娩的母体里呱呱坠地的声音。而她的受孕萌生在哪里？考古学家认为，就在陶寺遗址的四千多年前的城市、宫殿、观象台建造的夯筑声里，在惊鸿一瞥的"文"字里，在中华民族的精神图腾"龙"的飞扬吞吐里。而中华文明的身影则跋涉在更早更远的与熠熠生辉的玉石相携相伴、与张牙舞爪的龙共生共舞的洪荒和混沌里。

注 释

① 《左传·昭公二十年》，中华书局，2012，1876。

② 《左传·昭公二十年》，中华书局，2012，2046。

③ 《山海经·大荒北经》，上海古籍出版社，2015，386。

④ 《山海经·大荒北经》，上海古籍出版社，2015，378。

⑤ 《山海经·大荒东经》，上海古籍出版社，2015，341。

⑥ 《史记·夏本纪》，中华书局，2011，77。

⑦ 《史记·高祖本纪》，中华书局，2006，289。

⑧ 许慎，《说文解字》，崇贤书院整理，北京联合出版公司，2018，1132。

⑨ 《本草纲目》，黑龙江美术出版社，2009，960-961。

⑩ 闻一多，《伏羲考》，上海古籍出版社，2009，21-22。

⑪ 闻一多，《伏羲考》，上海古籍出版社，2009，27。

⑫ 闻一多，《伏羲考》，上海古籍出版社，2009，27。

⑬ 刘毓庆，《图腾神话与中国传统人生》，人民出版社，2002，15。

⑭ 徐永安，《"龙崇拜起源"研究述评》，《长江大学学报》（社会科学版），2007（03）。

⑮袁广阔，《龙图腾：考古学视野下中华龙的起源、认同与传承》，《光明日报》，2020 年 12 月 2 日 11 版。

⑯朱学良，《上古至秦汉时期龙崇拜之嬗变及其文化意蕴》，《文学与文化》，2012（3）。

⑰［德］黑格尔，《历史哲学》，王造时译，上海书店出版社，2006，110。

# 疑是玉人来

　　玉是中华文明中如影随形精灵附体一般的存在。世界上没有一个民族像我们一样对这个本质为石头的"石之美者"①寄寓了如此深厚的感情，凝聚了如此深情的目光，传递了如此贴心的温热和怜爱，提升了如此巨大的价值，赋予了如此巨大的能量。她的温润与光泽不仅让岁月和历史变得更加明亮雅洁，其风采与神韵也让文化和文明变得明眸善睐气息迷人，她的精魂与灵气更让一个民族变得骨骼清奇风神俊朗。正如宗白华先生所言："中国向来把玉作为美的理想。"②当代文学、人类学名家叶舒宪先生甚至认为玉文化先统一中国，而且整个东亚也被玉文化统一了③。并且有人提出文化中国的概念，认为文化中国是玉器时代的产物，更在中国人"龙的传人"基础上，提出了"玉的传人"④。这真是令人耳目一新且饶有趣味的观点。比较普遍的认识是对玉的青睐与热衷及博大精深的玉文化为中国文化所独有，甚而至于在世界文明史普遍的时代划分上，即石器时代—青铜时代—铁器时代中，在石器时代与青铜时代之间要加上一个五彩斑斓影响深远不容忽视的玉器时代。今天我们翻阅古老的《诗经》和各类文化典籍，仍能看到它四处闪烁，熠熠生辉，光彩照人。

## 一、《诗经》闪烁之玉

《诗经》之玉洋洋大观，种类繁多。据统计，单是玉字就有17处之多，而玉器及相关称呼亦有珪、璧、琼、玖、琚、瑶、璋、瓒、琇、莹、珈、球、瑱、珩、琫、珌、琛、璊、璲约20种。

《诗经》之玉的主要用途：

一是用于敬献天地祖宗。"圭璧既卒，宁莫我听？"祭祀中明确用了极其珍贵的圭、璧。而"不殄禋祀，自郊徂宫。上下奠瘗，靡神不宗"《云汉》，在这种广泛的祭祀并且奠埋的物品中，也一定有圭、璧、璋等重要玉器礼器。这与《周礼》的记载是相合的：

以玉作六器，以礼天地四方：以苍璧礼天，以黄琮礼地，以青圭礼东方，以赤璋礼南方，以白琥礼西方，以玄璜礼北方。⑤

二是用于封赏朝觐礼仪。如"济济辟王，左右奉璋。奉璋峨峨，髦士攸宜"（《棫朴》），"厘尔圭瓒，秬鬯一卣"（《江汉》），"锡尔介圭，以作尔宝"（《崧高》），"受小球大球，为下国缀旒，何天之休"（《长发》），"韩侯入觐，以其介圭，入觐于王"（《韩奕》）。而其时，使用玉器是有规矩的：

以玉作六瑞，以等邦国。王执镇圭，公执桓圭，侯执信圭，伯执躬圭，子执谷璧，男执蒲璧。⑥

不同等级的人使用的玉器是不同的，是不允许乱来的，否则，轻则会被人视为无礼，让人侧目而视；重则会被视为僭越，让人兴兵讨伐。如果不幸撞到讲规矩讲原则的孔夫子的枪口上，会被吐槽得更惨，一定会像季氏在家庭舞会中偷偷用天子享有的演出规格（八行列队表演）一样，被孔夫子认为大逆不道，在相关档案里被咬牙切齿地记上一笔，永远被钉在历史的耻辱柱上，万世不得翻身。

三是用于交往传情达意。"何以赠之，琼瑰玉佩"（《渭阳》），"彼留之子，贻我佩玖"（《丘中有麻》），"投我以木桃，报之以琼瑶"（《木瓜》），"知子之好之，杂佩以报之"（《女曰鸡鸣》）。

四是用于衣饰仪容美饰。"佩玉琼琚""佩玉锵锵"（《有女同车》），"玉之瑱也"（《君子偕老》），"有匪君子，充耳琇莹，会弁如星"（《淇澳》），"彼都人士，充耳琇实"（《都人士》），"巧笑之瑳，佩玉之傩"（《竹竿》）。而佩戴玉器亦是有讲究的：

"天子佩白玉而玄组绶，公侯配山玄玉而朱组绶，大夫佩水苍玉而纯组绶，世子佩瑜玉而綦组绶，士佩瓀玟而缊组绶。"⑦

可以看出，佩玉饰玉是其时贵族的标配，是其身份地位的标志，也是贵族社会的时尚。所谓"小人无罪，怀璧其罪"即可从反面印证这一点。由于其尊其贵其珍其宝，《诗经》时代已发掘出玉所具有的诸多美善之性，以喻君子之才德品性。如"有匪君子，如切如磋，如琢如磨……有匪君子，如金如锡，如圭如璧"（《淇澳》），"追琢其章，金玉其相。勉勉我王，纲纪四方"（《棫朴》），"王欲玉女，是用大谏"（《民劳》）。开启了以玉喻人（包括君子，甚至君王）和一切美好事物的传统。这表明玉在古人心中是多么高贵纯正和温润优雅的存在啊！

《诗经》之玉文化是礼乐文化的一部分，体现了周人重德尚礼的时代精神，是中国玉文化承前启后的重要发展时期，强化了中国人珍玉爱玉的传统，是天人合一观念的折射。

## 二、君子比德于玉

"古之君子必佩玉，右徵角，左宫月，趋以采齐，行以肆夏，周还中规，折还中知进则揖之，退则扬之，然后玉锵鸣也。故君子在车则闻鸾和之声，行则鸣佩玉，是以非辟之心，无自人也。""君子无故，玉不去身，君子于玉比德"（《礼记·玉藻》）。可以看出，君子佩玉除象征其身份地位而外，还有提醒警示约束规范其行为，使之合规中矩有礼有节之用，也是美风度仪容之需，是君子的标配。同时可以看出，这是周代礼仪制度、等级制度、礼乐文明的要求。

这个时代是尊德尚礼的时代，因而时人从崇尚的玉中发掘出了崇尚的德，并进而将玉作为对人的最高赞美，即君子比德于玉。玉之德，孔子提出了玉之十一德，其后又有"九德"说、

"七德"说、"十德"说等。发展至汉代，刘向提出"六德"说，许慎又提出了"五德"说。

孔子云玉之十一德为：

夫昔者，君子比德于玉焉。温润而泽，仁也；缜密以栗，知也；廉而不刿，义也；垂之如队，礼也；叩之，其声清越以长，其终诎然，乐也；瑕不掩瑜，瑜不掩瑕，忠也；孚尹旁达，信也；气如白虹，天也；精神见于山川，地也；圭璋特达，德也；天下莫不贵者，道也。⑧

上述诸说论玉之美好品质基本涵盖了后世儒家所倡导的道德准则，即贯穿于中华伦理发展中，成为中国价值体系中的最核心的五常：仁义礼智信。甚至几乎包括兵家之祖孙子所看重的为将之道：将者，智信仁勇严也。由此，君子之德与美玉之性开始深度绑定，玉开始被赋予强烈的人文色彩：美玉如君子，君子如美玉。这使中国人对玉的尊崇与热爱更加深入人心，使玉变得更加可敬可羡、可爱可亲，这或可视为玉文化观的一场革命。杨伯达先生说："孔子的伟大就在于将玉从神物中解脱出来，并赋予人文色彩……并把它与人们心目中完美的德融合在一起，非常了不起。"⑨

在玉与德的关联中，《左传·襄公十五年》中记有如下一事：

宋人或得玉，献诸子罕。子罕弗受。献玉者曰："以示玉人，玉人以为宝也，故敢献之。"子罕曰："我以不贪为宝，尔以玉为宝；若以与我，皆丧宝也，不若人有其宝。"⑩

不贪不占，不收不取，以廉为宝，以德律己，子罕可谓真君子也！"以不贪为宝"，这真是比金子更贵的品质，比玉石更美的节操！当今之人，尤其官人特别是某些见了金银财宝就心痒难耐的人，真应该好好听听、仔细想想、经常念念这段"金玉良言"。

### 三、爱你一万年

其实中国人的爱玉传统远早于《诗经》时代。

早期神话传说中有西王母向黄帝献玉传说。其实，女娲补天也是有关玉的神话，因其补天的原材料是"五彩石"即"石之美者"，当然可视为玉。据考古显示，中国最早的玉饰品为八千年前兴隆洼文化遗址出土的玉玦，另有说法，玉文化甚至有近万年历史。朱大可先生即

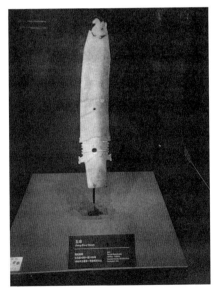

三星堆出土玉璋（雍也摄于三星堆博物馆）

认为"一种玉的神学就这样诞生了，时间可能在一万年左右"⑪。今人所知的有红山文化的龙形玉器、良渚玉器、殷墟玉

器、三星堆玉器，等等。玉长期被视为集天地日月精华沟通天地神灵的神圣之物，"玉帛为二精"（《国语·楚语》），"夫玉，亦神物也"（袁康《越绝书》）。《山海经·西山经》记载："其中多白玉……黄帝是食是飨"，"瑾瑜之玉为良……天地鬼神，是食是飨"。《山海经·卷二·西山玉经》记载："瑜山神也……婴以百珪百璧。"此外，传说时代的王权挥动之处，也频频出现玉的身影，如《尚书·尧典》中"禹会诸侯于涂山，执玉帛者万国"一句证明玉的辉光既映入了神话的身影，参与了神权的构建，也开启了王权的构建。因此，有人明

玉琮（向咏梅摄于金沙博物馆）

确指出："西方文明视野下的古代国家起源于青铜时代，中国文明视野下的国家起源于玉器时代。"⑫

据叶舒宪先生对早期神话的研究，玉石崇拜早在史前时期即已存在。他指出：

《山海经》是古代传世文献中保存史前文化信息最丰富的一部书，其中有不少早于甲骨文的神圣符号叙事，尤其是有关玉礼

器方面和玉矿资源方面的叙事，能够体现先于青铜时代的玉器时代的意识形态与崇拜信仰情况，还有特殊的玉石神话观所支配的礼仪活动情况。

东汉西王母石棺画像（雍也摄于四川博物院）

将《山海经》视为玉石神话信仰支配的国土资源圣典，其所记录的天下400座山和140多处产玉之山，是当年的大数据形式呈现华夏王权"资源依赖"的圣书。[13]

在系统考察早期华夏玉石神话的基础上，叶舒宪还提出"玉文化先统一中国""玉石之路是丝绸之路中国段原型""丝绸之路中国段实应为'玉帛之路'"的观点，为理解中国与西域的关系，中华文明与中亚、南亚、欧洲、非洲文明的关系，提供了崭新的思路。[14]

此外，我们可以考察一下"玉"字的来龙去脉。"玉"字演变情况如下：

汉字"玉"的起源与演变
甲骨文—金文—篆书—隶书—楷书—行书—草书

甲骨文　金文　　　篆书

隶书　　　　　　楷书

行书　　　　草书

汉字"玉"的起源与演变
（陈方仁书）

从上述文字演变看，早期玉字像串玉之形，后又像王之形。因此《说文解字》释"玉"为："象三玉之连。｜，其贯也。"而释"王"为：

王，天下所归往也。董仲舒曰："古之造文者，三画而连其中谓之王。三者，天、地、人也，而参通之者王也。"孔子曰："一贯三为王。"

这说明王在华夏人类社会早期有政教合一现象，既拥有沟通天地人的宗教祭祀权，也有统治人间万民的政治权。"王""玉"两字古时的通用及其后"玉"略作变化后的异形，正说明玉在远古时代王者手中的重要地位作用：它就是王用来沟通天地人神的重要工具！这或许正是自始皇时代起，代表皇帝最高权力的信物与象征物是玉制作的玉玺的原因，也是古代墓葬中大量葬玉的原因。

这些神话传说和研究表明，中国玉石文化源远流长，且其源头是宗教信仰色彩甚浓的玉石崇拜。中国人对玉的挚爱也并未随着时间的流逝而消失甚至衰减，就像一对你侬我侬的恋人，相互抬眼一望，都是情意绵绵；心中一念涌起，即是温馨。

### 四、美与善的精灵

在《诗经》中，我们已可深入感知到，周人在将玉作为祭祀天地神灵的工具，作为身份等级象征，并在传情达意、比德于玉的过程中，逐渐将玉作为高贵与美善的象征。这从其多处以玉喻人的诗文中清晰可见，如："彼其之子，美如玉"（《汾沮洳》），"其人如玉"（《白驹》），"有女如玉"（《野有死麕》），"言念君子，温其如玉"（《小戎》），等等。这也开启了以美玉喻"美人"（君子淑女）的传统。

在后来的历史发展中，玉的光芒更进一步映照在一切高贵、美善之物上。人们对一切珍爱美妙之物皆以玉名之。人的层面，有玉人、玉女、玉体、玉容、玉颜、玉肌、玉音，甚至连生殖器官也美其名曰玉茎、玉门，以及亭亭玉立、冰清玉洁、怀珠抱玉、如花似玉、洁身如玉、守身如玉、金口玉言、金枝玉叶、金童玉女、玉树临风、软玉温香等；物质层面有锦衣玉食、金玉满堂、玉液琼浆、琼楼玉宇等；社会层面有金声玉振、金科玉律、金玉良缘、玉石俱焚、玉汝于成、抛砖引玉、化干戈为玉帛等；神话传说层面有女娲补天、苌弘化碧、萧史弄玉、雍伯种玉、种玉怀荆等；信仰层面有玉皇大帝、玉女玉郎、玉简玉册、玉兔玉蟾等。正如俞樾所说："古人之词，凡所甚美者则以玉言之。"甚至，伟大的屈原不仅珍玉惜玉，还食玉："登昆仑兮食玉英，与天地兮同寿，与日月兮齐光。"这当然是文学的比喻、想象与夸张，但历史上比如魏晋时代确有许多修炼之士食玉，这似乎就有点照猫画虎、傻得可爱、于身有害了，但也说明古人爱玉不仅爱到心头还爱到骨头里去了。

从玉文化角度看，中国最伟大的古典小说《红楼梦》与玉有着非常密切的关联。其别名又为《石头记》《金玉缘》等，与玉有关。叙述的是女娲补天之后留下的一块石头被点化为"通灵宝玉"后在人间的经历，其主人公是宝玉、黛玉，其主要线索是宝黛二人的爱情。这里面体现出的玉之通灵、消灾、福佑等观念，玉在人们眼中的高贵、灵秀、温润、纯洁等认识，以及家庭社会中琳琅满目的玉器及其广泛应用等，几乎可以说，此书是中国玉文化之集大成者。当然，其最终的悲剧结局也可视为是以玉为象征的至真至纯至美至善之物被"风刀霜剑严相逼"无情摧残后的毁灭，确是一出悲金悼玉之哀歌。

事实上，玉的美好身影及其尊珍贵真善美观念在当代特别是传情达意时、穿戴装饰中仍然存在。十年前，我在洛带古镇景区任景区管委会主任时，因公到云南德宏州考察。一天晚上休息时我被同行几位同志拉去逛玉器市场，第一次看到一块块玲珑剔透、造型各异的玉器，简直眼界大开，其中很多玉器的价格也让我们目瞪口呆。于是我反复察看比选与自己钱包相匹配的玉器，准备给爱人买一只。有一块形似玉兰的玉佩，要价 1500 元，我反复掂量却不知是否货真价实（因太像玻璃），迟迟不敢出手。同行一位在云南一带工作过，熟悉行情的张姓朋友将其拿在手里反复端详，而后把我拉到一边悄声告诉我可以下手，并给出三个理由：一是材质纯粹通透；二是工艺造型精美；三是寓意纯洁美好。如在内地商场，这肯定卖三五千，送给爱人恰到好处！于是我不再犹豫，并用上三寸不烂之舌软磨硬缠，以一千元成交。买回来后爱人戴在胸前，在镜子面前上看下看左看右看，最后快乐得像只燕子扑在我怀里，抱着我亲了三口。哈哈！由此看出，即使到了今天，人们看待玉，与古人仍然一脉相承心意相通，态度仍然是情意绵绵爱不释手，观念仍然是将其视为珍贵纯洁之物。寄寓美好情感，传递美好情意，妆饰美化仪容，"玉养人，人养玉"等观念至今仍深入人心。此外，包括我们身边很多家人亲友同事其名中多有"琼""珍"等字，无疑也是崇玉文化观的反映。

这应是北京 2008 年奥运会上，奖牌背面镶嵌玉璧，并且用历史上声誉甚佳的昆仑玉为奥运会奖牌用玉的重要原因。

## 五、一个民族的光芒

古往今来，中国人缘何崇玉？叶舒宪先生认为是古人将玉上升到宗教信仰的高度即他所提出的"玉教伦理"。其要义为："第一玉代表神，第二代表人格的最高理想，第三代表人永生的证明。"[15]可谓是非常精当的概括。但我认为还不完整。因为这个概括似乎仅从古人宗教信仰和神灵崇拜、神圣崇拜一面阐述，没有涵盖后来玉逐渐放下身段后平民化、世俗化、生活化的一面。因此，我认为应再加一点：第四代表富贵吉祥、平安福佑以及美善纯洁等美好寓意与寄托。

玉对中华民族的影响为何？在我看来，可归纳为五个方面：一是影响衣食住行。玉及其观念广泛渗透于古人特别是贵族的日常生活中。二是影响社会生活。用于礼敬天地祖宗，成为身份地位象征，在某种程度上与黄金等货币等价物一起进入流通领域，用于交往交际等。三是广泛进入语言。成为古代汉字的重要基础构件，古代汉语的重要语汇及至进入文化典籍。经查，《说文解字》玉部共有125个，充分证明古代存在"玉的世界"。四是形成相关观念意识。如道教和民间以玉称呼至上神玉皇大帝，形成避邪禳灾、君子比德于玉等观念。五是涵养民族精神。如"君子比德于玉"的人格观，"宁为玉碎不为瓦全"的精神气节，"温润如玉"的民族气质，"如切如磋，如琢如磨"的求学修德态度，"化干戈为玉帛"的交往观等。英国人李约瑟博士以一个他者的角度明确指出："对玉的爱好，可以说是中国文化特色之一。三千多年以来，玉的质地、形状和颜色一直启发着雕刻家、画家和诗人们的灵感。"⑯此言可谓属实。

需要指出的是，绿松石、天青石、黑曜石等在苏美尔、古埃及等文明发生地也充当过神圣崇拜物。玛雅文明也有用玉的习惯，其特别崇奉绿色翡翠，认为它凝聚了天地间最强生命力。但像中国人这样从古至今一以贯之，并将玉深深浸润进民族心理、性格、人格、信仰、文化甚至政治和社会生活的却并不多见。费孝通先生称玉为"玉魄国魂"，叶舒宪先生认为"不懂玉，国学的门都找不到"，可谓一语道破玉在中国文化中的核心地位和门径作用。

玉文化对中国的意义何在？在我看来，她寄托了中国人的精神追求，提升了民族品位，增强了灵性色彩，丰富了文化内涵，增强了民族的兰心蕙质、文化的诗意色彩、文明的浪漫气质。一枚从旷远的深山脱颖而出、闪烁着五彩光芒的玉滑过历史的天际锵锵而来，她告诉我们：中华民族是有信仰的，是有精神的，是有德行的，是有品位的，是爱美的，是灵秀的，是温厚的，是有情义的……

穿越迷蒙的时空，我们可以看到，两三千年前的一个妙龄女子，充耳琇莹，像披着一头闪亮的星星。佩玉将将，闪耀着天地的灵光。她在山川之间且行且驻。她亭亭玉立，含情凝睇，几可融冰化雪。她沐身春风，衣袂飘飘，让人心旌摇动。

她巧笑情兮，美目盼兮，让人意乱情迷。她正向我们袅袅婷婷而来。

<hr>

注 释

<hr>

①许慎，《说文解字》，崇贤书院整理，北京联合出版公司，2018，16。

②宗白华，《中国美学史中重要问题的初步探索》，上海文艺出版社，《文艺论丛》，1979 年第 6 辑。

③刘刚、李冬君，《文化的江山》，中信出版社，2019，3。

④刘刚、李冬君，《文化的江山》，中信出版社，2019，267。

⑤《周礼·春官·大宗伯》，上海古籍出版社，2023，274。

⑥《周礼·春官·大宗伯》，上海古籍出版社，2023，273。

⑦《礼记·玉藻》，中华书局，2017，589。

⑧《礼记·聘义》，中华书局，2017，1225。

⑨李飞、杨伯达，《君子比德于玉——访原故宫博物院副院长杨伯达》，《艺术与投资》，2006（4）。

⑩《左传·襄公十五年》，中华书局，2012，1219。

⑪朱大可，《中国神话密码》，四川文艺出版社，2021，226。

⑫刘刚、李冬君，《文化的江山》，中信出版社，2019，2。

⑬叶舒宪，《山海经的史前文化信息——以黄帝玄玉和熊穴

神人为例》,《贵州社会科学》, 2022 (05)。

⑭叶舒宪,《玉石神话信仰与华夏精神》, 复旦大学出版社, 2019, 493-509。

⑮叶舒宪,《玉石神话信仰与华夏精神》, 复旦大学出版社, 2019, 522。

⑯［英］李约瑟,《中国科学技术史》第5卷《地学》第2分册,《中国科学技术史》翻译小组译, 科学出版社, 1976, 437。

# 君　子

　　千百年来，君子在中国人的心目中，总体上是非常正面的形象。他们像清风白云一般俊朗，明月朝露一般雅洁，梅兰竹菊一般高致，玉石珍珠一般温润。他们是民族文化的重要传播者，国家政治的重要影响者，社会管理的重要参与者，道德世风的重要引领者。君子也是中国历史上社会人格的最重要类型之一，全世界各民族典型人格的最主要范式之一。叶舒宪先生认为"华夏精神就是君子精神"。<sup>①</sup>余秋雨先生说："中国文化的集体人格模式是君子……儒家学说的最简洁概括，即可称为'君子之道'，甚至，中国文化的钥匙也在那里。""中国文化没有沦丧的最终原因，是君子未死，人格未溃"<sup>②</sup>，他们对君子人格的性质，其在中国文化中的地位以及对中国文化的意义都做了颇具分量的阐述。《诗经》是第一部大量涉及"君子"的传统文化典籍。据研究，《诗经》中涉及君子一词的诗共 61 首，总频次高达 183 次，遍及风、雅、颂，同时以雅为主，总共 129 次，远较时代相近的

《尚书》《周易》《左传》多（《尚书》 8 次，《周易》 120 次，《左传》 139 次）③。可以说，是《诗经》首次响亮地提出了意义重大影响深远的君子观。自此，一个风度翩翩如竹如松的美好群体形象开始像繁星一样闪耀在中国历史的天空和大地上。

## 一、谁是君子

《诗经》中君子具体所指称的对象，向熹先生认为有四种：一是古代统治者（天子，诸侯，卿大夫）和一般贵族男子；二是有高尚道德的人；三是妻子的丈夫；四是诗人自称。④向先生的总体归纳不错，唯对君子指丈夫之释是不准确的。因为风诗中的男欢女爱多出自闾巷风土，这种"叔兮伯兮倡予和女"，类似于民歌山歌中的即景而歌、率性而歌、组队而歌、比赛而歌，其中的君子即对男子的称呼绝不可能都指丈夫，甚至多不可能指丈夫，而更多应是朱熹所言"所私之人"。概而言之，我认为《诗经》君子可归纳为三种：一是专指有权位的包括周王在内的贵族；二是兼指有权位有品德的人；三是泛指丈夫、情人或意中人。

## 二、君子从何而来

君子一词经历了一个"生长"过程。其语义应来源于"君"，后由君与子嫁接而成。"君"据许慎《说文解字》释为："尊也，从尹从口，口以发号"，《礼仪·丧服》更明确指出：

"君，至尊也。"可见君一开始即指有发号施令权力的最高地位之人，即王。其后，"君"与用于男子美称的"子"合成"君子"指最高统治者王。这是较普遍的认识。还有考证认为由于殷商后期形成的，并为周代统治者所沿用的王权嫡长子继承制，君之长子遂被称为君子，其后君子遂直接用以称王。这在《诗经》中是清晰可见的。《大雅》中即有多处君子专指周王。《尚书·周书·无逸》也可见这种指称（"呜呼！君子其所无逸。先知稼穑之艰难，乃逸，则知小人之依"），这也是君子的最初所指。叶舒宪先生曾对君子渊源进行过追根溯源的梳理，认为其最初来源是有宗教色彩的政教合一的祭司，经历了祭司—尹寺—儒—君子这样一个历史发展过程。"君子概念产生于'君'的世俗化之后，'子'为男性美称，'君'与'子'合成新词，本指脱胎于祭司传统的上层统治者，主要应用于原始儒家的著述中，其后又经历了一个道德化的过程（雅诗中有明显的例子）和宽泛化的过程（风诗借用雅诗中的'君子'指丈夫或意中人，即是其例）"⑤。这个考证和结论是非常有见地和说服力的。

君子在《诗经》中也经历了由圣入凡的过程，即从专指最高统治者周王，到泛指一切有权位的王公贵族公卿大臣，再到有一定地位的士，最后到普通的青年男子。可以看出，"君子"这个概念经历了尊称—敬称—美称—泛称的过程。

君子在《颂》中仅出现在鲁颂《有駜》中，"君子有穀，诒孙子"，这里的"君子"指诸侯鲁僖公。在《大雅·卷阿》中，天子与君子同指周王，"岂弟君子，来游来歌""维君子使，媚于天子"。此诗从其一派盛世安宁祥和景象推断，应为盛世之王者，据《竹书纪年》推为成王，则此诗以君子称周王，在《诗经》中似为首例。在据考为讽谏幽王的《节南山》中，幽王已被称为天子，而同篇中的君子似指公卿大臣："天子是毗，俾民不迷""弗问弗仕，勿罔君子""君子如届，俾民心阕"。其后，在明确可指认为宣王时代之诗的《云汉》（"王曰於乎，何辜今之人？""大夫君子，昭假无赢。"）、《常武》（"赫赫明明，王命卿士。""徐方既同，天子之功。"）、《出车》（"自天子所，谓我来矣。""未见君子，忧心忡忡。既见君子，我心则降。"）中，君子已明指公卿，而周王要么称王，要么称天子。可以看出，此时君子已不再指王而泛指诸侯公卿。"君子"一词最终由指君王而降低身段泛指诸侯公卿，可能与周初天命观的构建与盛行有关，即周代统治者认为天子比君子更能表明君权天授有关。综上似乎可以判断，"君子"一词在不断降低身段，至少在宣王时代，已是如此。这也符合语言语义的发展规律。事实上，"君子"一词在《风》的时代，进一步由庙堂走向民间，变成对丈夫、意中人或男子的美称，如："君子于役，不知其期"（《君子于役》）、"言念君子，温其如玉……言念君子，温其在邑"（《小戎》）、"未见君子，惄如调饥""既见君子，不我遐弃"（《汝坟》）。

### 三、《诗经》君子观

一是所指对象有所扩大，由专指渐为泛指：由专指君王衍变为泛指有权位的人，从君王和王之嫡传长子扩展到公卿诸位有权位者，即统治者，最后甚至成为士一级阶层乃至平民百姓的美称。但从《诗经》整体看，主要所指对象仍是指有权有势的统治者。

二是所指内涵有所扩大。从强调"有位"转向强调"有德"，所谓"聿修厥德""以德配命"，即君子是有道德的人。其中，最典型的表述为"颙颙卬卬，如圭如璋，令闻令望。岂弟君子，四方为纲"（《卷阿》），对君子（周天子）的仪容、气度、美名、权位、美德均有赞美。君子之德主要有敬天尊祖、敬德修德、保民安民、忠君卫国、板荡精神、周道直行、独善其身等。敬天尊祖与周人尊崇天帝祖宗，以天帝为至上神有关；敬德修德与周人以德治国有关；保民安民与周朝统治者吸取殷亡教训，维护社会和谐稳定有关；忠君卫国与周代封邦建国以蕃屏周有关；板荡精神、周道直行、独善其身均与宫廷政治、官僚政治有关。我认为，君子之德中的板荡精神尤值一提。它体现出的强烈的忧国忧民情怀、犯颜直谏精神、夙夜在公心志、忠诚正直品格，乃至其"忧心惨惨""忧心愈愈"甚至"瘨忧以痒"（《正月》）、"鼠思泣血"（《雨无正》）的忧苦成疾、椎心泣血的痛苦，以及"君子作歌，维以告哀"（《四月》）、"我瞻四方，蹙蹙靡所骋"

（《节南山》）的走投无路、呼告无门的悲哀，构成了大小雅中的非常动人的旋律和独特风景，在中国政治史上也树立了一道"疾风知劲草，板荡识诚臣""文死谏，武死战"的政治文化传统，为后世君子树立了光辉榜样，特别是构成后世官方君子的基本标准，成为后世官员立德修身、为政为官的标杆，为中国的官僚政治奠定了忠君爱民、忧国忧民的优良传统。此外，还需要引起注意的是，《诗经》中对宽和温厚之德多所吟咏，如"岂弟君子"（平易和乐的君子）、"温其如玉""温其在邑""温温恭人，维德之基""柔惠且直"，这种美德气质或许与古人崇尚温润如玉之德有关，也是后世确立的君子之风的重要表现。我们可以发现，这种对君子温柔气质的看重、强调与西方骑士文化之后形成的绅士文化比较接近，甚至，西方之绅士（*gentleman*）直译即是"温柔的男人"。对德的强调是周代"吾求懿德，肆其时夏"即以德治国思想的反应，也是《诗经》君子观的一大特征，还是周代主流意识形态天命观在《诗经》中的间接反应。因为天命观既强调"周虽旧邦，其命维新"，也强调"聿修厥德，永言配命"（《文王》），即命虽天定，但天命靡常，唯有修德才可常保天命自求多福。

　　三是所指要求有所增加，由内在延及外在：君子是有礼仪的人。从正面讲，君子穿戴进退有仪、待人处事有礼。这从《淇奥》《都人士》两首吟咏君子（或君子女）的诗中可以鲜明地看到对穿戴有容、举止有仪者的高度赞美。在《淇奥》中不仅赞其德性"如金如锡，如圭如璧"，还正面描绘君子仪容华美，举止潇洒："充耳诱莹，会弁如星。瑟兮僴兮，赫兮咺兮""宽兮绰兮，猗重较兮"，更直言其风度翩翩，一见难忘（或者是一见倾心）："有匪君子，终不可谖兮。"在《都人士》中也不厌其烦歌咏其华服、美容、佳言、善行："彼都人士，狐裘黄黄。其容不改，出行有章。行归于周，万民所望""台笠缁撮""充耳琇实""垂带而厉""带则有馀"，甚至念兹在兹忧思不已："我不见兮，我心不说""我心苑结""言从之迈""云何盱矣"。我认为，这其实是对一个远去的、君子满眼、风度翩翩的时代风尚的怀想和刻画。从反面讲，仪容举止不合礼仪的不配为君子。《宾之初筵》甚至对醉酒失态无仪之人做了无情嘲讽，几乎是用摄像机录下了他们的醉态："宾既醉止，载号载呶。乱我笾豆，屡舞僛僛"，并严肃指出："醉而不出，是谓伐德"，即醉了还不赶快离席，继续胡闹，就丧德了！同时指出："饮酒孔嘉，维其令仪"，表明对喝酒保持礼仪的看重。从《相鼠》一诗看，没有礼仪岂止不配为君子，甚至连人都不配。"相鼠有皮，人而无仪！人而无仪，不死何为？相鼠有齿，人而无止！人而无止，不死何俟？相鼠有体，人而无礼，人而无礼！胡不遄死？"把礼仪上升到做人底线、举止红线地位实乃古今罕见。强调君子礼仪与周朝礼乐治国是紧密相关的，因为君子必须从小接受严格的礼乐教育，也是践行礼乐的主体。

四是所赞内容有所增加，由重权位而重作为：君子是有作为的人。《诗经》对经邦济世、安邦定国的俊才不吝赞美之词。在

《崧高》中，不仅极力夸赞其镇国辅国之功："维申及甫，维周之翰。四国于蕃，四方于宣""揉此万邦，闻于四国"，更在诗之开篇，即以"君不见黄河之水天上来"的宏大气势，用高耸云天的山岳之神降生英才的表述进行赞美和自我赞美，体现了身居一个伟大时代的充分自信（其时为"宣王中兴"时代）："崧高维岳，骏极于天。维岳降神，生申及甫。"这也是《诗经》中对王以下君子的最高赞美。很明显，所赞不是赞其地位，而是赞其功业。在《出车》《采薇》等诗中，还有对南仲等统兵打仗之君子的描绘："赫赫南仲，狁狁于襄""赫赫南仲，薄伐西戎""赫赫南仲，狁狁于夷"，甚至"未见君子，忧心忡忡"（《出车》），"驾彼四牡，四牡骙骙。君子所依，小人所腓"（《采薇》），既颂其功业，也表其为民所依。

概而言之，《诗经》中的君子总体上是位尊、德高、礼周、仪美、才俊、业勋的社会精英，令人崇拜尊敬倾慕亲近。用《诗经》之类诗化的语言表达，君子在人们心目中的地位和形象应是：如日月之光耀，如山川之灵秀，如凤凰之华美，如鹭鹤之雅洁，如珠玉之温润。

## 四、《诗经》君子观的历史人文意义

一是强化了君子观念。《诗经》对君子的大力倡导、反复歌咏、严格规范、树立典范，再加后世两千余年礼教的濡染，凸现了君子在国家政治文化社会中的尊崇、领导、引领、标杆、示范地位和意义。《诗经》中基本的君子观，为中国君子观的最终确立奠定了坚实的文化基础。

二是明确了君子内涵。君子是有权位的人；君子是有才华的人；君子是有美德的人；君子是有礼仪的人。特别是对美德与仪礼的歌咏构成了后世君子观的重要基础。后代在此基础上增加的最重要内涵其实只有一个：学问教养。

三是树立了人格高标。地位、才华、品德、仪礼等共同作用于君子，内化于君子之心，外化于君子之行，形成了德才兼备、丰润温厚的君子人格和玉树临风、温文尔雅的君子形象，树立了可望可即的人格高标。

四是实现了对象扩大。从周初的专指天子到后来兼指公卿诸侯再到春秋时代泛指有学有德之人甚至成为一种广泛的美称。它为中国人君子人格的培养提供了可能，为礼仪之邦的建立提供了广大的社会基础。

总之，《诗经》对君子观有实质性的开创意义、奠基意义、标举意义、拓展意义，是君子观非常重要的发展阶段。


## 五、孔子及儒家对君子观的发展与贡献

总体来看，君子观有三个发展阶段：

以王位为根本标准的君子观，指最高统治者。这个阶段存在于殷商后期及西周早期。

以权位为根本标准的君子观，指诸侯公卿贵族卿士。这个阶

段存在于西周中期至春秋中叶阶段。

以品位为根本标准的君子观。指有德行有教养者。春秋末期之孔子及后世均作是观。

据研究，"在《诗》《书》《礼》《春秋》《左传》《易》《论语》《孟子》《荀子》共九部儒家经典或儒学著述中，'君子'一词共出现了1050次，平均每书131次，而在《老子》《庄子》《墨子》《吕氏春秋》《国语》共五种非儒家著作中，'君子'一词共出现178次，平均每书仅有35次。……即使考虑非儒家著述中专为反驳儒者而使用的'君子'一词占有相当比例的事实，'君子'这一美称的流行和传播实在同儒家思想的发生发展密不可分。"⑥因此，先秦儒家发展阶段是君子观最为重要的发展阶段。

孔子《论语》中多处论述了君子，"在《论语》中，'君子'一词共出现107次，其中绝大多数指向'有德者'，或指向'有德兼有位者'"⑦。如果将君子观的形成比作一个雕像的问世，那么，《诗经》对君子观的贡献，是形成了轮廓、四肢和五官，是粗线条的、疏朗的、造型拙朴的。而其后的儒家学者特别是孔子则是将其精雕细琢，呈现出眉眼生动、唇齿欲语、衣带当风、温恭如仪的形象。我认为，孔子是新型君子观的第一个明确者、君子文化的集大成者、新型君子观的践行者、君子人格的总设计者。儒家特别是孔子对君子人格的贡献在于六个方面：

一是明确了君子的新定义，使世人明了何为君子。"质胜文则野，文胜质则史。文质彬彬，然后君子。"（《论语·雍也》）

这句话既可视为对君子特点的一种概括，也可视为君子的养成过程，更可视为一种全新定义。这个定义的意义在于，他不再以身份权位去定义君子，而是以教化教养去定位君子。原为统治阶层所专有的美称，现在已如"旧时王谢堂前燕，飞入寻常百姓家"，这无异于对君子概念的革命。这种定义，与孔子的兴办私学、有教无类一样，意义重大，让人格之光洒向广大世人，无疑对提升整个社会民众的人格追求道德境界有巨大作用。

二是明确了君子的新身份，使世人均具有成为君子的可能。由上述新定义出发，孔子对君子的身份由以前专指有权有势的统治者扩展至一切有道德有教养的人。这个新身份的意义重大，首先，首次正式打破了官僚统治阶层对这个美好人格身份的垄断，真正实现了周代统治者立国之初所倡导的"聿修厥德""永言配命""皇天无亲，惟德是辅"以及"吾求懿德，肆于时夏"，几乎可以说，"君子者，有德者居之，有教者承之"。其次，首次正式实现了君子指称的民主化。即不论先天出身与身份地位，仅指个人后天的努力与接受教育教化程度。孟子所谓"人皆可以为尧舜"完全可以换言之"人皆可以为君子"，这里所体现的、所暗含的平等自主因素，或可以视为具有自由平等博爱的因素，在中国两千余年封建专制社会是难能可贵的。

三是明确了君子的新内涵，使世人知晓养成君子的内容。内在要求主要有：第一，仁义。"孔曰成仁，孟曰取义"。"仁者爱人"（《孟子·离娄下》），"义者宜也"（《中庸·哀公问政》），仁义是孔孟思想的核心、儒家文化的核心，也是其君子观的核心。第二，中庸。"中庸之为德，其至矣夫"（《论语·雍也》），中庸是儒家所重之德，估计是礼崩乐坏之下，世风世象及世道人心出现了很多极端情况，因而对症下药提出"不偏不倚谓之中""人心惟危，道心惟微，惟精惟一，允厥执中"⑧。第三，慎独。"故君子必慎其独也"（《礼记·大学》），慎独可以视为一种最高境界的自律。第四，忠恕。"吾道一以贯之""夫子之道，忠恕而已矣"（《论语·里仁》）。有研究认为，忠恕之道与孔子"立己达人"（"己欲立而立人，己欲达而达人"）有内在一致性，甚至与"天行健，君子以自强不息""地势坤，君子以厚德载物"有逻辑渊源。孔子不仅视其为美德，视其为人生必修课，而且日日对照反省。可见忠恕在孔子君子观中的重要地位。第五，温恭。温良恭俭让，是孔子对君子形象气质态度仪礼的夸赞，也是标准，甚至自己就是实践者，"朝，与下大夫言，侃侃如也；与上大夫言，訚訚如也。君在，踧踖如也，与与如也。"（《论语·乡党》）"望之俨然，即之也温"，孔子自身做出了榜样。"温文尔雅"也成为君子的重要特征，甚至可说是君子的"标准照"。此外，还有关于君子的系列重要表述，如"三畏"（"畏天命，畏大人，畏圣人之言"）、"三不惧"（"仁者无忧，智者不惑，勇者不惧"），以及君子怀德，君子怀刑，君子坦荡荡，君子不器，君子不争，君子固穷，君子和而不同，君子周而不比，君子群而不党，君子泰而不骄，君子贞而不谅，君子博学以文，君子比德于

玉，等等，对君子的思想境界、人格修为、德性意识、规矩意
识、交往准则、生存原则等做出明确规定。同时广泛引入小人概
念，对君子外延做出限定，实际是在对人设定高线的同时，划定
底线。我认为，这些新内涵连同商周君子的历史内涵，孔子总结
归纳后有精当之语表述，即"仁义礼智信""恭宽信敏惠""温良
恭俭让"，可以从三个方面看，即内心秉持仁义礼智信之德，举
止呈现恭宽信敏惠之风，待人显现温良恭俭让之仪。

四是明确了君子的新标准，使世人明了成为君子的准绳。
"君子之道四焉：其行己也恭，其事上也敬，其养民也惠，其使
民也义。"（《论语·公冶长》）以及"尊五美屏四恶"："君子惠
而不费，劳而不怨，欲而不贪，泰而不骄，威而不猛。""不教而
杀谓之虐；不戒视成谓之暴；慢令致期谓之贼；犹之与人也，出
纳之吝谓之有司。"（《论语·尧曰》）另外，略与孔子同时代的
儒家左丘明所提之"三立"也应视为君子的重要新标准："'太上
有立德，其次有立功，其下有立言'，虽久不废，此之谓不
朽。"⑩这是就君子的道德功业和言语而言的。

五是明确了君子的新要求，使世人掌握成为君子的规则。君
子有"九思"："视思明，听思聪，色思温，貌思恭，言思忠，事
思敬，疑思问，忿思难，见得思义。"（《论语·季氏》）此外还
有关于为学的要求"博学之，审问之，慎思之，明辨之，笃行
之"（《礼记·中庸》），等等。

六是明确了成为君子的新途径，使世人明了成为君子的步

骤。基本路径为："志于道，据于德，依于仁，游于艺"。（《论语·述而》）基本修养为："义以为质，礼以行之，孙以出之，信以成之。"（《论语·卫灵公》）基本步骤为："兴于诗，立于礼，成于乐。"（《论语·泰伯》）基本技能为：礼乐射御书数"六艺并举"，等等。

概而言之，我认为，儒家君子观具有极强的自警、自省、自励、自律特征，具有极强的自我和谐、物我和谐、人际和谐、天人和谐特征，具有极强的利人利他、经邦济世、惠民安民特征。

综上可以看出，儒家特别是孔子对《诗经》之后的新型君子观或者说中国传统君子观的构建厥功至伟、功不可没，是最终建成中国君子大厦的第一人。

## 六、君子的命运

或许，中国历史上有四个著名君子具有打破纪录的意义。他们是：

第一个是文武兼备的君子：尹吉甫（本来周公应为第一，但周公时代君子只指周王，故只有委屈之。尹吉甫曾率军北伐猃狁，从王征猃狁，及出使淮夷，为有周名臣。在《诗经》中有署名诗作《崧高》《烝民》）。

第二个是不合时宜的君子：宋襄公。

第三个是后天培养的平民君子：子路。

第四个是顶天立地的君子：屈原。

这里特别提下宋襄公和子路，以孔子及儒家新型君子观为标准，他们恰好是新旧君子观的两个代表。

宋襄公是春秋时期宋国国君，在历史上几乎是一个受到讥笑的人。其"蠢"在于，宋楚之战时，宋军提前到达作战位置并做好战斗准备，而楚军尚待渡河。他不是用后世用兵作战的战术，趁其立足未稳半渡而击之，而是待其全部渡河完毕、列队完毕、准备完毕后再下令进攻，简直"傻得可爱"。结果被打得丢盔弃甲、落荒而逃。其实，他这样做，并非脑子出了问题，而是坚持古人的君子之战："不重伤""不禽二毛""不鼓不成列""不以阻隘"。君子之战确实为春秋之前的战场规矩，可惜的是此时已是礼崩乐坏，势易时移了。孔子说，君子"贞而不谅"（坚守正道而不拘小信），善哉斯言！

在我看来，子路对于中国君子有特别意义。他是孔子以有教无类、因材施教的办学理念下培养出来的第一届毕业生，也是春秋时期得到广泛认可的社会力量办学的第一届毕业生，还是孔夫子成功教育转化的第一个后进生，也是孔夫子以新型君子观培养的第一批君子。这个学生来源于社会底层家庭，身上有着浓厚的江湖气息，生性粗鄙，我们可以根据有关记载想象这样一段场景：他刚入学时歪戴帽子斜穿衣，佩戴着野猪獠牙做的佩饰，眼睛望着天来报到，心里想：哼！要不是我爹妈强迫我来学习，为今后找个旱涝保收的工作，我才懒得来这里学什么"礼乐射御书数"呢！也许他最初对孔老师也不尊敬，经常顶嘴，有时甚至给孔老师脸色，说话还冷嘲热讽，后来在孔老师严格管教、循循善诱下不断追求进步，表现越来越好，经常抢着为班集体、为老师和同学服务，在老师遇到麻烦时经常挺身而出，学习上也向三好生颜渊冉有子贡等看齐，也逐渐受到老师越来越多表扬，最后顺利毕业，找到了好工作，实现了后进生到优等生的逆袭。最让人感动的是：在自己打工单位的一把手遇到被人火拼的生死关头，拒绝劝阻，冒死赶回解救，奋勇拼杀，最后寡不敌众，身受重伤，临死前为保尊严，从容拾起地上的士冠戴好，泰然迎接来自四面八方的刀剑，终被剁成肉酱，成为孔子化三千七十士中一名铮铮铁骨慷慨赴义的君子，让人肃然起敬。

历史上君子的命运大多令人唏嘘。为什么？

一是正道直行，洁身自好，让小人看不顺眼。君子是天下的标杆尺度准绳和良心。他们忠诚正直、坚守信仰、坚持原则、坚守底线、和而不同、周而不比、威而不猛、泰而不骄，往往让小人因相形见绌而不自在、不舒坦、不顺眼，如《诗经》大小雅中的尹寺作者群不见容于群小，因而总有小人借机下套子，使绊子，戳漏子，打棍子，甚至捅刀子。

二是疾恶如仇，为人所忌，让小人无路可走，如包拯海瑞。这些君子往往眼中揉不得沙子，敢作敢为，出手稳准狠，不仅影响小人的生计，甚至影响小人的生存甚至生命。他们往往原则性强，灵活性差，所以容易遭小人反噬，不得善终。

三是朝政昏乱，忠奸不分，让小人占据要津。如小人李林甫为相时唐玄宗让其选拔人才，他经过一番装模作样的考察后，回复没有一个可用之才，导致像杜甫等一大批胸怀家国天下，希望"致君尧舜上，再使风俗淳"的君子长期埋没于草莽或低位，郁郁不得志。再如生前即在全国修建生祠，人称九千岁，权倾朝野、气焰熏人的魏忠贤当政时，一大批小人得志便猖狂，而一大批忠君卫国的贤臣君子不仅没有出头之日，甚至受到严酷迫害直至被肉体消灭。

四是功高震主，为君所忌，让小人趁机得手，如岳飞，如于谦。这些人可说是国家民族的铁打脊梁，千古君子的光辉代表，中华民族的骄傲，其德光风霁月，其才文韬武略，其功彪炳史册。但或因其影响了最高统治者权威，或损害了最高统治者权位，或引起了最高统治者猜忌而被无情诛杀残酷屠戮，不得善终。在封建独裁高压统治之下，难得清明之治，难得谏诤之臣，难得善终之贤，难得民瘼之安。

关于君子的不幸命运，我有一首怀念家乡渠县先贤、东汉名臣、忠诚正直却被小人陷害下狱、受残害而死的冯焕的诗《回乡之路》，来表达穿越历史风烟的凝重思考和沉痛感慨：

灵魂早已返回故乡
骨头还在遥远的路上


他的马蹄碾压过匈奴连天的旌旗
他挥动剑戟抚平了帝国北疆

这是历史一再上演的剧目

君子盯住小人是非喋喋不休

小人盯住君子头颅磨刀霍霍

一纸锋利的谗言

变成涂有毒药的暗箭

大汉幽州刺史冯焕轰然倒地

尸伏长安


尸骨回乡的路

崎岖颠簸而怅惘

幸有亲如手足的战友袍属

一路抚哭相送

不至于凄清彷徨


报国心长

此生路短

绕阙三匝

也可魂安故乡


碑阙消隐

抬头看见

一千八百九十五岁的冯使君

> 身佩长剑
>
> 一脸肃然
>
> 端坐前方
>
> 镀满一夕斜阳

其实，历史上冤冤不解的君子小人之争、君子小人之命化用北岛一句诗就可以概括：小人是小人的通行证，君子是君子的墓志铭。就个人来看，君子大多未得善终。触抚他们的一片丹心，谛听他们慷慨激昂的呼喊，遥望他们以身许国、栉风沐雨的前行之姿，聆听他们舍生取义毅然决然奔赴黄泉的心曲，真让人仰天长叹、垂首流涕。

## 七、君子遗风：君子观对中国与世界的意义

君子观对中国的历史意义，我认为可简要归结为五句话：

1. 确立了国人立身处世的高标。

2. 明确了人才培养的目标路径。

3. 培养了大批为国为民的人才。

4. 奠定了国人人格的主体脊梁。

5. 塑造了民族温和善良的性格。

关于君子观的三个问题探讨：

1. 君子之谜：为什么中国人民爱好和平？为什么中国人有共赢思维而非零和思维？

我认为与儒家文化、君子观关系极大，儒家文化与君子观都

偏温文。如前所述，他们的本源即颇具知识分子色彩，即尹寺之人。而知识分子从总体上看先天即偏斯文、偏羸弱，欠武力、欠血性。而且在儒家文化与君子观的长期浸润濡染下，"随着君子理想的普及，一种源于'柔'的价值观的恭人基因也在不知不觉中内化到了中国男士的性格中。林语堂先生曾把中国人的民族性格概括为'老成温厚'，这也许正可作为'君子风范'的一个注脚。""中庸与温厚作为中人或恭人性格的世俗化大普及和大扩展，为铸塑非阳刚的民族文化性格产生了重要作用。《诗经》首先树立起来的那些以'柔'为德，以温为性，甚至连烈性酒都在禁忌之列的君子形象，经过孔子及其后学们的大力倡导，在中人性格的民族化方面具有奠基作用。"⑩即天生注重和谐，而缺乏斗争性，更缺乏攻击性。换言之，我们的民族文化即不重武力武功而重文化文教，因而普遍信奉"兵者，不祥之器也"，信奉"国虽大，好战必亡"，而对杀伐征战灭国侵土保持着深深的戒心。因为儒家文化和君子观都注重和，所谓"和为贵"，所谓"万物并育而不相害，道并行而不相悖"⑪。重和谐是周代开创的中华文化思想的重要基因、传统与底色。故中国普遍存在的是共赢思维而非零和思维。

2. 君子之困：为什么中国古代多重文抑武？为什么当代教育五育并举、全面发展落实艰难？

即使撇开以杯酒释兵权来防范武将们拥兵自重的"文弱"宋朝，就历史来看，整体上中国封建王朝中文的地位也高于武。这或许是自汉武帝罢黜百家，独尊儒术，推行文官政治的结果，也是隋唐以降推行科举取士的结果（虽然，自武则天长安二年即开设武举，但其受重视程度远低于"文举"，且时兴时废），更是宋代以来风行"万般皆下品，唯有读书高"的结果，还是历代推行文教礼乐治国的结果。这个结果在带来一系列重大正面效应的同时，也产生了一些副作用。其中之一，就是在人才的培养和发展上出现偏差，导致一些本身就不全面的、偏向于政治管理、文化伦理内容的封建教育产生的人才，除了吟诗作赋、坐而论道之外，缺乏安邦济民、经世致用的实干之才，这在明清八股取士的科举制度下愈见其弊。用老百姓辛辣嘲讽某些无用的读书人的话就是"狗屎做的鞭子——闻（文）也闻（文）不得，舞（武）也舞（武）不得"。事实上，除周代士之教育明确具有礼乐射御书数全面发展特征之外，中国历史上的教育长期偏重文化教育而缺乏科技、劳动、实用技术与体育教育。此弊在现在也未完全消除。这或许就是国家多年前即提出"五育并举-全面发展"而今天也未完全执行到位、落到实处的原因之一。这也是我前两年在教育局局长岗位上不遗余力推行五育并举，大力建设全国首个五育并举实验区的动因。

3. **君子之光：君子观对中国当下有何意义？对世界有何意义？**

君子观的重品德、重文教、重自律、重和谐等特征，我认为对当下中国在三个方面具有现实意义：从个人讲，可以增强个人修养，提升个人素质，促进自我平衡自我成长，增强个人身心健康，增进个人幸福；从社会来讲，有益世道人心，提升文明程度，消减社会戾气，减少违法乱纪，化解矛盾冲突，促进社会和谐；从国家来讲，提倡传统美德，增强文化自信，提高国民素质，提升对外形象，增强文化软实力，助推民族复兴。

对世界的意义在于："以跨文化的眼光看，无论是中国的君子风范还是西方的绅士风度，都是高度发达的文明和教养的产物。""从文化互补和人类未来发展的高度来说，'温柔敦厚'正是西方以阳刚为主的文化性格亟待汲取的宝贵基因。"[12]君子风度对于纷争迭起冲突不断的世界，对于增进理解沟通、减弱敌对性攻击性伤害性、减少纷争冲突甚至暴力血腥、促进和平共处和谐发展、促进世界和平、构建人类命运共同体，应有现实意义（当然，面对原则性、根本性、生死存亡性问题就不能靠君子风度，那是什么风度也化解不了的问题，唯有靠坚决的抗争和斗争，靠软实力和硬实力的综合比拼）。

## 八、君子、武士、骑士

君子作为一个有特殊内涵，有重要影响的人格类型和文化现象，在世界历史上有可比性的只有武士和骑士。将它们放在一起等量齐观是一件有趣的事。

在地位上，三者的地位有相似性。中国古典君子是贵族，在孔子兴办私学并确立以德为核心标准的新型君子观之后开始出现平民君子，即既有统治阶层人员，也有被统治阶层人员。武士属于日本统治阶层"将军，大名，武士"三级中的最下层，没有领地，须依附于领主，类似于周代统治阶层"天子，诸侯，大夫，士"中的最下层"士"，"有权利，无权力"（易中天语），没有封地和治权，须依附于诸侯卿士。而骑士本身即是封建领主，属于上层社会的一员。

在精神信仰上，中国君子的精神信仰是儒家文化。儒家培养人的宗旨即是培养君子，君子宗奉的信仰即是儒家文化即以仁、义、礼为核心内涵要求的中国传统儒教信仰。日本武士道的精神信仰据新渡户稻造《武士道》阐述有三：一是佛教；二是神道教；三是"至于说到严格意义上的道德教义，孔子的教诲就是武士道最丰富的来源"，"儒教逐渐作为一种道德规范，为武士政权提供了系统化和合理化的伦理道德"。[13]新渡户稻造将武士道精神归结为"义、勇、仁、礼、诚、名誉、忠义、克己"，即可看出儒家文化对武士道的深刻影响。西方骑士所信奉的是基督教，并且是基督教的忠实信徒。一般认为，骑士有所谓八大美德（或八大精神）、九大守则。八大美德：谦卑、诚实、怜悯、英勇、公正、牺牲、荣誉、灵魂。九大守则：我发誓善待弱者，我发誓勇敢地对抗强暴，我发誓抗击一切错误，我发誓为手无寸铁的人战斗，我发誓帮助任何向我求助的人，我发誓不伤害任何妇人，我发誓帮我的兄弟骑士，我发誓真诚地对待我的朋友，我发誓将对所爱至死不渝。可以看出由信仰出发，三者都有很强的道义特征、自律精神、利他精神、名誉意识。

在培养模式上，君子以学习礼乐射御书数六艺为主，兴于诗，立于礼，成于乐，早期应系官方有组织地培养，后私学兴起应官私皆然，并且春秋战国以后似乎越来越专业化并有偏文倾向。武士在德川幕府以前以学习"弓马枪剑炮柔术"六艺特别是弓马为主，其后火器出现后以剑术为主，有封建主组织和家庭教育培养两种途径。骑士以学习骑马、游泳、射箭、投掷、狩猎、下棋、吟诗七艺为主，七岁前在家学习，七岁后被送至封建领主或牧师家学习。

在作用影响上，君子以其对象来源的广泛性对中国政治、历史、文化、社会产生重要影响，其影响范围远较武士与骑士更为深广。武士道后来对日本军国主义的形成似乎其责难逃，骑士精神后来成为西方绅士风度的源头，对欧洲贵族阶层乃至现代社会男士风范有较大影响，而蔚然成风的君子之道、君子之风似乎已然远去，"零落成泥碾作尘，只有香如故"。

## 注 释

①叶舒宪，《玉石神话信仰与华夏精神》，复旦大学出版社，2019，523。

②余秋雨，《君子之道》，北京联合出版公司，2014，8-10。

③叶舒宪，《诗经的文化阐释》，陕西人民出版社，2020，214-215。

④向熹，《诗经词典》，商务印书馆，2014，271。

⑤叶舒宪，《诗经的文化阐释》，陕西人民出版社，2020，221。

⑥叶舒宪，《诗经的文化阐释》，陕西人民出版社，2020，216-217。

⑦邓田田，《从〈尚书〉到〈论语〉——儒家"君子"范畴的转变与固定》，《伦理学研究》，2020（4）。

⑧孔安国传，孔颖达正义，《尚书正义·虞书·大禹谟》，上海古籍出版社，2007，132。

⑨《左传·襄公二十四年》，中华书局，2012，1328。

⑩叶舒宪，《诗经的文化阐释》，陕西人民出版社，2020，223。

⑪胡平生、张萌译注，《礼记·中庸》，中华书局，2017，1036。

⑫叶舒宪，《诗经的文化阐释》，陕西人民出版社，2020，223。

⑬于师懿，《儒家文化与日本武士道精神》，《西部学刊》，2020（09）。

# 屈原早在《诗经》中

　　《诗经》与《楚辞》差别甚大，在思想内容、表现形式、表现手法都有明显差异，可以说"气质"完全不同，几近冰火两重天。特别是《离骚》思绪如云海翻涌，瞬息而变，景象万千；情感如江河奔流，回旋曲折，汪洋恣肆；诗句如雨雪霏霏，漫天飞扬，音声入耳。思接千载绵绵不绝，神游八极无远弗届，陟降飞升有如御风而行，跋山涉川恰似乘云而去，缠绵悱恻，感天动地。实为中国文学浪漫主义空前绝后的开山奠基之作，甚至视其为中国古代首篇意识流之作也无不可。相较而言，《诗经》则平实质朴得多，从容和缓得多。但细读《诗经》，在大小雅里，多处有屈原隐隐约约的身影。其中一些诗篇甚至可望见其衣冠长铗、徘徊身影，看见其如雪须发、惨淡愁容，听见其喃喃自语、仰天长叹和吟啸狂歌，想见其旷世奇冤像滚滚长江水千年流不息。

## 一、《诗经》中有忧国忧民的屈原

《离骚》一述其身世历程，二述其上下求索，三述其从彭咸之所居的心志，充满深厚的忧国忧民思想感情。其"岂余身之殚殃兮，恐皇舆之败绩"之舍身报国的赤诚，其"忽奔走以先后兮，及前王之踵武"之强国富民的衷心，其"长太息以掩涕兮，哀民生之多艰"之爱民忧民的情怀，其"忳郁邑余侘傺兮，吾独穷困乎此时也"之时乖命蹇的处境，其"路漫漫而其修远兮，吾将上下而求索"之苦寻"美政"的用心，其"亦余心之所善兮，虽九死其犹未悔"之矢志不渝的信念，其"何离心之可同兮，吾将远逝以自疏"之以死明志的思想，其"仆夫悲余马怀兮，蜷局顾而不行"之故国难离的深情，让人深受感染。

《诗经》中也多见此类思想感情。"民亦劳止，汔可小康。惠此中国，以绥四方""民亦劳止，汔可小休。惠此中国，以为民逑""民亦劳止，汔可小息。惠此中国，以绥四国""民亦劳止，汔可小愒。惠此中国，俾民忧泄""民亦劳止，汔可小安。惠此中国，国无有残"（《民劳》）。反复忧念民之劳苦，反复叮念惠泽京师（中国）之民以安定四方的重要。忧国忧民之心，其情殷殷，其意切切。"忧心如惔，不敢戏谈。国既卒斩，何用不监""式月斯生，俾民不宁。忧心如酲，谁秉国成"（《节南山》），对国运的衰败不振，灾害的不断降临，忧心如着烈火以燃，如饮烈酒至昏。"如蜩如螗，如沸如羹。小大近丧，人尚乎由行"(《荡》)。作者对怨声载道的民意，动荡不安的形势，民不聊生的惨状，无路可走的窘境，表现得触目惊心。忧国忧民之心表现得最深挚的，我认为当以《正月》为最。其作者不仅抒写了自己生不逢时之悲："父母生我，胡俾我瘉。不自我先，不自我后"，不仅反复叙写自己"忧心京京""忧心愈愈""忧心茕茕""忧心惨惨""忧心殷殷""心之忧矣，如或结之""终其永怀，又窘阴雨"(此句已有屈原诗中愁云惨雾之意)，还有哀伤老百姓衣食住行有忧，天降灾害不断："佌佌彼有屋，蔌蔌方有谷。民今之无禄，天夭是椓"，而且几乎是大声疾呼："哿矣富人，哀此茕独！"——寻欢作乐的富人啊，你们可怜可怜这些无依无靠的人哪！这几乎是"长太息以掩涕兮，哀民生之多艰"的"西周版"(可据"赫赫宗周，褒姒灭之"，考此为讽幽王之诗，所谓灭，我认为从全诗之意看是"将灭")。更为可敬的是，作者的忧国忧民有其大者。从诗中看，作者的地位并不太高，估计是一个司处级干部而非部局级干部，他自身之食禄生计显然已成迫切问题："念我无禄""哀我人斯，于何从禄？瞻乌爰止，于谁之屋？"但其更关注的是"民之无辜，并其臣仆""民今方殆""民今之无禄""忧心惨惨，念国之为虐"，期待着"既克有定，靡人弗胜"。其所忧，缘于己；其所虑，已超于己，此与屈子之心忧于国心忧于民异曲同工，与少陵"安得广厦千万间，大庇天下寒士俱欢颜"之推己及人亦声气情怀相同。其人不亦大哉！

## 二、《诗经》有刺奸刺虐的屈原

屈原之刺主要在刺小人和楚王。有刺朋党为奸，"惟夫党人之偷乐兮，路幽昧以险隘""众皆竞进以贪婪兮，凭不厌乎求索"；有刺小人之妒，"众女嫉余之蛾眉兮，谣诼谓余以善淫"；有刺群僚同流合污，"固时俗之工巧兮，偭规矩而改错。背绳墨以追曲兮，竟周容以为度"；有刺楚王不明，"荃不察余之中情兮，反信谗而齐怒"；有刺楚王不善，"怨灵修之浩荡兮，终不察乎民心"；有刺楚王善始不得善终，"初既与余成言兮，后悔遁而有他"。

《诗经》二雅也随处可见刺。刺小人："嗟尔朋友！予岂不知而作？如彼飞虫，时亦弋获。既之阴女，反予来赫。"（《桑柔》）《诗经》对小人搬弄是非陷害忠良的嘴脸多有描绘："萋兮斐兮，成是贝锦""哆兮侈兮，成是南箕""缉缉翩翩，谋欲谮人""捷捷幡幡，谋欲谮言"（《巷伯》）、"无罪无辜，谗口嚣嚣"（《十月之交》），甚至对小人施以诅咒"彼谮人者，谁适与谋？取彼谮人，投畀豺虎。豺虎不食，投畀有北。有北不受，投之有昊"（《巷伯》）。刺权奸："赫赫师尹，不平谓何？""弗躬弗亲，……弗问弗仕……琐琐姻亚，则无膴仕。"（《节南山》）《诗经》斥责权贵，失职、失责、失政并任人唯亲，甚至用"皇父孔圣，作都于向。择三有事，亶侯多藏。不慭遗一老，俾守我王。择有车马，以居徂向"讽刺皇父以权谋私，贪财敛物，对皇亲国戚也没放过，"艳妻煽方处"（《十月之交》）、"赫赫宗周，褒姒灭之"（《正月》），锚头直指第一夫人祸国殃民，并且明确指出，老百姓的灾难并非上天造成，而是由翻手为云、覆手为雨的人造成："下民之孽，匪降自天。噂沓背憎，职竟由人。"（《十月之交》）刺天子：有婉转含蓄之刺，"无纵诡随，以谨惽怓。式遏寇虐，无俾民忧"（《民劳》）、"犹之未远，是用大谏……敬天之怒，无敢戏豫。敬天之渝，无敢驰驱"（《板》），告诫君王不能放纵欺诈，要制止掠夺和暴虐，要敬畏上天，类似于谏言；有借古讽今之刺，"文王曰咨！咨女殷商。天不缅尔以酒，不义从式。既愆而止，靡明靡晦。式号式呼，俾昼作夜"（《荡》），真是指桑骂槐、痛快淋漓，也开创中国诗歌借古讽今之法；有指名道姓之刺，直刺周厉王、周幽王，"内奰于中国，覃及鬼方"（《荡》）、"四国无政，不用其良"（《十月之交》）。还有直斥昊天上帝者，如"昊天不佣""昊天不惠""昊天不平"（《节南山》）、"上帝板板"（《板》）、"上帝甚蹈"（《苑柳》）、"视天梦梦"（《正月》），直斥君王，对天命论之天提出根本性怀疑，一方面反映出，可能是君王止谤，封禁言论自由，正直的官僚士大夫只能指桑骂槐；另一方面，体现了周人思想意识的进步，那就是神圣的天命观开始摇晃了，有人开始觉醒了。

### 三、《诗经》中有特立独行的屈原

屈原有独善其身的节操，"苟余心其端直兮，虽僻远之何伤"(《涉江》);有坚守忠贞的自持,"余固知謇謇之为患兮,忍而不能舍也"(《离骚》);有洁身自好的理性,"吾不能变心而从俗兮,故将愁苦而终穷"(《涉江》);有不管不顾的坚定,"世混浊而莫余知兮,吾将高驰而不顾"(《涉江》);有正道直行的决绝,"余将董道而不豫兮,固将重昏而终身"(《涉江》);有宁死不屈的信念,"宁溘死以流亡兮,余不忍为此态也"(《离骚》)。

大小雅中那些谏诤之士、忠贞之臣,那些不与佞臣宵小沆瀣一气、同流合污之臣无疑都是特立独行之人,是屈子精神上的先师。其中有一段文字让人印象深刻:"瞻彼阪田,有菀其特。天之杌我,如不我克。彼求我则,如不我得。执我仇仇,亦不我力"(《正月》)。此段文字,普遍解释为不被重用,如"终亦莫能用也"[1]"怀才不遇,不被重用"[2]"言自己不受重用"[3]。我认为,这段文字主要表明自己不与权奸宵小同流合污的特立独行之志。其理由在于首句之兴阪田之物的独出于众("有菀其特"),已暗含"木秀于林,风必摧之;堆出于岸,湍必流之"意;在于次句的"天之杌我,如不我克"。此句之关键在于对"如"字的解释,也涉及天命观在当时的发展情况。如解为"如恐"(朱熹《诗集传》),则有怨天意,即"上天摧折我,如恐击不垮我",较符合天命观在西周厉幽乱世时有所坍塌之背景。如解为转折连词"而",则有斗天意,符合一些前贤明哲思想先驱的特征。这种解释为该词古义所有,"连词,相当于而"(向熹《诗经词典》),也为荷兰汉学家高本汉所持:"1. 差不多所有的注家都用'如'平常的意义:'天震动我,好像不能克服我'。
2.陈奂以为'如'是'而',和许多别的'如'字一样:'天震动我,却不能克制我。'"④从上下文意连通看,解释成转折连词"而",更合诗意,即整体表达自己在王朝政治中是一个因自己采取不合作态度而"上天不待见,王亦不重用"即老百姓所谓"爹也不疼妈也不爱"的人。无论如何解释,都表明此人有骨头、有斗志,有一点面对天命观的觉醒,甚至有极其难得的一点"独立之思想,自由之精神"。其特别可贵处在于,此人在天命观广布浓厚的西周,已表现出了与天命抗争的意识,他能够与天抗争,又为何不敢与权奸佞臣宵小抗争?因此它是那个时代极为难得的思想者、清醒者、战斗者、孤勇者!是屈子的前代知音!是《诗经》君子贤良群体中一个最富有鲜明个性和独特魅力的让人肃然起敬的人物!是《诗经》中最坚定无畏、丰满立体和生动的硬汉形象!

#### 四、《诗经》有洁身自好的屈原

屈原既注重自身内在美,也注重外在美,甚至还喜着奇装异服,"纷吾既有此内美兮,又重之以修能。扈江离与辟芷兮,纫秋兰以为佩"(《离骚》)、"余幼好此奇服兮,年既老而不衰。带长铗之陆离兮,冠切云之崔嵬,被明月兮佩宝璐。"(《涉江》)更重要的是,屈原注重效法前贤、维护品质的纯粹洁净,"朝饮木兰之坠露兮,夕餐秋菊之落英。苟余情其信姱以练要兮,长顑颔亦何伤。紧木根以结茝兮，贯薜荔之落蕊。矫菌桂以纫蕙兮，索胡绳之纚纚。謇吾法夫前修兮，非世俗之所服。虽不周于今之人兮，愿依彭咸之遗则。"（《离骚》）

"四方有羡，我独居忧。民莫不逸，我独不敢休。天命不彻，我不敢傚我友自逸。"（《十月之交》）这里有众人皆浊我独清的洁身自好，也有众人皆醉我独醒的政治清醒，更有坚持信仰的自觉意识，自警、自省、自励、自律的慎独精神。甚至，其走投无路问道于渔夫的孤苦之状都与屈原如此相似："谓天盖高，不敢不局。谓地盖厚，不敢不蹐。"（《正月》）特别是"驾彼四牡，四牡项领。我瞻四方，蹙蹙靡所骋"（《节南山》），骑着高头大马，竟然不知去往何处；天地如此之大，竟无正人君子容身之地！此中无所适从、无所驱遣的悲哀愁苦，只有屈子可堪比拟，只有"念天地之悠悠，独怆然而涕下"意味略同。

总体而言，《诗经》中最接近屈原本人之抒情主人公忧国忧民特立独行洁身自好形象的一首诗是《正月》，如略动手脚简直可以以假乱真：

正月繁霜兮我心忧伤。民之讹言兮亦孔之将。念我孤独兮忧心京京。哀我小心兮癙忧以痒。

父母生我兮胡俾我愈？不自我先兮不自我后。

好言自口兮莠言自口。忧心愈愈兮是以有侮。

忧心茕茕兮念我无禄。民之无辜兮并其臣仆。哀我人斯兮于何从禄？瞻乌爰止兮于谁之屋？

瞻彼中林兮侯薪侯蒸。民今方殆兮视天梦梦。既克有定兮靡人弗胜。有皇上帝兮伊谁云憎？

谓山盖卑兮为冈为陵。民之讹言兮宁莫之惩。召彼故老兮讯之占梦。具曰予圣兮谁知乌之雌雄？

谓天盖高兮不敢不局。谓地盖厚兮不敢不蹐。维号斯言兮有伦有脊。哀今之人兮胡为虺蜴？

瞻彼阪田兮有菀其特。天之扤我兮如不我克。彼求我则兮如不我得。执我仇仇兮亦不我力。

心之忧矣兮如或结之。今兹之正兮胡然厉矣？燎之方扬兮宁或灭之。赫赫宗周兮褒姒灭之！

终其永怀兮又窘阴雨。其车既载兮乃弃尔辅。载输尔载兮将伯助予。

无弃尔辅兮员于尔辐。屡顾尔仆兮不输尔载。终逾绝险兮曾是不意。

鱼在于沼兮亦匪克乐。潜虽伏矣兮亦孔之炤。忧心惨惨兮念国之为虐。

彼有旨酒兮又有嘉殽。洽比其邻兮昏姻孔云。念我孤独兮忧心殷殷。民今之无禄兮，天夭是椓。

佌佌彼有屋。兮蔌蔌方有谷。民今之无禄兮天夭是椓。哿矣富人兮哀我茕独！

原诗中沉吟彷徨、穷困潦倒的诗人确乎摇身而变为长吁短叹、手舞足蹈、"呼风唤雨"、悲天悯人的放逐屈子，愁云惨淡，满腹忧戚无从驱遣。四顾苍茫，天高地远，容身之处却局促难安，驱车欲行却无路可前！权贵醉生梦死，同僚安逸享乐，我却无法同流合污，只能郁郁寡欢！可怜那些无依无靠的百姓，饥寒交迫，瑟瑟颤抖，像风雨之中飘摇倾覆的巢卵！此忠贞忧戚之士，不正是《诗经》之"屈原"嘛！

所略动的手脚是什么呢？只是把每两个逗号之间的逗号去掉后各加了一个楚人习用的"兮"字，另为协字数音调在两个"独"字前各加了一个"孤"字，即让一首沉吟深挚的《诗经》之作变成了一首神完气足的离骚之作！

风诗中的男人形象十分单薄。让人不禁遗憾：那个时代的男人们怎么了？难道都是"成都扒耳朵"？还好，有雅诗中这些有情有义、有棱有角的屈原似的真男人——虽然，雅颂诗中还有男人更好，如文王、武王，可是已被周人纳入神的序列，且明显做了涂脂抹粉抬高垫高的处理，显得太高大上了。所以真能代表时代风尚的，可能只有雅诗中这些"疾风知劲草，板荡识诚臣"之类的男人了。如没有二雅诗中这批忧国忧民、正道直行的男人，我们简直可以说：《诗经》无真男人也！

此外，还须一提的是，《诗经·大东》一诗颇近屈原精骛八极心游万仞、汪洋恣肆、神奇瑰丽的诗风：

有饛簋飧，有捄棘匕。周道如砥，其直如矢。君子所履，小人所视。睠言顾之，潸焉出涕！

小东大东，杼柚其空。纠纠葛屦，可以履霜。佻佻公子，行彼周行。既来既往，使我心疚！

有冽氿泉，无浸获薪。契契寤叹，哀我惮人。薪是获薪，尚可载也；哀我惮人，亦可息也！

东人之子，职劳不来；西人之子，粲粲衣服。舟人之子，熊罴是裘；私人之子，百僚是试！

或以其酒，不以其浆；鞙鞙佩璲，不以其长。维天有汉，监亦有光；跂彼织女，终日七襄。

虽则七襄，不成报章。睆彼牵牛，不以服箱。东有启明，西有长庚；有捄天毕，载施之行。

维南有箕，不可以簸扬；维北有斗，不可以挹酒浆。维南有箕，载翕其舌；维北有斗，西柄之揭。

这首诗歌你当然看不到屈原的影子，可是你看得到屈原的诗风。这是《诗经》305篇现实主义诗篇中独具特色的诗篇，具有鲜明的浪漫主义色彩，或可视为《楚辞》之滥觞，显得极其难得。

至此，我还要情不自禁地指出：近现代以来不少学者论风雅颂，多认为风诗价值大于雅诗，雅诗大于颂诗，甚至认为颂诗除了歌功颂德毫无价值，导致当代人学习关注《诗经》几乎只到风诗。我认为这些观点颇可商榷，更个人化一点，我认为：风诗固然颇多优秀之作，但此说过多受近现代以来政治影响。以上述征引雅诗也可管中窥豹，其思想内容的深刻性、反映社会政治生活的丰厚性、艺术的精美性、表现手法的多样性、对中国文学发展的影响性，都是不容忽视的。建安文学、初唐诗歌革新运动及中唐新乐府运动及古文运动，宋代诗文革新运动均深受其影响。李白、杜甫、白居易、韩愈、柳宗元、刘禹锡等著名诗人都标举风雅，倡导恢复《诗经》之风雅比兴的现实主义传统，岂能以"闾巷风土"之风轻力重千钧之雅！纵然是颂诗，虽然"其来雍雍至此肃肃"、四平八稳，但从哲学思想、文化、历史角度看也是自有其价值的，不容弃之敝屣。

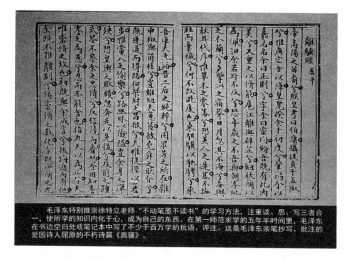

毛泽东在长沙第一师范就读时书写的《离骚经》（雍也摄于长沙一师旧址）

屈子之诗在形上离《诗经》远矣，然其质颇近，大雅之诗尤然，实与屈诗一脉也。细细涵咏之，郁郁寡欢、憔悴潦倒的屈子便从一首首诗歌的烟云中走了出来。考其源流，亦可证之，屈子之精神实为儒家精神，屈子之诗文，得之《诗经》深矣，屈子之情志，源自《诗经》厚矣。故观堂先生言："屈子南人而学北方之学者也。"观堂先生视屈子之诗文为"变《三百篇》之体而为长句，变短什而为长篇，于是感情之发表，更为婉转矣。此皆古代北方文学之所未有，而其端自屈子开之"。然所以驱此想象而成此大文学者，实由其北方之肫挚的性格。而屈之大者为何？观堂先生曰："北方人之感情，诗歌的也，以不得想象之助，故其所作遂止于小篇。南方人之想象，亦诗歌的也，以无深邃之感情之后援，故其想象亦散漫而无所丽，是以无纯粹之诗歌。而大诗歌之出，必须俟北方人之感情，与南方人之想象合而为一，即必通南北之驿骑而后可，斯即屈子其人也。"⑤观堂先生所言者，为从地域文化、地域性格论及南北诗风之异，更别具慧眼指出屈子系融汇南北风格之大诗人。其所未尝言者，屈子实亦贯通古今（因其诗歌将《诗经》《尚书》之儒家精神及楚地文化有机结合）后开宗立派（中国古典浪漫主义）之大诗人也。若无屈原，中华古典诗歌将只有李泽厚先生所谓的"实践理性精神"，即"把理性引导和贯彻在日常现实世间生活、伦常感情和政治观念中，而不作抽象的玄思"⑥，而不会有"把最为生动鲜艳，只有在原始神话中才能出现的那种无羁而多义的浪漫想象，与最为炽热深沉，只有在理性觉醒时刻才能有的个体人格和情操，最完满地融成有机整体。由是，它开创了中国抒情诗的真正光辉的起点和无可比拟的典范"⑦。换言之，若无屈原作品，中国古典文学将犹如中国只有黄河而无长江，少了一条滋养民族古典文学的浩荡大河。

───────────┤ 注 释 ├───────────

①朱熹，《诗集传·诗卷第十一·正月》，中华书局，2017，203。

②程俊英、蒋见元，《诗经注析》，中华书局，2017，436。

③夏传才，《诗经讲座》，广西师范大学出版社，2019，309。

④［瑞典］高本汉，《高本汉〈诗经〉注释》，董同龢译，中西书局，2012，533。

⑤姚淦铭、王燕，《王国维文集·屈子文学之精神》，中国文史出版社，1997，32-33。

⑥李泽厚，《美的历程》，生活·读书·新知三联书店，2017，46-47。

⑦李泽厚，《美的历程》，生活·读书·新知三联书店，2017，63。

# 贵族生活：
# "革命"不是请客就是吃饭

宴饮诗在《诗经》中特别是大小雅中占据很大分量，在中国古典诗歌中甚至在世界古典文学中也很突出。"有这样一批以宴饮为题材的歌诗，是中国文学在世界文学中独特的文化景观……它们集中地反映了中国礼乐文化的内涵及其本质特征，具有重要的文化价值"①，"从世界范围上古文学看，大量地以宴饮为题材的诗歌的出现，中国的《诗经》是一个特例"②。从《诗经》可以看出，宴饮成了周代贵族的重要生活内容及生活方式，是周代礼乐文化的重要组成部分、社会生活的重要环节，也是中国古代王朝政治中的一道独特风景。我们触摸《诗经》那些凝固的文字，它们立即激活幻化成一幅幅美食琳琅满目，琴瑟之音如花瓣飘飞，欢声笑语觥筹交错，宾主频频举杯揖让的场景。我们可以看到周代那帮衮衮诸公，几乎不是在祭神祭祖，就是在征讨杀伐；不是在征讨杀伐，就是在请客吃饭；不是在请客吃饭，就是在请客吃饭的路上。

## 一、一段请客吃饭"视频"

这段"视频"名叫《宾之初筵》：

宾之初筵，左右秩秩。笾豆有楚，殽核维旅。酒既和旨，饮酒孔偕。钟鼓既设，举酬逸逸。大侯既抗，弓矢斯张。射夫既同，献尔发功。发彼有的，以祈尔爵。

籥舞笙鼓，乐既和奏。烝衎烈祖，以洽百礼。百礼既至，有壬有林。锡尔纯嘏，子孙其湛。其湛曰乐，各奏尔能。宾载手仇，室人入又。酌彼康爵，以奏尔时。

宾之初筵，温温其恭。其未醉止，威仪反反。曰既醉止，威仪幡幡。舍其坐迁，屡舞仙仙。其未醉止，威仪抑抑。曰既醉止，威仪怭怭。是曰既醉，不知其秩。

宾既醉止，载号载呶。乱我笾豆，屡舞僛僛。是曰既醉，不知其邮。侧弁之俄，屡舞傞傞。既醉而出，并受其福。醉而不出，是谓伐德。饮酒孔嘉，维其令仪。

凡此饮酒，或醉或否。既立之监，或佐之史。彼醉不臧，不醉反耻。式勿从谓，无俾大怠。匪言勿言，匪由勿语。由醉之言，俾出童羖。三爵不识，矧敢多又！

这首诗记录了一场宴会的全过程，有射箭比赛，有敬祖仪式，有歌舞表演，有宴饮场景，特别是对客人在饮酒前后的表现做了极其生动的描绘，对醉酒、失态、失仪、败礼、败德做了严厉的鞭笞，对防止醉酒败德郑重提出了建议。从内容场景和用语上看，描绘的应是西周中后期周王的一场"国宴"。喝酒之前客人温文尔雅循规蹈矩："宾之初筵，左右秩秩""酒既和旨，饮酒孔偕""钟鼓既设，举酬逸逸""其未醉止，威仪抑抑"。醉酒之前，客人各安其位，正襟危坐，举止得体，餐饮有序。醉酒之后客人丧德失礼群魔乱舞："曰既醉止，威仪幡幡""舍其坐迁，屡舞仙仙""曰既醉止，威仪怭怭""是曰既醉，不知其秩""乱我笾豆，屡我傚傚""是曰既醉，不知其邮""侧弁之俄，屡舞傞傞""宾既醉止，载号载呶"。客人不仅将桌上搞得杯盘狼藉，而且连座位都搞乱了；不仅歪戴帽子斜穿衣，而且脖子扭扭屁股扭，张牙舞爪歪歪倒倒跳起"嘣嚓嚓"来；不仅大喊大叫，而且又哭又闹，一副失态、失仪、失礼、失格、失德的丢人现眼模样！作者的态度很鲜明："醉而不出，是谓伐德"，喝醉酒，还不赶紧告辞，就是缺德！"饮酒孔嘉，维其令仪"，饮酒是好事，关键是要保持良好的仪容举止。有意思的是，作者还特别提出建议：一是当事人自己把握好度，喝好不喝倒，情况不对马上撤退，对大家都有好处（"既醉而出，并受其福"）；二是设立喝酒监察官（"立之监"），严格监督喝酒工作，严格执行喝酒纪律规定，维持良好的喝酒环境秩序；三是派档案馆官员"现场录像"，将不良表现摄录在案（"佐之史"）。诗人是要他的同志们注意保持干部良好形象有组织有纪律地喝酒啊。

本诗折射出的几个信息：

一是请客吃饭很郑重。不仅备有酒肉美食，还有祭神祭祖，中间还穿插有体育比赛、文艺表演。事实上，《诗经》中的请客吃饭，即使抛开"有来雍雍，至止肃肃"的祭祀之类宴饮，也仍然是郑重的：酒肉准备之细致，邀请或挽留之真诚，举杯敬酒之殷勤，甚至音乐舞蹈之华美（高级宴会所有），无一不体现主人的真诚、暖心、慷慨、好客。

二是吃饭喝酒有品德礼仪。坐哪个位置，该有什么仪容，该说什么话，该有什么举止，什么时候举杯举箸，什么时候回敬答谢，什么时候告辞，都有约定俗成的规矩，也体现一个人的品德修养和素质。事实上，宴饮诗中往往着力描绘和赞颂的就是主宾有令德令仪。这与周人重德重礼，实行以德治国有关。

三是克己复礼很迫切。从现场后期一些醉鬼的无组织、无纪律看，这一定是周王朝由早期的艰苦奋斗、戒骄戒躁进入到后期安于享乐的时代。作者认为，应该守德守礼，喝醉了酒也不能打胡乱说，胡搞胡来（"匪言勿言，匪尤勿语""式勿从谓，无俾大怠"）。作者还讽刺了那些喝了酒之后变得大话连篇的人。作者所指可能是，喝了酒不能自我膨胀、胡说八道，几杯酒下肚就变成"力拔山兮气盖世"的英雄好汉，尤其不能污蔑先烈文王，不能妄议朝政。作者的愿望是好的，但三条限酒建议明显是书生之见，治标不治本，不管用的。

这首诗表明周初戒酒令早已打破。周代早期曾经推行过禁酒令，即周公曾经发布过的《酒诰》。其中说：

> 厥诰毖庶邦庶士越少正、御事，朝夕曰："祀兹酒，惟天降

命，肇我民，惟元祀。天降威，我民用大乱丧德，亦罔非酒惟行。越小、大邦用丧，亦罔非酒惟辜。"

……

弗惟德馨香祀登闻于天，诞惟民怨。庶群自酒，腥闻在上。故天降丧于殷，罔爱于殷，惟逸。天非虐，惟民自速辜。

厥或告曰群饮，汝勿佚。尽执拘以归于周，予其杀。

这篇文献体现了周公对封于殷商旧地之封的谆谆告诫，即严厉管控官民饮酒。他引用先王文王禁酒遗言，讲述禁酒对周代接受天命而治的好处，分析殷纣纵酒失德、失政亡国的教训，宣布对违背禁令的严厉处罚。从中我们可以看到，文王曾经经常郑重告诫各级各类官员祭祀时才饮酒，以免酗酒为祸，给个人和国家带来祸害。周公认为醉酒会失德从而失去天命护佑带来灾祸，因而宣布违反禁酒令将严加惩处全部逮捕格杀勿论。这篇文献除了体现周公治国理政的高瞻远瞩，也体现了他从严治吏、实事求是。让卫国广大领导干部、普通群众在搞好生产、做好生意、孝顺赡养、父母有吉庆之时饮酒（"肇牵车牛，远服贾用，孝养厥父母，厥父母庆，自洗，腆致用酒"），对殷商旧臣发生群聚饮酒先教育劝诫，教而不改再杀无赦（"惟殷之迪诸臣，惟工乃湎于酒，勿庸杀之，姑惟教之，有斯明享，乃不用我教辞，惟我一人弗恤，弗蠲，乃事时同于杀"）[3]，周公真不愧为高明的政治家！

## 二、"革命"必须请客吃饭

从《诗经》看，请客吃饭在彼时蔚然成风，不仅低级官员喜欢，高级干部喜欢，周王也喜欢。甚至周王"自掏腰包"请吃的情况还相当多。

东汉宴饮百戏石棺图（雍也摄于四川博物院）

他们祭神祭祖要吃饭，如《楚茨》《凫鹥》；会见诸侯要吃饭，如《蓼萧》《湛露》；邀亲访友要吃饭，如《伐木》《南有嘉鱼》；送别公侯要吃饭，如《崧高》《桑扈》；迎赏功臣要吃饭，如《六月》《彤弓》；联络宗族要吃饭，如《棠棣》《行苇》；臣僚交往要吃饭，如《鱼丽》《瓠叶》；婚丧吉凶要吃饭，如《车舝》《頍弁》。

从《诗经》看，他们请客吃饭的目的并不单纯。主要有以下情况：一为国之大事祀与戎，特别是因祭天祭祖而吃饭特别多；二为和谐邦国；三为和好宗族；四为情谊交往。从这可以看出，这种请客吃饭绝大多数并非为了满足口腹之欲，而是为了一个更深层次的目的，比如政治需要，或祭神的需要（因为多发生在祭神祭祖之后）。"周王定期宴飨各国国君，目的是加强王朝与各诸侯国的团结，使他们恪尽对王朝的义务，从而巩固王朝的统治。"④"宴饮诗歌并不全是贵族安享荣华的富贵歌，它也有着自己沉重的使命。"⑤"所谓的燕礼及其各种形式，都是从古老的乡饮酒礼中变化而出的，而这种变化乃是出于君王与大臣、王朝与诸侯、邦国与邦国之间政治合作与沟通的需要。"⑥也就是说，周人重视请客吃饭是出于"革命"需要，因为周人自命为"周革殷命"，获得政权后还必须"聿修厥德""永言配命"。事实上周代建立后实行的分封制、宗法制、礼乐制、井田制都是极有革命性、开创性且影响中国历史至深至远的举措，完全可视为在周人专政下的"继续革命"，就是这种宴饮欢会之中也深刻体现了周代敬畏天命、尊神敬祖、推崇德治、注重礼乐等治国方略，是"有心栽花"不是"无心插柳"。对此，王国维先生有洞见入微的阐述："中国政治与文化之变革，莫剧于殷周之际""殷周间之大变革，自其表言之，不过一姓一家之兴亡与都邑之移转；自其里言之，则旧制度废而新制度兴，旧文化废而新文化兴。又自其表言之，则古圣人之所以取天下及所以守之者，若无以异于后世帝王；而自其里言之，则其制度文物与其立制之本意，乃出于万世治安之大计，其心术与规摹，迥非后世帝王之所能梦见也"⑦。

同时，周人重视请客吃饭也是出于"事业"需要，"饫以显物，宴以合好"（《国语》）、"人之好我，示我周行"（《鹿鸣》），促进周之和谐与良性发展。当然还有个人联络朋友感情

的需要，"相彼鸟矣，犹求友声。矧伊人矣，不求友生？"（《伐
木》）鸟儿都要呼朋引伴，何况万物之灵的人呢？

### 三、宴饮诗中的可贵观念

《诗经》宴饮诗有一些可贵的观念及其发展变化值得注意：

一是注重德行的观念。他们认为参加宴饮要有德行。比如喝
酒要有酒德，要自律，不能嗜酒滥酒，喝高了就要立即停止，拱
手告辞，赖着不走，继续海吃海喝就是缺德，"醉而不出，是谓
伐德"。再如宾主的相互点赞，更多的是赞其德。主人赞宾客
"我有嘉宾，德音孔昭。视民不恌，君子是则是傚"（《鹿
鸣》），"显允君子，莫不令德""岂弟君子，莫不令仪"（《湛
露》）。宾客赞主人"其德不爽，寿考不忘""宜兄宜弟，令德寿
岂"（《蓼萧》），"乐之君子，德音是茂"（《南山有台》），"群黎
百姓，遍为尔德"（《天保》）。宾主双方互敬如仪，言笑举止合
乎法度，"为宾为客，献酬交错。礼仪卒度，笑语卒获"（《楚
茨》）。在德、礼、仪三者之中，德无疑居于统摄地位。这与周
初武王时即确立的"我求懿德，肆于时夏"（《时迈》）之以德治
国思想有关，也是周人自己总结并反复重申的周革殷命的一大成
功法宝。这种对酒风酒德的观念或许流传至今。今天不是仍有
"酒德就是品德，酒品就是人品，酒风就是作风"之说吗？

二是注重礼乐的观念。礼乐观念应来源于祭祀乐舞，后成为
官方礼制。从《诗经》的来源看，诗乐舞三者是合一的。《诗

经》最初的功用，即是以丰盛的蔬果酒肉等物质食粮，以精妙的诗乐舞合一的精神食粮，虔诚地向神灵祖宗献祭，娱神敬祖，让他们吃得开心，玩得开心，以护佑子孙，赐福后代。而这种精神物质食粮很明显也为活着的子孙后代们所喜闻乐见，因而也为非祭祀的重要宴饮欢会所承继，成为以雅助兴的保留内容。"'鼓瑟吹笙'的宴饮之乐，不仅真正实现着生命的解放，也标志着'乐'本身由巫术的媒介手段向真正的艺术演进的完成。""在《鹿鸣》这里，'鼓瑟鼓琴'的旋律音乐，歌唱的是人的情怀理想。礼乐文化终于在人文精神的鸣奏中诞生了。"⑧孔夫子念兹在兹的"郁郁乎文哉，吾从周"，在很大程度上即是对西周礼乐文化的向往。

　　三是注重人性人情的观念。在《棠棣》一诗中首次出现肯定家庭生活。"妻子好合，如鼓琴瑟。兄弟既翕，和乐且湛"，虽然强调在急难之时，"凡今之人，莫如兄弟"，但最后却直接祝颂"宜尔室家，乐尔妻孥"，即"祝你阖家幸福快乐"，这是一句多么现代的表达！这比之两千年后《三国演义》中刘备语"兄弟如手足，妻子如衣服"高下立判，先进与落后立判，人性与非人性立判！此外，《伐木》中出现对友情的重视呼唤和对亲情的看重吟咏："相彼鸟矣，犹求友声；矧伊人矣，不求友生？""既有肥羜，以速诸父""既有肥牡，以速诸舅""笾豆有践，兄弟不远"，乃至宴饮时"坎坎鼓我，蹲蹲舞我"，亲自击鼓跳舞以助兴；《湛露》中周王率性真诚、亲切随和地"号召"嘉宾亲族

"厌厌夜饮，不醉无归"（"不醉无归"甚至今日还保留在宴饮聚会之语中）；《鹿鸣》中主人以好酒、好菜、好音乐招待众宾，"我有旨酒，嘉宾式燕以敖""我有嘉宾，鼓瑟吹笙""吹笙鼓簧，承筐是将"。这些诗较之颂雅诗中的其他一些"有来雍雍，至止肃肃"之庄严肃穆的祭祀诗，明显活泼有生气或者说亲切有"人气"。可以看出，《诗经》内容已经由西周早期一味敬神娱神转向歌咏人间情义和生活。

日本学者白川静认为，《诗经》中反映西周贵族社会生活的诗，经历了"从祭祀诗至祝颂飨宴诗，又进而至申说同族结合的教训诗"的转变。"本诗（《常棣》）讴歌现实社会的繁荣，洋溢着肯定现实的感情"⑨，这个看法是符合《诗经》之脉络与诗之发展逻辑的。可惜他没有再作申说、阐述，即《诗经》之诗还有一个发展环节或内容：人生及生活赞美诗。特别是，这些赞美诗反映出华夏民族思想精神和心灵的成长，即曾经无边无际笼罩在周人卑微生命中的天帝神灵祖宗身影及对他们的敬畏膜拜已经像黎明后的世界：黑暗与浓雾已经不知不觉向天边隐去，霞光正慢慢镀亮山川，人们已经从梦寐惺忪中醒来，他们睁开双眼发现，天地似乎更加可爱可亲，他们张开双臂跳跃呼喊，他们深深呼吸清新芬芳的空气，开始了人类真正的歌唱。从人类发展史看，这看似无足轻重的一小步，实际上却是走了几百年甚至几千年的意义极大的一大步。这些歌唱显示，华夏民族初步从宗教和神灵的严密笼罩束缚中走出来，实现了精神和心灵的解放！生命和生活

甚至天命是自己的，虽然天命观仍在，祖先神灵仍在，但他们不
是无时不在无处不在，他们只是在远处观望，他们只是在关键
时、必要时才来到。这时候，在自己构造的所谓神灵面前一直战
战兢兢、如履薄冰、匍匐着的人已经站立起来，他们先是略带警
惕地四处张望，然后逐渐放松开来，慢慢自主自由起来，成为真
正意义的人，成为真正的"万物的灵长"，开始享受生活、享受
人生、享受自然、享受社会。

### 四、吃什么喝什么？怎么吃怎么喝？

　　周人"祭如在，祭神如神在"[①]，态度虔敬严肃，献给神灵
祖宗的东西是最好的，甚至连献祭之物的品种、大小、颜色、公
母都有严格的规定。祭祀之物称"牺牲"，所谓"牺"即毛色纯
粹的"牲"。他们最后也会将这些献给神灵祖宗的东西大快朵
颐。因而，这些食物作为重要宴享之物颇有代表性。总体而言，
因周人的请客吃饭更多与庄重严肃的祭祀活动有关，所以呈现出
来的是四美：美食、美酒、美仪、美乐舞。

　　美食主要有肉鱼果蔬。肉主要有牛羊肉和兔肉鱼肉等（猪肉
似乎很少涉及），如"既有肥羜""既有肥牡"……肉类的主要做
法有炰炮燔炙烹。"炰鳖鲜鱼"（《韩奕》），"炰鳖脍鲤"（《六
月》），这里的"炰"程俊英、蒋见元《诗经注析》释为"清
蒸""蒸煮"，高亨注《诗经今注》释为"烹煮""用火烧肉"。
炮燔炙即烧烤，但"燔"是用泥巴包裹着未去毛的动物在大火中

煨，类似于现在民间叫花鸡做法。"有兔斯首，炮之燔之""有兔斯首，燔之炙之"（《瓠叶》），"或燔或炙"（《楚茨》）。此外还偶有打猎中获取的猎物，如豝（母猪）、兕（犀牛野牛类动物）等也会食之，但这是非主流且决不会被用在祭祀类宴会上的。果蔬类：瓜，"疆埸有瓜"（《信南山》），笋，蒲，"维笋及蒲（《韩侯》），瓠叶，"幡幡瓠叶，采之亨之"（《瓠叶》），韭菜，"四之日其蚤，献羔祭韭"（《七月》）。此处可对比一下普通劳动人民饮食。据农事诗《七月》所载，有郁（唐棣）、薁（野葡萄）、葵（苋菜）、菽（大豆）、枣、苴（麻籽）、荼（苦菜）甚至樗（臭椿），"六月食郁及薁，七月亨葵及菽，八月剥枣，十月获稻……七月食瓜，八月断壶，九月叔苴。采荼薪樗，食我农夫"。看得出，自古以来，农民苦啊，农民吃的也苦啊！饭食类：主要是黍稷稻粱麦菽。饮食的主要佐料有花椒、香蒿、盐、酱汁等。

饮有美酒。据王红进先生研究，在献尸时用的是"三酒五齐"，都是米酒。三酒指事酒、昔酒、清酒。事酒因事而酿，时间很短。昔酒可短时储藏，其味稍醇。清酒冬酿夏熟，为酒中之冠。五齐指"泛齐""醴齐""盎齐""缇齐""沈齐"五种酒，主要是根据酒糟滓液的状态及颜色进行区分。贵族祭祀和宴饮所喝主要是当时的高档酒清酒。此中有一种酒值得一提，鬯酒，"用黑黍调和郁金之汁而成，因酒味芬芳，又称为'郁鬯'，降神时，把鬯酒浇在地上，用其香气来吸引神灵"[11]。此酒可能是当时的极品用酒，可能是内部特供酒，似乎只有祖宗神灵才有资格呷两口。

宴饮之间有礼仪。宴射礼中还有极其烦琐的祭祖仪式，如《宾之初筵》"烝衎烈祖，以洽百礼。百礼既至，有壬有林"。礼仪主要有献、酢、酬。献为主人敬宾客，"君子有酒，酌言献之"。酢为宾客回敬，"君子有酒，酌言酢之"。酬为主人劝酒，"君子有酒，酌言酬之"。在喝酒之前，主人要"君子有酒，酌言尝之"。在献、酢之后，在酬之前，主人还要先将酒杯洗一洗。像《宾之初筵》中宾客酒醉失礼无仪的情况应该是发生在王朝后期纲纪渐倾礼崩乐坏之时。

宴饮之间有乐舞。《宾之初筵》可见"钟鼓既设""簸舞笙鼓，乐既合奏"。《行苇》中可见"或歌或咢"，《鹿鸣》中可见"鼓瑟吹笙""鼓瑟鼓琴"，《伐木》中可见"坎坎鼓我，蹲蹲舞我"。主人整嗨了，还亲自上场表演，又击鼓来又跳舞，而且像《鹿鸣》中周王请客还发红包礼金，真是热情待客哟！这样的主人，这样与民同乐的高级领导，真是难得的性情中人噢！

### 五、好大一个团：周天子的厨师团

从《周礼》可以看出，周王的伙食团有四个突出特点。一是规模大。全部厨师编制共 2291 人，其中职官胥吏 208 人，杂役奴隶 2000 余人，达到现在军队一个普通团的人数，占整个周天子居住地区总人数（约 4000 人）的 70% 左右。二是分工细。共分膳夫、庖人、内饔、外饔、烹人、甸师、兽人、渔人、鳖人、腊人、食医、疾医、疡医、酒正、酒人、浆人、凌人、笾人、醢人、醯人、盐人、幂人共 22 个部门。每个部门都有负责人和具体工作人员。其中人数位居前三名的是酒人（负责供奉酒，340人）、甸师（负责籍田及粮仓，335 人）、渔人（负责捕捞，334 人），编制最少的也有 2 人（食医，即营养医师）。三是职责明。上述 22 个部门每部皆有其职，如庖人负责宰杀，鳖人负责煮鳖，腊人负责制作腊肉，酒正、酒人分别负责酿酒和供奉酒，浆人负责制作饮料，笾人负责竹制食器中的食物，食医、疾医、疡医分别负责营养、内科、外科，凌人负责用冰，醢人、醯人分别负责制肉酱、醋及果酱，连用冰以及食物和餐具上的防尘布也有专人负责。四是地位高。如膳夫，可参与周王室的最高政务。这《诗经》可证："皇父卿士，番维司徒。家伯维宰，仲允膳夫。"（《十月之交》）《克鼎》铭文亦可证："善（同膳）夫克，可以出纳王命，遹正八师。"实际上，在夏、商、周三代，膳夫的地位都很高，如名相伊尹其实就是商汤的大厨，称冢宰，周代称太宰。再如齐桓公在名相晏子即将去世之际差点起用自己信赖的易牙为相。这均可说明当时君王大厨的显赫地位及受尊宠情况，其地位均远高于后世主管皇帝饮食的官员（如东汉太官令，年俸仅六百石）。可以看出，周天子的厨师队伍呈现出四化特征：分工专业化、职责明晰化、操作精细化、经营规模化。为什么会这样？这是因为，周代前后重祭祀与宴饮，"国之大事，在祀与戎"，这个厨师团队除负责周天子及其家眷日常饮食之外，还要承担频繁的祭祀之物品供应与重要宴享用餐准备工作。这也是膳夫在那个时代位高权重的原因。换言之，饮食是当时政治社会生活中极其重要的部分。这种对饮食的极端重视在其他古代文明中同样存在，"尼罗河畔、印度河畔以及两河流域……日常生活与宗教崇拜的许多方面都围绕着食物尤其是水这个中心"⑫。

## 六、周代宴饮诗的影响

"饮食对生活必不可少的功能，使得我们有可能通过研究当时的饮食文化，对其他社会领域的文化进程也做出特别透彻的描述。饮食文化由此成了一面镜子，不仅饮食习惯，就连社会政治价值与规则，都可以从中显示出来。反过来，一个时代各方面极其不同的变化，不管是气候的还是政治的，都会在当时的饮食文化中得到间接的反映。"⑬这段话对饮食的社会政治文化意义做了非常好的论述。周代宴饮诗及宴饮文化的影响是深刻深远的。这主要体现在三个方面。一是让中国成为最重视饮食的国家，使中国有了对饮食的充分肯定和特别看重，甚至将其上升到本性和第一位的事情，即"食色，性也"和"民以食为天"。这为中国美食的进一步发展，让舌尖上的中国成为一道有独特魅力的风景，成为世界美食大国，奠定了坚实的基础。二是形成了独具特色的餐饮礼仪文化及待客之道，与祭祀礼仪、人际交往礼仪等一道，构成古代中国礼仪之邦的基石。三是形成中国人注重宴饮，并将请客吃饭作为重要交往手段的历史传统。多年前看钱锺书先生之《围城》，看到拿破仑先生就外交官宴请宾客一事做出两点指示：一是"吃饭能使办事滑溜顺利"；二是"请客菜要好"。这不禁让人莞尔一笑：老拿呀，你说得真有意思！简直说到中法两国人民心里去了！难怪中法两国均为世界美食之都，因为两国在对美食的重要性的认识及待客之道上就高度一致嘛！

## 注 释

①夏传才，《诗经讲座》，广西师范大学出版社，2019，335。

②李山，《诗经的文化精神》，东方出版社，1997，79。

③《尚书正义·酒诰》，上海古籍出版社，2007，548-562。

④夏传才，《诗经讲座》，广西师范大学出版社，2019，342。

⑤李山，《诗经的文化精神》，东方出版社，1997，81。

⑥李山，《诗经的文化精神》，东方出版社，1997，83。

⑦王国维，《观堂集林》，中华书局，1959，451-453。

⑧李山，《诗经的文化精神》，东方出版社，1997，92。

⑨［日］白川静，《诗经研究》，杜正胜译，幼狮文化事业公司，1983，228-229。

⑩《论语·八佾》，中华书局，2016，28。

⑪王红进,《诗经文化阐释》, 中国广播影视出版社, 2016, 240。

⑫［德］贡特尔·希斯费尔德,《欧洲饮食文化史》, 吴裕康译, 广西师范大学出版社, 2006, 29。

⑬［德］贡特尔·希斯费尔德,《欧洲饮食文化史》, 吴裕康译, 广西师范大学出版社, 2006, 1。

# 有爱大声讲出来

《诗经》中有三首面貌十分相近而命运大为不同的诗：

喓喓草虫，趯趯阜螽。未见君子，忧心忡忡。亦既见止，亦既觏止，我心则降。

陟彼南山，言采其蕨。未见君子，忧心惙惙。亦既见止，亦既觏止，我心则说。

陟彼南山，言采其薇。未见君子，我心伤悲。亦既见止，亦既觏止，我心则夷。

——《草虫》

风雨凄凄，鸡鸣喈喈。既见君子，云胡不夷。

风雨潇潇，鸡鸣胶胶。既见君子，云胡不瘳。

风雨如晦，鸡鸣不已。既见君子，云胡不喜。

——《风雨》

隰桑有阿，其叶有难。既见君子，其乐如何。

隰桑有阿，其叶有沃。既见君子，云何不乐。

隰桑有阿，其叶有幽。既见君子，德音孔胶。

心乎爱矣，遐不谓矣？中心藏之，何日忘之！

——《隰桑》

这三首诗从表面上看十分相近：在内容上都是描写对君子刻骨铭心的思念以及相见后的欢愉，在感情上都是表达对爱情的歌咏，在手法上都是赋比兴兼具，甚至有着相似的句式和表达方式。所不同者，是风格之异：《草虫》思想感情质朴直白，《风雨》凄楚动人，《隰桑》热烈深挚。

而实际上，三首诗在历史上的命运大不相同：

《草虫》通常被认为是"卿大夫妻思夫"。如《毛诗·小序》认为是"大夫妻能以礼自防"[①]，《毛诗序》的释读常常像打迷踪拳，有点让人摸不着头脑，估计是说卿大夫妻在丈夫长时间出差后守身如玉没有红杏出墙。朱熹认为是"南国被文王之化，诸侯大夫行役在外，其妻独居，感时物之变，而思其君子如此"[②]。姚际恒认为："欧阳氏以为'召南之大夫出而行役，其妻所咏'，庶几近之"[③]。方玉润对之提出异议并对毛、朱之说有非常精彩的批评："《集传》不过呆相，小序则节外生枝。细咏此词，何尝有'以礼自防'意？即一妇思夫，而必牵及'文王之化'者何哉？至有谓其惟恐为淫风所染，因取此物以自警，无论草虫至微，非自警之物，即其夫偶一在外，而妻遂几乎不自保其为淫俗所染，此尚成妇道耶？"[④]真是驳得痛快！但他自己提出的主旨也让雍也不敢苟同："思君念切也""此盖诗人托男女情以

从诗经出发

写君臣念耳"。这个看法新奇但并无论证，其直观判断无法让人信服。现当代《诗经》研究专家总体上也持这种观点，如程俊英、蒋见元认为："这是一首思妇诗""此诗主题与《卷耳》相同，都是思念行役的丈夫"⑤。李山先生认为是"思念行役在外丈夫的乐歌"⑥。上述观点虽论说各异，核心则同：妻子思夫，即认为这是一首婚姻诗。

《风雨》通常被认为是"乱世思贤人君子"。如《毛诗序》："风雨，思君子也。乱世则思君子不改其度焉。"郑笺："兴者，喻君子虽居乱世，不变改其节度……鸡不为如晦而止不鸣。"方玉润："此诗自《序》《传》诸家及凡有志学《诗》者，亦莫不以为'思君子'者也。"⑦这里风雨变成乱世象征，鸡鸣象征有节度的贤人，诗中君子变成品德高尚的君子。此说对后世影响甚大。"风雨如晦，鸡鸣不已"甚至成了国家危乱时正人君子坚守气节不改其志的精神引领，即认为这是一首政治诗。特别需要指出的是，也有人不以毛、郑之说为然，如以非《毛诗序》倡淫诗说的朱熹就认为此诗涉"淫"："风雨冥晦，盖淫奔之时""淫奔之女言当此之时，见其所期之人，而心悦也"⑧。朱熹的淫诗说，在某种程度上可视为爱情诗说。在这一点上，朱熹是有火眼金睛的，避免了对此诗脱离文本、盲人摸象般的瞎解读。但朱熹此说后人多有非议，如方玉润就毫不客气地指斥说："独《集传》指为淫诗，则无良甚矣，又何辩耶？"奇怪的是方氏自己言之凿凿认为这是思友诗："怀友也""夫风雨冥晦，独处无聊，此时最易怀人""凡属怀友，皆可以咏"（方玉润《诗经原始》）。他应该把此诗意境理解成了"有客不来过夜半，闲敲棋子落灯花"了。可是有谁想念朋友想念到半夜鸡叫甚至雄鸡报晓啊，除非是恋爱中的男朋友或女朋友，而这显然不是方氏所言之朋友。

《隰桑》通常被认为是"喜见君子"。如朱熹之言："此喜见君子之诗。词意大概与菁莪相类，然所谓君子，则不知其何所指矣。"（朱熹《诗集传》）明代何玄子，清代姚际恒等均大致认同这一观点，即认为这是一首社会诗。这里，朱熹先生的看法其实让我们差点惊掉下巴。这位嗅觉极其灵敏、眼光十分毒辣的大学者，这位对男女情事极其敏感、对凡沾男女之边的诗必欲认定为淫诗而后快的一代大儒，这次不知是嗅觉失灵还是手下留情，是编撰时打梦觉还是老眼昏花，是被《菁菁者莪》这首感念君子的诗带偏了还是突发慈悲，竟然没有将这首爱意十足、情意满满的诗认定为淫诗，简直让人觉得太阳从西边出来了。其实，这是一首妥妥的情诗即朱氏标准的"淫诗"。因此，不仅雍也，连前人中也有人发现他老人家在使用双标，如陈启源就明确地说："隰桑思君子，犹丘中有麻之思留子也……使编入国风，朱子定以为淫诗也。"⑨龚橙《诗本谊》也直接将此诗列入风内。至于《毛诗序》、孔颖达等一如既往、条件反射般地认为是讽刺诗，而且毫无根据又言之凿凿地说是"刺幽王"，让人莫名其妙，简直想骂一句：你说个鬼哟！并像姚际恒看到古人信口雌黄说草虫阜螽性乱交（"郑氏曰'草虫鸣，阜螽跃而从之'""欧阳氏本之，又谓'喻非所合而合'")时，忍不住想吐他一脸口水——"前辈说《诗》至此，真堪一唾！"⑩

很明显，三首诗中，《草虫》被普遍视为抒写夫妻人伦之情的诗，《隰桑》被普遍认定为乐见君子之诗，均未受到太多关注。而《风雨》因其被普遍认定为政治诗受到更多关注，这是因为儒士经生们普遍有经世致用的政治情结，有"正心诚意修身齐家治国平天下"的美好愿望，有把《诗经》作为"经夫妇，成孝敬，厚人伦，美教化，移风俗"教科书的自觉性、主动性、积极性。

可以肯定，这三首诗不是什么政治诗、社会诗、婚姻诗，仅仅是情诗。其主旨没有那么复杂，就是思念情人。将《风雨》解读成乱世思君子，乃至"风雨如晦，鸡鸣不已"激励了不少仁人君子，也不过是美丽的误读和歪打正着而已。我认为，三首诗中君子不是丈夫，原因是丈夫不需要遇见，丈夫也不需要深更半夜黑灯瞎火顶风冒雨去相会，不会见了丈夫连相思病也好了，更不会见了丈夫产生为什么不说爱他的遗憾，这种语气情感及表达方式一看就是恋爱中一日不见如隔三秋一见即如干柴烈火般燃烧的热恋中人之态嘛。因此这个君子是指女子的恋人、情人。三首诗特别反映出当时的婚恋状态：

一是婚恋上可以自由自主。诗中男女的交往没有受到像《将仲子》《柏舟》那样来自父母家庭的阻挠，没有受到像《伐柯》《蟋蟀》来自社会舆论的压力。即使如《风雨》中的男女风里来雨里去、夜里来黎明去，也是为了追求爱的光亮而穿越黑暗，为了拥抱爱的温暖而穿行风寒。这种克服困难夜里相会的行为其实在近现代西南的少数民族仍然偶有遗存：丹巴地区嘉绒藏族男子夜晚犹如壁虎徒手攀爬以小石块砌成的平坦如砥的高高雕楼与情人相会欢聚，天明前爬出雕楼离去。在有女儿国之称的云南四川泸沽湖地区，摩梭人走婚风俗亦与此类似。笔者十余年前到该地旅游，在一杨姓人家，亲证其俗犹存：该家庭由七十余岁的女主人当家，其成年女儿多人，壮年儿子一人并未婚娶，但家中有男女小孩一大群，均为女主人及其女儿之子女即壮年汉子的外甥外侄女。此地婚俗亦为夜晚爬墙相会的走婚制。

二是性情上未受到压抑束缚。可以看出诗中的主人公是女性，诗是以女性口吻吟唱的。女性是中国历史上被压抑束缚甚至奴役最深重的群体。三从四德在封建社会曾经像枷锁和铁链甚至天罗地网，从思想意识、行为习惯、社会环境约束着她们，让她们没有自由独立选择甚至表达和表现，尤其是在婚恋方面。而在这三首诗中，她们都能够自由自在地表达自己的忧思感伤、喜怒哀乐，甚至是性方面的愿望渴求。尤为可观的是，她们大大方方地唱出："心乎爱矣，暇不谓也。中心藏之，何日忘之！"——"心中装满对他的爱，为什么不大声讲出来！心中深藏着对他的爱（藏如解为'臧'即'善'，则可译为'心中认为他最好'），没有一天能忘怀！"这首诗历来受到的关注重视是不够的，即使当代从爱情诗角度视之也是不够的。这首诗除了表达上比前两首曲折多姿、感情更热烈深情而外，其大胆直接喊出"爱"是《诗经》中唯一出现、历代诗歌中罕有出现、古人中少有出现的表达。它与《柏舟》中"实维我仪""之死失靡它"的呼喊，《大车》中"榖则异室，死则同穴"的誓言一道构成了《诗经》中爱情的动人表达，并且这句表达有现代性，几乎与现代人的表达十分相近！这在千百年来的爱情诗中，也是真诚坦白、情深意挚、大胆热辣的！

四川出土的三尊"天下第一吻"（第一图代伟提供，后两图蒋蓝提供）

三是价值观上追求真善美。《诗经》中的女子或见草虫而起兴，或听鸡鸣而起意，或见隰桑而生情，总之，应非养尊处优、锦衣玉食，而是平民百姓、小家碧玉。但其所思所恋者均为有位有德之"君子"，这固然是"君子"之称由庙堂飞入寻常百姓家，但也何尝不是老百姓的美好愿望与追求？"心乎爱矣，遐不谓也"，这种不遮遮掩掩、大大方方敞敞亮亮的表达，连同对爱情这种"人性中的至洁至纯"之情的歌唱，又何尝不是对真善美的歌唱？

这三首诗实际上也是性爱诗。民俗学家认为，民歌的主体和精华是爱情诗，爱情诗的主体是性爱诗。这是民歌的真相，也是《诗经》风诗的真相，如《丘中有麻》《桑中》等。经学家们对《诗经》爱情诗遮遮掩掩、张冠李戴，甚至乱点鸳鸯谱，是被封建礼教洗脑后的误读，或者故意曲解误导，此外当然还包括孔夫子等儒家代表人物或官方的删削改造，并非真正原生态民歌。

因此，这些诗句来自里闾风土，不应解读得那么高大上，也不应面红筋胀用尽力气扯到高大上去。如果因为古今语言的巨大差异或者说《诗经》经过官方收集整理或孔夫子删改编辑造成了理解上的隔膜和迷惑，初看不甚明了，细思也难解其意，那么，我们看一看后世流传的几首陕北民歌或许就豁然开朗了：

骑上个毛驴吆狗咬腿，

半夜里来了你这勾命的鬼，

搂紧亲人啊亲上个嘴，

肚子里的疙瘩化成了水。

　　　　——陕北民歌《半夜里来了你这勾命的鬼》

这是从陕西朋友雷电先生口中亲耳听到的一首情真意切、饶有情味的酸曲。"勾命的鬼！"这是对心心念念之人多么入木三分的表达！

"既见君子，云胡不喜？"又是怎么回事？一段陕北酸曲给出了答案：

高山上盖庙还嫌低，

面对面坐下还想你。

哥在那山头妹在那沟，
说不上知心话你就招一招手。

想亲亲想得我手腕腕软，
拿起那筷子端不起碗。

三十里明沙二十里水，
五十里路上眊妹妹。

泪蛋蛋本是心上油，
谁不难活谁不流。

面朝黄土背朝天，
小曲儿一唱解心宽。

——《小曲儿一唱解心宽》

"面对面坐下还想你"，也有信天游唱为"面对面睡觉还想你"，这真是情到深处、力透纸背、动人心魄的表达！这种下里巴人的表达一点也不亚于千古文人们搜肠刮肚的绝妙诗句。

曾经听多位朋友饶有兴味地唱过一首陕北民歌《三次到你家》（更多说法是山西民歌，且各个版本略有差异。估计是同源异流）：

头一回我到你家，你呀吗你不在，你妈妈打了我两呀么两锅盖。

第二次我到你家，你呀吗你不在，你爸爸敲了我两呀么两烟袋。

第三次我到你家，你呀么你不在，你家的大黄狗把我咬出来。

其实这"第三次我到你家"，还有另外的版本。其一为"你家的大黄狗，咬断了我的裤腰带"（歌唱家戴玉强在一个电视节目中即为此唱）；其二为"我们俩在门边边，咿呀么呀呼咳"。

无论哪种版本，都饶有情味。如果说前两种，更多以漫画手法，以令人痛苦难堪尴尬的内容，来表现求爱的大胆执着和艰辛，表现出幽默调侃甚至自嘲的风调，则第三种是在这之外，表现了与粗犷的土地和蓬勃的生命相协调的原始和野性的爱情。我曾在两个场合听到对这首歌的演唱。在一次文学活动中听到过一位著名作家主动献唱第一个版本。他沉静时像一尊雕塑、不苟言笑，而讲起话来则像泉流汩汩、溪水潺潺，不疾不徐、源源不绝。他端起杯子站起来，众人屏气凝神以待，只见他眯着眼睛，微笑着，头随着音乐节奏摆动，伴以手势动作，表情随歌唱内容或阴或晴，实在是绘声绘色、意趣横生的表演。一曲唱罢，举座掌声四起。在另一个场合则听到一位诗人演唱的第三种版本。这位弥勒佛一样的仁兄笑呵呵地唱这种情味深长的民歌实在让人忍俊不禁，当唱到最后一句，众人皆拊掌大笑，他也笑得胸脯上的"嘎嘎"（肌肉）颤动不止。我要特别指出这第三个版本之妙。它表达巧妙，以声音写行为，点到即止，意在言外，通俗而不低俗，从俗而不媚俗，比之贾平凹先生在《废都》中"此处略去多少多少字"生态环保多啦。

还有更野性原始和劲爆的信天游：

> 司马光砸缸就一下，
> 豁出去告诉你我心里话。
> 黑夜里月牙牙藏起来，
> 扑通通钻进了哥哥的怀。
> 云从了风儿影随了身，
> 哥哥妹妹从此不离分。
> 圪梁梁光光任你走，
> 一夜里三次你吃不够。
> 村东的河水哗哗地响，
> 妹妹我快活的直喊娘。
> ……

——《大雁雁回来又开了春》

从这首信天游后面省略部分出现了改革开放的内容看（"改革开放就刮春风""荒了责任田你富了自留地"），这是一首当代人创作的信天游。但是，我毫不犹豫地相信，上述诸多表达更多来自民间，来自历史上广为传唱的信天游中的"金句"。这里，追求自由恋爱的私奔行为，其爱的真诚、意的深厚、行的大胆、味的野性，特别是自由结合尽情畅享鱼水之欢，犹如野地里率性、蓬勃、肆意生长的葱茏草木，在风的欢呼、雨的祝福下，在招摇和拔节生长中，发出清脆响亮的生命的舞动与呼喊。这里，欢乐如阳光穿云破雾不可遮掩，情爱如大河奔流不可遏止，自由如鸣镝呼啸而来不可阻挡，让人不得不对这块纯粹野性的土地和这些自由奔放的情爱另眼相看。这些地道劲道、情深意长、韵味十足的信天游像从歌唱者的心底里甩出的一道道鞭子响亮地甩在山梁水沟间，像一道道闪电划过天高地厚、苍凉辽远的黄土高坡的山顶山梁，也像刀子一样刻在我们心上。那种人类内心深处亘古以来的天性与率真，那种对自由爱情和美好生活的渴望与呼唤，足以让已经被城市化、现代化乃至平庸化了的我们震撼、战栗、动容，让我们的内心像河流解冻一样响起铮铮钚钚的声音。

我们可以看到，包括上述民歌在内，几乎所有民歌中赋比兴特别是比兴手法的运用与《诗经》是有相通之处的。

要知道，这块土地，也正是孕育生长《诗经》的一部分土地。而用生产生活、人性人情的火眼金睛看，《诗经》中如上所引的风诗所表现的不正是这种"青年男子谁个不善钟情，妙龄女子哪个不善怀春"（歌德）的你侬我侬的男欢女爱？古今人情不远，用常识和生活，人性与人情解读，虽然情调有异，但本质一致。前者含蓄幽怨，后者泼辣直白，却都是表达相思之苦，相恋之深，相见之欢。其情之深、其意之切可谓"想你想到骨头里"。

当然，民歌在表达爱情中也偶有含蓄蕴藉、曲径通幽之作，如流行在四川、湖南等地土家族人中的《六口茶》。这首歌十余年前在我所居住龙泉驿城区一家名为红伞王的食府里，店员会给顾客专门表演。歌曲很婉转动听，听起来犹如天籁之音。

男：喝你一口茶呀，问你一句话，你的那个爹妈（噻），在家不在家？

女：你喝茶就喝茶呀，哪来这多话！我的那个爹妈（噻）已经八十八！

男：喝你二口茶呀问你二句话，你的那个哥嫂（噻）在家不在家？

女：你喝茶就喝茶呀，哪来这多话！我的那个哥嫂（噻）已经分了家！

男：喝你三口茶呀，问你三句话。你的那个姐姐（噻）在家不在家？

女：你喝茶就喝茶呀，哪来这多话！我的那个姐姐（噻）已经出了嫁！

男：喝你四口茶呀，问你四句话。你的那个妹妹（噻）在家不在家？

女：你喝茶就喝茶呀，哪来这多话！我的那个妹妹（噻）已经上学哒！

男：喝你五口茶呀，问你五句话，你的那个弟弟（噻）在家不在家？

女：你喝茶就喝茶呀，哪来这多话！我的那个弟弟（噻）还是个奶娃娃！

男：喝你六口茶呀，问你六句话，眼前这个妹子（噻）今年有多大？

女：你喝茶就喝茶呀，哪来这多话！眼前这个妹子（噻）今年一十八！

男子心怀求爱之心，但心中无底，装作若无其事地不停搭讪，实则以歌探路，以声传情，表面上就是有事没事啰里啰唆，实质是在撩妹，更是犹如层层剥笋意欲了解女孩情况意愿，而女子聪明绝顶又伶牙俐齿，表面在嗔怪嘲讽对方没话找话，实则与对方暗通款曲：父母已年老不管事，哥嫂已分家不妨事，姐姐已出嫁不关事，妹妹在外不碍事，弟弟年幼不理事，我年方十八可成事！在这看似平常实则精彩、看似简单乏味实则意味深长、看似波澜不惊实则风生水起的一问一答中，二人明修栈道、暗度陈仓，一场山野间的爱情就在空中你来我往兴聚生发碰撞出缤纷耀眼的火花了。这是不说爱字的爱情。这是民歌中少有的含蓄且富有情味之作，很明显与前述"西北风"是冰火两重天。但要特别指出：这不是爱情民歌的主流，主流还是明白敞亮的表达。

对从古至今爱情诗的认识解读，作为现代人，既要有认清古代儒家知识分子喜欢文过饰非、遮遮掩掩的通病，又要实事求是理解甚至尊重民间生活尤其是以前生产力低下、教育不发达、信息沟通不通畅的条件下的通俗甚至庸俗和低俗。其实老百姓和民

间对此反倒清醒开通得多。四川通江一首民歌《一丛萝卜一丛
菜》唱道：

> 一丛萝卜一丛菜，
>
> 唐僧和尚猪八戒。
>
> 周公制下大道理，
>
> 青春少年谁不爱？⑪

周公制礼即有婚聘之礼，那么适龄男女青年你情我愿相亲相
爱又有何不可？"青春少年谁不爱？"真是问得有理。不知道大小
毛公和程、朱等人看了作何感想，如何回答。我们不能苛责古
人，但我有点担心他们听了前述晋陕一带的信天游后耳朵和心脏
受不了，非得勃然变色地拍着棺材板爬起来，骂骂咧咧走几圈才
会气呼呼地重新躺回去。

---

## 注　释

①《十三经注疏》整理委员会整理，李学勤主编，《毛诗正
义·草虫》，北京大学出版社，1999，69。

②朱熹，《诗集传·诗卷第一·周南·草虫》，中华书局，
2017，14。

③姚际恒，《诗经通论》，语文出版社，2020，26。

④方玉润，《诗经原始》，中华书局，1986，35。

⑤程俊英、蒋见元，《诗经注析》，中华书局，2017，26。

⑥李山，《诗经析读》，中华书局，2018，40。

⑦方玉润，《诗经原始》，中华书局，1986，173。

⑧朱熹，《诗集传》，中华书局，2018，84。

⑨陈启源，《稽古编》，转引自程俊英、蒋见元《诗经注释·小雅·隰桑》，533。

⑩姚际恒，《诗际通论》，语文出版社，2020，27。

⑪巴山濒危文化遗产丛书编写委员会，《通江民间歌谣校补图注》，四川民族出版社，2019，484。

# 新婚快乐

间关车之辖兮，思娈季女逝兮。匪饥匪渴，德音来括。虽无好友，式燕且喜。

依彼平林，有集维鷮。辰彼硕女，令德来教。式燕且誉，好尔无射。

虽无旨酒，式饮庶几。虽无嘉肴，式食庶几。虽无德与女，式歌且舞。

陟彼高冈，析其柞薪。析其柞薪，其叶湑兮。鲜我觏尔，我心写兮。

高山仰止，景行行止。四牡骓骓，六辔如琴。觏尔新婚，以慰我心。

在我看来，《车辖》在整部《诗经》里是独具特色的，在整个中国古代婚恋史上是独树一帜的，在整个民族诗歌史上也是独具风采的。是《诗经》中应引起特别注意然而几乎从来没有引起注意的一首诗。其高光时刻似乎仅有一次，即《左传》中提到的

"宋公享昭子，赋新宫。昭子赋《车舝》"①。对这首诗的解读，也并未出现《诗经》中许多诗身上曾出现的众说纷纭的情况。归纳起来，主要是两种。一是刺诗，"大夫刺幽王也。褒姒嫉妒，无道并进，谗巧败国，德泽不加于民。周人思得贤女以配君子，故作是诗也"②，此说以毛诗序为代表。二是美诗，"此燕乐其新昏之诗"③。此说以朱熹为代表。此外现当代有人认为是风俗诗。"潦倒之贵族，有女美好，为势家所求，作此诗遣嫁也"④。此说似乎"只此一家别无分店"，且并无论证，也与诗中表达的情绪不符，不足为凭。

　　毛诗序注重从政治角度，用历史人事，自美、刺两端解读《诗经》。其大序对诗歌的性质、内容、体裁、功能等做了非常好的归纳和阐发，可谓中华诗学早期最全面、最系统、最深刻的开山之作，对后世影响作用巨大，深刻影响到东亚诸国《诗经》学传播，其价值不可低估。我认为，它能在两千多年前产生令人惊喜，它的系统全面、深刻、精当，它所达到的高度、广度与深度令人赞叹，理应受到后世尊崇。但实事求是地看，其小序中颇多解读可以说是"满纸荒唐言"，生拉硬扯胡说八道，凡事都爱政治挂帅，凡诗都爱扯到讽刺谲谏，如果不如此，估计会意犹未尽，浑身不自在。在我看来，其解读有四个随意：随意指认，几至张冠李戴；随意臧否，几至不分是非；随意阐释，几至不讲逻辑；随意联系，几至生拉硬扯。从某种角度讲，其有曲解与妄解甚至有瞒和骗之嫌，影响后世诸多对前人述而不作、亦步亦趋的儒者的判断。《毛诗序》影响很大，其后直至宋代朱熹淫诗说横空出世之前，包括郑玄、孔颖达等经学大儒均持其说，可以说谬种流传流毒甚广，实在忍不住欲借此诗一驳。

言其为刺幽王，至少有四个不通之处。

一是逻辑情理不通。认定为刺幽王，梳理其逻辑无非是：幽王新欢褒姒好妒，导致王政失德，人民受累，所以褒姒应该被有德之女取而代之，因为诗中季女刚好品德很好，所以这里有人娶一个淑善德高的少女，就应是幽王娶妻。而诗中幸福快乐的"我"，不是新郎，而是思想境界很高、甘愿为人抬轿子、为此事鞍前马后张罗拍手的大夫。简言之：幽王新欢无德——治国理政需德——新嫁季女有德——为王迎娶补德。这真是缺什么补什么呀。你看这个书呆子的奇葩脑回路哟！按这个逻辑，当时全国人民都不敢娶品德名声好的老婆了，因为娶了就是幽王的！

二是思想内容不通。全诗通篇描写迎娶季女的所见、所思、所感、所愿，表达迎亲之喜、新婚之乐，幽王一根毫毛都看不到。幽王新欢褒姒如何无道无德影响幽王的革命事业、影响广大干部正常工作、影响人民群众安居乐业也一点不涉及——不是我为褒姒小姐开脱，而是诗中她的一根头发丝也看不到，而且情感情绪也与讽刺不沾边。全诗一片欢快热烈，歌咏美人美事美景美意，毫无讽刺意味。

三是身份辞气不通。主人公说自己开着宝马去接女主人公（四牡骈骈），说自己配不上女方（无德与女），说婚礼很简陋

（"无旨酒""无好友"），但一样请客吃饭快快乐乐（"燕且喜""歌且舞"）。虽是自谦之语，但无论如何都不是衣来伸手饭来张口、"普天之下，莫非王土，率土之滨，莫非王臣"的周王言之，明显是"结自己的婚，快自己的乐"嘛！《诗经》中同样的王族婚嫁，那是多大的排场啊！如庄姜出嫁："庶姜孽孽，庶士有朅"（《硕人》），韩侯娶妻："百两彭彭，八鸾锵锵"（《韩奕》），如平王嫁孙女："曷不肃雍，王姬之车"（《何彼秾矣》），国君嫁女："之子于归，百两将之"（《鹊巢》），哪一个不是车水马龙，随从仪仗如云？哪像本诗这样寒碜简陋噢！何况，这些行为谦恭俭朴，是有德有礼之举，怎么可能是荒淫无道之君所为？！特别是，诗中海誓山盟地表达"永远爱你不变心"（"好尔无射"），明明白白说是"鲜我觏尔，我心写兮""觏尔新昏，以慰我心"，意思是："与你结成好姻缘，如饥似渴心始安！"这哪里是周王的口气呢！这种解释打死雍也等同志也不相信。孔颖达等人绞尽脑汁后解释成，幽王娶了这个美丽贤德的新妇后，诗中的主人公，也就是幽王的手下，一位卿大夫，认为好日子就要来了，类似于"翻身农奴把歌唱"，于是请客喝酒，举杯庆祝，载歌载舞，兴高采烈，也就是"你当新郎，我心飞翔"。这种随意曲解可能是欺负时人因始皇坑儒资料缺失无法确证、欺负后人时代太远无法求证，简直是睁着眼睛说瞎话到了肆无忌惮的地步，把我眼泪都笑出来了！笑完后，又差点忍不住效仿著名的清代《诗经》研究专家兼愤青姚际恒，吐他们一脸口水！

四是时代氛围不通。艺术作品与时代环境条件、风尚风俗关系密切，本诗积极健康，阳光向上，全无衰世之音、颓世之象。根本就不是厉幽之世哀鸿一片、触目皆悲的时代氛围，这一点看一看《板》《荡》《节南山》《十月之交》等忧时伤世、忧国忧民、牢骚满腹、指桑骂槐之作就很清楚。而这首诗的内容声气显示，它应是盛世之下的产物，估计应为德治礼制推行已久、国政清明、社会繁荣和谐、人性开始张扬的时代的产物，据此推断，应为宣王中兴时代之诗。据我的观察，从《诗经》看，宣王时代之诗有如下四个特征：第一，很少出现以祭祀为主题的诗或者说很少出现"天""天命"等周初频繁出现的字眼；第二，屡屡出现对当代重要人物和世俗生活的歌咏；第三，开始出现署名诗作；第四，审美意识增强。这是《诗经》作品一个重要分水岭。正如李山先生对宣王中兴时代所言："这不仅是一个发现生活的时代，而且也是一个刻画生活的时代""雄伟、遒劲、威武、庄严、美丽是这个时代诗风的基本特征""这是一个显示着新的悟性的时代，与西周中期的诗篇不同，寻找生存根源，思想触觉不是伸向历史，而是伸向生存的天地……与中期的慎终追远的思想倾向不同，此期诗篇显示的则是灵根自植的精神努力""这是诗歌文学一个人本主义的精神时代……几乎将全部的注意力集中到当代生活的记述与歌唱上"⑤。本诗正好符合这些时代及文学特征。朱熹等人解为贺新婚诗，符合用文本说话之原则，也完全符合诗歌口吻、诗意和情境，方为正解。

细细涵咏，《车辇》在《诗经》中是一个独特的存在。

它洋溢着感染人心的快乐。这是《诗经》中最幸福快乐的一首诗。整体上看，《诗经》中多痴男怨女之诗。从婚恋诗来看，无非有四大类：歌咏相思相恋之苦；歌咏生离死别之痛；歌咏始乱终弃之哀；歌咏琴瑟和鸣之乐。可以说是苦多乐少。反映婚恋之乐的仅有《女曰鸡鸣》《有女同车》《车辇》等屈指可数的几首诗（有人认为《绸缪》也是反映新婚夫妻之乐，我认为其实它应是一首古人闹洞房的诗）。而《车辇》是最幸福快乐的。男主人公因为即将迎娶新娘、开始人生新旅程而快乐，因为婚恋对象美丽动人又贤淑有德而快乐，在迎亲的路上，他听到自己奔驰的马车都在咯咯欢唱，他看到山林树木都容光焕发，他看到林中雉鸡都在盛装迎候，他想见自己身着华服、貌若天仙的恋人带着环佩珠玉的脆响和鲜花一样的芬芳坐在自己车上，他想象自己和她一起在婚宴上、在宾客羡慕的注视中四目相对，含情脉脉，翩翩起舞……他的心一路在歌唱，一路在飞翔，他幸福得像一路的花朵缤纷绽放。

它充满对女性的爱与尊重。这是《诗经》中最具女性主义色彩的一首诗。诗中明确地表达"好尔无射"，比今人说爱你一万年还要真诚深挚。同时诗中反复称颂女子美丽、有德，并直言配不上对方，最后甚至赞美说"高山仰止，景行行止"，表达对女神的崇拜之情。这种对爱人的深爱与尊崇、坚定与忠贞，大有男女平等之风，与《诗经》后来出现的男尊女卑现象或后世极为严重的歧视妇女现象相比高下立判、令人惊喜。我认为，从婚恋观角度看，它是《诗经》中最具现代性的一首诗。

它突出强调婚姻之德，是《诗经》中最重视配偶之德的一首诗。他在解除如饥似渴的相思之时，欣喜的是季女"德音来括"，即带来美德与自己结合；他在迎娶的路上，想到待嫁的季女与自己结合将是"令德来教"，即带来芬芳美德让自己受教；在庆祝新婚的典礼上，他自惭的是"无德与女"，即无高尚之德与爱人相配（这极可能是自谦）；他在载着季女回家的路上，触景生情，生发的是"高山仰止，景行行止"的仰望崇高、遵循大道的美好积极情思。其反复称颂季女之德，令人印象深刻。这真是"窈窕淑女，君子好逑"啊！孔子曾经感叹"吾未见好德如好色者也"，可能是因为他忘了《车辇》，更可能是看到被美色迷得晕头转向、不讲原则、不讲规矩的卫灵公的一句气话。如我当时在场，一定悄悄扯一下老先生衣角提醒他："嘿！孔老师！话莫说绝了噢！《车辇》主人公就是好德如好色哟！"对此，方玉润有妙赞曰："颂新婚而不忘硕德，此所以为贤。诗人与友，均堪不朽。"⑥实此诗之知音也。

《诗经》为什么能产生《车辇》这样在中国婚恋诗史中思想内涵十分独特的作品？这要从时代中去找。法国艺术批评家丹纳说："艺术作品取决于时代精神和周围的风俗。"那么时代精神和风俗是什么呢？一是重视婚姻。周人对婚姻的认识，可以说站位很高："上以祀宗庙，下以继祖先"，简言之，祭祀祖宗，传宗接代；也可以说落地很实："合二姓之好"，即优势互补或强强联合。前者可视为根本目的，后者可说是具体目的。这在周初王公贵胄尤其如此。二是重视品德。这应是周人以德治国的结果，是自文王时即开创、自武王时即明确的"吾求懿德，以陈时夏"的治国理政观长期推行的结果，是"聿修厥德，永言配命"观念的反映。三是重视女性。婚姻六礼中，男子须毕恭毕敬亲自登门迎娶，即使贵为一国之君，也要率群臣郑重郊迎。对这一礼节之重，鲁哀公曾提出疑问，认为是不是过分了，惹得孔夫子勃然变色，坐下来给这位国君好好上了一堂课（事见《礼记》）。在商周极为看重的重器——鼎上，甚至同时刻有夫妻之名，这在后代是极为罕见的，反映出其时女性在家庭、家族中的地位。四是重视家庭。此诗没有反映出宏大背景，没有反映出深刻的社会关系，连婚礼，似乎也未准备大操大办大宴宾客，所愿的只是希望季女"式燕且喜""式饮庶几""式食庶几""式歌且舞"，反映出对二人世界的重视，对小家庭的重视。此种观念，在小雅中已有反映。《棠棣》即有此思想。"凡今之人，莫如兄弟"，在肯定兄弟相亲相爱的同时，也谓之"妻子好和""宜尔室家，乐尔妻孥"，祝愿其家庭和乐，充分肯定每个人"老婆孩子热炕头"的生活理想与追求。在我看来这种思想观念是周人思想观念从神灵笼罩匍匐在地到自我觉醒追求幸福的巨大进步。类似的还表现在"嘤其鸣矣，求其友声"（《伐木》），"厌厌夜饮，不醉无归"

（《湛露》）等追求友谊享受生活之举中。在这些诗中，《诗经》早期祭天祭祖，雍雍肃肃畏神畏灵的情境不见了，剩下的是人们自在的歌咏、自由的生活、自主的交往。历史像河流，并不总是一往无前，有时还有回旋曲折。《车舝》《棠棣》中的夫妻观家庭观，较之两千余年后罗贯中《三国演义》中"重情重义"的刘皇叔说的薄情寡义的混账话（"兄弟如手足，妻子如衣服"），其文明、人性、现代、高明多了！

历史上的歌咏新婚诗作并不少见，但表现新婚之快乐幸福的作品极少，名作更是屈指可数。

唐代朱庆馀《近试上张水部》虽然实为自荐求职诗，但因其模拟真实准确、描写逼真细腻一直被视同新婚诗，且传颂较广：

洞房昨夜停红烛，待晓堂前拜舅姑。

妆罢低声问夫婿，画眉深浅入时无？

反映出的是新娘子"初来乍到摸不到锅灶"的谨小慎微。

像北宋梅尧臣这首《新婚》：

前日为新婚，喜今复悲昔。

闺中事有托，月下影免只。

惯呼犹口误，似往颜心积。

幸皆柔淑姿，禀赋诚所获。

本来心中有点欢乐欣喜，但又产生"喜今复悲昔"。整首诗也嫌平淡平庸，虽为名人之作却称不上名作。

再看宋代柳永的《斗百花·满搦宫腰纤细》：

满搊宫腰纤细，年纪方当笄岁。刚被风流沾惹，与合垂杨双髻。初学严妆，如描似削身材，怯雨羞云情意。举措多娇媚。争奈心性，未会先怜佳婿。长是夜深，不肯便入鸳被。与解罗裳，盈盈背立银釭，却道你但先睡。

柳永这首词反映的新婚生活颇有情味，新娘子形象呼之欲出，尚显青涩与少不更事，但看不到太多新婚之乐，看得到的是"刚被风流沾惹"的新娘子"长是夜深，不肯便入鸳被"和在夫妻生活中的"怯雨羞云情意"，这明显是一个刚成年且性意识尚处懵懂的少女，对夫婿及性生活尚存羞怯、距离和生分甚至有一点抗拒。

再看欧阳修的《南歌子·凤有髻金泥带》：

凤髻金泥带，龙纹玉掌梳。走来窗下笑相扶，爱道画眉深浅入时无？

弄笔偎人久，描花试手初。等闲妨了绣功夫，笑问鸳鸯两字怎生书？

欧阳修此词有少见的新婚快乐意趣和缠缠绵绵卿卿我我，新娘子的活泼可爱古灵精怪、小鸟依人情意缠绵，跃然纸上，有与《车辇》一样属于古典诗词中难得一见的新婚幸福快乐。要不是欧阳永叔德高望重，这首在古人眼中算得上香艳之词的作品恐怕要被归入"淫诗"了！

而李清照这首写得很美的反映新婚闺阁之趣、夫妇调情求爱的《丑奴儿》则一向被视为香艳之作甚至直接归入"艳词"序列，让道学家们面红耳赤、心跳加速、恶心呕吐，大呼："我的妈呀！太过分了！"

晚来一阵风兼雨，洗尽炎光。理罢笙簧，却对菱花淡淡妆。

绛绡缕薄冰肌莹，雪腻酥香。笑语檀郎：今夜纱厨枕簟凉。

道学家们感到愤怒的是：一个女人怎么能写这些辣眼睛污染耳朵的东西？！一个女人怎么能这样勾引自己的丈夫？！其实，易安的言行举止虽有夫妻相亲的欲求甚至性的暗示，但是多么高洁雅致温婉含蓄啊！对此，雍也忍不住想对这些一本正经的老先生们开个玩笑：那应该怎样去勾引自己的丈夫？难道要像僵尸躺着一动不动面对自己的丈夫？难不成人家小李只能这样去勾引别人的丈夫啊？呵呵。

可以看出，《车辇》表现出的幸福、快乐、积极、健康、美好情感在古代婚姻诗中是非常突出的，反映出我们的古人在没有封建礼教束缚之时的真诚率真善良和淳美，应该受到《诗经》与家庭婚姻史研究者、爱好者更多的关注。

古代新婚诗中表现新婚快乐的诗不多，是什么原因呢？这与古人的婚姻状况有关。一是受封建礼教影响。诗人们的笔触较少触及闺阁床闱，认为此题材不能不宜登大雅之堂，更不敢抒写其中的甜蜜欢乐。二是女性长期受压抑。女性从小受到三从四德影响及"妇德妇言妇容妇功"熏陶，让女性难得自由自在表达，难得开心颜。三是婚姻制度约束。父母之命媒妁之言，且一味强调门当户对，让女子在婚姻中难得自主，难觅如意郎君，更无自由恋爱的基础。这也许是古代盛行哭嫁的原因之一。如此被动被迫接受安排的婚姻，哪来那么多的新婚快乐呢？这其实从古代诗中多有李煜等反映"偷情之乐"少有反映婚姻之乐的作品，多有《孔雀东南飞》等反映婚姻悲剧的作品少有欧阳修《南歌子·凤髻金泥带》之类反映闺阁床帏之趣的作品即可反证。

## 注 释

①《左传·昭公二十五年》，中华书局，2012，1964。

②《十三经注疏》整理委员会整理，李学勤主编，《毛诗正义·车舝》，北京大学出版社，1999，871。

③朱熹，《诗集传》，中华书局，2017，250。

④任乃强，《周诗新诠》，巴蜀书社，2015，379。

⑤李山，《诗经的文化精神》，东方出版社，1997，256-260。

⑥方玉润，《诗经原始》，中华书局，1986，437。

# 母爱的天空

母爱是照耀我们天空的阳光，是滋润我们生命的泉源，是牵引我们夜行的星辰，是停泊我们心灵的港湾。对母亲的歌颂是文学作品中的一个重要主题。在我国诗歌的原典性作品《诗经》中，歌咏母亲的作品虽然极少，但用情深，分量重，影响大，与其他作品一道产生了"先王以是经夫妇，成孝敬，厚人伦，美教化，移风俗"之效。

《邶风·凯风》如此写道：

凯风自南，吹彼棘心。棘心夭夭，母氏劬劳。

凯风自南，吹彼棘薪。母氏圣善，我无令人。

爰有寒泉？在浚之下。有子七人，母氏劳苦。

睍睆黄鸟，载好其音。有子七人，莫慰母心。

这首诗里，母亲就是那温暖和煦的风，她不辞劳苦、没日没夜、亲切柔和地摩挲、呵护、温暖我们这些稚嫩的酸枣树芽心，让我们从弱不禁风的芽苗长成茁壮的小树和粗壮的木柴。它热烈地赞颂母亲"劬劳"，它深情地赞颂母亲"圣善"，它深切地自责连鸟儿也不如，不能像黄鸟用悦耳的歌唱打动人一样，让母亲安慰舒心。其真挚朴实的情感和表达令人动容。唐代诗人孟郊"谁言寸草心，报得三春晖"很明显是化用借鉴此诗。这首诗，《毛诗序》解读为："美孝子也。卫之淫风流行，虽有七子之母犹不能安其室。故美七子能尽其孝道，以慰其母心，而成其志尔。"①《毛诗正义》也作是解。朱熹之解大致未出上述藩篱："卫之淫风流行，虽有七子之母，犹不能安其室。故其子作此诗，以凯风比母，棘心比子之幼时……母以淫风流行，不能自守，而诸子自责，但以不能事母，使母劳苦为词，婉词几谏不显其亲之恶，可谓孝矣。"②而方玉润则明确表示不同意："诗中本无淫词，言外亦无淫意，读之者方且悱恻沁心，叹为纯孝感人，更何必诬人母过，致伤子心？"③毛、孔、朱诸位之解是说因卫地淫风盛行，生有七子的母亲在丈夫死后，意图改嫁，于是七子慰留母亲。这与诗歌歌咏主体不符，与真挚深情的歌咏毫不搭调，是对诗歌的严重误读和对诗中歌咏的母爱的恶劣亵渎。而且一口咬定其母改嫁为淫，令人愤怒：各位大师，你们怎么睁眼说瞎话哟！

与《凯风》相比，下面一首《小雅·蓼莪》更加深切惊警：

蓼蓼者莪，匪莪伊蒿；哀哀父母，生我劬劳。

蓼蓼者莪，匪莪伊蔚；哀哀父母，生我劳瘁。

瓶之罄矣，维罍之耻。鲜民之生，不如死之久矣！

　　无父何怙？无母何恃？出则衔恤，入则靡至。

　　父兮生我，母兮鞠我。拊我畜我，长我育我，顾我复我，出入腹我。欲报之德。昊天罔极！

　　南山烈烈，飘风发发。民莫不榖，我独何害？南山律律，飘风弗弗。民莫不榖，我独不卒！

　　这首诗歌的特别动人之处在于三个方面。一是叙写极其热烈："父兮生我，母兮鞠我。拊我畜我，长我育我，顾我复我，出入腹我。"一连用六个排比句九个动词把父母的养育之恩、爱子之厚、感念之深表达得淋漓尽致，让人如见其人，如闻其声，感同身受，也直接歌咏其"生我劬劳""生我劳瘁"。二是感情极其深切：不仅写到出门含悲、回家无感（因"子欲养而亲不在"），不仅写到想报答父母养育之恩却像面对浩浩苍天茫然无绪，而且前无古人后无来者地表达"瓶之罄矣，维罍之耻""鲜民之生，不如死之久矣"，即父母不在了，自己活着感到耻辱，自己一个人孤独地活着不如死了的浩叹，让人感到其痛彻心肝失魂落魄。其语之奇，其意之切，其情之深，让人唏嘘不已！三是叩问极其深重。面对巍巍南山，迎着呼啸的北风，他呼号着质问苍天：其他人都能享受父母在侧的幸福安乐，为何唯独对我降下灾祸，夺我父母？！真是呼天抢地，椎心泣血，让人感同身受，悲从中来。此外，这首诗歌以"蓼蓼者莪"起，兼具比兴之效，其蓼即抱娘蒿的比兴也非常形象贴切。

　　朱熹曾讲到一件事："晋王裒以父死罪（裒父王仪被司马昭

所杀），每读诗至'哀哀父母，生我劬劳'，未尝不三复流涕，受业者为废此篇"。唐太宗生日，也有引此诗。可见此诗感人之深。

还有一首《陟岵》令人印象深刻：

陟彼岵兮，瞻望父兮。父曰：嗟！予子行役，夙夜无已。上慎旃哉，犹来无止！

陟彼屺兮，瞻望母兮。母曰：嗟！予季行役，夙夜无寐。上慎旃哉，犹来无弃！

陟彼冈兮，瞻望兄兮。兄曰：嗟！予弟行役，夙夜必偕。上慎旃哉，犹来无死！

诗中写远行服役之人登高望乡思念亲人。但手法别致：自己登高遥望家乡寄托思亲之情，但却反复叙写想象中父母兄长对自己的殷殷嘱托。这让想念弥漫着一种亲切温润的氛围，更见亲人无法相聚、返乡不能实现的忧伤和疼痛。全诗因其话语的真切、嘱咐的细致、场景的具切、情感的深厚而特别动人。知子莫若母，其中母亲的交代更令人动容：啊，我的幺儿啊！（你从小就爱睡懒觉）你早晚可不要睡得太死啊（那样，遇到危险就没办法挽救了啊）！你一定要小心保护好自己啊！你一定要好好地活着回来啊！我们和作者一样，几乎看到了母亲像一株冬天枝叶萧疏的老树在远处向着儿子的方向翘首张望，不时用衣袖擦拭着眼泪，我们也听到了母亲哭泣着的深情交代，感受到母亲对儿子的深深担忧以及想念儿子的内心之痛，从而为作者的命运感同身受，唏嘘不已。

这几首诗歌写到了母亲对人的三种滋养：勤的性格滋养、善的品格滋养、爱的人格滋养。其实，历史上很多名人的优秀母亲往往还有另一种滋养：义的骨骼滋养。如孟母三迁、欧母画荻教子、岳母刺字等。

父母爱子情切，上述诗歌有动人表现。而子女爱父母在《鸨羽》一诗中也表现得十分深切：

肃肃鸨羽，集于苞栩。王事靡盬，不能蓻稷黍。父母何怙？悠悠苍天，曷其有所？

肃肃鸨翼，集于苞棘。王事靡盬，不能蓻黍稷。父母何食？悠悠苍天，曷其有极？

肃肃鸨行，集于苞桑。王事靡盬，不能蓻稻粱。父母何尝？悠悠苍天，曷其有常？

生在水边的一大群鸨鸟被迫无奈栖落在栎树上，多像我们这些苦命人无依无靠奔波劳苦在异地他乡。王事没完没了，回家遥遥无期，田园荒芜无人耕作，年事已高的父母靠什么活命？苍天啊苍天，这样的日子何时才能到头啊？！这首诗，共三章，真是一唱三叹。慨叹自己不能自控的命运，是控诉繁重的王事徭役，是担忧衣食无靠的父母，是呼唤乞求上苍怜悯小民疾苦，有家而不能归，有业而不能就，有熟悉的生活方式而不能依凭，有父母而不能赡养，并且父母衣食无靠，其悲哀痛苦可谓甚矣！辞浅意远，歌短情长。这里将养父母置于与履王事的尖锐冲突之中，以显养父母之重；将养父母不得的呼喊面向苍天，以显养父母之大；将无法艺稻粱黍稷而父母无食，以显养父母之急。短短一首诗竟然蕴含了忠与孝的冲突、生存与毁灭的冲突、人与天的冲突，但其重心都落在对父母的担忧上。最扣人心弦的是不断向苍天大地质问甚至责问：我无依无靠的父母吃什么活命?！其悲其哀其忧其急，显得十分真切动人，体现了对父母深深的思与忧，悲与哀，爱与孝。这是艺术感染力很强应引起注意的一首诗。

泰戈尔写道："母亲凝注我的目光，布满了整个天空。"是啊，一个人怎么走得出母亲温润的目光！

------

## 注　释

① 《十三经注疏》整理委员会整理，李学勤主编，《毛诗正义·凯风》，北京大学出版社，1999，133。

② 朱熹，《诗集传·诗卷第二·邶·凯风》，中华书局，2017，29-30。

③ 方玉润，《诗经原始》，中华书局，1986，73。

# 《诗经》谷麦叩响的记忆

　　《诗经》对粮食作物的描述风雅颂均见。不时可见各种粮食作物在《诗经》中生机盎然地破土而出、郁郁葱葱地抽穗拔节、如波如浪地此起彼伏。其时，黍、稷最为常见，稻与麦已分别被视为五谷（稻麦黍稷麻或黍稷麦菽麻），在《诗经》中频频出现。如：

　　叙述劳作："三之日于耜，四之日举趾，同我妇子，馌彼南亩。"（《七月》）这是老百姓倾家出动的劳动。"载芟载柞，其耕泽泽。千耦其耘，徂隰徂畛……有略其耜，俶载南亩，播厥百谷。"（《载芟》）这其实描述的一场大生产运动——周王亲自参加的籍田典礼场景。籍田是影响深远的重农礼仪。今之成都双流尚有籍田镇之名，传为蜀汉刘备籍田之处。这些劳动场景并未具体点到哪种农作物，但我们认为，应以黍稷类为主，但很可能包含稻麦。

　　"我行其野，芃芃其麦。控于大邦，谁因谁极？"（《国风·

鄘风·载驰》）描绘许穆夫人在救国图存之路上看到的田野小麦欣欣向荣景象，或许她见此繁茂之景，而顿兴有大邦之助复国有望之念？

"十月获稻，为此春酒""黍稷重穋，禾麻菽麦"（《七月》），"黍稷稻粱，农夫之庆"（《甫田》），叙述欢欣收获稻麦五谷情形。

"爰采麦矣，沫之北矣。云谁之思，彼美孟弋矣""丘中有麦，彼留子国。彼留子国，将其来食"叙述的是在田地间发生的，带着泥土味青草香麦子气和青春荷尔蒙气息的野性爱情故事。当然，也有"滮池北流，浸彼稻田。啸歌伤亡，念彼硕人"（《白华》），即缘分不再，爱人绝情而去，还不如稻田有滮池水浇灌润泽之幸，每一念及那个让自己生命激动震颤过的人，不禁长歌当哭，大放悲声。这里稻田仅为一种让人感慨系之的比兴手法。这些诗中，稻麦均为男女两情相悦灵肉结合或恩爱情仇的背景，也生动阐释了"饮食男女，人之大欲存焉"，说明古人在没有受到封建礼教捆绑下，有着后人难得一见的自由张扬率性不羁。

"王事靡盬，不能蓺稻粱。父母何尝？悠悠苍天，曷其有常。"叙述为劳役所苦，有家不能回，有地不能种，有双亲不能奉养，有命不能自主的悲伤。

……

《诗经》中稻麦起伏的姿影和颗粒落地的脆响，以及古人以之作为祭品虔诚向天帝祖先礼敬和祭祀，让我对稻麦不禁平添几分庄重，也叩响了自己童年时的稻麦记忆，与它们有关的时光碎片如飞雪般纷至沓来。

我认为《诗经》应引起我们重视的是对稻麦等粮食的真挚深厚情感。这种情感融合了赞美、依赖、尊奉、感恩、期许等多种情感在内。他们把稻麦之种视作奇妙之物，满怀欣喜和期待地看着、想象着他们一点一滴破土生长，及至禾穗连绵无际起伏生姿。"驿驿其达，有厌其杰。厌厌其苗，绵绵其麃。"（《载芟》）他们把它看作上天以无边的慈爱之心赐予人间的美善之物："诞降嘉种：维秬维秠，维穈维芑。"（《生民》）这里并未提水稻小麦，全篇也不曾点水稻，或许水稻在后稷时代并未大量种植。我甚至怀疑其时是否有水稻种植。但在鲁颂中，点出后稷与水稻是有关联的："降之百福：黍稷重穋，稙稚菽麦。奄有下国，俾民稼穑。有稷有黍，有稻有秬。"（《閟宫》）他们认为，广泛种植稻麦是爱民悯民的浩浩上天的旨意："帝命率育。"（《思文》）他们甚至不吝用最高赞美歌颂发明百谷种植的先祖后稷，说他功德配天："思齐后稷，克配彼天。"（《思文》）天在周人眼中至高至大，是天地人间主宰。此赞美无疑是空前绝后的。

我能够理解这种对粮食的深厚感情，因为我是农民之子，在地里捡拾收割过一枝枝稻麦，而且我童年时还在家当过"伙食团长"，细数过一颗颗粮食，深深理解"穷人的米是有颗数的"。尤其是我经历过缺衣少食之难、见证过父母缺粮断炊之痛。

　　一个寒冷的冬天傍晚，太阳像一个畏寒的老人，在雾气中佝偻萎缩变形变小，早早地无声无息消失了，天很快就暗下来了。父母和院子里的其他大人往常早就收工回家了。我左等右等了很久，还是不见他们的身影。两个弟弟在黑暗中见不着爸爸妈妈，又加上饿了，似乎开始比赛着，一个比一个大声地哭起来。我焦急地一趟一趟跑到地坝边望着父母出工的方向，期盼着父母早日回来，然而期盼一次又一次落空。我突发奇想：我今天晚上来帮大人做一顿饭？于是我点上煤油灯，立即行动起来，爬到灶上把笨重的煮猪食的鼎锅端开，打开炉火添上煤，往做饭的鼎罐里加上大半锅水，利用烧水的空档，又舀上几瓢冰冷的水反复淘洗从生产队分的红苕，冷得自己直打哆嗦，把手在衣服上不停地揩着。切割大红苕，我不敢像母亲娴熟地把红苕摊在手掌上再嚓嚓几刀砍下去，只能像杀猪匠杀猪一样费周章，一手按在案板上，一手小心翼翼地切割。水半沸时才能把米和洗切好的红苕咣咣咣地倒进去（冷水加进去，由于火力不够煮出来不好吃）。我早就对母亲每顿饭只放一把米、吃饭时碗中几乎全是清汤寡水加红苕或萝卜或厚皮菜有意见了。这样吃厚皮菜稀饭有时吃得想吐。今天我做饭我做主！于是冒着风险自作主张把米多放了一倍，仍觉不过瘾，又加了两把才住手（多放米煮饭其实是当天萌发做饭的深层动因）。煮的过程中，见火势不好，又不停用扇子扇炉灶，直到把饭煮好父母才回来。原本担心因米放得太多要挨打骂，没想到父亲呷巴着嘴唇稀里呼噜一边吃一边笑着对母亲说："格老子，这细娃儿第一次煮的饭还好吃呢！这才叫米饭嘛！哪像你煮的饭，数都数得清几颗米！而且，这娃儿做的饭又粑又香！火候还拿得稳，味道还安逸！"听了这话，我才如释重负。母亲也频频点头："就是就是！只不过，如果这个冬天都由细娃儿来煮饭，我们开了春就可能吊起锅儿当钟打了（玩笑话，指无粮可煮）！"这顿饭的后果是诞生了一个儿童团长。从此我成了远近闻名的"伙食团长"，甚至后来切丝切片的刀功和招待客人做饭菜比得上大人。这一年，我只有六岁。"穷人的米是有颗数的"，这也是我当"伙食团长"才有的感受，但我总会比母亲多数几颗，小鬼当家嘛。当家之后，我对稻麦谷米的感情无疑更近了：是它们在养活我们啊。

谷麦丰收后，《诗经》中的人们做的第一件大事就是虔诚庄重地祭祀，除羊肉外，还特别奉献以上等谷米和蔬菜做的饭食及用上等谷麦酿制的美酒："为酒为醴，烝畀祖妣，以洽百礼。有飶其香。有椒其馨，胡考其宁。"（《载芟》）"诞我祀何？或舂或揄，或簸或蹂。释之叟叟，烝之浮浮。载谋载惟，取萧祭脂。取羝以軷，载燔载烈，以兴嗣岁。"（《生民》），详细描绘了丰收后隆重祭祀的情形：舂米，扬米，搓米，淘米，蒸米，谋划着祭祀之事。其诚其敬历历在目，这应是祭天。"丰年多黍多稌，亦有高廪，万亿及秭。为酒为醴，烝畀祖妣"（《丰年》），这里的"稌"，指的就是带黏性的糯稻。"为酒为醴"，也正反映出当时种植的黍和稌这两种带黏性的粮食作物，主要用来酿酒并用于祭祀祖先。祭祀中还有一种是祈祷为重的，如"噫嘻成王，既昭假尔。率时农夫，播厥百谷。骏发尔私，终三十里。亦服尔耕，十千维耦"（《噫嘻》）。这应是一首倡导农耕、鼓励稼穑的祈谷之歌。这一次，《毛诗序》终于克服了生拉硬扯的毛病，释为"《噫嘻》，春夏祈谷于上帝也"①，但春夏恐怕以指春为佳。

这些对先祖发明谷麦及农事祭祀的歌咏，表达了一个核心意思：是这些天帝神灵赐予的谷麦养活了我们，繁衍了我们的种族和邦国，我们要感恩天帝神灵，给它们以崇高礼赞，并祈求持续保佑，长获丰收。这些歌咏充分说明了一粒粒渺小若尘的谷麦及五谷或曰百谷在周人生命中之大、眼中之高、心中之重，反映了周人对土地和粮食如赤子与母亲骨肉相依的依赖和深情，及至带着某种神性赞美。这一方面说明，周代统治阶层坚持以农兴邦以农兴国的传统和方针，对粮食问题的重视，认为它是安邦定国、保民安民的根本和基石。另一方面说明，在生产力较低物质不丰裕的时代，粮食对民生与国家起到了极其重要的作用，被人们视同至高无上的天地。反观今人与土地和粮食在心理上无疑是疏远的，在精神上是有隔膜的，在感情上是麻木的，虽然也可能天天见面亲密接触。

我小时候见过婆婆面对新谷米的欣喜和郑重。一次，家里面的新谷晒干被打成米后，婆婆把新米捧在手上，眼睛放光，一遍又一遍地端详，口中一声又一声地夸奖着、赞美着这些自然的精灵，甚至哼起了广播里放的歌儿。她慈爱地摸着我的头说："孙儿哪，这么久都没有让你沾点油水了，中午我给你做好吃的！"
中午，她一边哼着她爱唱的"毛主席的书，我最爱读，千遍那个
万遍哟下功夫"，一边洗洗刷刷很快做出了一顿难得一见的美
餐。把新米做成干饭（平时一直都是吃稀饭），另外还用南瓜和
丝瓜各炒了一个菜，而且用的猪油明显更多，菜也更香，让我简
直有过年过节的兴奋，端起碗筷就要开干。婆婆在灶房里看到急
忙制止说："乖孙哪，莫忙喫（'喫'：家乡渠县方言，意为
'吃'）哟，让回家的祖人先人先喫哈！""祖人先人不都死了
吗？他们怎么回来喫呢？"我疑惑不已。婆婆告诉我，新谷米做
好饭，请他们回来，他们会很高兴回来尝新的。大碗里面装的饭
菜，就是献给他们的。请他们吃了，我们才能吃。我顿生惊惧敬
畏之心，目光把房间从地面到墙壁到房顶到每一个旮旮角角都搜
了一遍，看到阳光如炬穿过窗棂投射到墙壁上，映出几缕袅袅的
烟尘，但一个祖人先人的影子也没有看到啊！婆婆告诉我，他们
在空气中，我们通常看不到的，有时也可能会化作螳螂或者蛇等
着尝新。他们尝新不是真的把一碗饭菜喫掉，是看一看我们后人
表达的心意而已，所以要请他们先喫，随后口中念念有词："祖
人先人哪！今年天气很好！谷子也很争气！收成很好！今天特别
用新米做了一顿好饭菜！欢迎你们回家尝新哈！请不要客气，一
定喫饱喫好！请你们回去后多多保佑我们后人哈！"婆婆没有读
过什么书，虽然非常能干，把家操持得井井有条，但脑子里有很
多被受过教育的爸爸批评的"旧思想"。联系《诗经》中的祭祀

看，她的举动和言辞，或许正是古风在漫长岁月、广袤大地上不绝如缕、隐隐约约的遗响。

家乡家家户户用新米或新收获的高粱酿制醪糟酒、呷酒以自用或待客，这亦是家乡与《诗经》"为酒为醴"之风隐隐相通之处。至今记得母亲酿制醪糟酒或呷酒的做法：将米或高粱以干饭的方式煮好，在簸箕或笤箕里摊开放冷后置于盆罐中，将发酵用的药曲碾碎撒其上，再用一块洗净的布覆捆其上后放入枯草堆中，约三日后即成。这时米和高粱已经以另一种芬芳和精魂在迎候它的主人。酒香满屋扑鼻而来，舀一勺入口，香甜沁人心脾。那时候，难得开心颜的母亲一定是大声武气笑意盈盈的。她让我们一人尝一口后，一瓢一瓢将其舀出放入另一个罐子密封好以待用。这些酒是辛勤劳动结出的花朵，是生活馈赠的礼物，是对辛勤付出的犒劳，与家人邻居一起猜拳行令谈笑风生享用它们是贫寒岁月中的光芒。这无疑与《丰年》中的"为酒为醴"一脉相承。哦，说到醪糟，还不得不提起一件伤心事，一件我记忆中最早的挨打记录。我两岁多时，妈妈怀着二弟待产。她为坐月子做的重要准备是蒸了大约一碗米做醪糟。她用筛子把用甑子蒸好的米饭在柜子上晾着。我趁她不注意溜进去踮起脚尖抓一把塞进嘴里：太好吃了！如是再三，欲罢不能。最后被母亲抓个现形，在将近半天里，米饭已被我吃掉一大半。年轻的母亲又气又急，找来竹片狠狠打了我的手板，我哇哇大哭，母亲也呜呜大哭……

需要指出的是，收获新谷后祭祀神灵的做法在人类社会源远流长并且广泛存在。据人类学大家弗雷泽（1854—1941）的调查研究，新谷也可以当作圣餐，在日本、印度、印第安等地存在着尝新谷过节日或新年以及举办舞会或祈祷等活动，有的要沐浴净身、忍饥挨饿甚至吃泻药清空肠胃以迎接新谷[2]。由此可见人们对新谷或主宰新谷的神灵的郑重敬畏与虔诚，也证明不同种族和地域的人类在历史发展中，虽有自身特色，但也有着共性的行为认知。

饥荒年代会有悲剧发生，也有荒唐发生，而我亲见的这件与谷米有关的事，在记忆中一直是以喜剧的形式存储着并偶尔跳腾出来。在连丰大队生产五队的集体劳动里，我们院子的海儿叔和沟那边的张二麻子打赌不见输赢。最后他们打了一个"王赌"："你娃儿把老子桶里的粪水喝一瓢，老子输一碗米给你！"众人面面相觑，这个赌也打得太狠了嘛！于是都说："二麻子，哪有赌屎啊尿的！认输算了！"大家眼睛都齐刷刷地盯着张二麻子。未料张二麻子并不示弱："是不是子哦？！老辈子你输定了！"他操起粪桶里的瓢舀起一瓢粪水一扬脖子咕咚咕咚就喝了下去，惹得当时在一旁看热闹的我蒙嘴狂笑大喊不已："啊呀呀！吐吐吐！臭死人啦！羞死人啦！张二麻子喝屎尿啦！……"下来大人们大多觉得张二麻子这个赌打得有点丢人，也有个别人觉得张二麻子赚了。这个张二麻子家里很穷，据说这碗米他乐颠颠地揣回去吃了好几天。张二麻子40多岁就抛下妻子和三个孩子撒手西去了，不知那瓢粪水是不是病因，如果是，这个病因之后其实还有病因：贫穷。

而治好此病，在我看来是包产到户。

在童年的记忆中，小麦粉做的粑粑饼饼和面条几乎从来没有吃够过，原因很简单：它们从来就没有够吃过。所以，有一次和婆婆割猪草走到县城边上，听到一位小孩问她妈妈晚上吃干饭还是面条的时候，我羡慕得直掉口水，也在心里笑这个小孩子"莽"（傻）得很：肯定吃面条噻，傻瓜！印象最深的是有一年，父母全部的劳力和付出，全家五口人分得的小麦是 25 斤！过端午节父母用小麦粉煎了一碗粑粑让一家人意犹未尽地吃了一顿之后，剩下几个月就只有每顿在清米里搅上几把面粉，喝清得可照人影的糊糊了！第二年土地开始承包到户，父母用心用情地经营着地里的小麦。晴天不停地往地里浇水施肥锄草，风雨天也要戴着斗笠去看看长势如何，扶一扶被风雨吹得偏倒的植株，那绿油油的麦地成了一家人心中的宝贝疙瘩，每长一分个头，每抽一根穗，每灌一粒包浆，都牵动着大家的心。"驿驿其达，有厌其杰。厌厌其苗，绵绵其麃。"它与《诗经》中的稻麦一样，在我们关爱的目光中一天天茁壮成长，也让我们的希望变得绵长美妙。收割时，也与《诗经》描写的相似："同我妇子，馌彼南亩"，全家老小齐动员，小孩参与割麦，大人挑抬挞麦，虽然麦芒和枝叶刺得我手上留下一道道血痕，但我们和大人一样都很兴奋。因为粮食增产太多，父母晚上特意关上房门，生怕被邻居和生产队其他人知道要收回去似的，轻手轻脚地对收割的小麦特别做了称量和汇总，总量达 800 余斤，是头年的 30 多倍，把全家人都吓了一跳，全家喜气洋洋好一段时间。一问邻居，家家都大增收。人还是这些人，地还是这些地，技术还是那些技术，气候还是差不多的气候，产量差异却如此之大！收获至地坝晾晒时，这些小麦就像客走旺家门一样一队队蜂拥而来，令人欣喜不已！从此我们终于开始过上粮食自给自足甚至多有余粮的生活。"黍稷稻粱，农夫之庆"，小麦收割归仓后，父母还第一次在不过年不过节不庆生不请客的情况下，买酒买肉做菜，父亲亲手烧制了一盘肥嫩的红烧肉，一家人兴高采烈地庆祝了一盘！这是我亲自体验过的，发生在四川省渠县渠南乡大山村五组黄檩树垭口庹家坝，因为释放激活生产力让人民生活几至翻天覆地的一个活生生案例。

现在，每当我看见或听见一些人浪费粮食、漠视粮食、无视农业、轻视种植，特别是忘了缺衣少食之苦、忍饥挨饿之痛，高高在上侃侃而谈说着"何不食肉糜"时，总忍不住用老百姓的话骂他们一句："放你的狗屁！你才吃了几顿饱饭就头昏脑涨，忘记东南西北了！"对这些言行，我们只能提醒："人们啊，你们要警惕！"

"民亦劳止，汔可小康。惠此中国，以绥四方。"实现小康是勤劳的中国人民从《诗经》时代就有的生活理想。因此，今天我们全面建成小康社会是一个多么值得庆贺的伟大成就！穿越历史风烟，历览王朝盛衰，俯瞰人间大地，可以看到，只要不捆绑老百姓的双手双脚，只要不画地为牢，让他们人尽其才，地尽其利，不折腾，不胡搞，勤劳的中国人民就可以把自己养活，并且活得比较滋润。还可从历史中看到，中华民族具有极强的自我生存、自我修复、自我发展能力，这甚至可能是中华民族打而不倒、败而不亡、亡而复兴、浴火重生的原因之一。

---

## 注 释

① 《十三经注疏》整理委员会整理，李学勤主编，《毛诗正义·卷第十九·噫嘻》，北京大学出版社，1999，1317。

② ［英］弗雷泽，《金枝》，蘑菇姑姑译，北京联合出版公司，2020，101-109。

# 从历史深处传来的隆隆地震

烨烨震电,

不宁不令。

百川沸腾,

山冢崒崩。

高岸为谷,

深谷为陵。

——《诗经·十月之交》

　　今天我们读到这首诗,仍能感受到包括作者在内的整个社会对当时频频发生的各种灾异现象的惶惶不安和地震发生后的惊惧不已。诗歌对大地震发生时的可怕场景描绘,寥寥数语极为传神,让人身临其境惊心动魄。天空像耀眼的刀锋划过让人惊惧的电光,雷电隆隆一阵阵袭来,让人震颤不宁。大小河流里的水像着了魔一样沸腾翻滚不已,山顶碎裂四散崩塌,高高的堤岸瞬间下陷为深谷,而深谷剧烈隆起成为山陵。一幅天崩地裂的末日景像。这是《诗经》中唯一反映大地震的一首诗，具有极高的史料价值。据考证，这是发生在幽王时代（公元前780年）的岐山大地震。此地震《国语·周语》亦有记："幽王二年，西周三川皆震""是岁也，三川竭，岐山崩"。其时，最有学问的太史伯阳父对之给出了如下解释："阳伏而不能出，阴迫而不能烝，于是有地震。"[①]阴阳失衡产生地震，这个解释有点意思，至少算朴素唯物主义的解释。据中国地震局地球物理研究所蒋长胜介绍，此次地震震级7级，震区烈度9级[②]。

2008年汶川地震之山崩（蓝海川、陈汝超提供）

经历过汶川特大地震的人对这个景象都不陌生。2008年5月12日下午，我在简阳市三岔湖上参加一个会议。突然头顶的吊灯剧烈晃动、桌面物品及茶杯倾倒位移、四处叽叽嘎嘎作响，因有着儿时唐山大地震的点滴恐怖记忆，我意识到可能是地震，遂大吼一声："地震了！快跑！"当众人火速跑到楼房外，只见地面海潮般一浪一浪翻涌起伏，让人担心随时开裂，高高的水塔像柳树在狂风面前一样前俯后仰，似乎随时就要折断，四处叮叮哐哐作响。我心里想：完了，完了,第一次来这个地方,就遭遇这种要命的事,老子们运气太霉了!由于生死未卜,于是抓起手机想向爱人告别,通信已完全中断……后来才知,地震并非发生在脚下这片土地,而在一百多公里外的阿坝州汶川县。那场景可就严重多了:处处山崩地裂,处处楼宇坍塌横陈,一个个鲜活的生命瞬间或被突降的死神砸成肉饼,或受到致命一击行将毙命,或受到重创挣扎呼号,烟尘弥漫一空,四处哀鸿一片。即使后来去北川等地震遗址现场参观,看到四处崩塌的山体和断垣残壁,仍能感受到突如其来惊天动地的震荡、碰撞、挤压、变形、死亡、惊惧、疼痛、哭喊、奔跑、互助、抢险、救援……在地震这个熔炉里剧烈焚烧翻滚,熔化为一场惊天动地的灾难。

2008年之后至今,余震小震不断,包括我在内的成都人民已积累起丰富的应对地震经验,不管大震小震,胆子大的一般都"任凭风浪起,稳坐钓鱼船",因为知道成都的地质构造会缓解地震强度,没有大问题。而且"掐指一算"几乎能立刻判明是几级地震,甚至能精确到小数点后一位,结果与事后科学测定公开发布的相差无几,让外地人听了不禁呵呵一笑。

《十月之交》并不止步于对灾变的描绘。作者由灾变而反省批判统治阶层的胡作非为,作者由他人的浑浑噩噩随时俯仰表明自己的洁身自好独善其身,是一首艺术感染力很强,思想性、艺术性均为上乘的作品。这首诗,在我看来,开创了《诗经》乃至中国文学作品中多个第一。首次记录地震,完整记录了这一年中从月食、日食等自然界异象，到地震发生的大致情况，这是中国乃至世界对地震最早的记录。尤其值得一提的是，诗中并没有认为地震是孤立的现象，体现了朴素的唯物主义和难得的系统思维，与现代地震学观点十分接近。现代地震学认为，地震的成因多种多样，既包括地质原因，也包括天象等原因。地震学者徐道一研究地震成因时指出，日月星辰的变化，都可能促使地震提早发生或震级增大③。首次将天灾归于人祸（"下民之孽，匪降自天。噂沓背憎，职竟由人"）。首次指名道姓批评权贵（"皇父卿士，番维司徒。家伯维宰，仲允膳夫。聚子内史，蹶维趣马。楀维师氏，艳妻煽方处"）。首次表明洁身自好独善其身（"悠悠我里，亦孔之痗。四方有羡，我独居忧。民莫不逸，我独不敢休。天命不彻，我不敢效我友自逸"）。我甚至有一句戏言：屈原最早就出现在这首诗里。这也是这首诗在思想价值、认识价值上值得重视的地方。

《诗经》中由天灾反省人祸的思想是怎样产生的呢？在我看来原因有三。一是周人天命观的反映。周人观念中命与德紧密相关，"聿修厥德""永言配命"，修德配命观念根深蒂固，大命变坏，德必有亏。这也是在《云汉》之极大旱灾中，祈雨祷词中反复哀叹和忧惧的"大命近止"：上帝似乎已不再眷顾周，我周之大命似乎就要终止了！二是有识之士的反省意识。这些站在时代之巅的人，总是比芸芸众生和当时王公贵族中的醉生梦死之徒站得高看得远想得深一点。三是忠正之士的现实批判精神。他们对权贵一手遮天，宵小残害忠良发出了强烈的抗议，《诗经》大小雅中此类作品多见，开创了中国政治史中可圈可点的讽谏精神。

这种由天灾而反省人祸的思维，虽不科学，却十分理性。其反省的问题是真实存在的，是"天怒人怨"的，是确实值得检讨的，它甚至可能

2008 年汶川地震之断壁残垣（蓝海川、陈汝超提供）

在中国历史特别是政治史上开了一个良好的先例：即让统治者在大灾大难后反躬自省。历史上许多罪己诏就发生在这种背景下，让统治者自我警示、自我反省、自我约束、自我矫正，是对统治者自身包括老百姓有益的，像商纣王那样一根筋相信"呜呼，我生不有命在天？"而死不悔改的，多半没有好下场。有所敬畏总比天不怕地不怕好。其虽属迷信，却并无害处，它多多少少让统治者在思想上头悬达摩克利斯之剑，不敢无所顾忌，不敢恣意妄为。这种种瓜得豆的事历史上并不少见，如不成熟的希腊古典哲学反而导向科学（而相对成熟的中国古典哲学反而止步不前），如冒险家欲寻找财富却发现了新大陆，如求长寿者欲炼丹却发明了炸药，等等。换言之，不管这种反省之事是否与地震有关系（当然没有关系，八竿子打不着嘛），这种政治反省都是有益

的。事实上，周代在历史上的表现可圈可点的很重要一点，就是周人的自警自省意识，包括统治者的甚至最高统治者的。这集中体现在《敬之》中，此大约为周成王在祭告先祖时的自警之词：

> 敬之敬之，天维显思。
>
> 命不易哉，无曰高高在上。
>
> 陟降厥士，日监在兹。
>
> 维予小子，不聪敬止。
>
> 日就月将，学有缉熙于光明。
>
> 佛时仔肩，示我显德行。

此诗体现出的是最高统治者承接大命时诚惶诚恐恭敬自警、谦虚谨慎戒骄戒躁、战战兢兢如履薄冰的心态，体现的是其"苟日新日日新又日新"，追求光明大道厚德不止的状态，作为最高统治者有此心态状态，业何以不兴！国何以不强！

两千多年后，离《诗经》中岐山不太远的华县又发生一场惨绝人寰的大地震，即1556年（明朝嘉靖三十四年）的陕西华县8级大地震，据明史料记载死亡人数超过83万，是目前世界上死亡人数最多的大地震。这个数字存在争议，综合估算实际死亡人数可能在45万以内，仍居首位。

1933年8月25日四川茂县叠溪大地震也可谓惊天动地。本次地震7.5级，极震区烈度10度。据郑光路、蒋蓝先生有关记述，有两件事特别值得一提。一是灾情严重。"山崩镇陷，岩石横江""岷江断流，壅坝成湖"，山崩地陷，整个叠溪古城没入水底，成为死寂的永恒的地下之城。城中 276 所房屋悉被损毁，500 余人失去生命，长眠于平素田园牧歌而当日凶神恶煞的家园之下。二是次生灾害严重。地震后接连暴雨，因地震形成十余个堰塞湖，数十米深的堰塞湖在地震 15 日后一个夜晚决堤冲荡而下，浪头高达十余丈，直袭都江堰等地，毁田毁地毁屋毁人毁场毁镇，其摧枯拉朽席卷而来之势具有击杀一切、毁灭一切的能量，死尸横野，彼此相望，造成了比地震当日更大的灾害，此次决堤造成 5000 余人死亡，而本次地震造成的直接死亡人数约 6800 人。有一些记录让人印象深刻："叠溪全城就整一块，笔直地陷下去了。一座座大山，也像梦境中，竟奔跑一般扑面而来，又齐刷刷倒塌下去。""这几个小娃娃由河东山山坡，莫名其妙地被抛到河西岸的山上"④（蒋蓝所记为"正在山上种地的百姓，被从河东岸山坡上直接抛到了河的西岸"⑤）。这种只在武侠小说中出现的隔山打牛没想到竟然在地震中出现了！这真令人惊心动魄、肝胆俱裂。

据著名学者、散文家李舫女士的观察和书写，宋朝景德元年（1004 年）其实是中国历史上极其少有的灾难深重的年份。全年自正月开始共发生 10 次地震（这是见之记录的地震最多的年份），其中京师开封正月即发生三次，处置灾情救济灾民可谓应接不暇。全国上下刚刚喘过一口气，九月又突然发生强敌、死敌契丹倾巢入侵，侵门踏户风卷残云，直抵离宋朝首都开封不远的澶州。其情其势可谓天灾人祸之极，自古以来因之而亡国灭族者不可尽数。而宋廷上下精诚团结，审慎智慧勇敢应对，最终化危为安，为大宋开启了世界第一富国的繁荣发展之势和百年宋辽和平相处之道⑥。如此灾祸连绵之年、生死存亡之际，我们可以想见，真宗集团这一年之难：每举一步棋都关系民族存亡绝续，重若千钧不敢轻举妄动；每走一步路都系着身家性命和国家兴衰，战战兢兢如履薄冰……而他们竟然凝神静气，审时度势，闪展腾挪，步步生莲，摇旗为风，山呼为雨，携手为虹，化剑为犁，谱出了中国乃至世界历史上极其华彩的一段化危为机的乐章。我们都知道，赵宋王朝重文抑武，军力与武功乏善可陈，却开创了中国历史两个高峰。一是文化高峰，如陈寅恪言"华夏民族之文化，历数千载之演进，造极于赵宋之世"。二是经济高峰，中国财富占世界财富的比值从公元 996 年的 22% 左右，提升到 1021 年的 67% 左右，真正富甲天下。⑥这与赵宋王朝在景德元年这一多灾多难、大灾大难之年的一举一动分不开。"一篇读罢头飞雪"，让我们不得不感慨系之，掩卷沉思……

事实上，《诗经》中还有一首写灾情的诗很著名，与《十月之交》堪称《诗经》灾难诗"双璧"之作。它并非写地震而是写干旱的诗或者说祈雨的诗，此诗即《云汉》。它写出了其时旱情之重（"赫赫炎炎，云我无所""旱魃为虐，如惔如焚""旱既太甚，则不可沮"），它写出了情况之惨（"天降丧乱，饥馑荐臻""周余黎民，靡有孑遗"），它写出了时人祈雨之诚（"靡神不举，靡爱斯牲""上下奠瘗，靡神不宗"），它也点出了灾害导致的社会失序（"散无友纪"），它甚至开始责怪天帝祖先神灵不体恤子民后人（"父母先祖，胡宁忍予" "昊天上帝，宁俾我遁"）。诗中反复哀叹"大命近止"，表明这种大旱已动摇周之国本，让人产生周之天命将尽的惶恐。但他们仍未放弃最后一丝希望和努力（"无弃尔成"），显得勤谨恭敬、敬畏虔诚，虽略有怨言，却满怀期待。他甚至表示，祈雨并非为己，而是为安定百官（"何求为我，以戾庶正"）。这放在今天，也是一心为公的好领导。从诗中看，灾情极其严重，人民已无法存活，政权已不能正常运转。这种重大旱灾实在触目惊心，让人震动。据邓拓先生考证，西周这一阶段祸不单行，自宣王末年（约公元前803年）起至幽王初年（约公元前780年），大旱灾、大地震相继暴发。我们从《板》《荡》《抑》《桑柔》等多篇都可看出，西周灾情连绵不断，上下哀鸿一片，统治也摇摇欲坠。而其客观显示出大旱灾与大地震有着一定的相关性。"现代地震学查明： 6级以上大地震的震中区，在震前1~3年半时间内往往是旱区。近百年来，中国6级以上大地震的旱震震例多达229例。震前旱区面积越大，旱后相应的地震震级越高；干旱异常持续时间愈长，则震级愈大。"[7]以西周这段时间旱灾地震在一段时间内阴魂不散，也证明了这一点。这是需要我们在面对旱灾地震、思考应急救灾时要加以注意的。

据邓拓先生研究，中国是全世界自然灾害较多的国家，从公元前18世纪到1937年，中国历史上有记载的水、旱、蝗、雹、风、疫、地震、霜、雪等自然灾害平均每六个月就有一次，若从汉代立国计起至 1936 年，则每四个月就有一次。以前者计，其中居于前三位的为旱灾 1074 次，水灾 1058 次，地震 705 次。他还有一个观点，中国历史上的农民起义大多因自然灾害导致农民无法存活而起："我国历史上累次发生的农民起义，无论其范围的大小，或时间的久暂，实无一不以荒年为背景，这实成为历史的公例。"⑧我认为这是实事求是的，西汉绿林赤眉起义、汉末黄巾起义、元末红巾军起义、明末张献忠李自成起义，几乎莫不如此。老实善良的农民最初并非一定因什么远大政治抱负而起义，也并不完全是某些教科书中所说"统治阶级横征暴敛"而起义，大多就是因为长期没饭吃、肚子饿，活不下去了。而这些因饥荒导致的起义爆发的能量造成的震荡，远远大于各种大地震等自然灾害对中国历史造成的冲击。

---

## 注 释

①陈桐生译注，《国语·周语上》，中华书局，2013，28-29。

②孙法，《专家科普地震之最："最早记录、死亡人数最多"发生在中国》，2020-05-11 中国新闻网。

③管洪生，《诗经与国语中的地震》，《特别关注》，2008 (5)。

④郑光路，《四川旧事》，四川人民出版社，2018，6-7。

⑤蒋蓝，《成都传》，四川人民出版社，2022，886。

⑥李舫，《大春秋·大道兮低回——大宋王朝在景德元年》，长江文艺出版社，2021，383-395。

⑦张愈，《〈聊斋志异〉中的地震记载》，《蒲松龄研究》，2005（4）。

⑧邓云特，《中国救荒史》，商务印书馆，2011，119。

# 中 编

## 如切如磋，如琢如磨

# 《关雎》不是民歌是"官歌"

## 一

《关雎》是《诗经》之首，历来受到特别的关注。孔子对其赞颂有加，认为它"词曲俱佳"：在思想内容上"乐而不淫，哀而不伤"，情调积极健康；在曲调上"洋洋乎盈耳哉"，旋律悦耳动听。估计孔夫子一听到这首诗歌或乐曲，就会停下手中忙碌的工作，一边打着节拍，一边摇头晃脑，一边轻声哼唱，紧绷的身心开始像冰川逐渐融化，目光和思绪也像愉悦欢欣的鸟儿展翅飞向远方。这首诗像其他作品一样，广泛传入东亚诸国。甚至至今仍与《桃夭》等诗篇一道受到越南人民喜爱，成为最受欢迎的《诗经》作品之一①。但对这首开卷之作，历来众说纷纭，真伪难辨。据中国《诗经》学会原会长夏传才先生研究，其题旨竟有五十余说②。概而言之，主要有后妃之德说、文王太姒说、劳动人民与爱情诗说、恩情诗说，等等。

后妃之德说。《毛诗序》认为："关雎，后妃之德也""乐得淑女配君子，忧在进贤，不淫其色。哀窈窕，思贤才，而无伤善之心焉"③。姚际恒指出，这个观点是"因德字衍为此说，则是以为后妃自咏，以淑女指妾媵"④，即是赞美后妃大度，为王多子多福荐举贤德淑女。

文王太姒说。此说为朱熹所持。他说："后妃，文王之妃大姒也。""其诗虽若专美大姒，而实以深见文王之德。"⑤但他只有推论，而无论据。

劳动人民爱情诗说。此说多见于现当代特别是中华人民共和国成立后。此说认为诗中采摘荇菜淑女为从事生产劳动之村姑，君子为青年男子美称，此诗为爱情诗。此种观点多见于各类教材，影响甚广。胡适先生也大体持此说。他肯定地指出："好多人说关雎是新婚诗，亦不对。关雎完全是一首求爱诗，他求之不得，便寤寐思服，辗转反侧，这是描写他的相思苦情；他用了一种勾引女子的手段，友以琴瑟，乐以钟鼓，这完全是初民时代的社会风俗，并没有什么稀奇。意大利西班牙有几个地方，至今男子在女子的窗下弹琴唱歌，取欢于女子。至今中国的苗民还保存这种风俗。"⑥以文本说主旨，以外证中，以今证古，似乎合情合理，言之有据，让人难以反驳。

恩情诗说。学者李山认为从人称形式、琴瑟钟鼓和采摘用于宗庙祭祀的荇菜三方面看，这不是爱情诗，是"祝贺新婚夫妻"的具有伦理色彩的"恩情诗"⑦。

对该诗主旨的准确把握，既关系到正确理解诗意，也有助于弄清其创作背景、目的、来源、形成、功用、流变，甚至风诗的本质，实关涉宏旨，故深入探讨详加辨析甚有必要。

二

《关雎》表面直白明了，实则意味朦胧；表面言近词浅，实则托意深远。真而美，纯而净，简而幽，近而远，可见而不可测，可望而不可即，可远观而不可亵玩焉。有如蒙娜丽莎的微笑，让我们着迷：是什么状态下的微笑？为什么微笑？这微笑为何如此之美？这美为何如此不同？

本诗中有农村生活，有爱情，甚至可以说这是一部爱情三部曲：一见钟情；相思相恋；喜结连理。但我认为，覆盖在此诗身上的历史灰尘太多，已遮蔽其原本清纯的容颜。直言之，我认为，诗中男女非平民百姓，本诗非爱情诗，甚至非"诗"，非民歌，非后妃之德，非文王太姒婚恋。理由如下：

非平民百姓。一则君子淑女之谓可证。君子在周代本就指贵族，甚至指君王公卿之类高级贵族。淑女与之相对，在注重等级与门当户对的彼时，自然亦指贵族。即使后来这一指称被作为美称泛化使用，也因其时"礼不下庶人"，而应非指平民百姓。二则琴瑟鼓钟之谓可证。琴瑟鼓钟为庙堂之乐。钟鼓又称作"王者之乐"，钟鼎更可以说是国之重器。王国维先生有言："凡金奏之乐，用钟鼓""钟鼓者，天子诸侯备用之，大夫士鼓而已"⑧。考古可证上述用乐情况。扬之水明确指出："从两周墓葬中乐器和礼器的组合情况来看，金石之乐的使用，的确等级分明，即便所谓'礼崩乐坏'的东周时期，墓葬中的情形也不例外，中原地区虢、郑、三晋和周的墓葬，已发掘两千余座，出土编钟、编磬者，止限于个别葬制规格很高的墓，约占总数的百分之一。历年发掘的楚墓至少有三千五百余座，但出土金石之乐的墓为数很少，仅占楚墓总数的千分之二。再从青铜乐钟的制作要求来看，这也是必然——非有力者，实不能为。"⑨琴瑟鼓钟绝非平民百姓所能拥之用之，故诗中男女皆非平民。

　　非爱情诗。这是就其主旨而言。从内容看主要内容确实为君子之思恋，但就诗歌发端于婚恋适时（"关关雎鸠，在河之洲。窈窕淑女，君子好逑"），发展于婚恋过程中的君子之思（"寤寐求之""辗转反侧"），落脚于婚姻生活中的琴瑟相和（"琴瑟友之""钟鼓乐之"）来看，此诗描述的是成就一对婚姻的"完全形态"。此外，从诗歌的一些关键词看，一则君子好逑，表明本诗着眼于婚配。二则采摘荇菜，是用于宗庙祭祀之举。"二南之诗，比起一般民谣多带原始的典礼仪式。"⑩其时由女性采摘野菜用于祭祀预祝等，在《诗经》中多有表现，如《采蘩》《采蘋》《卷耳》等。这暗示淑女将承担家庭主妇之事，表明本诗与婚姻有关。三则琴瑟钟鼓是庙堂重器，用之为重要典礼之举，非有大事要事喜事不得为之。用如此贵重之乐、盛大之礼，绝非胡适先生臆断之乡村青年"撩妹"。换言之，弹琴瑟击钟鼓皆非古人谈恋爱的手段，而应是谈恋爱的结果，是婚庆之礼。孔子或孔子的前辈将之列为《诗经》之首篇，确乎有"风天下而正夫妇""先王以是经夫妇，成孝敬，厚人伦，美教化，移风俗"之深远用意（《毛诗序》）⑪，即用合乎礼节的求娶倡导合礼的婚姻，以开启家庭、人伦、社会、家国的第一把钥匙。因此，准确地说，此诗是婚庆诗而非爱情诗。

非"诗"。这是就其功用而言。它应是用于婚礼的乐歌之辞。朱熹认为，此诗在周公之前即已流行于相关仪礼中。他明确指出："仪礼以关雎为乡乐，又为房中之乐，则是周公制作之时，已有此诗矣。"⑫著名历史学家、民俗学家任乃强先生认为，此诗是周公翻译当时的化外之地即南方一带的婚姻颂歌，"此诗为南国婚礼中，男子赴女家迎亲时，傧相在女家门外所唱之乐歌。经周公旦译为华言"，并指出诗中有多处非岐周用语的例子，如雎鸠、河洲、窈窕、荇菜等均为译词⑬。此说似乎只此一家别无分店，颇有创见，亦能自圆其说，特别是明确指其为婚姻乐歌，颇有见地。但明确指出是周公旦所作却并无实据：周公旦虽系安邦定国文武兼具之才，但未必有那么多的精力生出这个"蛋"。它是周代长期致力的礼乐文化建设成果倒是真的。在此，还须指出：诗经之世，"诗，言其志也；歌，咏其声也；舞，动其容也"⑭"诗言志，歌咏言，声依永，律和声"⑮，诗、歌、舞或诗、歌、乐、舞是三位一体或四位一体的表达方式或曰表现形式，非我们现在所能仅见的文字形式（歌词）。从这个角度讲，我们今日所看到的《诗经》其实是

"断臂维纳斯"。

非民歌。其呈现出的风貌规则整饬，颇有章法，格调从容雅致，思想情感中正健康，确如孔夫子所谓"乐而不淫，哀而不伤"，且所用礼器贵重，显非朱熹口中的"闾巷风土"之作，而应系周公制礼作乐背景下之官方产物。即使如任乃强先生所谓翻译南方少数民族民歌之作，其中也一定有根据"国情民意"特别是周公改制的现实需要，如强调婚姻的政治功能、社会功能等进行改编创作的成分，而不是"照抄照搬"。细审之，从内容看，诗中提到的"琴瑟友之""钟鼓乐之"，根本不是平民所有所能，而是典型的贵族生活方式。从诗歌形制看，已是成熟典型的四言诗，重章叠句，赋比兴手法，非如一般民歌之长短错杂，而呈现出非常规整对称的形式；从语言看，呈现出典雅而非通俗的特征；从情调看，则呈现出中和雅致而非民间歌谣之野性质朴、自由奔放特点，确有"治世之音安以乐，其政和"的官方色彩。换言之，它不是一首劳动人民口头创作的爱情民歌，而应是一首"诗人"创作的用于官方典礼的婚姻乐歌。

认为《关雎》是民歌，主要源于以下几点原因：

一是对"风"的认识有偏差。这种认识从南宋时就开始奠定了，郑樵《诗辨妄》云："风者出于土风，大概小夫贱隶妇人女子之言。"朱熹《楚辞集注》云："《风》则闾巷风土，男女情思之词。"他们片面地将风理解为地方土调民谣，片面地将风理解为各地民歌，而忽视了《毛诗序》开宗明义所指"风，风也，教也"即钱锺书先生阐发的"风字可双关风谣与风教两义","是故言其作用（purpose and function），'风'者，风也、风教也。言其本源（origin and provenance），'风'者，土风也、风谣也（《汉书·五行志》：'夫天子省风以作乐。'应劭注：'风，土地风俗也。'），今语所谓地方民歌也。言其体制（mode of existence and medium of expression），'风'者，风咏也、风诵也，系乎喉舌唇吻（《论衡·明雩篇》'风乎舞雩'，'风'歌也；仲长统《乐志论》'讽于舞雩之下'），今语所谓口头歌唱文学也。"[⑯]需要特别注意的是，钱锺书先生所阐述的关键点是："言其本源"为"土风、风谣"，并未说其即为"土风、风谣"。而其认同的"风教"说，则与《毛诗序》《毛诗正义》一样强调其教化意义，即强调诗的思想内涵与社会功用。

二是想当然地以今证古和以外证中，如将采摘荇菜理解为村姑采摘荇菜以食用，将弹琴鼓瑟甚至敲钟击鼓理解为青年求爱方式。

三是对时人的生活方式尤其是贵族生活方式缺乏认知，如没有认识到"琴瑟友之""钟鼓乐之"是周代官方礼乐文化的重要标志和贵族钟鼎玉食的重要生活方式，与平民无涉。

非后妃之德。从诗意看，诗的主要内容反映的是君子对淑女的一见钟情、相思相恋及最后步入婚姻殿堂，反映的是君子恋爱婚姻的全过程。换言之，是歌其事而非歌其人。另外，所谓后妃之德在诗中既不见后妃也鲜见其德。既然君子只可认定为贵族，不一定是周王，凭什么说淑女就是后妃？难道只有后妃才是淑女？古人所欣赏的贞洁柔顺等妇德在诗中并无着意表现，仅凭淑女这个空泛的称呼，仅凭窈窕这个形容词就认为是后妃之德，岂不武断乎？岂不轻率乎？岂不荒唐乎？本诗的主体是君子，客体是淑女。内容着意表达君子之思念求爱，怎么会是咏后妃之德呢？这岂不是种下桃树却欲摘李子吗？对于这种后妃之德说，清人姚际恒有十分有力的批驳："雎鸠，雌雄和鸣，有夫妇之象。故托以起兴。今以妾媵为与君和鸣，不可通一也。'淑女''君子'的妙对，今以妾媵与君对，不可通二也。'逑''仇'同，反之为'匹'。今以妾媵匹君，不可通三也。《棠棣》篇曰：'妻子好合，如鼓琴瑟。'今云琴瑟友，正是夫妇之义。若以妾媵为与君琴瑟友，则僭乱；以后妃为与妾媵琴瑟友，未闻后与妾媵可以琴瑟喻者也。不可通四也。夫妇人不妒则亦已也，岂有以己之坤位甘逊他人而后谓之不妒乎！此迂而不近情理之论也。"⑰

　　非文王太姒婚恋。《毛诗序》指淑女为后妃已是不做论证妄下断语，朱熹则直接指认"君子是文王，淑女是太姒"，"女者，盖指女王之妃大姒也……周之文王，生有圣德，又得圣女姒代以之为配，宫中之人于其始至，见其有幽闲贞静之德，故作是诗。"⑱朱熹先生是旷代大哲，在两千余年《诗经》研究上也是具有开创性贡献的博学鸿儒。但这个判断让人不禁困惑：尊敬的大专家呀，博古通今学富五车的您怎么能这样轻率武断呢？您应该拿出依据嘛！事实上，他到去世之前也没有拿出什么证据。《诗经》传播与研究，且此说在今天仍有人深信不疑，在此不得不辩，以免谬种流传。其一，《诗经》之世不可能以君子淑女指文王太姒。文王是周邦的奠基者，虽非周朝开国之君，但堪称国父。作为周人的"老一辈无产阶级革命家"，周人在《诗经》中不吝对他的赞美之词，颂其功业，赞其纯德，歌其敬天，咏其保民，完全就是"一个高尚的人，一个纯粹的人，一个有道德的人，一个脱离了低级趣味的人，一个有益于人民的人"。对其称呼，在官方的雅颂中从来没有泛泛用"君子"来指称，而是特别敬称"文王"或"王"。而太姒在《诗经》中也从未以淑女相称，倒是有"大邦有子，伣天之妹"（出自《大明》，意为大邦的女儿，好比上天的妹妹）之称。这很好理解：对当朝这样重要的革命领袖及其夫人，怎么可能以一个浮泛的君子（相当于现在的好同志或好干部）和淑女（相当于好女人、贤女人）去指称！其二，相思之苦、追求之难与文王身份不符。诗中写君子的恋爱史，不厌其烦写其思念之苦、思念之深、思念之切、钟情之厚、追求之诚、迎娶之盛，几乎是这个小年轻的个人泡妞史。除了脑子有问题，你见过中国历史上哪个至尊至贵的太子国王皇帝大张旗鼓、辛辛苦苦追求爱人、追求爱情？他们以九五之尊可以像阿Q所说"我想什么就有什么，我欢喜谁就是谁"，用得着去苦苦追求？周人信奉"为尊者讳，为亲者讳，为贤者讳"，把文王塑造成了神仙甚至是"上帝"的亲密战友（见《文王》"文王陟降，在帝左右"），会这样去歌咏开国领袖的婚恋史？这可能吗？我们甚至看到，这几句诗歌所表现的恋爱方式是有人间烟火气的，是有来自民间的痕迹的。与王子或国王的身份不相符合。

其三，文王太姒不是自由恋爱结合。从《大明》中对文王婚姻的专题交代来看，文王太姒根本不可能在婚前相见相恋，此诗对文王太姒婚姻有明确的交代。他们的婚姻发生于"文王之载，天作之合"，即文王即位初年发生的婚配。太姒是"大邦有子，伣天之妹"，即来源于另一个大邦（一般认为是莘国）的贵族女子。其方式是明媒正娶，"文定厥祥，亲迎于渭"，即择吉纳采，远行至渭水迎娶。其婚礼是极为盛大的，"造舟为梁，大显其光"，建造大船作桥梁，极其隆重显耀荣光。两人分属商之方国周国、莘国（大致周在今之岐山，莘在今之合阳），既不可能自由来去，也不可能朝发夕至，更不可能在婚前见面。太姒嫁与文王，几乎要翻越千山万水，即使现代交通，两地的距离也在数百公里以上，犹如巴与蜀，齐与鲁，荆与楚，年轻的文王怎么可能出国去观摩美少女太姒现场采摘荇菜以至于回来害相思病！为慎重起见，我特别用高德地图查阅了岐山到合阳的距离为 300 余公里。因此其婚姻应是两个方国之间的政治性的明媒正娶婚姻。其四，琴瑟不是文王时代之物。琴瑟在《诗经》中多见于风、雅，而时代更早的颂中无一处可见。或表明，其时尚无。扬之水明白指出："与钟鼓相比，琴瑟仍是彼一时代的'新声'。"[19]据郭沫若先生考证，琴瑟是舶来品，"琴瑟是西周末年由国外传来的新乐

器"⑳。考古结果也显示，最早的琴瑟出现在战国时代。一言以
蔽之：此诗的时代不可能是文王时代。很明显，朱熹先生的解释
是错的。错的原因，我分析，一是政治先行，受了汉儒的影响，
他认为这样有德有礼的君子应是德高望重的文王才配称之为的。
或者说，由德高望重的文王来做我们模范婚姻的榜样才更有示范
意义。二是他认为钟鼓作为典礼重器只有周王才有资格享用，而
未想到随着礼崩乐坏或曰时代发展，诸侯也会僭越享用。孔子时
代早有"八佾舞于庭"的严重僭越，辉煌的曾侯乙编钟也是后人
能看到的经典实证。三是朱熹也像汉儒一样时时刻刻想教育引导
人民，因此特别看重文王这样的先进典型的教育意义，所谓"先
王以是经夫妇，成孝敬，厚仁伦，美教化，成风俗"。

## 三

在我看来，《关雎》在《诗经》中还有一个孪生姊妹，它就
是《陈风·泽陂》：

彼泽之陂，有蒲与荷。有美一人，伤如之何？寤寐无为，涕
泗滂沱。

彼泽之陂，有蒲与蕳。有美一人，硕大且卷。寤寐无为，中
心悁悁。

彼泽之陂，有蒲菡萏。有美一人，硕大且俨。寤寐无为，辗
转伏枕。

此诗与《关雎》有多处相似：主题都是描写男女恋情；内容

表现的都是单相思，且是男思女（也有人认为是女思男，但从《诗经》中"硕人"大多形容女性，以卷、俨等摩状女性之词形容主人公，以及陈、卫之地风气开化，女性地位较高几个方面来看，我认为应以男思女为正解）；表达方式相近，均为借物起兴，赋比兴兼具，一唱三叹；语言有相似语，"寤寐""辗转"。从感情上说，《陈风·泽陂》中的主人公更加多情热烈甚至更打动人心，但历来对二者的评价有天壤之别。主流观点认为，《关雎》是咏"后妃之德""乐得淑女配君子，忧在进贤，不淫其色。哀窈窕，思贤才，而无伤善之心焉"，而《泽陂》是"刺时也。言灵公君臣淫于其国，男女相说，忧思感伤焉"[21]。甚至孔夫子也对前者高看一眼厚爱三分，原因何在呢？我认为可能基于以下四个原因：

一是重视婚姻。周人是重视婚姻的，所谓"昏礼者，将合二姓之好，上以事宗庙，而下以继后世也"[22]，"夫昏礼，万世之始也。取于异姓，所以附远厚别也"[23]。周人视其为有利家族当代之事，更视其为有利家族传承绵延之事，同时将婚姻上升到"有天地然后有万物，有万物然后有男女，有男女然后有夫妇，有夫妇然后有父子，有父子然后有君臣"[24]的层面。周人认为婚姻有利于天道自然和社会人伦，故将这首具有鲜明婚姻指向的诗置于篇首。

二是重视以礼求娶。诗中君子对淑女无疑是一见钟情的，其爱恋是真挚热烈的，其情义是长盛不衰的，但"君子爱色，取之有道"，他没有偷香窃玉，没有勾引私奔，没有强娶豪夺，而是以文明手段即琴瑟友之获取芳心，以郑重礼节即钟鼓乐之有序迎娶，完全符合周人的婚娶礼仪之道。

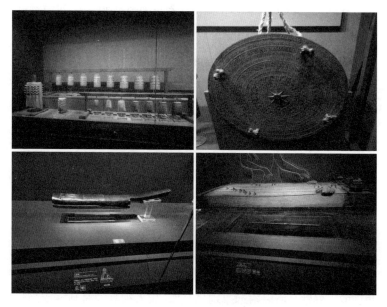

钟鼓琴瑟（雍也摄于湖南博物院）

三是重视德。诗中君子、淑女之称即暗含正面道德评价，君子是有地位有德行之人，淑女是美善女子之谓。而且君子求爱之举也体现其有修养有德行，淑女之窈窕亦显示其举止优雅、富有教养、具有妇德。

四是"乐而不淫哀而不伤"，具有思想情感积极健康、"发乎情止乎礼义"、中庸克制的特点。虽然"想你想到梦里头""想你想得我心焦"但"不逾矩"。很明显，孔子认为男女相思相恋、男欢女爱是"饮食男女，人之大欲存焉"，他肯定这种正常的符合人性的情感。他并不认为这是"淫"，诗中火辣辣的句子没有被《诗经》第一大编辑孔老师大笔一删或像汉儒曲解为颂诗、朱熹别解为淫诗，我们不得不对老先生表达敬意。在这一点上，孔子的观点无论在当时还是后世都是先进的，比他千百年之后的许多徒子徒孙都要开明睿智得多。

### 四

因此，本诗本质上是产生于贵族社会用于贵族婚姻典礼上的婚姻祝福之歌。也就是说，它不是一首民歌而是一首颇具周朝"主旋律"色彩的"官歌"（当然，它很有可能如任乃强先生所言，其个别语词来源于南方译词，甚至其个别语句、部分曲调来源于民间）。此诗暗含周人的婚姻理想、生活理想、价值观念（如妇人以贞洁善良为德，男子以彬彬有礼、求取有道为德，注重内在美，讲求和谐，注重婚姻等），映射了和谐婚姻家庭构建、和谐伦理社会建设的目标追求。甚至周代社会所建立、所重视且影响深远的基本制度——婚姻制、宗法制、礼乐制均在此诗中可见端倪。其风格典丽雅重、致中致和，在风诗甚至整个《诗经》中有定音定调之效，故置于篇首，进而受到儒者推重，甚至攀附上文王太姒，以为其贴金镀金。实际上，它就是周代贵族社会一首婚礼乐歌，即周代贵族的"婚礼进行曲"，如《桃夭》为民间婚礼乐歌一样，因其诗意美好、"词曲"俱佳、朗朗上口而得到广泛流传，遂"旧时王谢堂前燕，飞入寻常百姓家"。

注　释

①［越］阮氏秋姮，《〈诗经〉对越南之影响》，厦门大学，2018，40。同时参见［越］陈黎创，《浅谈〈诗经〉在越南》，《贵州文史丛刊》，1995（4）。

②夏传才，《诗经讲座》，广西师范大学出版社，2019，339。

③《十三经注疏》整理委员会整理，李学勤主编，《十三经注疏·毛诗正义》，北京大学出版社，1999，4-21。

④姚际恒，《诗经通论》，语文出版社，2020，3。

⑤朱熹，《诗集传·诗序辨说·小序》，中华书局，2017，15。

⑥胡适，《谈谈诗经》，载顾颉刚编著《古史辨》第三册，海南出版社，2003，387。

⑦李山，《风诗的情韵》，东方出版社，2014，31。

⑧王国维，《观堂集林》，中华书局，1959，101。

⑨扬之水，《诗经名物新证》，天津教育出版社，2007，308-309。

⑩［日］白川静，《诗经研究》，杜正胜译，台湾幼狮文化事业公司，1982，99。

⑪《十三经注疏》整理委员会整理，李学勤主编，《毛诗正义·关雎》，北京大学出版社，1999，10。

⑫朱熹，《诗集传·诗序辨说·小序》，中华书局，2017，17。

⑬任乃强，《周诗新诠》，巴蜀书社，2015，46-49。

⑭胡平生、张萌译注，《礼记·乐记》，中华书局，2017，736。

⑮孔安国传，孔颖达正义，黄怀信整理，《尚书正义》，上海古籍出版社，2007，106。

⑯钱锺书，《管锥编·毛诗正义·〈关雎〉（一）》，生活·读书·新知三联书店，2007，101-102。

⑰姚际恒，《诗经通论》，语文出版社，2020，3。

⑱朱熹，《诗集传·诗卷第一·国风·关雎》，中华书局，2017，2。

⑲扬之水，《诗经名物新证》，天津教育出版社，2007，313。

⑳郭沫若，《十批判书》，东方出版社，1996，458-459。

㉑《十三经注疏》整理委员会整理，李学勤主编，《毛诗正义·泽陂》，北京大学出版社，1999，454。

㉒胡平生、张萌译注，《礼记·昏义》，中华书局，2017，1182。

㉓《礼记·郊特牲》，中华书局，2017，500。

㉔杨天才译注，《周易·周易序卦》，中华书局，2011，675。

# 一株被误读的猕猴桃树

隰有苌楚，猗傩其枝，夭之沃沃，乐子之无知！

隰有苌楚，猗傩其华，夭之沃沃。乐子之无家！

隰有苌楚，猗傩其实，夭之沃沃。乐子之无室！

—— 《桧风·隰有苌楚》

历史上对此诗有两种重要解读：讽刺诗，讽刺桧国国君荒淫无道；厌世诗，表达生存的艰难痛苦。其中厌世诗的拥趸是绝大多数。

刺诗之解始于《毛诗序》："隰有苌楚，疾恣也。国人疾其君之淫恣，而思无情欲者也。"[①]这几乎是在说：桧国人因为痛恨国君整日沉湎女色不干正事，而希望找一个对那事已提不起兴趣的"安（阉）公公"来当国君。这实在让人哭笑不得。如果桧国国君一不小心瞥到了这段话，估计有两种可能：一是气得一把推开搂在怀里的美人儿，拔剑击柱，咆哮如雷，最后大吐一口鲜血，倒地而亡；二是下令爪牙不惜一切代价，穿越时空，把这个汉朝狂徒捉拿归案，五马分尸。从这个角度看，《毛诗序》是应被给予充分肯定的，也是颇有价值的：除了其解释中的一些正确合理成分外，它首先着眼于"正得失"，建设开明政治，当时的周代王朝及诸侯政治充满了美刺谲谏精神，让统治者引以为戒。这或许也说明了为什么像秦始皇这样的千古一帝要下令对包括《诗经》在内的书进行焚毁并坑杀儒生。郑笺解释此诗大致未跳出《毛诗序》藩篱：疾君之恣，故于人年少夭夭之时，乐其无妃匹之意。《毛诗正义》也与《毛诗序》解释高度一致。

　　将此诗解为厌世诗是对毛诗极其重要的解读，影响其后近千年大众对此诗的认识，这始于有独立思考精神的朱熹："政烦赋重，人不堪其苦，叹其不如草木之无知而无忧也。"[②]

　　后人之解读大致未出朱熹之藩篱，但推断分析又有进一步细化或明确。如方玉润："此遭乱诗也""此必桧破民逃，自公族子姓以及小民之有室有家者，莫不扶老携幼，挈妻抱子，相与号泣路歧，故有家不如无家之好，有知不如无知之安也。而公族子姓之为室家累者则尤甚。"[③]

　　今人认识较之古人更为统一：它就是一首厌世诗，《毛诗序》刺诗说几乎被今人抛弃：

　　郭沫若："这种极端的厌世思想在当时非贵族不能有，所以这诗也是破落贵族的大作。自己这样有知识挂虑，倒不如无知的草木！自己这样有妻儿牵连，倒不如无家无室的草木！做人的美慕起草木的自由来，这怀疑厌世的程度真有点样子了。"[④]

此论无疑有着特殊时代以阶级斗争为纲的观念，对其主旨的认定是持非常明确的厌世思想。

程俊英、蒋见元也持此论：

这是一首没落贵族悲观厌世的诗⑤。

让人不解的是：为何一口认定主人公是贵族而且是没落贵族？难道穷人就没有悲观厌世者吗？

钱锺书："苌楚无心之物，遂能夭沃茂盛，而人则有身为患，有待为烦，形役神劳，唯忧用老，不能长保朱颜青鬓，故睹草木而生美也。室家之累，于身最切，举示以慨忧生之嗟耳，岂可以'无知'局于俗语所谓'情窦未开'哉？"⑥

"忧生之嗟"是钱氏对此诗主旨的结论。较之郭氏等解虽有角度之异，但无阶级执念，其主旨并无本质差别。

王秀梅："这是写遭遇祸乱的诗。""仔细玩味此诗，觉得诗中表现的是一种极端的悲苦，如果没有大悲大苦，作为万物之灵的人类，谁会羡慕世间的动植物呢！"⑦

坦率地讲这是对此诗最令人动容的解读，也是此类释读最佳者。此诗充满感天动地的大悲苦，但本质仍是厌世诗。

李山："表达对生活厌倦态度的诗篇。""一说，男女相悦的歌唱。"⑧

可以看出，此诗历史的主流解读为厌世诗。作此解读很有意思。其物我反差巨大，与常理常情反差巨大，表现出深沉巨大的悲苦，丰富了诗歌的内涵，增强了文字的张力，增强了《诗经》

的现实主义精神和批判意义。"一切景语皆情语。"（王国维语）以乐景写哀，倍见其哀；以乐景写痛，倍见其痛；以乐景写苦，倍见其苦。高，实在是高；妙，实在是妙！这种手法，令人激赏！坦率地说，我非常欣赏和喜欢这个解释。这种解释也增加了这首诗的文学价值、思想价值、认识价值、社会价值。较解为刺诗、爱情诗有意义多了。而且这种忧生之哀、忧生之痛、忧生之叹、忧生之怨，也成了对此诗的正解、主解后来甚至成了独解，对后代的诗文影响很大。我十分敬重、博学多识、学富五车的钱锺书先生在《管锥编》中的梳理甚多。如元结《系乐府寿翁兴》："借问多寿翁，何方自修育？唯云顺自然，忘情学草木。"姜夔《长亭怨》："树若有情时，不会得青青如许。"杜甫《哀江头》："人生有情泪沾臆，江水江花岂终极。"鲍溶《秋思》之三："我忧长于生，安得及草木。"韦庄《台城》："无情最是台城柳，依旧烟笼十里堤。"戴敦元《饯春》："春与莺花都作达，人如木石定长生。"

这些例证可证明厌世诗和大悲大苦是历史对此诗的主流解读。但这种解读我认为是错误的：

一是对关键词"乐"的释义牵强。"乐"解释成"羡慕"既无词源上的支撑，《诗经》中也无类似表达支撑，后世也未见此类表达。"乐"的本意，汉代许慎《说文解字》解释为"五声八音"的总称，《尔雅》释"乐"也完全从音乐诸形态解释。乐的引申义清代段玉裁在《说文解字注》中释为"乐之引申为哀乐之乐"。概而言之，先秦古汉语中的"乐"，其本义为"音乐"，其引申义主要为"快乐"，未见有作"羡慕"义解。《诗经》中作为动词的"乐"，据向熹的研究，有"快乐，高兴""使快乐""喜欢""安乐太平""通疗，治疗"五种意义，并无"羡慕"意。向熹针对此句"乐"的解释为"喜欢"，与《小雅·鹤鸣》中"乐彼之园，爰有树檀"之"乐"同义。引王先谦《集疏》"《众经音义》十引《仓颉篇》云：'乐，喜也。'"⑨其中并无"羡慕"之解。我认为是对的。很明显，解释成"羡慕"是为了曲为之解。

二是对关键词"知"的理解偏差。知有匹意。《尔雅》、郑笺即释知为匹意（"知，匹也"），《毛诗正义》也持此解（"乐其无妃匹之意"），马瑞辰认为这是最佳训诂："笺训知为匹，与下章无室、无家同义，此古训之最善者。"⑩火眼金睛的闻一多先生也赞成马瑞辰先生之释，认为"马说至确""'乐子之无知'，与家室并举，虽用为名词，而义则仍为匹合"⑪。向熹先生释此字为"匹偶，配偶"⑫。瑞典汉学家高本汉也作类似解释。高本汉："知在这里有相知的意思，如后来所谓知己。"⑬《诗经》中存在类似用法。如《芄兰》中的"能不我知？"这些训诂及解释是合情合理的。在本诗中正应解释成此意。

三是与民歌章法不合，与《诗经》重章叠句及民歌复沓之风不合。重章叠句一咏三叹是《诗经》在章法上的典型特征，更是风诗最突出的艺术特征，体现了其源于民歌的属性。据夏传才先生研究，《诗经》风运用复沓手法所占比例高达 82%⑭。在我看来，其复沓手法大致有三种：一是诗章诗意并列重复；二是诗章诗意层层递进；三是诗章部分文句不断重复。从此诗看，从室家语义相近可以明确判断，"知"也应与室家语义相近或一致。故三章诗意明显是上述三种之第一种，而释为知觉是与此诗或者说民歌的章法相抵牾的。故马瑞辰先生说训知为匹为古训之最善者是很有道理的。此外，从此诗比兴手法也可看出，先以生机勃勃的苌楚为兴，"先言他物，以引出所咏之事"，再直言"夭之沃沃，乐子之无知"，即触景生情，由景即人，则此句意思很明了：你就像那株风姿翩翩、生机勃勃的猕猴桃树一样让人神清气爽，所以，我特别高兴你没有女朋友（或相好、妻子）！其实，这种见物起兴的手法和直抒胸臆的表达方式在风诗中随处可见，不仅《关雎》《桃夭》等如此，后代的民歌或民歌体诗歌亦多见。如刘禹锡《竹枝词》："杨柳青青江水平，闻郎江上唱歌声。东边日出西边雨，道是无情还存情。""山桃红花满山头，蜀江春水拍山流。花红易衰郎意，水流无限似侬愁。"如近代的客家民歌："五月院中花盛开，燕子嬉闹常飞来。花香鸟语惹人愁，姑娘采花想郎爱。"⑮如至今流传在我家乡巴渠一带的传统竹枝歌："春风吹到渠江边，吹到巴山万山巅。情妹生得嫩冬冬，就像菜园四季葱。"（陈正平《中华民俗文化论稿》）虽水准风格不同，其实是异曲同工的。

法国学者葛兰言认为本诗是："约婚的歌谣。在植物生长的小山谷邂逅的主题……知非常模糊地指夫妇或婚配、配偶者……

它与桧的恶公毫无关系，是一首结婚的歌谣。"⑯葛氏所言实质是：这是一首关于婚恋的民歌。需要说明的是，桧、郑地域相同，《郑风》所表现男女自由欢会的风俗，也应流行于桧国。因此葛氏所言甚是合理。这个外国学者由于广泛深入研究中国西南乃至东南亚和东亚民风民俗，拥有"独立之思想，自由之精神"，"不畏浮云遮望眼"，且不戴有色眼镜，因而独具慧眼，发现《诗经》隐藏的许多民风民俗，实在应给予他特别表扬！

黄德海先生在其《诗经消息》中曾经引述过一则趣事。《射雕英雄传》第三十章中有一段写古灵精怪的黄蓉与满腹经纶的朱子柳以《诗经》"斗法"的有趣情节：华山论剑之前，二人重又聚首，一灯大师率众先行离开，临走前，朱子柳用"隰有苌楚，猗傩其枝"取笑黄蓉的情窦初开，黄蓉回以"鸡栖于埘，日之夕矣"。书生大笑，一揖而别，留下黄蓉独自品味这个来回所用的两句诗：

"他引的那两句《诗经》，下面有'乐子之无知，乐子之无家，乐子之无室'三句，本是少女爱慕一个未婚男子的情歌，用在靖哥哥身上，倒也十分合适，说他这冒冒失失的傻小子，还没成家娶妻，我很是欢喜。"想到此处，突然轻轻叫声："啊哟！"郭靖忙问："怎么？"黄蓉微笑道："我引这两句《诗经》，下面接着是'羊牛下来，羊牛下括'，说是时候不早，羊与牛下山坡回羊圈、牛栏去啦，本是骂状元公为牲畜。但这可将一灯大师也一并骂进去啦！"⑰

　　这个情节煞是有趣，令人忍俊不禁。但也证明，金庸先生并未囿于定论，认为此诗是厌世诗、讽刺诗，而是将其视为一首活泼泼的、奔流着生命之歌、闪耀着青春光彩、散发着荷尔蒙气息的爱情诗。

　　由上观之，它就是一首即景而歌的爱情诗或者更准确地说是爱情民歌，大意为：

　　　低洼湿地里，

　　　　一株猕猴桃

　　　在风中翩翩招摇，

　　　花果闪耀着夺目的光芒。

　　　我眼中的小帅哥，

　　　　像这株树一样，

　　　　光彩夺目蓬勃向上。


　　　我的心儿咚咚跳荡，

　　　快乐得想要飞翔：

　　　谢天谢地，

　　　我心中的小帅哥呀！

　　　至今没有人和你配对成双！

　　对这种解释实际上可以再据民歌及民俗做进一步推测：这是一个妙龄女子在山野里的即景而歌，即看到一株猕猴桃树边她心仪的帅小伙时按捺不住的激动歌唱和大胆表白。

　　说实话，我对这首诗的认识是非常矛盾的：一方面，我认为，解读成厌世诗更高大上，更富有价值，我更喜欢这种解读；另一方面，解读成爱情诗更接近真相，更实事求是，我更愿意接受这种解读。我与诸亲一样喜欢高大上，但更愿意接受真实的"矮穷矬"。这简直是"忍痛割爱"甚至有点"精神分裂"。呵呵！

## 注　释

　　①《十三经注疏》整理委员会整理，李学勤主编，《毛诗正义·卷第七·桧风》，北京大学出版社，1999，464。

　　②朱熹，《诗集传·桧·隰有苌楚》，中华书局，2017，133。

　　③方玉润，《诗经原始》，中华书局，1986，261。

　　④郭沫若，《中国古代社会研究》，转引自程俊英、蒋见元《诗经注析》，商务印书馆，2017，302。

　　⑤程俊英、蒋见元，《诗经注析》，中华书局，2017，301。

　　⑥钱锺书，《管锥编·毛诗正义·四六·隰有苌楚》，生活·读书·新知三联书店，2007，218。

　　⑦王秀梅，《诗经》，中华书局，2015，286-287。

　　⑧李山，《诗经析读》，中华书局，2018，338。

　　⑨向熹，《诗经词典》，商务印书馆，2014，289-290。

⑩马瑞辰，《毛诗传笺通释》，中华书局，2012，429。

⑪闻一多，《诗经通义》，时代文艺出版社，1996，78。

⑫向熹，《诗经词典》，商务印书馆，2014，714。

⑬［瑞典］高本汉，《高本汉〈诗经〉注释》，董同龢译，中西书局，2012，363。

⑭夏传才，《诗经语言艺术新编》，语文出版社，1998，43。

⑮［法］格拉耐，《中国古代的祭礼与歌谣》，张铭远译，上海文艺出版社，1989，278。

⑯［法］格拉耐，《中国古代的祭礼与歌谣》，张铭远译，上海文艺出版社，1989，21-22。

⑰黄德海，《诗经消息》，作家出版社，2018，46。

# 爱情咒语

《诗经》中的一首小诗《东方之日》令人印象深刻：

东方之日兮，彼姝者子，在我室兮。在我室兮，履我即兮。

东方之月兮，彼姝者子。在我闼兮。在我闼兮，履我发兮。

此诗虽然甚为精短，却很美妙，情意深挚，意味朦胧，意境唯美。可以说人美、情美、意美、境美，有如蒙娜丽莎的微笑，温润迷人，让人一见倾心，又觉得如光如影如梦如幻不可捉摸，充满神秘感。在诗三百中，它像一滴树叶上闪烁着日光月影的璀璨露珠，让人怜爱；又像一只自由翻飞、婉转嘀鸣的莺鸟，令人神往。直观感觉，这是一首描写男女幽会之作，是一首歌咏爱情之作。但一看历代专家的注释——不看不知道，一看吓一跳，简直让人头皮发麻：他们几乎众口一词认为这是一首讽刺诗。哎哟，咋回事？是不是看花了眼？揉揉眼睛仔细看并侧耳倾听，那些专家们影影绰绰在历史的大厅深处拈须微笑、颔首点头：对头，对头！这是一首淫诗，当然是讽刺诗啦！

我们具体来看历代注家的意见：

《诗序》说："东方之日，刺衰也。君臣失道，男女淫奔，不能以礼化也。"①

孔颖达《毛诗正义》："哀公君臣失道至使男女淫奔，谓男女不待以礼配合，君臣皆失其道，不能以礼化之，是其时政之衰，故刺之也。"②

朱熹《诗序辨说》："此男女淫奔者所自作。"③

姚际恒《诗经通论》："此刺淫之诗。"④

马瑞辰《毛诗传笺通释》："诗刺男女淫奔，相随而行，谓男倡而女随，非谓礼也。"⑤

方玉润《诗经原始》："此诗刺淫必有所指，非泛然也。故孔氏谓'刺哀公'，伪传、说谓'刺庄公'，何玄子谓'刺襄公'，虽皆无据，而寝阃之内，一任彼姝朝来暮往，则终日昏昏，内作色荒也可知。"⑥

甚至现当代仍有此识：

高亨《诗经今注》："写他的情人到他家来，在他家留宿。"⑦

程俊英、蒋见元《诗经注析》："刻画出那女子的轻薄浮荡的性格。"⑧

一言以蔽之，历代《诗经》研究者主流意见是：诗中反映的不是爱情而是偷情，不是赞美而是讽刺。看来，他们把诗中的情境视为了小周后私会大姐夫李煜哥了：

花明月暗笼轻雾，今宵好向郎边去。刬袜步香阶，手提金缕

鞋。画堂南畔见，一向偎人颤。奴为出来难，教君恣意怜。（李煜《菩萨蛮·花明月暗笼轻雾》）

对这些意见，我不以为然。其原因在于，解成刺诗方枘圆凿，有明显扞格难通之处：

一是与诗意不合，此诗明显是表现美与善。一个姝字即说明一切。日月之喻也可佐证之。此外，子之称也系时人之美称。而且本诗为第一人称。如解为刺诗，诗歌就有点精神分裂了。

二是与信仰不合。诗中将女子以日、月作比，天地山川日月星辰，这在周人的信仰中皆为崇高神圣美善之物，此喻当然是美好之喻，不大可能用之比喻淫冶之女。《诗经》中也有极个别以这些作比且有讽刺意，如《大东》，但它的讽刺都有很具体的指向性且寓意讽意鲜明。至于《君子偕老》，有以山川喻女主人公，且历代将女主人公解为淫荡之人，我认为此解大谬不然，且有专文论之。

三是与人称不合。它以第一人称表达，如为讽则把自己描述成拈花惹草诲淫诲盗之徒，犹如今人所言之抓屎糊脸，这不合常情常理。这一点，清人崔述是个明白人："夫天下之刺人者，必以其人为不肖也，乃反以其事加于己身，曰我如是，我如是，天下有如是之自污者乎？"⑨这在人类早期尚很质朴真诚的创作中尚无先例。

从文本上看，人是美的、情是美的、意是美的。从女子的举止看，其举止不合常情、不合常理。从诗的交代来看，此女子不是男主人公的妻妾，而是所思所恋之人。那么，她为什么亦步亦趋地跟随着男主人公？而且跟随着他登堂入室？这一点，我颇赞同高本汉先生的意见："把'履我'讲成'蹑我之迹'是不能接受的。"⑩而且在如梦如幻、若即若离之中似又有暗送秋波、投怀送抱之举？如解为淑女，则此举似不合淑女的形象举止，不合当时男女相处之道，更不合相见之礼，特别是如将东方之日、东方之月理解成时间指向即女子频繁地早晚前来幽会，这更不合常情常理。如解为轻浮浪荡之女，则似乎其行为又可以说比较循规蹈矩或太过保守，特别是与诗意的赞美歌咏情调不符。

解成淫诗不合诗意，解成刺诗不合情理，解成美诗无法自圆其说。困惑之中，灵光一闪，忽然想到我大学班主任陈正平老师在其专著《中华民俗文化论稿》中曾提到印度《阿达婆吠陀》中的一首诗：

像藤萝环抱大树，

把大树抱得紧紧；

要你照样紧抱我，

要你爱我，永不离分。

像老鹰向天上飞起，

两翅膀对大地扑腾；

我照样扑住你的心，

要你爱我，永不离分。

像太阳环着天和地，

迅速绕着走不停，

我也环着你的心，

要你爱我，

永不离分。

此诗比喻生动形象，语言朴实自然犹如清风流水，情感真挚深情，想象夸张神奇，意愿极其强烈，表达十分有力，如暴风骤雨电闪雷鸣，直击人心、穿透人心、震撼人心，可以说是青春与爱情蓬勃生长，思绪与荷尔蒙漫天飞扬，让人深深为主人公的深情痴情感动，为诗歌美妙击节叫好。毫无疑问，此诗在古典爱情诗中堪称佳作上品。但实际上，它是什么诗呢？它是名为《相思咒》的一首咒语。其目的和作用在于，通过咒诵的力量，使对方的思想感情被自己牢牢控制，从而迷恋上自己而不能自拔。它之所以让我一见倾心并久久难忘，就是因为这首相思咒写得太好了，太美了！

再如另一首爱情咒语：

即使你跑出了几十里，

跑出了马走一天的路程，

你还是得回到我的身边，

做我们孩子的父亲。

这段爱情咒，甚至有点幽默感：无论你跑多远，你都逃不出本姑奶奶手掌心！你早晚得乖乖回到我身边，与我相亲相爱，生下一堆娃娃，做我俯首帖耳的爱人和孩子们仁慈的父亲！

以上两首印度爱情咒似乎都是非典型性咒语。下面一首《唤起爱情的咒语》咒语特色一望可知：

愿烦扰人的爱情使你不安

让你在床上不能安眠

我要用凶狠的爱情利箭

把你的心儿刺穿


箭头的双刺带着渴望

箭头的倒钩带着爱情

箭杆是不背离的心愿

爱情的箭头很准

把你的心儿刺穿

那么，美好而神秘的《东方之日》会不会也是爱情咒？

我们先来看日本学者白川静对早期歌谣的有关阐述。关于歌谣的特征，他说："为求得高度的咒术灵验乃运用当时最优雅的修辞，这就是原始歌谣的形态。"关于歌谣的本质，他说："原始歌谣本来就是咒歌。"关于歌谣的来源，他说："歌谣源于撼动神明，祈祷神灵的语言。"[①]这些研究论断是在其对中国《诗经》与日本《万叶集》的民俗学研究中得出的。它表明并强调了早期歌谣的咒语性质和诗化特征。由于去古未远，这种早期歌谣的咒语特征在《诗经》中并未绝迹，而是或显或隐地存在。其中明显存在的例子，如《何人斯》：

及尔如贯，

谅不我知。

出此三物，

以诅尔斯。

拿出猪犬鸡三种牺牲，诅咒你这个混账！

更典型的是《巷伯》：

取彼谮人，

投畀豺虎。

豺虎不食，

投畀有北。

有北不受，

投畀有昊。

就是被谮人谗言所害的寺人孟子所发出的恶劣诅咒：将这些奸佞小人投向豺狼虎豹，让他受到撕咬，投向极北荒远之地让他无以为生（也有人解为投入地狱受无穷煎熬），投向上帝予以严厉惩治！

其实，《诗经》的斗争精神不仅体现在这些如钱锺书先生所引证的"骂人""骂夫""骂父""骂国""骂皇后""骂天""朋友相骂""兄弟九族相骂"⑫，真个是"骂人不倦"。连周人视为神圣的天，惹毛了、看不惯了、受不了了，周人也敢诅咒，如：

昊天不佣，降此鞠讻。

昊天不惠，降此大戾。

......

不吊昊天，乱靡有定。

......

昊天不平，我王不宁。

——《节南山》

这不是批评而是诅咒上帝不明瞭不仁慈不体谅不公平，给人类带来灾祸动乱。这种诅咒，较之《尚书·汤誓》中咬牙切齿恨之入骨的诅咒（"时日曷丧，吾及汝偕亡"）当然算是轻诅咒，但在西周以天命观为治国理政指南，以天为至高至大至尊至贵的社会，已经算是非常严重的咒骂啦！

《诗经》中有咒语诗，那么就存在爱情咒的可能。

叶舒宪先生不仅认为可能，而且通过文化比较研究证明其确实存在。他指出："咒词在爱情巫术中是追求异性最有力的方式。爱情咒常从增加和强化自己的性吸引力开始。通常的做法是采集某些植物的叶子对身体各部位进行巫术性的洗濯。"如：

污秽的树叶和洗濯的树叶，

污秽的树叶和洗濯的树叶，

光滑像 reyava 树皮，

我的脸上焕发着美丽的光彩；

我用树叶来洗它；

我的脸，我用树叶来洗它，

我的眉毛，我用树叶来洗它。

洗后是一个焕然一新的"我"：

我穿透，

就像槟榔叶的嫩芽。

我出来，

就像洁白的百合花蓓蕾。

整首诗几乎如《诗经》之诗一样，兼具赋比兴，而且结尾意、境均美。一个更完美、更有吸引力的自我通过巫术性质的洗濯和咒语的加持赋能诞生了！

在叶宪舒引用的三轮咒术中威力最大的一轮咒语写道：

展开，卷起，

展开，卷起，

我割掉，我割，我割。

为鸟儿准备的诱饵，为小鹀准备。

UVe，uvegu——guyo，O！

我的凯洛伊瓦爱之魔力仍在。

我的凯洛伊瓦爱之魔力仍在。

我的凯洛伊瓦爱之魔力哭泣。

我的凯洛伊瓦爱之魔力拉拽。

我的凯洛伊瓦爱之魔力溢出。

压下来，压在您的床铺上；

抚摩，抚摩你的床垫；

进我的房子，踏我的地板。

　　这段咒语应引起我们的特别注意。如果说草叶洗濯之咒是用来美化自我以增强对对方的吸引力，赠予礼物之咒是用来赢得好感打动对方，那么上述带着强烈意念让对方不由自主追随自己的意愿之咒，则是希望借助强大的巫术法力促使对方无法抗拒最终乖乖就范。特别值得关注的是最后一句几乎与《东方之日》完全一样："在我室兮，履我即兮""在我闼兮，履我发兮"。由此我们可以推断，从古至今关于"履我"等语的解释应从咒语角度给予新解："履我即兮""履我发兮"不是蹑手蹑脚"踩着我的足迹"来与"我"偷情，更不是挑逗似的"踩着我的膝盖"来与"我"欢会，而是"按照我的意念（或我要她走的路径）来与我相会"，而且，这个"发"字之意，我认为，不是历史上几成定论的"行也"⑬或"言蹑我而行去也"⑭，而是"猎人捕兽之机栝，践之则机发"⑮，换言之，有"机关"意。任乃强此释，是最合情理的。这就更有"咒语"意味了。至此，我们完全有理由相信，《东方之日》就是一首爱情咒！

　　叶舒宪认为《诗经》中的采摘投赠题材都是爱情咒的表现。

　　"从爱情咒的远古风俗出发重新审视《国风》中的一大批被后人讥为'淫奔之诗'的情歌，还可以发现与太平洋岛民的巫术礼仪活动非常接近的特征，其中最突出的相关性便是采摘植物的母题。"⑯

　　由此，他认为，《关雎》《卷耳》等诗都是爱情咒。他进而指出：

"《国风》情诗中与巫术性洗礼和爱情咒语相关的两个因素，一是春季水边洗礼祓契风俗与爱情诗的关系，对此前贤已有专论；二是由爱情咒、相思咒脱胎而来的誓词句式。"[17]

"由咒到祷的转变直接催发了由'诗言咒'到'诗言祝'或'诗言颂'的转变。"[18]

由此，我们可以明确，《诗经》中有爱情咒。《东方之日》应是爱情咒。

实际上，这首诗如以爱情咒解释，则所有疑问困惑及勉强之处均迎刃而解。它就是表达：男主人公希望女主人公"跟我来，让我们相亲相爱"。以爱情咒译之则为：

美丽的姑娘，

像东边初升的朝阳，

光耀四方。

她顺从我指引的路袅娜而来，

进入我的院子，

靠近我的身旁，

抚慰我相思成疾的衷肠。


美丽的姑娘，

像东山初升的月亮，

辉映四方。

她顺从我的心愿凌波微步而来，

进入我的内室，

贴近我的胸膛，

润泽我饥渴难耐的心房。

事实上，咒语现象在人类社会尤其是生产力不发达、迷信思想普遍的古代广泛存在，其实在现代社会也并未完全绝迹。如《蜡辞》："土返其宅，水归其壑，昆虫勿作，草木归其宅。"（《礼记·郊特牲》）民间甚至有治小儿夜啼的咒语："天黄地绿，小儿夜哭。君子念过，睡到日出。"（陈正平《中华民俗文化论稿》）据肖平先生《湖广填四川》所载，四川广大农村有一种"嫁毛虫"风俗，把一首嫁毛虫的歌谣写在一张纸上，然后贴在农家的天花板、房梁或墙壁上。他并引用一则重庆巫溪民间故事：

一个姑娘为消除泛滥成灾的毛虫之害，挽救广受危害的庄稼，屈身下嫁毛虫王，最终设计烫死毛虫王及虫子虫孙，自己也受伤而死。人们为了纪念这个女孩，也为灭毛虫，每年四月初八，用红纸条写上"毛虫毛虫，一拱一拱，嫁出嫁出，绝种绝种"，"佛生四月八，毛虫今日嫁，嫁出青山外，永世不归家"，然后将纸条架成十字形贴在墙上，这样做毛虫就不会来哒。⑲

实际纸条上所写即为咒语。

小时候，雍也等农村野孩子曾经乐此不疲玩过一个《请蚂蚁》的游戏：用竹条弄成一个圈绑在竹竿上，再用蜘蛛网覆在圈上去网或飞或停的蜻蜓，最后把死了的蜻蜓大卸八块，然后放在地上，念上一段咒语："白蚂蚁，黄蚂蚁，请你公，请你婆，来吃晌午（午饭）。大哥不来二哥来，打起锣儿一路来。"一会儿，蚂蚁就成群结队而来，把这些蜻蜓的脚脚爪爪抬回去美餐一顿去了。当时年少无知还真以为是咒语把蚂蚁们召唤来的。现在想来，不禁发笑。又想到，父亲曾经由人传授过化鱼骨头（吃鱼被刺卡喉）的化骨咒，一手写符字，一面回想师父容颜，一边念咒语："鸿蒙空自开，无水上天堂。万物化成水，九龙请下海。"最后，把写有符字的纸烧成灰和入水中喝掉。据乡亲四邻说效果还不错。心诚则灵，我不以为然，所以也没有学会这一招。

就是相思咒，据说中国也是有的，比如民间就有这样一则咒语：

五方情鬼速现身，

来至月下听真言。

今有情种为情困，

但求魂线一念牵。

月老上仙火急如律令！

可以看出，这些咒语与印度的咒语一样，有着巫术神神道道、装神弄鬼的一面。

《诗经》中不绝如缕的爱情咒后来是怎样发展的呢？我认为，它发展成了爱情誓。这在《诗经》中清晰可见。整体来看，中国爱情诗歌史上屡屡出现"海誓山盟"，而真正令人印象深刻的是三大誓：

一是《诗经》《柏舟》。

泛彼柏舟，在彼中河。髧彼两髦，实维我仪。之死矢靡它。母也天只！不谅人只！

泛彼柏舟，在彼河侧。髧彼两髦，实维我特。之死矢靡慝。母也天只！不谅人只！

质朴，坚定，决绝。心志坚不可摧，态度不容置疑，控诉含泪带血。《柏舟》对当时男女不自主、不自由的婚姻制度有揭露批判意义。《诗经》中与之异曲同工的是《大车》："榖则异室，死则同穴。谓予不信，有如皦日。"它们表达了生死相恋之情，开创了中国人指天发誓的传统。

二是汉乐府《上邪》。

上邪，我欲与君相知，长命无绝衰。山无陵，江水为竭。冬雷震震，夏雨雪。天地合，乃敢与君绝！

我认为这是中国爱情诗中的最强音，是比《诗经》《柏舟》更强烈更热烈、更多情更深情、更深沉更深挚的作品，不仅表达了以心相随、以身相许的深情，更表达了情比金坚、不可阻遏的意志。其语其意喷薄而出，有"黄河之水天上来，奔流到海不复回"之势，可谓感天动地之作，有"短章中的神品"之誉。

三是唐《菩萨蛮》。

枕前发尽千般愿，要休且待青山烂。水面上秤锤浮，直待黄河彻底枯。

白日参辰现，北斗浮南面，休即未能休，且待三更见日头。

耳鬓厮磨之语，情深意长之誓，有气有象之誓。其风格情调略与《上邪》同，亦千古爱情之诗也。

这些诗均来自泥土、来自草根、来自普通群众，比之君子淑女创作的诗歌，别有一种质朴天然大气爽快的特色，让人为之击节叫好！

古人认为，语言是有魔力的。这就是为什么《荷马史诗》中随处可见"有翼飞翔的话语"之语，汉语中有"不胫而走"的表达，也是咒语现象在人类社会尤其是生产力不发达、迷信思想普遍的古代广泛存在的原因。

## 注 释

①《十三经注疏》整理委员会整理，李学勤主编，《毛诗正义·东方之日》，北京大学出版社，1999，335。

②《十三经注疏》整理委员会整理，李学勤主编，《毛诗正义·东方之日》，北京大学出版社，1999，335。

③朱熹，《诗集传·诗序辨说》，中华书局，2017，33。

④姚际恒，《诗经通论》，语文出版社，2020，111。

⑤马瑞辰，《毛诗传笺通释》，中华书局，1989，300。

⑥方玉润，《诗经原始》，中华书局，2021，187。

⑦高亨，《诗经今注》，上海古籍出版社，2019，163。

⑧程俊英、蒋见元，《诗经注析》，中华书局，2017，209。

⑨崔述，《读风偶识》，语文出版社，2020，78。

⑩［瑞典］高本汉，《高本汉〈诗经〉注释》，董同龢译，中西书局，2012，258。

⑪［日本］白川静，《诗经研究》，杜正胜译，台湾幼狮文化事业公司，1982，18-20。

⑫钱锺书，《管锥编·毛诗正义·正月》，生活·读书·新知三联书店，2007，246。

⑬《十三经注疏》整理委员会整理，李学勤主编，《毛诗正义·东方之日》，北京大学出版社，1999，336。

⑭朱熹，《诗集传·诗经第五·东方之日》，中华书局，2017，91。

⑮任乃强，《周诗新诠》，巴蜀书社，2015，164。

⑯叶舒宪，《诗经的文化阐释》，陕西人民出版社，2018，73。

⑰叶舒宪，《诗经的文化阐释》，陕西人民出版社，2018，80-81。

⑱叶舒宪，《诗经的文化阐释》，陕西人民出版社，2018，124。

⑲肖平，《湖广填四川》，天地出版社，2013，129-130。

# 为一个女人平反

　　大约两千七百年后，透过历史的屏风，她在《诗经》里的一笑一颦、举手投足，仍然是步步生莲、摇曳多姿。她环佩叮当而来，风平浪静之处立即风生水起；她衣袂飘飘而过，暗香浮动之际顿时人心喧哗。她顾盼生辉、光彩照人，让所有人见了都眩晕神迷。像余音绕梁一样，她的形象在人的头脑中也久久挥之不去。

　　两千多年来，隔着历史的屏幕，我们还看到或听到，她佩玉锵锵，带来淫声浪语。她衣袂飘飘，搅得妖风熏人。她眼波顾盼流转，让人意乱情迷。她贵为天仙帝女，却秽乱祸害了几代王宫禁地。她的身上聚焦了太多鄙夷的目光，承受了无数恶毒的责骂，沾满了污浊的脏水，让人避之唯恐不及。

　　她既是一个高贵优雅的女人，又是一个臭名昭著的女人。

　　她是谁？为什么会这样？她到底是一个怎样的女人？

　　这个女人就是《君子偕老》中的女人：

君子偕老，副笄六珈。委委佗佗，如山如河。象服是宜。子之不淑，云如之何！

玼兮玼兮，其之翟也。鬒发如云，不屑髢也。玉之瑱也，象之揥也，扬且之晳也。胡然而天也？胡然而帝也？

瑳兮瑳兮，其之展也，蒙彼绉絺，是绁袢也。子之清扬，扬且之颜也，展如之人兮，邦之媛也！

### 一、历史的判决：宣姜是一个美丽的坏女人

这个女人自汉代以来，名声一直不太好。

汉代《毛诗序》说："《君子偕老》，刺卫夫人也。夫人淫乱，失事君子之道。故陈人君之德，服饰之盛，宜与君子偕老也。"①唐代孔颖达《毛诗正义》说："刺今夫人有淫佚之行，不能与君子偕老。"②宋代朱熹《诗集传》中说："言夫人当与君子偕老，故其服饰之盛如此，而雍容自得，安重宽广，又有以宜其象服。今宣姜之不善乃如此，虽有是服，亦将如之何哉？言不称也。"③清人中研究《诗经》最具独立思考精神、人文精神的姚际恒也说："小序谓刺卫夫人宣姜，可从。"④今人高亨说："宣公死后，他又和宣公的庶子公子顽妍居，生了三男二女。这首诗便是讽刺宣姜的淫秽。"⑤程俊英、蒋见元也明白指出本诗"是讽刺卫宣姜的不道德"⑥。

从以上诸解及历史上（特别是汉代以后）的资料来看，几乎众口一词认为是"用丽词写丑行"。⑦古往今来仅有个别人对上

述说法提出异议，如魏源认为此诗"当为哀贤夫人之诗"，即宣公所烝并因宣公强娶宣姜愤而自杀的夷姜。⑧几乎众口一词认为这个女人道德品质败坏，生活作风混乱，是一个有故事并引发一系列事故的女人，是一个美得惊心动魄、坏得一塌糊涂的女人。将所有线索拼合起来得到的场景是：

她是齐国僖公之女，本为卫宣公（就是与其庶母、昭公之妾夷姜私通并最终结成夫妇的那个家伙）之子急（宣公烝夷姜所生）所聘。这可是一对国际关注、门当户对、郎才女貌的好姻缘。在迎娶途中，好色的宣公听信身边佞人之言，对这个貌若天仙的准儿媳起了打猫心肠，于是利用职位之便，先派儿子出使宋国，将其支开，再在迎亲中途筑造新台图谋不轨。我们可以想象，某一天，他到新台亲切召见了这个未过门的儿媳妇，亲切地问起这个美少女学习生活和成长的情况，亲切地介绍卫国及王室的基本情况，亲切地描绘准儿媳妇未来的美好生活前景，亲切地像扫描仪一样在她的脸蛋和胸脯上扫来扫去，亲切地拉着她的纤纤玉手赞美她皮肤好、身材好、模样俏，吓得宣姜像只惊慌失措无处躲藏的小白兔。最后，这个准公爹亲切过度地一把揽过她的腰身抱到床上，不顾她的惊吓哭喊挣扎，将儿媳妇变成了己媳妇。自从那一天后，她清朗明丽的世界变得朦胧污浊，天真无邪的笑脸和银铃一般的笑声也从此永远消失。

此事《新台》一诗留有珍贵的历史影像纪录片：

新台有泚，河水弥弥。燕婉之求，蘧篨不鲜！

新台有洒，河水浼浼。燕婉之求，籧篨不殄！

鱼网之设，鸿则离之。燕婉之求，得此戚施！

此诗虽有三章，而意思却很简单：

新台金碧辉煌，

下临大水汤汤。

如花似玉的少女，

怀着美好向往，

前来牵手风度翩翩少年郎。

哎哟妈呀！

怎料这家伙长个眼凸背驼老癞蛤蟆样！

此诗一般认为是辛辣嘲讽卫宣公的。这种说法，是"搁得平"的，虽然我并不赞成此论（以后专文论之）。

等到急完成任务回到国内，才知道自己的生米不仅已被浑蛋父亲煮成熟饭，而且还被他吃进了肚子里。但这个性格温厚孝顺的小伙子还是强抑不满和忧伤来向父亲报到。那天，宣公一边安坐席上打着饱嗝儿，一边用牙签剔着牙齿，一边摸着肥厚的肚皮，一边吭哧吭哧摇头晃脑哼着小曲儿，见到儿子进来汇报请安，心内一阵慌乱，面露尴尬之色，支支吾吾地说："啊！ 你……回来啦！出国考察辛苦啦！回来多睡几天晚瞌睡吧！这个……这个……你这个……我抽空……亲自考察了一下，都说是个……啊，大美人儿，其实……其实……很一般嘛！我看是配不上我急儿的！所以嘛，这个……这个……啊……你爹打算给你重新娶一个哈！你放心！爹说到做到！以后一定给你娶一个更漂亮的哈！"后来诺言并未实现，也不可能实现（超级大国齐国国君的适龄亲闺女毕竟是天下最稀缺的人力资源）。

此后，宣公与宣姜婚后生下两个没有爱情的结晶。再后来，宣姜据说为儿子争取上位，又与儿子一起诬陷公子急，致急在又一次被宣公策划安排的出使外国的途中为强盗所杀，就是据说宣姜还参与谋划杀死了曾经的未婚夫。

故事到此还未完待续，高潮在后面。宣公后来可能禁不起折腾，捷足先登到阴国去报到了。宣姜耐不住寂寞，又与宣公的庶子顽好上了，最后结为夫妻，还生下一大堆子女（齐子、戴公、文公、宋桓夫人、许穆夫人五人）。

西汉的刘向对宣姜曾经发起审判。他在《列女传》中对宣姜有一条很严重的指控，说她"五世不宁，乱由姜起"，说她是导致卫国五代混乱的大杀器，说是她开启了其后五世国政之乱的潘多拉魔盒。这指的是太子急被杀，君位的接力棒被宣姜的子侄辈争来抢去的朝政乱象。

果如此，说宣姜是个美丽的坏女人不冤。

## 二、遮蔽的光芒：宣姜是一个至善至美的女人

在我看来，两千年来，历史上经学家们对这首诗的解读是错的，他们严重误读了作者的用意，他们严重冤枉了这个女人，他们严重误导了后人的评判。

从全诗文字看，此诗浓墨重彩、不厌其烦地叙写这个女人的服饰之盛、仪容之美、容颜之丽、举止之雅、气度之雍。这是一个美得让人眩晕的女人。

从行文看，开篇点题"君子偕老"，是说君子应与她偕老（或她应与君子偕老）而天不遂人愿。中间叙写其服饰仪容风姿之美，结尾卒章显志，以"邦之媛也"作结，"盖棺论定"对之作评，说她是邦国最美的女人，用现在的话说是国宝级美女。赞美之意溢于言表。

从引发对这个女人恶评的关键词"子之不淑"看，历史上经学家们对这个淑字的解读有误。将"不淑"直接解为"不善"，殊不知，先秦之时，"不淑"除有"不善"之意外，亦为吊问之词，意为"不幸"。魏源、王国维、闻一多先生曾就汉代人之"不淑"解提出疑问或异议，王国维先生明确指出："'不淑'古多用为遭际不善之专名"，"如何不淑者，古之成语，吊死唁生皆用之"，"《诗·鄘风》'子之不叔，云如之何'，……意谓宣姜本宜与君子偕老，而宣公先卒，则子之不淑，云如之何矣。"[⑨]日本学者白川静也明白指出："《礼记·杂记》上讲，人们在吊问时会说'如何不淑'这样的问候之语；在西周期的金文中，也有家臣遭遇不幸，君王吊慰时使用'不淑'一词之例。根据《礼记》的用例，'不淑'即意味死亡。"[⑩]扬之水也说"细审诗的唇吻辞气与意象，则无疑是为一位锦衣罗绮而遇人不淑的女性扼腕"[⑪]。

最后还要特别指出诗中的两个特殊表达。一是"委委佗佗，如山如河"，二是"胡然而天也，胡然而帝也"。我认为，这两句表达更有助于揭示其身份和本诗之主旨。自古以来的治诗解经者，几乎都忽略了这两句话，仅把它解读为赞其美貌，即美若高山大河、天仙帝女，而未解其中隐含的庄重神圣意或者说特殊文化意涵：在商周一代，古人存在山川崇拜和天命信仰。山川是人们眼中的尊崇之物，天帝更是人们心中的敬畏之神。特别是天、帝均为至上神，是掌控人间万物，是神圣的，赫赫在上的，不可亵渎轻慢的至高至重之神！这一点，在文化人类学或哲学、历史中有明确的认知：

著名法国汉学家葛兰言指出："在中国的国家宗教中也好，或是在普通的信仰中也好，山岳河川都占有重要地位，从中国的太古时代起，山岳河川就被作为崇拜对象。""在中国人的信仰中，川、山、森林具有同等的神力，这三者是被合祀的。"[12]

历史学家许倬云指出："天地就具备了无所不在，高高监临的最高神特性。"[13]当代著名人类学家叶舒宪认为："第一类天神，作为世界主宰，绝对的专制者，是律法的守护神……前一类的代表有中国的天……"[14]

在诗三百其余篇中，与上述论述相一致的诗句随处可见，且表达无一不是严肃郑重、歌颂赞美的。

"天保定尔，以莫不兴。如山如阜，如冈如陵，如川之方至，以莫不增。"（《小雅·天保》）

这是歌颂上天对周的赐福保佑像山川一样博大丰美。

对于天的敬畏，则随处可见。

"我其夙夜，畏天之威。"（《周颂·我将》）

"皇矣上帝，临下有赫。"（《大雅·皇矣》）

"明明在下，赫赫在上。"（《大明》）

此外，还有上帝之妹的表达："大邦有子，俔天之妹"（《大雅·大明》），此意（大邦之女，美如上天之妹）最近于"胡然而天也！胡然而帝也！"——"她为什么美得像天仙帝女啊！"

试问，在这种天帝观念主宰下，会轻易用高山大河天仙帝女这种带神圣性的事物去比喻一个女人吗？能用其形容指称一个坏女人吗？敢用亵渎神灵的方式去讽刺一个女人吗？也许已经隐隐感受到了这些高大神圣之物比之于人的独特分量，姚际恒前无古人地指出："'山河''天''帝'广揽遐观，惊心动魄，传神写意，有非言辞可释之妙。"⑮可惜他止步于此，未认识到这是至高至美之赞。还须指出，将"君子偕老"和"不淑"解为讥刺，与大段赞美文字放在一起，总觉得不搭调啊！总觉得有点精神分裂啊！总觉得不符合《诗经》重章叠句、一咏三叹的章法啊！

综上可知，本诗是对一个君夫人的真心赞美，不仅赞其风度仪容如山如河，也赞其德其善如天如帝，是顶礼膜拜似的赞美，而且是前无古人、后无来者的赞美，这种赞美里还有对其不幸命运的咏叹哀伤，实深怀悲悯之心、叹惋之心、痛惜之心、哀矜之心。对这首诗意的正确理解，两千余年来，得之者屈指可数，个人认为白川静、闻一多、王国维先生较为近之。白认为这是一首悼念君夫人夭亡的诗，且其笔力直追《万叶集》中的优秀悼亡诗[16]。闻一多先生则认为"此卫君薨后，诗人喑其夫人之词也。曰'君子偕老'，正哀其不能偕老也"[17]，王国维先生认为"不斥宣姜之失德，而但言其遭际之不幸，诗人之厚也"[18]，他们终于跳出了古人为刺诗、为斥宣姜之藩篱！

我个人认为，从全诗结构、诗意及文辞文气判断，此诗为哀悼君夫人夭亡之词：起句叹其英年早逝，中间绘其风华绝代，末句赞其为邦国之姝。

由此，我们必须对这个女人重下结论：这是一个貌若天仙、倾国倾城的女人！这是一个光芒四射、美得让人窒息的女人！这是一个美善兼具、其质如神的女人！这是一个声名被污、含冤深重的女人！

### 三、解救在历史耻辱柱上瑟瑟发抖的女人

历史上几乎一边倒地认为诗中的女人是宣姜，即使是这位千夫所指的宣姜，我们也应为她平反！

两千余年来，这个女人就被儒生们五花大绑地捆绑在历史的耻辱柱上，她已经满身污秽。她的手臂、肩膀、腿脚已被勒上深深的血痕。她的脸色苍白如冷月，她的眼中满是屈辱的泪水，她凌乱的头发在风雨中像无力自主的树叶一样飘摇……每一个人走过《诗经》，都向她投来鄙夷的甚至仇视的目光，一些人包括她的同性后辈甚至一边朝着她的脸吐口水，一边骂骂咧咧：丢人！

破鞋！淫妇！狐狸精！我呸！……

这个女人，其实也是个被历史强暴了的受害者。

这个女人，其实也符合我们扒开历史迷雾之后的诗旨。

这是一个有着美丽梦想的女人，她也想和年轻帅气的王子喜结连理、琴瑟和鸣、白头偕老。王子和公主相依相偎，权势与富贵相生相伴，青春与活力相映相激，幸福与快乐相生相携。这是一个天生丽质、光芒四射的女人，如用儒者经生的判词可能是艳光四射，否则不会还未正式上门即因宣公身边的佞人出谋划策，最后被色心大起、淫心泛滥的宣公捷足先登违伦背理收入囊中，但她在入卫后出席祭祀、会见宾客时所显现出的大邦气度、仪容风度仍然让人称颂不已。这是一个不幸的女人，青春年少将嫁太子急，还未及成婚，即被宣公拦路打劫，然也未得善终，在她还是鲜花怒放的岁月宣公已撒手西去。宣公死后，又被母国齐国强行撮合嫁给庶子昭伯。她的每一道事实婚姻都嫁所非愿、嫁所非人、嫁所非礼。岂非遇人不淑！岂非命运多舛！岂非悲从中来！

此外尤须指出，其最后所嫁庶子昭伯，也即其为公子顽所烝，并非如后世儒者和当代一些人所视之不堪。这里涉及周代一婚姻制度：烝报婚制，即嫡子取庶母或庶子取嫡母（父亡后），或侄娶婶（叔亡后）弟娶嫂（兄亡后）。这在当世屡见不鲜。据统计，《左传》中还有多例：卫宣公烝其庶母夷姜，晋献公烝其庶母齐姜，晋惠公烝其庶母贾君，楚襄之子黑要烝其庶母夏姬。今天仍有许多人将这种行为看作是偷情奸淫行为，其实是不明史实以今论古。陈东原先生明确指出上述烝婚："这都是史家所谓春秋淫乱的事实，儒者所极力攻击的；不知这只是礼教初形成时社会必然的现象。"⑲陈东原先生这句话是符合历史唯物主义的。恩格斯不是说过人类历史的婚姻经历了群婚制、对偶婚制和专偶婚制吗？"这样，我们便有了三种主要的婚姻形式，这三种婚姻形式大体上与人类发展的三个主要阶段相适应。群婚制是与蒙昧时代相适应的，对偶婚制是与野蛮时代相适应的，以通奸和卖淫为补充的专偶制是与文明时代相适应的。在野蛮时代高级阶段，在对偶婚制和专偶制之间，插入了男子对女奴隶的统治和多妻制。"⑳这表明人类的婚姻状况是动态发展而非一成不变的——用今人的婚姻观去苛责古人荒唐可鄙，正如用成年人穿的又长又大的衣裤硬套在单薄瘦小的童蒙身架上，怎不显得滑稽可笑？

证之历史，我们还可以看到三点：一是烝与报之用语都与庄重神圣的宗教祭祀有关，二是时人对这种行为并未非议，三是其烝报所生子女的地位、权益、名誉未受任何影响。即如其与公子顽所生的五个子女，除一子早逝（齐子），二子为王外（戴公、文公），另外二女（宋桓夫人、许穆夫人）均各得其所。特别需要指出的是，就总体而言，她所生的七个子女是比较成才的、有出息的，社会反映是良好的。这或许说明，宣姜在无法追求爱情的情况下，转而将心思花在了儿女上面，且其子女教育是成功的。

因此，不是宣姜"其人不淑"而是"遇人不淑"！

### 四、历史之眼为什么是斜的

其实，后世的儒者经生对这个女人的严厉指斥责骂，完全纠结在其一女三嫁成为父子三人之妇上，并以此认为这是一个淫荡女人。许多人都认为《诗经》中除《君子偕老》《新台》外，《墙有茨》也是典型的讽刺宣姜的：

> 墙有茨，不可扫也。中冓之言，不可道也。所可道也，言之丑也。

> 墙有茨，不可襄也。中冓之言，不可详也。所可详也，言之长也。

> 墙有茨，不可束也。中冓之言，不可读也。所可读也，言之辱也。

王宫之事丑不可言、臭不可闻！其实，这首诗应该是泛泛讽刺王宫秽乱，哪里看得出是讽刺宣姜！这些儒生们不愿让男人买单，不敢追究王侯之责，就只敢去欺负一个女人！他们的逻辑是：宣公在新台半道截和强娶甚至强奸宣姜，宣姜为什么不严词拒绝？为什么不拼命抵抗？为什么不以死殉节？宣公死后为什么不为宣公守寡守节？再嫁为什么要违背人伦嫁给子侄辈的昭伯？这种指责完全是蛮不讲理、愚顽可笑和鄙陋无耻的：初嫁宣公子急，为宣公半道截和，这是身不由己，已是不幸之始；宣公死亡，不能白头偕老，不幸又增一层；再嫁昭伯，《左传》说得很清楚，是自己的大哥齐襄公"强之"，即政治强迫婚姻，其心灵再遭创伤。这后两次婚变哪一次是她自愿的？哪一场是她乐意的？这哪一处是她能做主的？又哪一点表现出她淫荡？哪一点表现出她道德败坏？她是否躲在被子里嘤嘤啜泣过？她是否终日以泪洗面过？她是否一个人关在黑屋子里度日如年过？虽说"没有在黑夜里哭过的人不足以谈人生"，但她的一生也太坎坷魔幻了吧？老天对她也太不公平了吧？儒士们对他的指责也太苛刻了吧？

因此儒士经生们此说既不诚实，更不厚道；既不客观，更不公正；既不通人情，更不明事理；既不讲因果，更不讲是非；既无视历史背景，更无视特定环境；既冥顽不灵，更迂腐可笑！

说宣姜一女三嫁为淫是胡说八道，那她谋害"原配"急子呢？《左传》等仅记载其与小儿子一起构陷急子并未说宣姜与宣公一起策划谋害公子急。谋害之事出现在儒士们对《二子乘舟》的释读中。

二子乘舟，泛泛其景。愿言思子，中心养养。

二子乘舟，泛泛其逝。愿言思子，不瑕有害？

两人舟行江上，像树叶飘飘荡荡。心中实在担忧，能否远离祸殃？其释读多以为是此诗关涉谋害急子。毛序仅说"思急寿"，刘向新序则明确指明是谋杀"使人与急乘舟于河中，将沉而杀之。寿知不能止也，因与之同舟；舟人不得杀急。方乘舟时，急傅母恐其死也，闵而作诗"（转引自程俊英、蒋见元《诗经注析》）。后人亦多缘刘向此释。其背后涉及的史实为《左

《传》所载：

（宣公娶宣姜后）生寿及朔。属寿于左公子。夷姜缢。宣姜与公子朔构急子。公使诸齐。使盗待诸莘。将杀之。寿子告知，使行。不可，曰："弃父之命，恶用之矣。有无父子之国则可也"。及行。饮以酒。寿子载其旌以先。盗杀之。急子至。曰："我之求也。此何罪。请杀我乎！"又杀之。（《左传·桓公六十年》）

急子这个因浑蛋父亲而遭受苦难的苦命王子，不是在出使就是在出使的路上，不是在出事就是在出事的路上。此段文字很明确：这起谋杀案起因于宣姜与小儿子朔构陷急子。策划安排谋杀的是宣公。令人感动的是人间自有真情真义在，宣姜另一子寿通风报信并力阻急前行甚至意欲代死。令人悲哀的是急子愚忠愚孝一心慷慨赴死，令人悲叹的是两个异母兄弟一对真善好人双双遇难，徒留后人嗟叹不已。其实这段史实与《二子乘舟》并不一定有必然联系，倒是汉代一首《公无渡河》与这种无法阻止的悲剧异曲同工。

公无渡河，

公竟渡河。

公渡河死，

其奈公何！

宣姜谋害急子我认为颇为可疑。那就是女性地位在周代礼制下受到抑制，这种情形下的宣姜没有那么大的胆子和能耐去指使盗贼杀害急子，即使她有这个想法。很明显，这是抢了儿子老婆又帮儿子生了儿子的宣公所惧所为，宣姜顶多吹枕头风。实在可悲而非可耻，是可叹而非可恶。毕竟，若身为太子的急子在宣公死后上位，宣姜与其儿子将有性命之虞。为母则刚，此时，她必须为自己和两个儿子的身家性命考虑。这是残酷现实，没有温情脉脉和常情常理。而且此种王宫政治戏码也很常见，此举并不为过。几乎同时代的晋惠公之夷姜甚至比其更有心机，出手更狠，造成的动荡更大。这种戏码在其后的中国历史上也屡屡上演。若主心骨卫宣公公道正派，此事也是不可能发生的。须知卫宣公夺人所爱毕竟担心报复。《左传》就记载有楚平王为其子娶妻而听大臣费无极之劝攫为己有，引发父子反目、国家大乱的实例。或许正因此，历史上喜欢高头讲章、喋喋不休、评头论足让人头晕的儒士经生们对此并无太多纠缠与纠结。

还须指出：很明显也很遗憾，《毛诗序》对诗旨的解说许多是附会历史、信口开河、妄下断语、打胡乱说，充满了主观性、政治性、随意性解读，有不少解读甚至离题万里。而且汉代以后愈来愈严重的性别歧视、贞节观念及统治阶级乐此不疲提倡的"忠臣不事二主，烈女不嫁二夫"等观念也导致后人的错误解读愈演愈烈。由于站在历史的前排，后人以为他们看得最清楚最明白，其实不然，他们一开始就看走了眼，加上中国经学讲究师承、代代因袭，甚至变本加厉、错上加错，遂形成历史的斜眼，严重误导了后人对这些历史事件、历史人物的评判。

这，就是宣姜在后人眼中变得极其不堪的原因。

注　释

①《十三经注疏》整理委员会整理，李学勤主编，《毛诗正义·鄘风·君子偕老》，北京大学出版社，1999，182-183。

②《十三经注疏》整理委员会整理，李学勤主编，《毛诗正义·鄘风·君子偕老》，北京大学出版社，1999，183。

③朱熹，《诗集传·诗卷第三·鄘·君子偕老》，中华书局，2017，45。

④姚际恒，《诗经通论》，语文出版社，2020，64。

⑤高亨，《诗经今注》，上海古籍出版社，2019，82。

⑥程俊英、蒋见元，《诗经注析》，中华书局，2017，98。

⑦程俊英、蒋见元，《诗经注析》，中华书局，2017，98。

⑧魏源，《诗古微》，转引自李山《诗经析读》，中华书局，2018，124。

⑨王国维，《观堂集林》，中华书局，1959，75-77。

⑩［日］白川静，《诗经的世界》，黄铮译，四川人民出版社，2019，144。

⑪扬之水，《诗经名物新证》，天津教育出版社，2007，358。

⑫［法］格拉耐，《中国古代的祭礼与歌谣》，张铭远译，上

海文艺出版社，1989，178-179。

⑬许倬云，《西周史》，生活·读书·新知三联书店，2018，121。

⑭叶舒宪，《诗经的文化阐释》，陕西人民出版社，2018，533。

⑮姚际恒，《诗经通论》，语文出版社，2020，64。

⑯［日］白川静，《诗经的世界》，黄铮译，四川人民出版社，2019，144-145。

⑰闻一多，《诗经通义》，时代文艺出版社，1996，17。

⑱王国维，《观堂集林》，中华书局，1959，76。

⑲陈东原，《中国妇女生活史》，商务印书馆，2015，24。

⑳［英］恩格斯，《家庭私有制和国家的起源》，中共中央马克思、恩格斯、列宁、斯大林著作编译局译，人民出版社，1972，72。

# 一个绝代佳人引发的"国际风云"

## 一、国王为什么三天两头往株林跑

一段时间以来，陈国广大干部群众茶余饭后都在摆一个类似的龙门阵，他们挤眉弄眼地一会儿小声嘀咕，一会儿哈哈大笑。据路边社消息灵通人士说，国王陈灵公这段时间天天一大早就坐专车外出，不是去株林就是在去株林的路上。听说是去会大美女、他的新情人，也就是他的婶娘，那个美艳无比、风流成性的寡妇夏姬。他与夏姬天天泡在一起你侬我侬、颠鸾倒凤，玩得天昏地暗后才回去上班。《株林》即是狗仔队关于这件事的报道：

胡为乎株林？

从夏南。

非适株林，

从夏南。

乘我乘马,

说于株野。

乘我乘驹,

朝食于株。

大意为:

国王三天两头往株林跑得欢,

他到株林有何贵干?

不为别的,

只是去找夏南(商量军国大事)。

重播一遍:

不是到株林,

是去找夏南(商量军国大事)!

专车开到株林郊外刹一脚,

又换乘小车到株邑里边,

然后开始吃早餐。

　　早餐在诗中即"朝食",而"食"据闻一多先生考证,在《诗经》中多为性行为之隐语,"古谓性的行为曰'食'"①。一大早不洗脸、不刷牙、不喝水、不吃饭、不上班,就风风火火赶去株林干这种勾当,可见这老兄有多荒唐。老百姓把这件丑事编成段子到处传播,也可见对这种不干人事的行为有多鄙视。一个有妇之夫,一个堂堂国君,长期保持不正当两性关系,而且这个寡妇是自己的婶娘,而且是在上班期间厮混。这个陈国一把手也真够奇葩了。

需要指出的是，陈灵公及其后来一系列荒唐举止的确刷新了人们的认知。据研究，《株林》一诗"是目前《诗经》诸篇之中真实可考的创作时代最晚的一首作品"。②看来他也算是一个没落时代的参与者终结者。

### 二、穿女人情趣内衣上班的三个男人

其实，这还不是陈灵公最荒唐的地方。最荒唐的是他当时与两个手下共爱共享夏姬，而且天知地知你知我知！而且比最荒唐还要荒唐的事都有：

陈灵公与孔宁、仪行父通于夏姬，皆衷其衵服，以戏于朝③。

在研究军国大事的朝堂上，这几个家伙都比赛着脱掉外衣，露出肥厚的肚皮，看哪个穿的夏姬的内衣漂亮。

朝堂上自然一片哄堂大笑。当然也有个别正直忠厚的大臣面面相觑连连摇头：天哪！人要脸，树要皮！你们这么几个有身份有地位的人在搞啥子名堂噢！堂堂国君，堂堂公卿，朝堂宣淫，成何体统！羞死先人哪！原来这三个家伙已经共同加入夏姬的情人圈。今天他们君臣不仅坦诚相见了，而且亲密无间了！从此君臣三人关系更进一层。这有点像当今人们熟悉的某些沆瀣一气、亲如兄弟的腐败分子曾有过的经历：经过"一起分过赃，一起嫖过娼"的"血与火"的考验，成了关系牢不可破的铁哥们儿，一起在毁灭的道路上"携手同行"。《民劳》中召穆公告诫周厉王要

"敬慎威仪，以近有德"，这对胡作非为的陈灵公一样适用但可惜不顶用。《诗经》里还有一首诗《相鼠》，只知道作者在骂一些厚颜无耻的人，不知道具体在骂谁。其实用来骂这三人很合适：

相鼠有皮，人而无仪！人而无仪，不死何为？

相鼠有齿，人而无止！人而无止，不死何俟？

相鼠有体，人而无礼，人而无礼！胡不遄死？

忠心耿耿的老同志泄冶看到他们胡搞后痛心疾首，几乎高血压病都犯了。他下班后直接拦住陈灵公严肃批评，说你们这样当众乱搞，人民以谁为榜样呢？名声很不好啊！请您还是把那娘们儿的内衣悄悄收起来吧！

"泄冶谏曰：'君臣淫乱，民何效焉？且闻不令，君其纳之！'"公曰："吾能改矣。"④

综合各种信息，陈灵公可能是急着想下班去会夏姬，便口是心非地敷衍这个德高望重的老同志说我能改正。他心里不但没有深刻认识到错误和危害，而是想：我们君臣开个玩笑，多大个事啊！你们老同志整天一本正经，不懂生活，不懂情趣，啰里啰唆，烦不烦啊？！这一想后果更严重：他把泄冶的批评一字不落地讲给了孔宁和仪行父。二人听了大怒：这个老东西倚老卖老，看这也不顺眼，那也不顺眼，整天发牢骚，还在广大干部中大肆散布对您的批评和不满，说您整天不务正业，把上下风气都带坏了！眼中还有没有您这个老大？！让我们做了他？！陈灵公不表态，其实不表态就是表态。两个狗腿子对领导的心思心知肚明，于是不久后，找了个莫须有的借口，就把这个忠心耿耿的老同志杀了！

### 三、致命的玩笑

杀了泄冶就风平浪静了。再也没有人敢在朝堂批评陈灵公了，连合理化建议也没有人提了，整个朝堂和君臣关系更和谐了。陈灵公更加无所顾忌了。这几乎就像《狮子王》中小辛巴一度享有的自由自在生活：不穿裤子到处跑，做错事情也没人吵。这三个家伙很享受这种良好的环境氛围。他们是制造笑料和荒唐的高手，可以说是生命不息，荒诞不止。这不，大约公元前600年的某一天，他们又在夏姬家里开派对，喝酒吃肉、猜拳行令、唱歌跳舞，不亦乐乎！这时，陈灵公又玩起了黄色幽默其实是黑色幽默，他当着夏姬的儿子开起了玩笑，从其后遗症来看完全称得上国际玩笑：

"陈灵公与孔宁、仪行父饮酒于夏氏。公谓仪行父曰：'徵舒似女'。对曰：'亦似君'。徵舒病之。公出，自其厩射而杀之。二子奔楚。"⑤

当着夏徵舒的面，郑灵公乘着酒兴看了看仪行父和夏徵舒后，"幽默"地对仪行父说："夏徵舒长得像你老兄。"仪行父也"幽默"地回敬说："他长得也像大王您。"他们完全没有感受到旁边那个其母被淫、其父被污、其族蒙羞、其人受辱的夏徵舒心底的火山早就在奔涌冲突，是可忍，孰不可忍！此时早已经按捺不住的夏徵舒就在他乘车欲返的马厩旁将其射杀，孔宁、仪行父吓得魂飞魄散，落荒而逃，最后亡命楚国。

陈灵公及其两个难兄难弟的教训是深刻和惨痛的。它警示人们，无论你多么位高权重呼风唤雨，也决不可无所顾忌为所欲为。做人要有底线，做事要有红线，说笑要过脑子，欲望要设栅栏。在任何时代都管用。

因为《诗经》中直接揭露指斥陈灵公荒唐事迹的诗仅此一首，许多经学家实在咽不下这口气，他们带上狼狗和探测器，经过对《诗经》地毯式搜索，终于嗅到另外一首诗间接批评了陈灵公：

彼泽之陂，有蒲与荷。有美一人，伤如之何？寤寐无为，涕泗滂沱。

彼泽之陂，有蒲与蕑。有美一人，硕大且卷。寤寐无为，中心悁悁。

彼泽之陂，有蒲菡萏。有美一人，硕大且俨。寤寐无为，辗转伏枕。

《毛诗序》明确指出："《泽陂》，刺时也。言灵公君臣淫于其国，男女相说，忧思感伤焉。"⑥

其实这首诗就是反映陈国一男青年在见了一位漂亮的女青年后被爱情折磨，不能自拔，患上了严重的相思病而偷偷写在日记本上，最后可能被好哥们儿传抄出去了——当然，这是玩笑话，实际情况应该是为情所困、忧伤成歌。无论如何，与陈灵公没有半毛钱关系，更没有要讽谁刺谁之意！《毛诗序》经常一本正经地打胡乱说，生拉硬扯地上纲上线，把一本活泼泼的《诗经》解释成一本硬邦邦的历史档案或政治词典，让人哭笑不得嗤之以鼻。但在这里，毛诗序作者的心情也是可以理解的：如此荒唐之人，如此荒唐之举，严重败坏朝堂和社会风气，不多骂几句不足以平民愤！

### 四、余震不断

夏姬的故事到此并未结束，引发的政治大地震不断。大致线索是：夏徵舒弑杀陈灵公后自立为王，楚庄王借机讨伐并杀之后顺便俘获夏姬，楚庄王及其弟子反皆欲娶之，因申公巫臣劝阻而作罢。后赐予老年丧偶之连尹襄老。襄老娶之无福消受，次年即亡于晋楚之战。其子黑要再烝之（即娶之）。夏姬在申公巫臣策划下返故国并与巫臣秘密结婚。约十年后申公巫臣借出使齐国之机中途逃亡郑国后重金迎娶夏姬而携之逃晋。楚国公子子反联手公子子重怒而尽灭巫臣家族。巫臣愤而说晋援吴扰楚，致楚大衰。其一生，"杀三夫一君一子，亡一国两卿"，即克死夏御叔、连尹襄老、黑要，致陈灵公被杀，害死儿子夏徵舒，亡陈国（后复国），使陈国两卿孔宁、仪行父亡命天涯……可谓千古第一美女杀手。

## 五、为爱携君走天涯

就像月季花不止一个花期，夏姬一生似乎都不断在绽放，不断在招蜂引蝶。作为一个魅力无限的女人，夏姬的后半生仍然精彩纷呈，高潮迭现。其命运与楚国大臣申公巫臣紧密相关。

当春秋五霸楚庄王因着国力之盛、国势之威、江湖地位之高，手心发痒随时想找个靶子安顿手脚，正苦于无处下手时，弑君自立的夏徵舒撞在了枪口上。庄公立即拉大旗作虎皮，以维护国际公认的政治秩序、诛杀搞政变上台的夏徵舒为借口，迅速出兵轻轻松松就把陈国灭了，后将陈国设为楚县，最后他们还特别将妖艳无比、魅力无限的夏姬作为战利品俘获带回楚国。这女人真是人见人爱、花见花开、老鼠见了发呆、汽车见了爆胎。我的妈呀，天底下竟然有这样让人骨软筋酥的漂亮女人！楚庄王、公子子反等一帮人眼睛发直，心脏狂跳，恨不得马上就迎娶入洞房扑上去就当新郎。

针对楚庄王等人对夏姬馋涎欲滴意欲迎娶，另一位颇有头脑颇受器重的大臣申公巫臣说了两箩筐话，有效打消了他们的不良念头。据《左传·成公二年》记载：

楚之讨陈夏氏也，庄王欲纳夏姬，申公巫臣曰："不可。君召诸侯，以讨罪也；今纳夏姬，贪其色也。贪色为淫，淫为大罚。《周书》曰：'明德慎罚。'文王所以造周也。明德，务崇之之谓也；慎罚，务去之之谓也。若兴诸侯，以取大罚，非慎之也。君其图之！"王乃止。子反欲取之，巫臣曰："是不祥人也！是天子蛮，杀御叔，弑灵侯，戮夏南，出孔、仪，丧陈国，何不祥如是？人生实难，其有不获死乎？天下多美妇人，何必是？"子反乃止。[⑦]

两段劝谏的高度角度是不一样的。对楚庄王，巫臣站在事业发展高度和国际外交角度：您是个有远大抱负欲称霸诸侯的王，要做大家心悦诚服的事！做这种贪色丧德的事算什么呢？您今后还怎么在国际上发号施令！对子反则站在关心战友人身安全角度，几乎是连蒙带吓：这个女人天生克夫！凡娶她的都没好下场！天涯何处无芳草，兄弟你又何必自寻死路！

这个楚庄王真不简单，他不仅事业心强，而且善于听取不同意见，他竟然真的放弃了已经叼在嘴上准备下咽的猎物！这对于一个真正可以"要什么有什么，欢喜谁就是谁"的王来说，多么不容易啊！值得点赞啊！而子反吐了一下舌头，脸色都有点变了：哦哟！吓死宝宝了！我咋个这么不成熟呢？因为贪色差点惹个大麻烦！于是连连拱手致谢："多谢兄弟友情提醒！你真是太好了！听人劝得一半，我放弃！"最后，楚庄王忍痛割爱将夏姬赏赐给了老年丧偶的连尹襄老，让这个老头儿捡了一个大便宜。

襄老死后，夏姬在巫臣精心策划下顺利返回故国。十余年后，申公巫臣利用出使齐国之机，借机离开外交使团，一路狂奔跑到郑国。他这是要干吗？叛逃祖国？寻求政治避难？廉政有问题携款潜逃？想到花花世界定居？都不是。他此行只有一个念头：去迎娶夏姬！

实际上据《左传·成公二年》所载，这简直是一起处心积虑的精心策划：晋楚之战襄老战死、王子被俘后，晋军准备与楚交换战俘。其间还发生了襄老之子黑要烝即娶夏姬（许多人认为是二人私通，这是不符合历史事实的。烝婚即子取庶母在当时是为婚姻礼制所允之事）。估计夏姬并非心甘情愿，巫臣在知悉后觉得机会来临，先跟夏姬打招呼，说她只要回到郑国，就迎娶她。然后又让人从郑国送信，因为郑、晋的友好关系，只要她回国，就能得到襄老尸体。于是夏姬如法炮制，向庄王申请回国。而庄王在征求巫臣意见时，巫臣滴水不漏做了分析，说这个交换完全值得！我们应坚决支持！夏姬返国后，夏姬留在郑国，巫臣回到楚国等待时机，一直等到大约八年后强悍的楚庄王去世，楚共王即位第二年，他才利用出使齐国的机会，中途转"机"，叛逃郑国，正式迎娶夏姬。后来，为安全着想，他又带着夏姬远走高飞，一路辗转跑到楚国也不敢惹的另一超级大国晋国，从此过上与夏姬长相厮守的日子。

巫臣的日思夜想终于梦想成真。可以想见，当他如愿以偿与夏姬相拥相抱的那一刻，这个硬如石头的男人止不住双泪长流、泣不成声。这是爱的奇葩，也是爱的传奇。也许是巫臣在俘获夏姬的人群中一眼瞥见了那个美艳绝伦而又如弱柳无依的倩影，特别是那双勾魂摄魄的眼和如梨花一枝春带雨的娇美而苍白的脸。这电光石火般的目光相接让爱的种子像钉子一样在巫臣心里钉下去，并且在无数的没有一点光、没有一滴水、没有一丝希望的伸手不见五指的地下室和日日夜夜里，仅靠心的捂贴与颤动生根发芽，长出了虽然苦涩但仍有几许生机的枝叶，并且这个枝叶最终歪歪斜斜穿透地下室的缝隙，探头在春风招摇的季节里。

没有巫臣，夏姬的一生几乎就是个任人玩弄的女人，是一个荡妇、一个笑料、一个悲剧、一个历史上的省略号。而因为绝代情种巫臣的出现，她最终成了一个在历史上魅力无双的女人、一个笑傲人生的女人、一个喜剧、一个历史上的感叹号。看来，古人悲叹"遇人不淑"是有道理的。

然而巫臣的代价是巨大的，抛弃祖国，抛弃已有的权位，抛弃亲族，抛弃大半辈子的人际关系、人脉资源……更为严重的是，他的叛逃之举严重激怒了也曾对夏姬起过打猫心肠的公子子反。子反心里想：你这个老奸巨猾的狗东西，装模作样假充正人君子，当初劝大王不要下手，说影响大王的事业！劝我不要下手，说这个女人是红颜祸水！原来你是耗子别左轮，早就起了打猫心肠啊！还身负国家使命叛逃啊！子反于是和子重联手将申公巫臣全族赶尽杀绝！

子反、子重及楚国为此也付出了巨大代价。申公巫臣咬牙切齿地向二子写了一封信：

"尔以谗慝贪惏事君，而多杀不辜，余必使尔罢于奔命以死！"⑧——你两个王八蛋滥杀无辜罪大恶极，老子要让你们疲于奔命力竭而死！

于是，说服晋国出动大批大规模杀伤性武器——先进战车包括战斗力强悍的部队，并对吴国军队进行培训，支援楚之附庸吴国不断袭扰楚国，说服晋国带领中原诸国不断正面攻打楚国，致"子重、子反于是乎一岁七奔命"⑨，最终不仅分别让子反、子重在五年内被折腾而死，还导致吴国崛起楚国衰落。

必须指出：巫臣处心积虑，为爱私奔似乎情有可原，但他抛弃宗族国家是非常不义的，带路攻击自己的母国是非常无耻的，让母国军民深受其害是非常不仁的，应该永远被钉在历史的耻辱柱上。

### 六、夏姬何以成绝代名姬

夏姬何以能成绝代名姬？一则生于礼崩之世，夏姬之世，早已是周朝礼崩乐坏之时，君无道，臣弑君，君臣窃妻之事屡有发生。二则出于浪漫之国，她所出生的郑国即是风流之国，既盛产孔子等耳中的靡靡之音即"郑声淫"，也盛产男女风流韵事。三则生就风流之性，据载其婚前即与其兄公子蛮乱伦私通。其个人品行操守是有问题的，在守寡期间与多人几乎是公开保持不正当两性关系是无论如何说不过去的。四是面对无道之君。君主与两位部下一起拥有共同情人并公之于众，夙夜不在公而在"姬"。试想，若无陈灵公这样荒唐的国王，哪有其后那么多的故事与事故？五是持有无常之命。从主观来看，一步错步步错，最后"不知几州铁，铸此一大错"，但从客观看，这女人也确算命运多舛。六是发于无禁之时。其婚姻中的烝于襄老之子黑要属于当时婚制所允，不属乱伦。改嫁和多次婚嫁也为当时常见，不算不伦。这些共同造就了夏姬这朵一言难尽的奇葩。

## 七、夏姬其人其事的另类意义

关于巫臣与夏姬之事，除《左传》《史记》《国语》《列女传》等比较正经且带着明显价值观倾向的史籍而外，仅有冯梦龙等以小说手法去演绎，不足为凭。倒是宋代两位诗人有诗言及二人的风流韵事。

其一为苏轼《戏书吴江三贤画像三首》之一：

谁将射御教吴儿，

长笑申公为夏姬。

却遣姑苏有麋鹿，

更怜夫子得西施。

此诗嘲笑申公因为美女夏姬而唆使吴攻打自己的国家楚国，反衬并调侃范蠡为了国家而牺牲美女西施。

其二为张耒《巫臣二首》之一：

万古风情不易禁，

多言未似不言深。

楚王只听巫臣谏，

不道逃吴已有心。

此诗表明巫臣关于夏姬的多次谏言是别有用心。

宋诗擅长讲理，但这两首诗真正打动我们的，不是苏轼对假充正神的巫臣的嘲笑，不是张耒对巫臣处心积虑、老谋深算的揭发，其实只有一句：万古风情不易禁。此句让我们莞尔一笑：人类对美好感情的追求符合天道人性，"这是人性中的至洁至纯"，确实不易禁噢！不过既然符合天道人性，你老兄又为什么要禁呢？难道要"欲练神功挥刀自宫"？"正确引导合理管控"就可以嘛，《中庸》不是说"天命之谓性，率性之谓道"吗？

夏姬之事不应仅视为一个笑话般的存在，从人类学角度，从文化史角度，她实际上具有另类标本意义。可做如是观：一是在儒家文化全面浸染笼罩、主宰统治中国社会，形成中庸和谐的社会观、注重婚姻忠诚女人贞洁的婚姻家庭观等民族思想文化乃至性格之前，华夏民族也有性情自由张扬、生命力旺盛、敢爱敢恨之一面的。从这个角度讲，夏姬又比历史上那些千千万万个孤灯罗衾度余年的寡妇幸运多了。尤其是那个为她奔走近十年直至族破人亡的男人堪称她的真爱，也堪称千古情种，也说明她的人生结局是不错的。二是先秦之世，在婚姻嫁娶上，对寡妇再嫁，整个社会相对宽松包容，这与后世之理教戕害妇女甚至理教杀人相比，明显对妇女更公道。若是在后代，她一定是活不抻展、活不下去、活不出来的！三是她的许多后人眼中违伦背理的行为其实是当时的婚恋制度允许的，如反复改嫁，甚至子娶庶母这种后世认为伤天害理大逆不道的行为。

## 八、夏姬的阴影·海伦的光芒

夏姬之事放眼世界历史也很具典型意义，较之当世与后世恐怕鲜有女人能及，甩小家碧玉、与西门庆偷情作恶的潘金莲于千里之外，比之与来访的帕里斯王子偷情而引发特洛伊战争的绝世美女海伦，引得罗马两任元首恺撒和安东尼都拜倒在其石榴裙下的埃及艳后克丽奥配特拉也远胜之。毕竟夏姬身上生发的爱欲故事更多、更"精彩"，引发的"地震"更多更深远。

其实夏姬和《伊利亚特》中的海伦有许多相似之处：都出身高贵（夏姬是郑穆公之女，海伦甚至有一半神的血统，是宙斯与王后的女儿，且二人的第一任丈夫都是大富大贵之人）；都有偷情之举；都引发了政治外交风云；都引发了战争与伤亡。而海伦较夏姬则有更多道德污点：海伦是婚内出轨，夏姬则是在婚姻空窗期出轨；海伦出轨时还与情夫携带了前夫之家产出走，夏姬出轨却固守着夏御叔的采邑家产；海伦出轨直接引发两国十年大战生灵涂炭，夏姬却顶多对一系列事端负间接责任。但二人却有不同甚至天壤之别的历史评价。易中天先生曾将夏姬和海伦的不同历史待遇做了对比：夏姬在中国史上被视为淫妇，而海伦在希腊乃至西方历史上视为女神。最终得出结论"人神有别"，即夏姬是"人之罪"，可以责罚到人，海伦是"神之过"，无法深究。其实，他在后文的论述中更触及本质：周人素来认为"国之大事，在祀与戎"，即偏重祭祀祖先和战争，希腊人则"比起所有事情都重要的，一是爱情，二是战争"，偏好爱情与战争①。换言之，希腊注重爱情至上，而周注重祖宗至上。其实，还可以深入探讨。我认为，对命运相似的夏姬和海伦的评价大为不同，其实体现有更深的历史文化背景，也昭示着不同的妇女观及其不同的影响。

在女人的地位上，周代贵族社会女人是从属于男人的，是不自主的，而海伦是有一定独立性的。事实上，在史籍的叙述中，夏姬始终就没有正面出现，未见容颜，未闻声音，未见行动，几乎是影子般的存在，包括每一段艳情的发生她都是被动的，甚至不排除是被迫的。海伦则有正面外貌描绘，言语心声的直接表达，更有主动行事作为，包括与帕里斯私奔。这虽有史传与文学之异，但也明显反映出：二人在男权社会地位不同，海伦高于夏姬。夏姬作为女人始终是附属物一般的存在，而海伦作为女人明显具有更加自主的地位。

在对美女的认识上，周人认为美女是尤物，担心其带来灾祸。所谓"夫有尤物，足以移人；苟非德义，则必有祸"，甚至不讲道理地说"甚美必有甚恶"。我很怀疑，叔向之母那段男权特征、男性意识明显的话，应是左丘明借其母之口表达的。其实这些认识，包括申公巫臣劝谏子反勿娶夏姬潜意识里都有历史参照：夏之妹喜、商之妲己、周之褒姒。她们都是导致王朝覆灭的"红颜祸水"，《诗经》里面甚至明明白白写着"赫赫宗周，褒姒灭之"（《正月》），声威赫赫的周朝宗室，是褒姒一手灭掉的——看来，这女人不是炸弹，而是原子弹啊！这里，对美女恐怕不仅是畏惧防范，而是有逃避远离之心了。我们是不是也可以说：这些没有担当的男人，连应由男性承担的责任也不敢承担，而把账算在一个个美丽如花的弱女子身上，真是懦弱而可耻。而希腊人认为美女是女神，愿意为之付出一切。因此特洛伊长老们在望楼上瞥见貌美如花、光彩照人的海伦后窃窃私语："特洛亚人和胫甲精美的阿开奥斯人为这样一个妇人长期遭受苦难，无可抱怨"⑪。这些希腊人真有点傻得可爱。

在男女结合上，周人是重视婚姻的，所谓"昏礼者，将合二姓之好，上以事宗庙而下以继后世也"⑫"夫昏礼者，万世之始也，取于异姓，所以附远厚别也"⑬，有强烈的功利性。而希腊人如前所述是重爱情的，认为"比起所有事情都重要的，一是爱情，二是战争"，有强烈的情感性。

在对男女的要求上，周人注重德，要求女人为婚姻而隐忍。而希腊人注重个性，理解尊重女性自主选择，甚至借由帕里斯之父说"在我看来，你没有错误"，天哪，因为偷情私奔把两个国家搞得天翻地覆生灵涂炭，把无数人搞得家破人亡，还认为海伦没有错误！他们也真够宽容的。那么错误归谁呢？他们"一推六二五"："只应归咎于神，是他们给我引起阿开奥斯人来打这场可泣的战争。"⑭

在后果与影响上，周人已出现歧视妇女的倾向。而希腊人表现了尊重妇女的倾向。呜呼，虽是两个无法左右自身命运的女人，其命运却各自影响深远也！

## 注 释

①闻一多，《古典新义·诗经通义·汝坟》，商务印书馆，2016，111。

②刘蟾，《诗经密码》，湖南文艺出版社，2013，293。

③《左传·宣公九年》，中华书局，2012，776。

④《左传·宣公九年》，中华书局，2012，776。

⑤《左传·宣公十年》，中华书局，2012，782。

⑥《十三经注疏》整理委员会整理，李学勤主编，《毛诗正义·译陂》，北京大学出版社，1999，454。

⑦《左传·成公二年》，中华书局，2012，890。

⑧《左传·成公七年》，中华书局，2012，933。

⑨《左传·成公七年》，中华书局，2012，934。

⑩易中天，《易中天中华史·青春志》，浙江文艺出版社，2013，50-53。

⑪［古希腊］荷马，《伊利亚特》，罗念生、王焕生译，人民文学出版社，1994，67。

⑫《礼记·昏义》，中华书局，2017，1182。

⑬《礼记·郊特牲》，中华书局，2017，500。

⑭［古希腊］荷马，《伊利亚特》，罗念生、王焕生译，人民文学出版社，1994，67。

# 我们的餐桌：
# 一幅开放交流的历史长卷

试问世间人，有几个知道饭是米煮？

请看座上佛，亦不过认得田自心来。

这是近代著名学者、诗人、书法家赵藩为四川新都宝光寺撰写的一副楹联，充满禅机与哲理，令人掩卷沉思。世间历历万象，乱花渐欲迷人眼；人间悠悠万事，剪不断理还乱。但了解了本源，看清了本真，抓住了本质，一切纷繁复杂之事和困惑迷惘之忧就迎刃而解了。而饮食本身，作为人生存之本，理当受到我们的关注和重视，尤其是面对潜藏粮食危机的当今世界，我们需要穿越岁月的风烟，从历史的深处吸取智慧，审慎面对。

——题记

有一个笑话，讲某人穿越到先秦，到一个店里点菜吃饭：

"里边请，请问客官是打尖还是住店？""我吃面！""那抱歉，这位客官，面条可是要到宋朝才能定形呢，小店现在还没有。""什么鸟店！连碗面都没有，馒头包子总有吧，上一屉！""这位爷，也没有，这得等到蜀汉诸葛丞相伐孟获才有，抱歉了您呢……""擦！那你们不会只供应白米饭吧！""抱歉，咱这是关中，水稻啊，得过了长江才能种，咱这也没有……""要死了，来个大侠套餐吧，二两女儿红，半斤熟牛肉……你捂我嘴干吗？""客官，轻点声！私宰耕牛那可是大罪，被人告了可是充军流放的罪过，万万不敢啊！""得得得，酒我也不喝了，茶水总有吧？""茶？那玩意儿得汉朝才有，哪怕到唐朝也是士大夫喝的，咱这儿也没有……""你到底有什么？""粟米的窝窝饼，可以沾肉酱，烫白菜。""敢情你这开的是麻辣烫的店啊！""瞧您说的，辣椒到明代才引进呢，小店只有花椒，只麻不辣。""那就不能炒个青菜，非要开水烫？""那个铁锅得到宋后期才能生产，所以没法炒菜，那个菜油呢，得到明后期普遍种植油菜花了小店才供应得上。""……""客官您还要什么？""……""客官您别走啊！"

以上虽是笑话，除个别笑点与历史事实或时代节点有出入（如炒菜出现的具体时间在南北朝，水稻在历史上因气候变迁栽种并未局限于长江以南等），大体与史实相符。特别是反映出一个基本事实：古人吃得很寒碜。现代很多食物和吃法，他们见所未见，甚至闻所未闻。

## 一、《诗经》时代的饮食：烹饪王国的童年时代

### 1. 周代在饮食上的特殊性、局限性

有时吃生肉。有研究认为，今从日本引进的生鱼片，周人即

有，且周天子的餐桌上就出现过生鱼片①。其证在《诗经·六月》。本诗所述为周宣王时著名政治家、军事家、诗人尹吉甫在北伐狁凯旋后的一场盛宴。此诗歌咏其"薄伐狁，至于大原"之功勋，赞美其"文武吉甫，万邦为宪"之才德。其中有一句："饮御诸友，炰鳖脍鲤。"此事的真实性还被出土文物《兮甲盘》铭文所证实。应为最早之生鱼片记录。这两道菜今人一看了之，不会特别在意，而且还会撇嘴：为大将军庆功的盛宴，我还以为是山珍海味呢！就这两道我家附近市场上就有的水产品招待保家卫国凯旋的大功臣？也太寒酸了吧！其实这两道菜并不简单。当时住在关中或洛阳的周天子平时吃的是牛羊猪肉，像这种水产品也只能由南方楚国等进贡才能偶尔吃到。故孔颖达说："天子之燕，不过有牢牲。鱼鳖非常膳，故云加之。"而在饮食上一贯主张高标准严要求的孔子所谓"食不厌精，脍不厌细"，脍也是指生肉片，"生肉为脍，干肉为脯"②。"春秋时代生食是十分平常的事，孔子也喜欢吃生肉片（脍）。"③吃法也应与现在类似："凡脍，春用葱，秋用芥。"④当然除了生鱼片，我们相信，还有其他吃生肉情况。例如，周人所重、天子所吃、后世所本的著名"八珍"食谱中的"为熬"即生吃："捶之，去其皽，编萑布牛肉焉，屑桂与姜，以洒诸上而盐之，干而食之。施羊亦如之。施麋、施鹿、施麇皆如牛羊。欲濡肉，则释而煎之以醢。欲干肉，则捶而食之。"即是用姜、桂皮、盐腌制捶揉后的肉类，晾干而食（或细切煎后蘸酱食用）。此法与其中另一吃法"渍"

异曲同工："取牛肉，必新杀者，薄切之，必绝其理，湛诸美酒，期朝而食之，以醢若醷醢。"这种吃法是以酒浸切薄的新鲜牛肉，蘸酱醋和梅子酱而食。可以看出，这些吃法，其实并非茹毛饮血似的吃生肉，还是很讲究很高级的，在当时，也只有居于食物链顶端的周天子或贵族才有幸吃到，普通老百姓恐怕连气味也难以闻到的。吃生肉之俗很明显与当时主要使用的陶制或青铜烹调工具，热传导效能不高，烹煮效率低下，不能满足人们快速食用有关。此食俗在中土几已消失，却为日本这个好学生继承，现又出口转内销了（当然，也可能是人家历史上即有此食俗）。

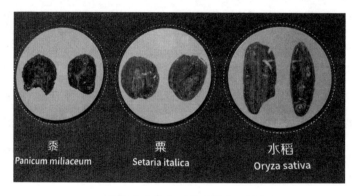

三星堆出土谷物（雍也摄于三星堆）

"剥了壳壳吃米米"及谷壳并食。周代虽有黍稻麦菽稷等五谷，但由于当时尚未发明石磨，仅有杵臼等春谷麦工具，所以其时的谷麦类食物，是将其皮剥离后蒸煮而"粒食"之。其中，即便是菽即大豆（黄豆）这类"蒸不烂，煮不熟，捶不扁，炒不爆，响当当一粒铜豌豆"的坚硬难煮之物，都只能烹煮而"粒食"。《诗经·思文》中说："思文后稷，克配彼天。立我烝民，莫匪尔极。贻我来牟，帝命率育。无此疆尔界，陈常于时夏。"歌颂后稷教民种植养育万民功德齐天。其中"立"即"粒"，表明了这种粒食传统的悠久。"所谓'康功'，后世注者认为就是去除谷糠的工作。这种粮食加工方法是难以提供大量净米去满足人们吃饭的需要。只有周王及贵族才有权享受去过壳的净米，一般平民对谷物的食法主要还是连壳一起煮食"⑤。这种吃法当然是有后遗症的，现代考古就发现商代"许多奴隶遗骨的臼齿磨得很平，这是吃带壳粮食的证据"⑥。臼齿作为人体尖硬器官之一尚且如此，不尖硬的喉咙和肠胃又如何？每当想到他们皱着眉吞咽，我就喉咙发紧，肠胃不适，对他们充满深深的同情，从而打消了穿越回那个被雅斯贝尔斯所美称的，包括希腊、印度、中国在内圣贤辈出的人类轴心时代（约前 800—前 200 年）的念头。

野菜能当家。周代贵族之家已出现了园圃，《诗经》即有所载。这种园圃即是为贵族栽种菜蔬等物。有葵、芹、芜菁、莼菜、韭、薤等多种蔬菜。其中葵（即四川人所谓冬寒菜）的地位和受欢迎程度很高，被誉为百菜之主。《诗经》中大量出现采荇菜、采蘋、采蘩、采薇、采芑、采卷耳等行为，固然，这些行为多用于祭祀，但一则祭祀之食物人亦多食之，二则当时人工驯育栽培的蔬菜毕竟有限，故直接向大自然讨食物、采野菜而食是非常自然的现象，特别是老百姓，包括在今人心中甚至当时人心中一些难吃的野菜，如苦菜（荼）。"在先秦文献中，我们还可以看到西周时期的一些蔬菜品种，如荠、蕨、蓼、蘋、薇、蒿、苋、茭白、藻、荸荠、荇、蘩、藜、荼等，这些蔬菜，多为野生，经济价值不是很高。"⑦所谓经济价值不是很高，可以认为是不为贵族所看重，却为老百姓之必需也。

战国食器（雍也摄于四川博物馆）

无故不吃肉。《诗经》中雅颂里常见周人向祖宗神灵献祭牛羊猪肉，作太牢（牛羊猪）少牢（猪羊）之祭。在请客吃饭大吃大喝前杀牛宰羊，似乎是很自然平常的事。事实并非如此。如《礼记·王制》明确规定："诸侯无故不杀牛，大夫无故不杀羊，士无故不杀犬豕，庶人无故不食珍。"⑧这种规定反映出当时生产力尚不发达，牛羊猪犬在当时属贵重之肉类，不仅普通人难以获取食用，就是贵族也不能轻易食用。这也是贵族有"肉食者"之称的原因。他们能够吃到这些要"有故"，即大事要事发生，应该主要拜祖宗神灵之赐，因为"国之大事，在祀与戎"。战争并不会年年皆有，而祭祀却每年都有。祭祀祖宗神灵都要精心准备酒肉食物，且祖宗神灵们象征性地"吃"后，全部由祭祀的人员按地位等级分而食之。所以，这其实可以说是"以祖宗神灵的名义大吃大喝"。

吃手抓饭。今天用筷子吃饭的我们看到印度人民用手抓饭吃时，都会面面相觑：三哥，怎么会这样吃饭呢？多烫嘛！多不方便嘛！多不雅观嘛！需要指出的是，印度这种吃饭方式并非孤例，世界其他地区的民族有，我国维吾尔族和高山族也有。在我们的认知里，用手抓饭是人婴幼儿时的稚拙行为，而当代人用手抓饭吃或许是古代饮食风俗的遗存。筷子据说为黄帝时代发明，有传说禹在离家外出治水时因急于吃热食而用两木棍挟食而发明筷子。此皆无法考证。但文字记载显示，商纣王曾使用象箸。那么至迟自商纣之后国人似乎就已完全用工具吃饭了。事实并非如此。周人吃饭其实是以手抓饭方式进餐的。《周礼》所记载的吃饭系列礼仪禁忌中有两条："共饭不泽手""饭黍勿以箸"。分别意为："一起吃饭不搓手""吃黍饭不用筷"。这透露出如下信息：虽然彼时实行分餐制，但普通老百姓的饭有共享的情况（可能与五谷贵重有关）；虽然华夏民族开化时间早程度高，但也曾用手抓饭吃。那么当时筷子作何用途呢？筷子主要用于夹取羹中的蔬菜。这个信息显示出，周人吃饭菜与我们现在"饭单食，菜共享"是正好相反的。此用筷之俗现已弃之不用，"有趣的是，朝鲜半岛上有与此相似的饮食习惯。韩国人用餐时，吃饭不用筷子而用勺子，取菜时用筷子。喝汤时，只有汤中有菜时才用筷子。这种饮食习惯似乎继承了春秋时代的遗风"⑨。这并不奇怪，因为朝韩同属儒家文化圈，受华夏文化濡染甚深，早先还有殷之遗民箕子赴朝鲜半岛建箕子朝鲜，后有汉唐元之统治，岂止今之所谓唇齿相依呢。

### 2. 周代在饮食上的奠基开创之功

周代在饮食史上也并非全如上之落后，事实上，其对中华饮食有相当程度的奠基与开拓。

主要谷物。周代已有五谷甚至百谷之说。百谷说为夸张之语。五谷说有两种：一为黍稷菽麦稻，一为麻黍稷麦豆。此两说均为东汉郑玄注《周礼·夏官·职方氏》所言。两说之差异在麻和稻。这或许反映出稻在当时并未广泛种植。上述五谷在《诗经》中屡屡现身："王事靡盬，不能蓺稷黍""王事靡盬，不能蓺稻粱"（《唐风·鸨羽》），全诗大意是说官差没完没了，没办法回家种黍稷稻粱等庄稼，可怜爹妈吃什么哟！这里的粱并非指高粱，而是指黄米。再如，"自昔何为，我埶黍稷。我黍与与，我稷翼翼"（《楚茨》）描写种植黍稷长势繁茂。"黍稷稻粱，农夫之庆"（《甫田》），言周王公田收获后用稷稻粱赐给农夫。"七月亨葵及菽""九月叔苴"（《豳风》），言农夫七月开始烹煮葵及大豆，九月开始吃麻籽。黍稷长期作为中国人特别是北方人民的主食，黍即去皮后的黄米，稷即去皮后的小米，或称粟。稷有"五谷之长"的美誉，系由狗尾草直接驯化而来。黍稷很可能都是土生土长的中国作物。麦，先秦文献中，麦类作物的名称有"麦""来""牟"三字，"来"指小麦，"牟"指大麦，"菽"即今日之大豆。"蓺之荏菽，荏菽旆旆"（《大雅·生民》），荏菽也即大豆。"麻"也值得一提。"麻麦幪幪"（《大雅·生民》），"丘中有麻"（《王风·丘中有麻》）。《诗经》之麻，《中国饮食史》认为是芝麻，"五谷中的麻应指芝麻为当"。其理由是根据郑玄对《周礼·天官·笾人》中"朝事之笾，其实麷蕡"注为"麦曰麷，麻曰蕡"，认为"大麻子无香味，只有芝麻吃起来才香蕡蕡"，而更多人认为是大麻籽（芝麻是西汉张骞通西域之后才引进的，称为胡麻）。我认为应是后者，因为毕竟古人的食物有限，哪怕是贵族也未能顿顿吃香喝辣，喝酒吃肉都需等黄道吉日，在普通人口味里，麻籽或许已不错啦！这从《七月》中另一诗句中也可证之："采荼薪樗，食我农夫"，农夫烧臭樗煮苦菜以养活自己，那么麻籽吃起来当然是可以忍受甚至是香的啦。据记载，周天子也吃麻："孟秋之月……天子……食麻与犬。"这或许是时节之俗吃麻，犹如后人春天吃艾蒿馍馍。但也说明，作为五谷之麻在当时是能登大雅之堂的。为慎重起见，我再查阅论述详细的《诗经的科学解读》，书中明确提出："大麻，种子称苴，又称蕡，麻子等，古人食用……曾做五谷之一。""在当时被列为五谷之一。纤维供纺织，种子充粮食。大麻能同时解决衣食问题，且在人死之后，可以举丧敛尸，在五谷中具有十分重要的地位。"但又指出，"大麻子含蕈毒素，胆碱等有毒成分。可导致降血压腹泻的症状……古人经验，春种者含毒量高，不堪食用，秋（夏）种者含毒量低，可少量食用。历代中毒事故不断，所以后来不作食用"[20]。好吓人啰！饱肚子的同时不小心还要把人丢翻！《诗经》

里将五谷几乎一网打尽的或许是《鲁颂·閟宫》和《七月》："黍稷重穋，稙稚菽麦。奄有下国，俾民稼穑。有稷有黍，有稻有秬。奄有下土，缵禹之绪"（《鲁颂·閟宫》），"黍稷重穋，禾麻菽麦"（《七月》）。经过两三千年的发展，五谷中的稻麦逐渐成为中国人最主要食粮，而其他渐渐退居次要地位，麻则早就退出中国人的饭桌了。

主要肉食。现代所称六畜兴旺之马牛羊猪狗鸡，除马外已成为肉食主要来源。此外还有猎杀的鹿、野猪，捕获的鱼类等。牛在周代那是真"牛"，重要祭祀首选它（它与羊猪一起组成最重要的献祭品太牢），周天子与诸侯最重要的肉食首选它，农业生产倚重它。羊是周人青睐之物，由于牛太贵重且作用巨大，故周代贵族似乎在一般性宴会中更喜欢杀羊吃，视为美味且垂涎不已。因为没吃到羊肉而君臣反目乃至发动政变，因为没一视同仁分配羊肉汤而导致部下叛逃甚至亡身亡军亡国的事都有发生。似乎没有"吃不着羊肉惹一身骚"的心理。猪与狗应是中产阶级（士）桌上的珍品了。那时尚没有今人"狗肉上不得席"之谓。至于普通老百姓可能只能靠打猎打鱼打牙祭了。物以稀为贵在任何时候都是真理，比如，现代人很看重的鱼，甚至包括国家保护动物中华鲟（彼时称鳣或鲔），在那时地位应与所有鱼们地位差不太多，不仅排位靠后，甚至不入贵族们的法眼。因为在官方祭祀和此后的嗨吃嗨喝中少有鱼肉的身影。在《左传》有关记载中，有贵族与士同食，贵族吃羊肉等而士吃鱼的记载。为了大力发展畜禽鱼类养殖业，满足周天子及广大贵族经常有动物可以祭祀、有肉可以吃，周代还专门设了多种官职来管理这事，主要有牛人、羊人、鸡人、渔人、鳖人等（见《周礼》）。其中牛人的职责为"掌养国之公牛，以待国之政令。凡祭祀，共其享牛、求牛，以授职人而刍之。凡宾客之事，共其牢礼积膳之牛；飨食、宾射，共其膳羞之牛；军事，共其犒牛；丧事，共其奠牛"。这位牛人，总管全国国有牛的养殖，负责国家祭祀及重大国事活动宴饮、公务接待、军事、丧事用牛。这个牛人责任重大，作用巨大，地位肯定高于羊人、鸡人、渔人、鸡人、鳖人，估计要由当时的行业一把手亲自主抓、亲自分管，为此，牛人的名片后可能要加括号：享受副部级待遇。这是真正的"牛人"哪！

　　主要蔬菜。有葵、蔓菁、芥、芹、芦菔、莲藕、韭、薤等蔬菜，且至今仍在食用，其中葵、韭、藿、薤、葱有五菜或五蔬之称。葵又因生长期不同有春葵、秋葵、冬葵之称，西南地区叫冬寒菜。此菜甚受古人青睐，有"百菜之首"的美誉。是古人较早驯育的蔬菜，《豳风·七月》中即有载："七月亨葵及菽。"《中国饮食史》认为，由于葵菜的变异性比较窄，在历史的演变过程中，竞争不过同一时期从十字花科植物的野油菜中发展起来的白菜，所以古葵自宋代以后，就逐渐脱离人们的餐桌，沦为野生，或作为药用了。这种说法可能值得商榷。葵逐渐丧失百菜之首的名头更可能是气候变冷影响其在北方生长导致其逐渐丧失在古人餐桌上的地位（据竺可桢先生研究，商周气候较现在为暖）。事实上，现在该菜在四川甚至西南地区农村几乎仍然家家栽种，市场上随处可见，事实上，雍也今日动笔写作此文时刚刚吃了几大碗"葵"稀饭呢！蔓菁即《诗经》所称之"葑"："采葑采葑，首阳之东。"（《唐风·采苓》）今之大头菜是也。芥菜即今之芥菜。"芹"有水芹、旱芹之分，《诗经》时代主要指水芹："思乐泮水，薄采其芹。"（《鲁颂·泮水》）"觱沸槛泉，言采其芹。"（《小雅·采菽》）芦菔，即萝卜，即《诗经》之菲："采葑采菲，无以下体。"（《邶风·谷风》）韭在《诗经》中出现频率不低，因其还充当神圣的祭品之用："四之日其蚤，献羔祭韭。"（《豳风·七月》）。薤即俗称之藠头。

主要水果。据《中国饮食史》主要有甜瓜、枣棘、栗、桃、李、杏、梅、梨、柑橘。这些水果在《诗经》中像星星一样闪烁，是《诗经》中痴男怨女所见所思所感、所爱所悲所叹之对象。如"瓜瓞唪唪"（《生民》），"八月剥枣"（《七月》），"园有棘，其实之食"（《魏风·园有桃》），"东方之栗，有践家室"（《郑风·东门之墠》），"桃之夭夭，灼灼其华"（《桃夭》），"投我以桃，报之以李"（《大雅·抑》），"摽有梅，顷筐墍之"（《摽有梅》）等。此外，《诗经》及其他先秦文献提到的西周瓜果品种还有榛、棣、桤、柿、郁、薁、山楂、木瓜，等等。

主要佐料。除汉代出现的豆制品制作的豉，明清才引进的辣椒外，现代社会所广泛运用的盐、姜、椒、梅、葱、芥等多种自然佐料周代已出现，且出现醢（肉酱汁）、醯（醋）等人工佐料。其中姜的受欢迎程度很高，被誉为"和之美者"，在饮食酸咸甘苦辛五味中地位特殊，如孔子就好这一口，其饮食习惯为吃饭时"不撤姜食"。在上述人工佐料中，醢可能是贵族们比较看重并常登大雅之堂的佐料，且制作也较复杂，据东汉大儒郑玄介绍其法为：先把制酱之肉切碎、晾干，然后拌以粱曲和盐，置于小口罂中，渍以美酒，密封使之发酵，百日以后成。其类别根据原料的不同，有一百二十余种。每一种酱搭配不同的食物。喜欢美食且有点讲究的孔子就有"不得其酱，不食"的习惯。

主要烹饪手段。除南北朝才出现的炒外，后世常用烹饪手段周代几乎全部具备。其中代表周代最高烹饪水平的是周王专享的"八珍"：即淳熬、淳母、炮豚、捣珍、渍、熬和肝膋。包含了蒸煮烤煎多种烹饪手段。其中淳熬、淳母类似于现在的盖浇饭，捣珍是将动物里脊肉捶打成肉茸后煎吃，渍是将新鲜牛肉切片用酒渍一夜后蘸醋酱、梅浆吃，熬是烘制的肉脯，肝膋是用狗网油包狗肝烤后食用。可以说，每一珍都选材精细，用料考究，十分费工夫。试看其炮豚（牂）的制作过程："取豚若将，刲之刳之，实枣于其腹中，编萑以苴之，涂之以谨涂。炮之，涂皆干，擘之，濯手以摩之，去其皽，为稻粉，糔溲之以为酏，以付豚。煎诸膏，膏必灭之。巨镬汤，以小鼎，芗脯于其中，使其汤毋灭鼎，三日三夜毋绝火，而后调以醯醢。"[①]这道大菜要用三天分三步做。第一步：把乳猪（羊）宰杀后去其内脏，用枣填充其腹，再用芦苇缠裹，涂上带草泥巴，置于火中烧烤。第二步：烤后剥去泥巴，涂上用稻米粉做的米糊，投入锅中以油煎炸。第三步：将炸熟的乳猪（羊）取出放在已放入香脯等调料的小鼎中，再把小鼎放入大汤锅之中，用火连续烹煮三天三夜后取出，切割后蘸醋酱而食。这真是"食不厌精，脍不厌细"呀。衣来伸手饭来张口的周王哟，你吃这一顿饭，需要多少人流汗啰！

周王这一餐饭，虽是代表王朝最高水平，但其实更代表的是北方口味。那么南方的饮食又如何呢？我们来看一份南方的食谱：《招魂》。这份菜谱据研究是忠贞的屈原为郢都攻破被杀的楚怀王而作。可能有文学的夸张成分，但一定有艺术的真实：未必道道必有，但完全可能有。这份食谱，有稻粱之食（稻米粟麦）、珍稀之肉（牛、甲鱼、羔羊、天鹅、野鸭、雁、鸧鹒、鸡）、闻名之羹（吴羹）、丰美之点（浸蜜的麻花、馓子）、香甜之饮（甘蔗浆、冰镇清酒）、贵重之器（精美的酒具），那也真是食材的豪华阵容啊！是"招待"楚怀王的最高规格啊！其体现出的与周王的食谱大异其趣：其一是重口味，"大苦咸酸，辛甘行些"；二是多野物，除了地上跑的牛羊鸡这种家禽家畜，还有天上飞的天鹅雁鸧鹒，水里游的野鸭甲鱼，这些"来路不正"的东西是很少出现在周王餐桌上的；三是高技术，其烹饪手段已包含煮烹煎炸烤等多种，并有冰镇饮料，甚至做工精细的面食麻花、馓子，后者在周王甚至当时北方人的饮食里闻所未闻。如果周天子看到这桌菜，估计也会羡慕嫉妒恨甚至口水直掉：格老子，你娃虽然级别比老子低，但操得比老子还好！

主要礼俗。古人把礼仪看得很重，把饮食之礼看作最基本的礼仪，所谓"夫礼之初，始诸饮食"（《礼记·礼运第九》）。吃饭之礼节风俗影响中国两千余年，特别是在合餐制形成之前一千余年。平常的吃饭之礼是饮食的基本礼节。这个礼节主要是"十九不准"："共食不饱，共饭不泽手。毋抟饭，毋放饭，毋流歠，毋咤食，毋啮骨，毋反鱼肉，毋投与狗骨。毋固获，毋扬饭。饭黍毋以箸。毋嚃羹，毋絮羹，毋刺齿，毋歠醢。客絮羹，主人辞不能亨。客歠醢，主人辞以窭。濡肉齿决，干肉不齿决。毋嘬炙。"⑫这些礼节大致为四个方面的内容。一为饮食卫生，如"共饭不泽手"。二为尊重体谅其他就餐者，如"共食不饱""毋抟饭"。三为自尊自重维护个人形象，如"毋放饭，毋流歠，毋咤食，毋啮骨，毋反鱼肉"等。四为时代风尚，如"毋扬饭。饭黍毋以箸""毋絮羹"。不用匕扬饭使冷却吃饭，不用筷子吃饭（筷子只用于夹取蔬菜，米饭那时用手抓取）、喝羹汤不再加佐料（以免让主人觉得调味不当而难堪），这都是那个时代的特殊要求。这些礼节就是现在来看，总体也是合理的，体现了自尊自律和对他人的尊重体谅，体现了文明素养、文明水平。在两千多年前能达此水平是令人惊讶的。欧洲15世纪有关书籍才开始有类似礼节要求。周人上述礼节中不用汤匙冷却饭早被抛弃，吃饭不用筷子已时移俗易，不加佐料已不符合尊重个性的需求。

除平常的吃饭之礼外，还有官方的宴饮之礼。主要宴饮之礼分为乡饮酒礼和宴飨之礼，可视为下里巴人之礼和阳春白雪之礼。其礼主要有请迎宾客、进酒、奏乐、旅酬、无算爵等环节仪轨。在请迎环节有主宾三揖三让之礼，进酒有献酢酬之礼，奏乐有演奏演唱《诗经》诗歌之礼，旅酬为以次序劝酒即众宾相酬之礼，无算爵与无算乐相伴，是宴饮的高潮与华彩部分，尽兴而饮，尽兴而乐，尽兴而歌，尽兴而舞，这种比较嗨的官方宴饮，在周代特别是"君君臣臣父父子子"的封建社会应该是极其少见的，除非碰到与群臣打成一片的明君或者荒淫无道嗜酒好乐的昏君。设此礼及一系列繁文缛节，古人自有其考量：

"入三揖而后至阶，三让而后升，所以致尊让也。盥、洗、扬觯，所以致絜也。拜至、拜洗、拜受、拜送、拜既，所以致敬也。尊让、絜净也者，君子之所以相接也。君子尊让则不争，絜、敬则不慢。不慢不争，则远于斗、辨矣，不斗、辨，则无暴乱之祸矣，斯君子所以免于人祸也。故圣人制之以道。"⑬

即圣人（应指制礼作乐之周公）根据大道而制定，目的在于倡导尊重、谦让、礼敬、洁净的君子之风，以让人修身免祸，促进社会和谐。对这个制度设计，我们应辩证地看，一方面，它在古代的确有巨大的现实意义和深远的历史意义，起到了引导、规范、约束人民尊礼而行、礼敬他人、谦让待人、洁身自好的作用，为形成君子之风，为奠定礼仪之邦打下良好基础。但客观上又因其过于讲究繁文缛节而近于伪饰、过于注重尊卑长幼而导致僵化、过于在意规矩程序而让人民变得循规蹈矩。换言之，规矩太多、讲究太多、禁忌太多、约束太多、惩戒太多的人和社会哪来更多的活力和创造力呢？

　　主要观念哲学。一是上升到人性之重。"饮食男女，人之大欲存焉"，把食、色看作人的两大基本需求，充分肯定人对食、色的正常欲求。这种肯定也是对人生存权、生理权的维护，是符合马斯洛的需求层次理论的。二是上升到民生之重。"民以食为天。"悠悠万事唯此为基，唯此为本，唯此为大。三是上升到为政之重。古人将其引为"八政"之首（"政"又称"洪范八政"，即国家治国理政的八个重点，为：食、货、祭、司空、司徒、司冠、宾、师）。它的存在提醒统治者重视并抓好这个为政之基和牧民之重。四是上升到治理之道。从羹的制作中提炼出的和羹之道为"五味调和"，后将五味调和引为治理之道，后世官场遂有"调和鼎鼐"之说。老子更是提出"治大国，若烹小鲜"，告诫统治者要与民休息不要朝令夕改频繁扰民。五是上升到哲学之思。西周末史伯对郑桓公的一次谈话中提出了"夫和实生物，同则不继"的观点[⑭]，意思是一种物质和另一种物质掺和，就能产生新的东西并得到发展。假如用同一种物质相加，则既不能生物也不会发展。春秋时齐国的晏婴对"和""同"做了一些具体的比喻和解释。他说，如果在水中加上水，那味道还是水的味道，这就是"同"。如果在水中加上鱼、肉和各种作料，再加以烹调，这样就可以做成一种与水完全不同，味道鲜美的汤，这就是"和"。这里面由饮食出发产生了哲学思考，充满了朴素的辩证法思想，把形而下之事上升到形而上之道。这些观念认识为中国哲学发展做出了贡献，也为饮食业的发展奠定了高度。

要而言之，周人在饮食方面与在政治、经济、文化、社会方面一样，对中华餐饮文化有开创奠基之功：开创了中国人的基本饮食结构，确立了"五谷为养，五果为助，五畜为益，五菜为充"的饮食结构，影响至今；确立了席地而坐的分餐制饮食方式，影响直至唐宋，达千年以上；形成了传统的饮食礼俗，为中国成为闻名世界的礼仪之邦奠定了扎实基础；产生了一系列丰富的烹饪方法、手段、技术；形成了先进丰富的饮食观念，为中国成为世界闻名的烹饪王国打下了坚实基础。

## 二、有"食"自远方来

### 1. 来路不明的麦

麦作为五谷，是《诗经》乃至所有古代典籍中最早也是唯一交代了来源的一种作物："贻我来牟，帝命率育。"（《思文》）此言交代了时间：周人的始祖后稷时代；交代了物种：小麦大麦；交代了授予者：后稷；交代了推广情况：上帝命令普遍种植。但麦特别是小麦在华夏的历史中仍然来历不明。"来为小麦之名，而用为行来之来者，盖古人就周土而言，此麦种得自外来。""来是小麦的本名，小麦得自外来，但至迟在商周时期，中原地区就已有小麦了。"[15]这两段话表明，周人之小麦种植技术，并非拥有自主知识产权，并暗示周人之术来自中原。我认为这是不正确的。其原因有六。其一，传说中的后稷据考为原始社会向奴隶制社会过渡之部落首领人物，因其只知其母不知其父，其时可视为史前时代，应早于商兴之时（约前1600—前1046）。其二，殷商甲骨文将小麦仍称为来，"小麦或称为来（秾）"，表明于殷商而言，小麦亦为"外来之物"。殷商之小麦有证据显示多为"进口"之麦，即方国供物，并且常常是地方向王室的进贡品，甲骨文有云"亚以来"[⑯]，那么这些进贡之物从哪里来？通常应是从靠近发源地或古代交通线的位置来。其三，考古遗存显示，周岐等地小麦遗存较早。"陕西泾河流域长武县碾子坡文化遗址，年代略当晚商时期周国迁岐前，出土谷物种类有粟黍大麦小麦高粱等。""甘肃民乐东灰山遗址出有距今5000年左右的炭化大麦、小麦籽粒，安徽亳县钓鱼台遗址也出土过5000年前的炭化小麦，洛阳关林皂角树二里头文化遗址发现小麦遗存。"[⑰]其四，今人考证中原小麦系自外传入。"据认为黄河流域的麦是从外地引入的"[⑱]，"小麦……后经中亚传入中国"[⑲]。其五，西亚麦类的种植远较中国早。"在摩苏尔以南哈孙德遗址 $I_A$ 层底部，发现了3个叠压在一起的营地遗址……它至今仍然是两河流域平原最古老的聚落标志。""近年来，伊拉克考古工作者在该遗址发现了标志哈孙纳文化初期的重要证据，即发达的泥砖建筑以及丰富的墓葬遗存……主要作物是双粒小麦以及六棱裸麦的杂交品种，还有少量单粒小麦和普通小麦。""14C 年代测定技术将萨万丘遗址确定在哈孙那文化初期，即公元前6千纪早期。"[⑳]这比我们已发现的遗存早了一千余年。而这并非最早遗存，"最早的小麦遗存距今 10500—9500 年"[21]。其六，全世界公认小麦发源地在西亚新月地带。为此，我们有理由相信西周乃至中国的麦类系由西亚传播而来。有意思的是，对西南少数民族颇有研究的任乃强先生发现"今藏民所种以作糌粑之麦（青稞）呼作来……欧洲人种之黑麦，亦呼曰'来'（Rye）……为世界人类最先育成之麦种也……"[22]。但结合以上史料可判，更可能的是，藏地之麦如青稞，系由西亚传至周地的"来"（麦）而"来"，甚至这个词语即是音译而"来"。小麦在中国虽早就名列五谷之一，但并非一开始就荣登大宝，而几乎是敬陪末座。因其时并无石磨等工具，只能粒食，口感并不佳，长期被视为"野人之食"，甚至长期被误认为有毒而不敢大胆多食。而后来，因其出米率高，可与水稻错时种植，且因石磨等工具开始使用，面食制品被广泛发明推广，遂自汉之后广泛种植，唐之后后来居上，宋之后大放异彩，取代黍稷，与水稻并驾齐驱，形成南稻北麦，在中国人的餐桌上占尽风流。

2. 寻根报本的稻

中国极可能是稻、黍、稷的最早驯育者，其中稻更是具有世界意义和当代意义。稻在中国的栽培历史估计在 8000—9000 年以上，最早在良渚文化时期就开始了，此后向四周乃至化外之地广泛传播，《诗经》时代已经在北方多有种植，成为王公贵族"碗"中的佳品。但学过历史的我们都清楚地记得，我们在宋朝时又从越南引进了占城稻，有力地促进了南方的农业生产、农业发展，是南方乃至中国农业开发的重大标志性事件。此事被郑重地载入《宋史》中：

> 大中祥符四年……帝以江、淮、两浙稍旱即水田不登，遣使就福建取占城稻三万斛，分给三路为种，择民田高仰者莳之，盖旱稻也。内出种法，命转运使揭榜示民。后又种于玉宸殿，帝与近臣同观；毕刈，又遣内侍持于朝堂示百官。稻比中国者穗长而无芒，粒差小，不择地而生。㉓

　　需要指出的是，这并非宋史作者拍宋真宗的马屁，故意在宋史中浓墨重彩地为之记上一笔。作为最高统治者，关心人民的疾苦、让人民吃饱饭穿暖衣是他的应尽之责，也关乎其屁股下的龙椅是否稳当。但是，他亲自研究、亲自安排、亲自督促、亲自验收，我们可以想见他内心与干旱气候一起被烤灼的焦虑、见证引种的稻谷一天天缓慢生长的热切与最后见到丰硕收获与百官分享时眼中闪光的欣喜，其心系民生民瘼、作风求真务实，还是值得隆重表扬的！更为重要的是，优质的占城稻不仅有力地缓解了当时农民吃饭难问题，也对当时农业生产发展产生了重大作用，而且影响深远。"占城稻因具有耐旱、早熟的特点，对宋以后稻麦两熟和双季稻的发展产生了深远的影响"㉔。此举更被美国芝加哥大学何炳棣称为中国粮食生产史上的第一个革命："第一个革命开始于北宋真宗 1012 年后，较耐旱、较早熟的占城稻在江淮以南逐步传播。"㉕这说明占城稻的引进并非只是解了一时之急，并非只是促进了北宋三农的发展，而是影响深远，泽被后世。需要说明的是，据王学泰先生研究，宋朝时绿豆（原名菉

豆）也由印度传入，且与占城稻一样，都与宋真宗有关："真宗
深念稼穑，闻占城稻耐旱，西天菉豆子多而粒大，各遣使以珍货
求其种。"看来，宋真宗还真是一位心忧民瘼、关心民生的好领
导，而且思想开明、胸襟开放，值得尊重点赞。这可比后来那个
自我感觉良好，自诩建立了"十全武功"，被清宫戏美化成高富
帅，接见英使马戛尔尼时宣称"天朝物产丰盈，无所不有，原不
借外夷货物以通有无"的乾隆大帝高明多啦！

此外，宋代另一与民生关系极大的农作物木棉也自越南
传入。

### 3. 救灾救荒的土豆、红薯、玉米

土豆、红薯、玉米大致均在明末清初引入中国。这三种作物
有几个共同点：不嫌土地贫瘠，无论在平原沃土还是在山区丘陵
之地都能长势良好；耐旱耐寒，在缺乏水源的地区和寒冷的地区
也能长得很好；高产，比当时一般农作物产量更高。这几个特点
简直太适合中国土地、中国国情和中国人民了！因此这几种作物
对中国近代农业乃至中国人民的生计影响非常大，可以说极大地
缓解了人民的生存压力、有力地促进了人口增长、有效地促进了
国土开发，其力甚大，其效甚明，其功甚巨！这是有各种史实为
证的："美洲高产作物番薯、玉米、土豆带动了清朝中后期的人
口激增，甚至声称土豆的功劳最大……100 多年时间里，人口增
加了 3 亿，恰与番薯、玉米快速推广、普及种植的时间段相重
合。"[20]王思明先生则认为："中国人口在西汉时已接近 6000 万，

直到明初也只有 6600 万。然而从明中期开始，中国人口快速增长……美洲高产作物的引种推广亦做出了不可替代的重要贡献。"㉒《四川通志》也明确肯定了上述作物在清初恢复四川经济时产生的巨大作用："高产粮食作物红薯、玉米、马铃薯的引种，全面缓解了全川人口的食用、饲养用粮压力，为社会经济的全面恢复奠定了基础。"㉓回顾自己青少年时代的经历，证之同龄人和长者，也可完全印证上述说法。引种这些高产作物，可谓功德无量！

这些作物的传入引种推广并非一蹴而就、振臂一呼就实现了的，而是经过了曲折艰辛缓慢的过程。例如番薯引进时并非光明正大进入中国，而是偷渡而入："由于当时统治菲律宾的西班牙殖民者严禁薯种出国，陈振龙于万历二十一年（1593）用重金向私人购买了几尺薯藤，并学习了栽培方法。经过 7 天 7 夜的航行，终于在这一年的农历五月到达中国福州，随即在福州南台纱帽池试种，当年即获高产。"㉔此事对当地（实际上远超当地）的贡献从一个侧面即可窥之：福建乌石山为番薯专门建了"先薯祠"，这可能在全中国也是独一无二的。而另一个甘薯传播链条的故事则更具传奇性。据王学泰先生征引的广东《电白县志》所载：吴川名医林怀芝到交趾（越南）一带行医，以高超的医术治好了许多病人。国王赐予他甘薯吃。林想将其引入中国，遂要求吃生甘薯，他咬了两口后，将剩下的藏了起来。当时交趾国严禁甘薯外传，林在返回国时在边境也被查出携带"禁运品"出境。

好在此边将曾为林妙手回春救治过，遂网开一面放行，林带回的半块甘薯得以在中国繁衍㉚。而玉米在李时珍时代"种者亦罕"，甚至道光时代，在遵义平川地区还只是"以娱孩稚"的物品或果蔬辅助品。我估计后来是因饥荒等原因才被迫广泛种植的。

顺便说一句，土豆引入欧洲后一样产生了巨大的作用，甚至影响更为深远。土豆改变了欧洲的主食结构，让欧洲人逐渐以土豆代替了谷物。"在 18 世纪晚期现代饮食体系产生时，土豆跟咖啡、烧酒一起被看成最有影响的创新，甚至是文化上的指导规范。自中世纪以来在广大民众中一直占主导地位的粥食，由此被明确地取而代之了。"㉛换言之，土豆进入欧洲，与烧酒、咖啡一道，带来了饮食革命性的变化。

4. 胡海番洋：历代引入的主要蔬菜瓜果等农作物

据王思明先生援引的著名农史学家石声汉的研究（《中国农学遗产要略》），历代引入的主要农作物如下：秦汉和魏晋引进的异域事物多冠以"胡"字，如胡麻（芝麻）、胡荽（芫荽）、胡瓜（黄瓜）、胡蒜（大蒜）、胡豆（蚕豆、豌豆）、胡桃（核桃）、胡椒等。南北朝以后则多用"海"字，如海棠、海枣、海芋、海桐花等。隋唐是中国作物引种的又一个活跃时期，新引进的作物有蓖麻、菠菜、杧果、西瓜等。宋元及明清时期传入的作物多冠以"番"字，如番薯（红薯）、番豆（花生）、番茄（西红柿）、番椒（海椒）、西番菊（向日葵）等。此期传入的还包括占城稻、高粱、豇豆、胡萝卜、甘蓝等。晚清从海路传入的作物则多用"洋"字，如洋芋、洋葱、洋白菜、洋姜等。这几乎让人目瞪口呆：竟然这么多食物来自外国！

这是从命名上说的。从规模性上说，王学泰先生认为农作物传入中国主要有三个时期：张骞通西域后之两汉时期，宋元时期，明清时期。其中第三个时期品种最多，影响最大，被称为中国粮食生产史上第二次革命："美洲作物传华四百年以来，对中国土地利用和粮食生产确实引起了一个长期的革命。"②

真是不说不知道，一说吓一跳：这么多极其常见的、熟悉的、亲切的、日常的、有如亲人一般的农作物，原来都是老外啊！原来都是像白求恩同志一样，不远万里来到中国，把中国人民的事业当作它自己祖国事业的"国际主义战士"啊！从以上可以看出：引入的农作物种类很多。据王思明先生研究，"经由丝绸之路传播的动植物不计其数，比较重要的农作物超过 200 种，其中从国外传入中国的农作物不下 120 种。""我国汉代栽培的蔬菜 21 种，魏晋时期增加到 35 种，清代进一步增至 176 种，其中有不少是新近引种的美洲作物，如南瓜、辣椒、番茄、菜豆、洋葱、荷兰豆等，水果有菠萝、番木瓜、番荔枝、西洋苹果等"③；栽种的范围很广，大江南北、长城内外，东西南北中，很多地方都有它们的身影；占据的地位很高，它们反客为主，几乎早就取代中国古代的"五菜"，成为中国人饭桌上的绝对主力军；发挥的作用很大，平常，是中国人饮食的主要构成，饥荒年月成为救急、救荒、养活人们的主力,农村地区广为流传的"瓜菜半年粮"就是证明。它们哺育了、支撑了、养活了、救济了一代又一代中国人啊!可以说,它们早就与我们同阳光共雨露、同呼吸共命运,成为我们的朋友伙伴和亲人,它们是我们生存的重要基础、生活的重要内容、生命的重要养分,已与我们共荣共生密不可分。从历史上看,它们是我们的"恩物",而如今,它们早已成为我们的亲人。我们应该感激它们生命的奉献和对我们生存的有力支撑,我们更应该感念和感恩那些历经千辛万苦将它们带入中华大地并筚路蓝缕种育它们的先辈们!

在这些熟悉得像亲人一样的蔬菜中,我要特别提两个非常普通的蔬菜:菠菜、西红柿。

提菠菜是因为鲁迅先生在《谈皇帝》一文中绘声绘色地谈起过它:老百姓把菠菜当成愚弄皇帝的道具,并给它取了一个动人的名字:"红嘴绿鹦哥",当然是嬉笑怒骂皆成文章的鲁迅先生引用甚至不排除是老先生编造的一个"聊斋",但也说明,它在老百姓眼中的普通平常和受人青睐。这个菜是唐太宗时从尼婆罗(现在的尼泊尔)引入的,是大唐著名外交官,那个被印度国王"拦路打劫"逃脱后通过借用 7000 尼婆罗外国"雇佣军"就灭掉印度的王玄策第二次出使印度返回途中经过尼婆罗,尼婆罗王那陵提婆遣使赠送的三样物种之一,原名为菠棱菜。另外两种是酢菜、浑提葱。前者即榨菜,后者即洋葱。现在闻名全国被人们视为地地道道地方特产的四川榨菜原来肇始于此。

西红柿与菠菜一样是老百姓夏季餐桌常客，但西红柿至少还让人依稀想起，它曾是个"老外"，因为它又名"番茄"。其实，它的引种并不晚，大约在明万历年间由传教士引入。其走上中国人餐桌并非一帆风顺，甚至在 20 世纪初期仍然不大受欢迎，只沾着西方在华人员的西餐厅得以"显身手"。北平农事试验场遇到丰产时"整筐整筐番茄腐烂，最后只好倒掉"。"至1916 年，才逐渐被市民接受"㉞。但似乎仍然不受青睐，老舍先生就曾说"西红柿的味道并不像它的叶子那般臭恶，而且不比臭豆腐难吃，可是那股清气味儿到底要了它的命"。如今，番茄已经成为人们夏季餐桌常客，而且中国成为世界番茄酱第一出口大国，新疆维吾尔自治区甚至成为全球规模最大品质最好的番茄酱生产区之一。"人不知而不愠，不亦君子乎？"长期被人忽视误解的西红柿似乎也可以称为蔬菜中的"君子"了。

此外，马铃薯也值得一提。此物虽然形貌憨拙（民间甚至有"洋芋疙瘩"之称），口味普通，然而既可作主食，也可当蔬菜（在四川大巴山城口县一带甚至可以全部用洋芋办出一桌丰盛的筵席来），且不择地势，不介意土地贫瘠，不畏寒暑，大江南北、长城内外、山地高原、丘陵平川均可种植，产量也高，可谓生命力最强悍的农作物之一。其出身来源似有不堪："从西洋引进的是马铃薯。传说明代有海盗将它携入中国。"㉟这些海盗在此似乎应该得到"盗亦有道"的表扬。

### 三、中式烹饪与外来技术：金凤玉露一相逢

就中国烹饪来说，我认为，因其变化影响巨大深远，可梳理成三次革命：煮食革命、面食革命、炒菜革命。三次革命中第一次革命可以认为是自我革命，而后两次均可以认为是输入革命。面食革命即由粒食到粉食。以石磨及饼为代表。据研究，其起因于石磨的引进和饼食的流行。石磨的使用及饼食的流行应是同时的，因为只有运用石磨才能磨出面粉以制面饼。这个时间应在东汉灵帝以前。此前，中国人对付小麦只能用杵臼舂，所以只能像四川话调侃的"剥了壳壳吃米米"。考古显示，石磨在西亚一带出现的时间非常早，甚至在史前时代即已出现。"……还发现了用燧石制作的旧石器时代末期类型的各种石器……捣杵和磨也有发现"[36]，"哈孙那 I$_B$ 层和 I$_C$ 层的建筑遗屋……还发现一座建筑遗存……那些房间里有火塘、石磨和储藏罐"[37]。而中国考古也显示，"在裴李岗文化遗址、磁山文化遗址和河姆渡文化遗址都发现有石磨盘、石磨棒。这种磨与现在农村中仍在使用的石磨不同，只是一个椭圆的石板，上面有根磨棒，人们把谷粒放在石盘上，用磨棒推擀。"[38]这些石磨虽极其简陋，"发育"尚不完全，但它折射着人类挥汗劳作的身影，闪耀着早期人类的智力与文明之光，并引导人类从暗夜一步步迈向黎明。中国迄今发现的与现在一致的最早石磨出现在 1968 年发掘的河北满城石磨。所以可以判断，石磨或经丝绸之路传播而来。汉灵帝虽然治国不灵，但

在中华饮食上却有贡献。他特别喜欢吃胡饼，这应当是当时胡人进京觐见时供奉的食物，或自胡地胡人传入的做法。我们不要小看这种个人偏好，它实际上几乎就像现代人喝咖啡一样，引发的是一种生活方式潮流与变革。何况这个家伙是个影响力极大的皇帝。事实上，"朕就是这样的人"，他同时喜欢穿胡服和微服私访（其实与喜欢游山玩水的乾隆"异曲同工"，只是他喜欢不坐专车不带保镖外出瞎逛）。由于灵帝好这一口而引发了宫廷内外对这种食物的追捧。这带动了麦类饮食大大地改变。首先是对麦类食物烹饪方式的变化。让麦类、谷类作物除了以颗粒蒸食而外，还可以做成面粉和水成团后揉捏切磋后煮、煎、烘、炸或发酵后做包子、馒头等蒸食，带动饮食方式的变化。让麦类食物由以前不便食用的粒食变成了方便食用的面食，这极大带动了麦类食品的创新，简直让小麦化腐朽为神奇，如鱼得水、大放异彩。当然，这是个极其漫长的演化过程。如由饼到馒头、包子、饺子再到面条，这一路走来就是汉到唐再到宋元的近千年的悠悠岁月。其中的烧饼、包子、馒头、油条、面条、饺子等简直是中国人让面粉开放出的万紫千红的花朵，在一千多年里成为中国人特别是北方人饮食的主力和最爱。面条和饺子甚至享有世界声誉。我青少年时期曾经看到一则消息，说山西人能以面食做出 130 余种花样来，惊得我差点掉下巴。估计现在花样会更多了。其主要影响在两大方面：一是如前所述对中国烹饪的发展。二是对中国粮食的产业发展。因麦类、谷类作物更利于消化且口感更好，制作的食品也更多，加上其本身就具有的高产耐旱等特性，因而种植迅速扩大，在北方逐渐超越黍稷，成为最重要主粮，最终中国南稻北麦粮食生产格局形成了。甚至许多南方人也与我一样，主食除了喜食米饭，也喜食包子、馒头、面条等面食，特别是面条，"三天不见'面'，心里有亏欠。"

炒菜革命（中国特色餐饮，以铁锅、外来油为代表）。铁锅是随着铁器的广泛使用才出现的。"直到汉代，随着冶铁工艺的成熟与普及，铁锅才开始进入寻常百姓家。"㊳据记载，中国铁器最早用于农耕是在战国时代。而从全世界看，铁器使用最早出现在新月地带，时间约在公元前1500年，比中国早了800余年。目前尚不清楚，铁锅制作技术是中国原创还是对外引进，但就把铁锅与烹饪结合得这么好，让铁锅的效用发挥得这么好，也证明我们自主创新或消化、吸收、利用外国技术的能力是一流的。铁锅的出现提高了锅具的传热性能和烹饪效率，也节省了燃料，铁锅本身的成本也远较青铜为低，这为炒菜的产生、推广、盛行提供了最重要的烹饪工具。油则提供了最重要的物质基础或曰介质。"公元六世纪时主要的食用植物油就是芝麻油、苣子油、大麻子油。"㊵油与中国已有的烹饪体系是完全兼容互补、相得益彰的，完全适合中国人的饮食习惯。这三种油料作物中，可以明确的是排在首位的芝麻，是张骞通西域后所进的胡麻。至于榨油技术，恐怕是个长期的实践探索过程。有研究认为，榨油技术也是对外开放的产物：胡麻（芝麻）从西域传入，同时也带来榨胡麻油的技术㊶。正是由于铁器制作技术和油料作物的传入或推广为炒菜这种全新的烹饪方式提供了基本条件。炒菜在中国烹饪中居于核心地位，是中国饮食享誉全球的独门秘籍，因此炒菜革命在中国饮食史上具有极其重要的地位。

　　需要指出的是，中国烹饪中的几种重要佐料：胡椒、芫荽（胡荽）、大蒜（胡蒜）、辣椒等均系外来之物，其中，胡椒在历史上曾经风光无两，唐朝宰相元载因专权贪贿被查处时，居然在家中被查抄出八百石胡椒，可见其时是作为奇货可居之物。我在中国西部客家第一镇洛带任镇长、书记时，在关注研究川菜与客家饮食关系时，发现川菜对客家菜多有借鉴，特别是辣椒的独特作用。辣椒对当代风靡全球的川菜的贡献可谓支撑性的。川菜当今以麻辣为名，麻为几千年来川菜所固有，而辣始于湖广填四川之后。辣是客家人将从沿海带来从美洲传来的辣椒带入四川并将其纳入蔬菜、佐料品类后形成的。辣椒让川菜如虎添翼，可以说：辣至川菜始有神，无辣川菜即无魂。

　　写到此处，我们来看一道菜的做法："清洗并切碎禽鸟，将其放入一个陶罐，加进水盐和莳萝，煮至半熟。趁着肉还硬，把它取出，放进一个小锅，加入油、鱼酱，一把牛至叶和芫荽。等到差不多烧熟了，再加些葡萄酒上色，把胡椒、独活草、香芹、芫荽、芸香、甜葡萄酒、蜂蜜混合成一种调味汁，在禽鸟肉上浇上它的原汁和一些醋。再把调味汁倒入一个锅内加热，用生粉勾芡，把禽鸟肉和酱汁放在一个盘子里端上桌。"这里除了有些佐

料是西式的，其煮、烧、勾芡、加调味汁等烹调手法是不是很
"中国"？是不是与西餐大异其趣？其实，这是采利乌斯·阿皮
修斯"很可能是在公元前27年开始的古罗马帝国早期撰写
的"[42]。这大约是中国西汉末年王莽当政时期。这道罗马人的
"鸟菜"竟然与中式烹调如此相似，实在令人惊讶。难道那时东
西方饮食就有交流？"古罗马烹调所起的作用，是在以东方的古
埃及和古希腊为一方、中世纪的西方基督教为另一方这两者之间
搭起桥梁"[43]。研究者虽未提到中国，我们是否可以这样想：文
明如流水，四方可至；文明如阳光，无远弗届。交流互鉴是文明
的自带属性。我们有什么理由故步自封、妄自尊大或妄自菲
薄呢？

### 四、从源远流长的分餐制到"反客为主"的合餐制

当今世界，除中国等少数国家实行合餐制而外，大多数国家
均实行分餐制。即每人一份，各吃自己的一份。这种分餐制在非
典、新冠疫情发生之后，均受到更多关注，引发在中国推行与国
际接轨的分餐制的呼吁。殊不知分餐制在中国起源很早且延续时
间很长。实行分餐制的时间远远长于合餐制的时间。"分餐制的
历史无疑可上溯到史前时代，它经过了不少于三千年的发展过
程。"[44]由分餐到合餐有一个很长的演化过程。

原始社会兴起。原始社会生产力低下，物资和食品匮乏，原
始共产主义盛行。渔猎和采集的食物大体只能平均分配，就餐据

推测应为人手一份。考古显示，"陶寺遗址的发现不仅将食案的历史提到了 4500 年前，而且已指示了分餐制在古代中国出现的源头"。这种判断无疑是有道理的，唯一须引起我们注意的是，由于物质条件、饮食资源所限，以食案享用食物在当时当属统治者专享，以分餐形式享用食物是否仅限或更多盛行于头领？以后历朝历代的分餐制是否因同样原因更多出现在统治阶层和富人阶层？这恐怕是需要存疑的。毕竟现有考古中能够被关注被视为有考古价值的都是埋有众多牺牲器物的非富即贵者。这一点恐怕是需要引起研究注意的。

夏商时代初成。夏商已进入阶级社会，开始分等级明贵贱，由此可以推测就餐形式为分餐制。考古及典籍隐隐约约可证明。如从用鼎及食器酒器规制不同，可推知其时采用分餐形式，至少在贵族阶层实行的是分餐制。

西周时代明确。西周是礼乐制度的创建之世，周公是礼乐的奠基人。制作礼乐的目的，是"乐统同，礼辨异"[45]，"君君臣臣父父子子"，让人各安其命，重点和起点是饮食之礼（"夫礼之初，始诸饮食"）。所以周代在诸多方面显示出其分餐制特征。西周礼仪制度规定有四项。一是不同等级席数不同。天子用五重席，诸侯三重席，大夫两重席，再往下可能是士一重席，老百姓或无席可用。二是不同等级鼎簋数量不同。从总体上看，其鼎簋制度为：天子九鼎八簋，诸侯七鼎六簋，卿大夫五鼎四簋，士三鼎二簋或一鼎无簋。这种礼制也为考古一再证实："从考古资料

看，墓葬中所见的列鼎制度由九鼎、七鼎、五鼎……单数排列，配上八簋、六簋、四簋的双数排列，再加上墓葬规模大小、随葬品之丰俭，都反映了相当整齐的层级规矩。"[46]天子九鼎有啥？"九鼎内所置放的肉依次为牛、羊、猪、鱼、腊、肠、胃、肤（细切的肉）、鲜鱼、鲜腊。"[47]此外还有三陪鼎之牛、羊、猪。这当然是正式宴会的标准制式。便餐为"食用六谷，膳用六牲，饮用六清，羞用百有二十品，珍用八物，医用百有二十瓮"[48]。这不禁让人感叹和担心：我的周天子哟，你哪来那么大的肚子噢！你哪吃得到这么多哟！你吃这么多这么好干啥子哟！你天天这样嗨吃嗨喝得了"三高"咋办哟！事实上，历代的皇帝老儿都是这样，将太多的美物、美器、美食、美女纳入宫中、眼中、口中、腹中，实在暴殄天物，并且多因"消化不良"而短命。三是不同等级、年龄用豆数量不同。豆是一种盛放菜肴的容器，类似于今之高脚盘。不同等级用豆数不同："天子之豆二十有六，诸公十有六，诸侯十有二，上大夫八，下大夫六。"[49]这是天子、公卿、诸侯之别。乡饮酒礼不同年龄享受的礼遇也不一样："六十者三豆，七十者四豆，八十者五豆，九十者六豆"[50]，以体现尊老敬老之礼。四是食物的摆放形式。"凡进食之礼，左殽右胾，食居人之左，羹居人之右，脍炙处外，醯酱处内，葱渫处末，酒浆处右。以脯脩置者，左朐右末"[51]，客人座位面前，井然有序地摆放着美味佳肴，有主食，有副食，有酒水，有羹汤，有调料，很明显是个完整组合，显示出的应是摆在食案上供客人

单个享有的分餐形式。

历史上其他记录也显示先秦两汉时实行分餐制。《鸿门宴》交代，项羽刘邦等就餐时的座位是："项王项伯东向坐，亚父南向坐……沛公北向坐，张良西向侍"[32]，而且在他们四个方位之间，还可以安排人舞剑。这显示，他们根本不在一张桌上（当然那时候只有人手一张食案，桌子尚未产生，完全是"各霸一方"），显示是分餐。食案的使用也显示是分餐。这从心想事成嫁得如意郎君的孟光以举案齐眉之礼对待夫君梁鸿即可看出。那个案即是一人一案之食案，很明显，两口子是"各吃各"。现存汉代画像中也多见分食场景。需要补充说明的是，中国古人在分食制中所使用的工具比现在西方人使用的丰富得多，除刀、叉、匙外，还有匕、栖、梜等近十种工具。

关于西方的分餐制，我们通常会认为源远流长，其实未必如此。德国人贡特尔·西斯费尔德告诉我们："当时在欧洲的许多地区流行着一种风俗，在莱茵河的中海拔山区甚至延续到了20世纪30年代，那就是坐在餐桌旁的所有人都是凑着一个共同的大碗吃，谁也没有自己的盘子。""在一个共同的碗里吃饭，这种文化现象在前工业时代是分布很广的。"[33]这不是合餐制是什么？综观此书，我们可以看到：欧洲古代如希腊、罗马的饮食结构、烹饪方式、就餐方式多有相同之处；西餐的历史并不长，其饮食结构、习惯、工具、礼仪的历史都很短，应是土豆引入改变主食习惯及工业革命后的产物。再如吃西餐的重要工具叉子在欧洲的使用历史也很短，"用叉子作餐具在欧洲是 16 世纪才普及的，而在拜占庭却是在 1000 年前就采用了，这使得欧洲人颇为惊讶和激动"[54]。如果他们了解到中国人早在商周就实行分餐制并使用刀叉等工具不知又会如何？"……夏商人采用餐具将食物或饮料直送口中的方式，也在渐推而广之。有关餐具主要为匕、栖、勺、斗、瓒、刀、削、叉、箸等"[55]，那可是近 3000 年前哦！估计他们会惊掉下巴：oh，my god！……

马克思主义认为，生产力决定生产关系，经济基础决定上层建筑。餐饮制度形式与内涵的发展一样受这些客观规律支配。

合餐制的发展有以下几个原因：一是时代背景上。晋代"五胡乱华"发生后，进入五胡十六国时期，到隋唐时的国家再统一，大一统的封建国家经历了被摧毁、割据、重组、再造的过程。在这数百年间，各民族像地质板块运动一样反复剧烈碰撞，挤压，合并，瓦解，动荡，渗透，这一过程无疑是痛苦的、残酷的甚至是血腥的，但也是一群无可回避迎面碰撞的古老民族涅槃重生的过程。这为合餐制的诞生提供了时代背景。二是思想文化上。随着从晋到五胡十六国再到隋唐，整个大一统国家的分裂重构到再次统一的这个过程，也是曾经定于一尊的儒家文化受到严重冲击的过程，讲究等级尊卑秩序的封建礼制包括饮食之礼和伦理道德也随之受到巨大冲击。这为合餐制的诞生提供了文化基础。三是生活风俗上。这其实是个相互影响、相互渗透的过程，绝非一些人眼中的汉化过程，从汉族角度看，也接受了不少少数民族的风俗，如胡服、胡床、胡食、胡人的饮食方式。此时，北方少数民族穿着的裤褶服和裥衫为汉族人民接受并推广。"裤褶服原是小袖缚裤脚的一种上衣下裤形式""传统中国人惯穿的无裆裤变为有裆裤""裥衫是在北周时期所穿的一种圆领窄袖袍的基础上加了下栏而形成的""服装的变革也有利于人的垂足高坐"⑯。这自然比当时流行的上衣下裳宽袍大袖干净利落，受人欢迎，但恐怕动不动就跪坐在地方就不及以前方便了。坐具方面，少数民族传来的胡床在受到青睐的同时，也逐渐被改造成后世完全中国化的交椅、椅子，让一直跪坐的中国人有了更舒适的坐姿。以前吃饭的几案也慢慢演化成更高更大的桌子。"据家具史专家们的研究，古代中国家具发展到唐末五代之际，在品种和类型上已基本齐全，这当然主要指的是高足家具，其中桌和椅是最重要的两个品类。"⑰至于胡食、胡饼等早在东汉末年就广受汉灵帝及贵族青睐，可以想见在五胡十六国期间，随着北方少数民族在华夏大地你方唱罢我登场，那些牛羊烧烤之食、麦类饼馕之食一定主导着人们的饮食习惯。这也是《齐民要术》所载之食谱多畜品的原因。另外，就饮食方式而言，北方游牧民族用餐制本身就盛行合餐制。到唐时"贵人御馔，尽供胡食"⑱，这种衣服、坐具、饮食及其背后价值观的改变为合餐制的形成奠定了基本条件。四是政治上。是唐朝统治者的胡汉血统与开明包容。隋唐王室皆有鲜卑等胡人血统，甚至保有不少胡人行为方式和风俗风尚，即鲁迅所谓"唐人大有胡气"，同时李唐王朝实行的怀柔政策也可以视为是古代各民族一律平等政策，这也是李世民能被尊为天可汗的原因之一。唐朝统治阶级开放包容。有唐一朝，朝廷里有众多胡人官员，其中有不少是来自外族外邦的"省部级官员""大军区司令员"甚至总理级高官。所谓"九天阊阖开宫殿，万国衣冠拜冕旒"。这为对少数民族乃至外国餐饮的借鉴吸收扫清了政治障碍。五是时代风尚上。政治开明带来的是人们思想开通、眼界开阔、心态开放，唐人遂形成喜欢交友游玩、宴饮同乐热闹的时代风尚。所谓"陈王昔时宴平乐，斗酒十千恣欢谑""锦城丝管日纷纷，半入江风半入云""三月三日天气新，长安水边多丽人……黄门飞鞚不动尘，御厨络绎送八珍"。这种风气对新饮食风尚的形成产生了巨大推动作用，催生出了一种新的饮食形式——会食制。这被视为从分餐制到合餐制的过渡形式，即聚桌而分餐。此后，会食制就以不可阻遏的趋势进一步发展，到宋代，随着生产力的进一步提高、烹调技术的进一步完善、食品种类的进一步丰富，以及合餐制带来的方便与良好氛围，合餐制在宋朝以后遂大行其道，最终让分餐制在中国古代社会消失。

## 五、饮食发展变迁的背后

中国饮食的发展变迁特别反映出中华民族的如下特质：

一是在思想心态上的开放包容，以拿来主义的态度，对外来事物不排斥拒绝，兼收并蓄、兼容并包。这里，我们看不到闭关自守，看不到盲目排外，看不到自高自大，看不到因循守旧。这一点，王学泰先生曾指出："中国人在吃的问题上并不故步自封，与西方国家的人们很长时期不敢食用中国人作为常食的猪、牛、羊下水和猪血相比，中国人的心胸开阔多了。"⑨这其实与我们固有的哲学理念是一致的：万物并育而不相害，道并行而不悖。这是中华民族独特民族性和开放包容的重要体现。由此，我们还要说，一部中华民族发展史证明或昭示：开放是生存之道、发展之途、强盛之路、复兴之选。

二是善于学习借鉴，善于学习、尝试、吸纳、消化外来事物。这里甚至有接受新生事物的勇敢和韧性，如对西红柿和辣椒的驯育使用。

三是民族性格上的勤劳实干、艰苦奋斗。玉米、红薯、马铃薯的引种推广大多在贫瘠干旱甚至不易耕作的陡坡山地，而它们竟然在远离故土的中国被大面积推广后有了十分可观的产量和明显的效益。中国成为世界生产大国，这与人民的勤劳是密不可分的。

四是在实践运用上的灵活与变通，不是机械照搬，而是因地制宜为我所用。中餐通过消化、吸收、转化、创造，最后变成拥有自主创新技术和"自主知识产权"，在全世界广受青睐的中餐体系。

### 六、中国对世界餐桌的主要贡献

我们从世界获取的饮食资源甚多，但中国对世界的贡献与回馈也是巨大的。

《中国饮食史》认为，中国饮食在世界上的地位与贡献体现在三个方面："中国食品发明之多远远胜于世界各国"；"中国烹饪技术精良，为人类创造了一个完整、科学的烹饪技术体系"；中国饮食合乎科学卫生，为"世界人类之师导也"。

在食物及栽植制作技术方面，"中国是世界三大农业起源中心之一。20世纪初苏联学者瓦维洛夫提出世界植物栽培一共有八大起源中心。中国属第一起源中心。八大起源中心中以中国中心的栽培植物种类最丰富，计136种，占全世界666种主要粮食、经济作物以及蔬菜、果树的20.4%。"⑩稻谷、豆腐、茶叶，这三样分别代表食物中的主食、蔬菜和饮料，可以说对世界贡献甚巨：稻谷为世界提供重要的主食来源，有力地解决了人类的生存问题；豆腐为人类提供重要营养，被中国倚重、世界推崇；茶叶为生活中重要的优质饮料甚至已成为一种休闲生活方式，广受青睐。

在烹饪方面，主要是炒。炒既是最基础也是最广泛、最重要的中式烹饪手段，是中餐之魂。

在器物方面，主要是瓷器。早期的鼎簋等物虽然高大上，但也往往傻大笨粗，并不利于推广。后期出现的瓷器则既雅致轻巧，还价廉物美，便于交易运输。瓷器与丝绸一样，是让古代中国获得世界良好声誉的"中国制造"。

在饮食健康方面，中国人把饮食与健康紧密相连，树立了医食同源理念和吃出健康来的观念。

据中央电视台《中国国家形象调查报告 2018》，为中国赢得全世界美誉最多的首推中餐，其次为中药，其三为武术。[⑨]这真有点让人出乎意料，又让人高兴自豪。

---

## 注 释

①郭晔旻，《周天子的餐桌上有生鱼片——复杂的"八珍"以家畜为主，鲜有野味》，《国家人文历史》，2019（4）。

②《汉书·东方朔传》，中华书局，1999，2147。

③张竞，《餐桌上的中国史》，中信出版集团，2022，13。

④《礼记·内则第十二》，中华书局，2017，534。

⑤徐海荣主编，《中国饮食史》卷二，华夏出版社，1999，44。

⑥王学泰，《中国饮食文化史》，广西师范大学出版社，2006，15。

⑦徐海荣主编，《中国饮食史》卷二，华夏出版社，1999，23。

⑧胡平生、张萌译注，《礼记·王制第五》，中华书局，2017，261。

从诗经出发

⑨张竞，《餐桌上的中国史》，中信出版集团，2022，25。

⑩胡淼，《诗经的科学解读》，世纪出版集团，上海人民出版社，2007，254。

⑪胡平生、张萌译注，《礼记·内则第十二》，中华书局，2017，542。

⑫胡平生、张萌译注，《礼记·典礼上第一》，中华书局，2017，33。

⑬《礼记·乡饮酒义》，中华书局，2017，1191。

⑭《国语·郑语》，中华书局，2013，573。

⑮徐海荣主编，《中国饮史食》卷二，华夏出版社，1999，12。

⑯徐海荣主编，《中国饮食史》卷一，华夏出版社，1999，384。

⑰徐海荣主编，《中国饮食史》卷一，华夏出版社，1999，380。

⑱胡淼，《诗经的科学解读》，上海人民出版社，2007，89。

⑲王思明，《外来作物如何影响中国人的生活》，《中国农史》，2018（2）。

⑳《剑桥世界史》第一卷第一分册，中国社会科学出版社，2020，273-275。

㉑王思明，《外来作物如何影响中国人的生活》，《中国农史》，2018（2）。

㉒任乃强，《周诗新诠》，巴蜀书社，2015，533。

㉓〔元〕脱脱等撰，《宋史·农田志》，中华书局，1999，2787－2788。

㉔王思明，《外来作物如何影响中国人的生活》，《中国农史》，2018（2）。

㉕何炳棣，《美洲作物的引进、传播及其对中国粮食生产的影响》，《世界农业》，1979（4）。

㉖李崇寒，《明清食材奠定中餐格局，美洲作物引发舌尖上的革命》，《国家人文历史》，2019（4）。

㉗王思明，《外来作物如何影响中国人的生活》，《中国农史》，2018（2）。

㉘吴康龄，《四川通史·清》，四川人民出版社，2010，86。

㉙李未醉、魏露苓，《古代中外科技交流史略》，中央编译出版社，2013，71。

㉚王学泰，《中国饮食文化史》，广西师范大学出版社，2006，115。

㉛〔德〕贡特尔·希斯费尔德，《欧洲饮食文化史》，吴裕康译，广西师范大学出版社，2006，126。

㉜何炳棣，《美洲作物的引进、传播及其对中国粮食生产的影响》，《世界农业》，1979（4）。

㉝王思明，《外来作物如何影响中国人的生活》，《中国农史》，2018（2）。

㉞李崇寒，《明清食材奠定中餐格局，美洲作物引发舌尖上的革命》，《国家人文历史》，2019（4）。

㉟王学泰，《中国饮食文化史》，广西师范大学出版社，2006，117。

㊱《剑桥世界史》第一卷第一分册，中国社会科学出版社，2020，272-273。

㊲《剑桥世界史》第一卷第一分册，中国社会科学出版社，2020，276。

㊳王学泰，《中国饮食文化史》，广西师范大学出版社，2006，15。

㊴郭晔旻，《魏晋乱世中的南北饮食对立——炒菜终于成为中国烹饪的代表性技法》，《中国人文历史》，2019（4）。

㊵郭晔旻，《魏晋乱世中的南北饮食对立——炒菜终于成为中国烹饪的代表性技法》，《中国人文历史》，2019（4）。

㊶王学泰，《中国饮食文化史》，广西师范大学出版社，2006，35。

㊷［德］贡特尔·希斯费尔德，《欧洲饮食文化史》，吴裕康译，广西师范大学出版社，2006，65。

㊸［德］贡特尔·希斯费尔德，《欧洲饮食文化史》，吴裕康译，广西师范大学出版社，2006，71。

㊹王仁湘，《分餐与会食：古代中国人进餐方式的转变》，《文物天地》，2003（11）。

㊺《礼记·乐记》，中华书局，2017，739。

㊻许倬云，《万古江河：中国历史文化的转折与开展》，湖南人民出版社，2017，75。

㊼王学泰，《中国饮食文化史》，广西师范大学出版社，2006，58。

㊽《周礼·天官冢宰·膳夫》，中华书局，2023，40。

㊾《礼记·礼器》，中华书局，2017，446。

㊿《礼记·乡饮酒义》，中华书局，2017，1196。

(51)《礼记·曲礼上》，中华书局，2017，31。

(52)司马迁，《史记》，中华书局，2006，266。

(53)［德］贡特尔·希斯费尔德，《欧洲饮食文化史》，吴裕康译，广西师范大学出版社，2006，177。

(54)［德］贡特尔·希斯费尔德，《欧洲饮食文化史》，吴裕康译，广西师范大学出版社，2006，扉页插图三注。

(55)徐海荣主编，《中国饮食史》，华夏出版社，1999，469。

(56)李春芳，《由分餐到合餐——中国古代就餐方式演变源流及其原因探析》，《饮食文化研究》，2007（3）。

(57)王仁湘，《分餐与会食：古代中国人进餐方式的转变》，《文物天地》，2003（11）。

(58)《旧唐书·舆服志》，中华书局，1999，1332。

(59)王学泰，《中国饮食文化史》，广西师范大学出版社，2006，120。

⑩樊志民,《从百谷到五谷,从石烹到铁烹》,《中华饮食与农业文明》,2019（2）。

⑪中央电视台第4台,2019年9月3日《遇鉴文明·佳肴美馔：中餐与西餐》。

# 拂去风尘识真身

《诗经》到底是什么？我求学的时候（20世纪八九十年代）教科书的说法是中国最早的民歌总集。古代认识比较统一：它是儒家重要经典。近现代则说法不一：最早的歌谣总集、最早的民歌总集、最早的诗歌总集，几乎是众说纷纭、莫衷一是。这些说法其实是值得推敲商榷的。

## 一、《诗经》是诗非诗

按照《毛诗序》的观点，诗与历史上的重要人物和史实——对应，或为先王之事，或为后妃之德，或为诸侯公卿之为，或为宫室贵妇之举。虽然今人仍多有坚持此说者，但我认为，这些解释大多是乱点鸳鸯谱。从三个方面可以证之：

一是从主要内容看，多为民生民瘼之歌。国风主要反映的是人民生产生活、爱情婚姻、兵役劳役、风尚风俗、苦乐忧思等等，大体说是"饥者歌其食，劳者歌其事"。当然，还有一部分反映的并非普通劳动人民生活而是贵族士人的生活，如反映贵族婚礼、祭祀的作品。

二是从表现形式看，多有民歌山歌之风。《诗经》中许多诗有着群体活动、相互唱和的影子，如《芣苢》明显是一群采摘芣苢的劳动妇女的山歌，极类似后世壮族的《采茶歌》。《卷耳》一为以女子口吻写采卷耳以怀人，一为以在外行役男子口吻表风尘仆仆回乡。钱锺书先生认为是"作诗之人不必即诗中所咏之人，妇与夫皆诗中人，诗人代言其情事，故各曰'我'"，而"小序谓后妃以臣下勤劳，朝夕思念，而作此诗，毛、郑恪遵无违。其说迂阔可哂。求贤而几于不避嫌！朱熹辨之曰：'其言亲昵，非所宜施'；顾以为太姒怀文王之诗，亦未焕然释而怡然顺矣"①，诗中之我非指同一人，真是火眼金睛之论。但从民歌角度看，这就是男女对唱形式。《箨兮》明显是一群男女在某种节日性集会中的男女对歌。《绸缪》是闹洞房时对新婚男女的起哄性、调笑性民歌。《桑中》从其每一章前后两个明显不同语势节奏的特征看，更可能是有分有合的群体性歌唱。而《桃夭》则是亲友送别女子的婚庆祝福唱和之歌。《摽有梅》是男女群体欢会时的求爱之歌。这些诗中的不同章节之间，在同一章节的前后之间，或隐或显有男女之异、角色之异、领合之异、组合之异，这正是歌唱特别是民间歌唱的表现。

三是从手法上看，多用民歌山歌手法。国风之辞，往往非常简单，而最突出的结构特征是重章叠咏，这正是民间歌谣的表达特色。日本《诗经》研究大家松本志明认为，《诗经》在形式上最大的特征是叠咏，而国风为最，国风 160 篇中 133 篇，小雅 72 篇中 42 篇，大雅 31 篇中 5 篇，颂 40 篇中 2 篇运用了叠咏。通过研究日本奄美大岛的歌舞，他认为国风的吟诵方式是歌合战的形式②。另外，从风诗中多用兴这一手法也可证其歌的一面。据研究，毛传自《关雎》而下 116 篇诗，其中国风 70 篇，小雅 40 篇，大雅 4 篇，颂 2 篇，注明"兴"也。"兴"，用朱熹的解释为"先言他物，以引起所咏之事"，这种见物起兴的手法正是山歌民歌的特色。历史上的竹枝词、客家山歌、信天游、花儿等几乎莫不如此。而现当代许多《诗经》研究专家的研究成果也力证了这种频频见之于风诗的兴与歌舞的亲缘性特征。华裔学者陈世骧考证"兴"字来源后认为，兴乃是初民合群举物时发出的声音，带着神采飞扬的气氛，共同举起一个物体而旋转。卜弼德教授认为可以用英文里的 uplifting（上举）与兴字平等互译。因为在原始歌舞中，身体和精神同时"上举"，在场者受精神与感情的刺激，蹈足上举而成舞。而且随舞而来的是"歌诗"，这种歌诗就是延续不止的初民的咏叹。兴的呼喊于是在初民的群舞里产生③。王靖献先生在研究《诗经》套语现象后说："历史上曾经有过这样一个时期，无论在中国或者欧洲，作诗是歌唱与随口而歌，只是熟练地运用职业性贮存的套语。"他同时指出："《诗经》研究之注重主题意义的阐释始于儒家学派。在此之前，对诗或《诗经》的首要关注是它的音乐仪式。"④吴结评女士指出：

"'诗'之古字为象形字，摹顿足击节之状，显然与原始的舞蹈艺术有关：通过舞蹈，音乐和诗歌结合了起来。从古人训'颂'为舞容者的说法，从《宛丘》《东门之枌》《伐木》《宾之初筵》诸篇的描述，可以看到舞、乐、歌三者的合一。"⑤这些论述，既表明了兴的产生背景，更指明了风诗或者早期诗、歌、乐、舞同源的特征，也证明了《诗经》歌的特征。综合判断，其时之歌除个人的长吁短叹、一咏三叹之外，更多的应是群体性的有领有合、有分有合、有独有合等多种歌唱方式。

## 二、《诗经》是民歌非民歌

五四时期胡适等先生认定《诗经》为民歌总集，中华人民共和国成立后这种观点一度风行。这个看法为什么是不准确的？这是因为民歌是有特定内涵的。其一，它应来自民间，主要属于民众集体创作；它应在群众中广泛传诵运用，即作之于民，歌之于民，用之于民，传之于民。其二，在内容上，它反映的是民众的生产生活与思想情感；其三，在审美趣味上，它反映的是民众的喜好情趣；其四，在语言上，它总体率真质朴、明白晓畅；其五在曲调上，它总体简单动听、易于传唱。正如钟敬文先生就"诗"谈道："它的孩童时代就是歌谣。它是民众所产生的，是民众所歌唱的。"⑥

以此观之，《诗经》中以下三类作品视为民歌是牵强的甚至是不恰当的：

一是谏诤讽喻之作。如《民劳》《板》《荡》《抑》《桑柔》《节南山》《十月之交》等，这些诗歌针对事件非常明确，指向对象非常明确，创作主体非常明确，是表达个人情感之作而非集体情绪之作，更重要的是，这些明显反映高层政治生活，反映统治阶级意识形态，反映王公贵族讽谏周王、指斥时政、忧国忧民、鞭笞宵小的作品，与民众生活及情感旨趣相距甚远，没有半点民的气息，何以为民歌？

二是宴享歌咏之作。如《鹿鸣》《宾之初筵》《嵩高》《烝民》此类反映官方活动场景、贵族人物行止，反映君臣宴饮、钟鸣鼎食的贵族生活，特别是有明确创作者的作品，视为民歌是不恰当的。

三是祭祀天地祖宗之作。如周王室或诸侯用之于祭祀天地祖宗的周颂、商颂、鲁颂系列作品，此明显为官方祭天祭祖之作，作之非民，用之非民，诵之非民，传之非民，当然不是民歌。这也是此类作品在民间几乎得不到传诵的原因。

事实上，据夏传才的《诗经》研究，在公元前827年至公元前770年往后一段时间，即距今将近三千年，中国出现了一群出色的抒情诗人，创作了一批优秀的政治抒情诗。这个时间包括周宣王朝46年、幽王朝11年和曾经被从前的历史学家归入东周平王朝的"二王并立"时期12年。这群诗人的代表作有尹吉甫的《云汉》《崧高》《烝民》《韩奕》，召伯虎的《江汉》，芮良夫的《桑柔》，卫武公的《抑》，家父的《节南山》，寺人孟子的《巷伯》，召穆公的《民劳》《荡》，凡伯的《板》《瞻卬》《召旻》，还有作者名称失传的《常武》《四月》《十月之交》《雨无正》《小旻》《小宛》《巧言》《大东》《北山》《小明》《青蝇》《苕之华》《何草不黄》等讽喻诗和怨刺诗，即相当一部分诗歌都是个人创作，"这是贵族诗人的群体，是他们的阶级中有觉悟、有理想的一群人，他们关心国家的命运和人民的疾苦，为实现国家安宁、政治清明、人民安居乐业而创作……纵观人类几百代，横看世界五大洲，距今三千年，出现这样成熟的诗人群体，产生这么多优秀的政治抒情诗，舍我中华民族，文明古国，夫复岂有他哉！"⑦所以将这些诗人之创作视为民歌肯定是不恰当的！

还有一点必须指出，国风中有相当数量之作并非都是纯粹意义的民歌，其中有不少"官歌"。其理由在于：

首先，有些内容不是反映劳动人民的生活。如《关雎》中"琴瑟友之""钟鼓乐之"迎娶淑女，这明显是反映贵族婚礼。因为琴瑟非寻常之器，钟鼓更是庙堂重器，并非普通劳动人民可以使用（见《关雎不是民歌是"官歌"》）。再如《卷耳》中采摘卷耳之女所怀之人有马有仆，且"酌彼金罍""酌彼兕觥"，这样的人绝非普通劳动者。据白川静先生以人类学观点研究，采摘卷耳也并非村姑采其食用，而是一种预祝行为。《有女同车》中在车上将翱将翔、佩玉锵锵、洵美且都的孟姜，其生活方式、穿戴气质无论如何都与劳动人民相去甚远。《樛木》所赞之君子，《麟之趾》所赞之公子，《鹊巢》"之子于归，百两将之"，《何彼襛矣》"何肃雍矣，王姬之车"的奢华婚礼，再如明白反映贵族生活的《墙有茨》《君子偕老》，等等，都让我们不能睁眼说瞎话：国风全是劳动人民之歌。

其次，有些表达方式不是劳动群众的表达。如《黍离》中"知我者，谓我心忧；不知我者，谓我何求？悠悠苍天，此何人哉？"表达的是昊天无极忧愁、难解、神思、恍惚的深重旷远之悲，是兴衰忧思的贵族之忧。《园有桃》中"心之忧矣，我歌且谣。不知我者，谓我士也骄"表达不被人理解的苦闷，这里面明确表明自己身份为士，这显然是周代最低一级贵族。再如《兔罝》中赞美武士为"公侯干城""公侯好仇""公侯腹心"，这明显是贵族之赞。

再次，有些情趣格调不是反映劳动人民的追求。如《柏舟》中反映的"我心匪鉴，不可以茹""我心匪石，不可转也""我心匪席，不可以卷"的刚烈和"忧心悄悄，愠于群小"的困顿以及"静言思之，不能奋飞"的忧愁，如《蜉蝣》中体现出的慨叹人生如梦如幻、生命转瞬即逝，如《蟋蟀》中倡导的"无已大康""好乐无荒"的适度享乐，以及《山有枢》中"且以喜乐，且以永日"的及时行乐的思想，等等。应该是贵族或士等有权力、有财富、有闲情的阶层的思想意识情感，彼时尚在温饱中劳作挣扎的民众是不大可能产生此类感受的。怎么看待这些现象？这说明，风中除确实来自民间草根的山歌民歌外，还有一部分是城市民谣，甚至"城市官谣"——诸侯国官方流行的歌。因此，说风全为民歌是不正确的，准确的表达是来自各诸侯国的歌谣。就此而言，司马迁说"诗三百篇，大抵圣贤发愤之所为作也"是有一定道理和依据的。

风诗中的一些诗歌，未必是真正的民歌，因其反映的是贵族生活且并非民间风味；纳入雅诗中的一些诗歌，未必不是民歌，如《杕杜》《隰桑》等，其实反映的是民众生活情感。因为风是各诸侯国之歌，并不一定是山野之歌，而风雅颂之别，是以音乐来区分的，不是以官民雅俗来区分的。

最后我还要特别指出，认为《诗经》全是民歌，是无视了诗歌创作者的多元性，忽视了《诗经》内容的丰富性，看低了《诗经》的思想性，看轻了《诗经》的价值！

与此同时，也要避免矫枉过正或在汉儒的"美刺谲谏"论中画地为牢，认为"诗经不是民歌，国风更不是民歌；它是国教。它是抒发贵族君子之志的诗"。[8]刘绪义先生的《诗经心得》是一本不错的书，但对这个观点尤其是最后一句话我也不以为然。

### 三、《诗经》是经非经

《诗经》为六经之首，为儒家重要经典。其重要性体现在：它是周代官方观知民风的重要参考，它是古代贵族子弟学习的重要内容（所谓六艺之一且居为首），它是政治社会外交生活中的重要素养，有言必称诗之习尚。在罢黜百家、独尊儒术之后，它的地位更上一层楼，成为儒家五经之一，并居为首。《毛诗序》

认为其具有"经夫妇，成孝敬，厚人伦，美教化，移风俗"之功⑨，是社会教化的重要工具。到宋代，朱熹更是指其"人事浃于下，天道备于上，而无一理之不具也……则修身齐家，平均天下之道，其欲卜待他求而得之于此也"⑩，《诗经》得名始于南宋廖刚《诗经讲义》。《诗经》在古代中国乃至东亚都有很高地位，其经学一面（而非文学）长期受到巨大关注。例如在朝鲜半岛，"朝鲜王朝建立后，朝廷以朱子学为核心在社会进行文化推进的同时，经学意识逐渐占据民众的意识领域，成为集体无意识……整个社会营造出一个以经为正的经学环境，朝鲜王朝《诗经》学的文学阐释也具有强烈的经学旨归"。⑪《诗经》"出口"情况尚如此，在国内就更突出了。进入现代以后，特别是民国以后，其经的一面开始被层层剥掉，甚至受到否定，转而其在文学一面受到了更多关注。这种观点，以胡适先生为代表。他斩钉截铁地说：

　　《诗经》不是一部经典。从前的人把这部《诗经》都看得非常神圣，说它是一部经典，我们现在要打破个观念；假如这个观念不能打破，《诗经》简直可以不研究了。因为《诗经》并不是一部圣经，确实是一部古代歌谣的总集，可以做社会史的材料，可以做政治史的材料，可以做文化史的材料。万不可说它是一部神圣的经典⑫。

　　这里面有真知灼见，如《诗经》可做政治史、社会史、文化史材料；也有草率结论，如歌谣总集；还有不妥之处——《诗经》不是经典。我理解，胡适先生此处经典之义，应为宗教性经典义（如文中说"《诗经》并不是一部圣经"），说其非经典应就《诗经》文本本质而言。但是无论宗教经典还是文学经典，都是就其文本受到广泛认可、广泛流传而言，化用鲁迅先生语即是"本来不是经，念的人多了，也就成了经"，并在教育和政治文化社会中发挥了重要作用。言在古代长期被尊奉为儒家经典、经学代表的《诗经》不是经典或不是经，岂不大谬也哉？

但《诗经》之经的地位在现代的确已近丧失殆尽，这已是不争的事实。现在我们看《诗经》，的确看重的是其"诗"的一面而非"经"的一面。

因此从历史上看，虽然其地位一直很高，但也是变动不居的：汉代以前不是经，只是古代重要典籍；宋代以前不称经；现代不认为是经。

《诗经》被尊为经，起于汉武帝罢黜百家，独尊儒术，盛于宋朱熹《诗集传》释诗，最终形成了诗教传统，对大众开展伦理教化。它从客观上熏陶了中华民族并参与构建了民族精神。其价值贡献与功劳不容低估与抹杀。就此而言，《诗经》作为经是不容否定的。但正如日本学者松本雅明的观察，"因为《诗经》是儒家的经典，所以后人在解释《诗经》的时候经常会加入一些儒家的政治道德观念"。[13]因此对文本的曲解误读滥读也是客观而广泛存在的。

# 注　释

①钱锺书，《管锥编·毛诗正义·卷耳》，生活·读书·新知三联书店，2007，116。

②韩璐，《松本雅明的〈诗经〉国风研究》，《中国诗歌研究动态》第二十二辑，2018年第2期。

③李珍，《诗经"兴"在北美汉学视域中的阐释》，北美中国学的历史与现状国际学术研讨会，2011。

④王靖献，《钟与鼓》，四川人民出版社，1990，154。

⑤吴结评，《英语世界里的〈诗经〉研究》，四川大学出版社，2008，33。

⑥［日］西胁隆夫，《钟敬文与歌谣研究》，赵宗福译，《青海民族学院学报》，2000（1）。

⑦夏传才，《诗经讲座》，广西师范大学出版社，2019，70。

⑧刘绪义，《诗经心得》，东方出版社，2007，12。

⑨《十三经注疏》整理委员会整理，李学勤主编，《毛诗正义》，北京大学出版社，1999，10。

⑩朱熹，《诗集传·诗集传序》，中华书局，2017，2。

⑪张安琪，《韩国朝鲜王朝〈诗经〉学之文学阐释研究》，《山西大同大学学报》，2021年第35卷第5期。

⑫胡适，《谈谈诗经》，载顾颉刚编著《古史辨》第三册，海

南出版社，2003，383。

⑬韩璐，《松本雅明的〈诗经〉国风研究》，《中国诗歌研究
动态》第二十二辑，2018 年第 2 期。

叔兮伯兮，倡予和女

叔兮伯兮
倡予和女

# 桃李一般春:《诗经》在越南

欲问安南事,安南风俗淳。

衣冠唐制度,礼乐汉君臣。

玉瓮开新酒,金刀斫细鳞。

年年二三月,桃李一般春。

——《答北人问安南风俗》

这首诗是越南胡朝开创者、著名政治家、诗人胡季犛（1336—1407）众多诗作中的一首。在我看来,它可视为是胡面对明朝使者李锜所作的"申诉书"。因为李作为大明这个天朝上国的使者,认为安南"僻在西南,本非华夏,风俗殊异",其言行举止表现出对越南的傲慢和不屑。这种"大国沙文主义"肯定引起了胡的不满。但他不是拍案而起怒目相向（当然作为附属国也不敢）,而是随即口占一首诗,以诗歌为武器做了漂亮的反击:我们的衣冠礼乐制度、饮食风俗、节日物候与中华一模一样,我们也是不折不扣的礼仪之邦！而且诗作还暗藏机锋:我们的衣冠礼乐制度与汉唐的是一脉相承的，是淳厚的，不像你们，在蒙古人入主中原之后，衣冠制度都胡化了。整个诗作含而不露，用语精当，对仗工稳贴切，音韵和谐，自然天成，完全看不出这是老外作的汉诗，让人不得不点赞。估计李锜看到这首诗气焰顿时消了一半，他满脸涨得通红，心里一惊：高人哪！好诗啊！有道理呀！马上拱手致歉：佩服！佩服！在下有眼不识泰山，对安南有所不敬，还请海涵！随后握手言欢，"添酒回灯重开宴"。

历史上，像胡氏这样为中华一分子的身份而鼓与呼的越南人大有人在。清朝时越南人李文馥出使至福建时，见省城公馆门题"越南夷使公馆"而拒绝入住，并作《夷辨》：

自古有中华，有夷狄，乃天地自然之限也，而华自为华，夷自为夷，亦圣贤辨别之严也……（我越）以言乎治法，则本之二帝三王；以言乎道统，则本之六经四子，家孔孟而户程朱也；其学也，源左国而溯班马；其文也，诗赋叫昭明文选，而以李杜为归依；字画则周礼六书，而以钟王为楷式；宾贤取士，汉唐之科目也；博带峨冠，宋明之衣服也。推而举之其大也，如是而谓之夷，则正不知何如其为华也。①

其意旨非常明确：自古夷夏之辨、华夷之防就是圣贤所严加分别的大事。我们越南遵循的政治道统、制度文化、文学艺术、科举取士、服饰礼仪全部与当今中国同源，怎么会是蛮荒之地的夷呢？此文体现出的对中华文化的熟稔于胸，对中华文化的衷心热爱认同及亦步亦趋的研习，对融入中华文明的热切愿望，对被视为中华之外的蛮夷的不甘与抗争，让人耸然动容。这里面体现的对中华文明的认同趋赴是非常强烈的。而这个华夷观，与现代范文澜先生所言异曲同工："中国、夏、华三个名称，最基本的含义还是在于文化，文化高的地区即周礼地区称为夏，文化高的人或族称为华，华、夏合起来称为中国。对不遵守周礼的人或族称为蛮、夷、戎、狄。"②

　　作为一个国家，越南似乎离我们很远。而作为儒家文化圈的一部分，越南离我们又很近。而《诗经》，是拉近我们两国距离的重要文化纽带之一。越南学者阮氏邱姮指出："《诗经》以其丰厚的思想内容，独特的艺术特色的优越性以及强大的生命力对越南产生深远的影响。同时，《诗经》通过不同的管道进入了越南，并对越南社会文化生活产生巨大的影响。"③另一越南学者陈黎创则说得更具体："古代越南人，如被视为有文化的人，则称之为'诗礼'或'诗书'的人。这里的'诗'字，不完全是指《诗经》，但也不能否定说与她毫无关系。有几出越南古代民间歌剧，凡人物是书生的，出场时一定手持书本，口诵《关雎》。古代民间形成一种观念，要读书，必须读《诗经》，似乎《诗经》与大家有着密切的关系。如果遇见一位越南诗人或者一位诗歌理论研究工作者，谈起《诗经》的话题，很少有不知道的，而且有的人对《诗经》还了解得很深，对中国历代学者对《诗经》的评论也知道得很多。"④或许可以说，越南是《诗经》在古代东方诸国中，最大最铁的粉丝。

　　越南与中国的深厚渊源，还有越南对中国文学、文化的亲近，也引发了我对越南人民的好感。事实上，我们与越南也可以说是有点渊源。有五件事值得一提。一是同为四川人的蜀王子泮在秦灭巴蜀后南逃至越建立政权："蜀王子将兵三万来讨雒王雒侯，服诸雒将，蜀王子因称为安阳王。"⑤对越南地区的开发有奠基性影响。二是汉代时我的渠县同乡沈府君（真名不详，此处以其墓阙之官名称之）曾在交趾任职都尉。三是我另一个渠县同乡清朝人杨宜治参与中越勘界。此人曾任清朝总理衙门章京，长期参与涉外事务处理，并考察过俄德法。在 1885—1887 年间曾亲身参与过中越勘界，以极为认真负责的精神跋山涉水、风餐露宿、实地勘界，并与法国殖民者反复斗争交涉，有效维护了国家权益⑥。四是同宗雍文谦。他不仅与我同姓，连辈分都排得上。雍文谦曾任越南外交部副部长，他对于西沙、南沙群岛主权问题，曾对中国有明确表态。"1956 年 6 月 15 日，越南民主共和国外交部副部长雍文谦接见中国驻越南大使馆临时代办李志民，郑重表示：'根据越南方面的资料，从历史上看，西沙群岛和南沙群岛应当属于中国领土。'"⑦雍姓在中国也是人口稀少的小姓，在以阮、陈、李、黎等姓氏为主的越南就更稀有了。此姓我猜测也许是汉代四川什邡侯雍齿之后人迁入吧。五是据徐中舒先生考证，交趾一带的铜鼓起源于中国。"錞于的起源应在黄河流域""錞于出土之地，有记载可考者多在长江流域及四川诸地""东汉以来，在中国南部以及交趾支那半岛盛行的铜鼓，它的形制也是由錞于发展演化而成"。⑧此外，据我在四川博物院看到的有关资料显示，牙璋等玉文化和以三星堆为代表的青铜文明曾远播越南红河区域。

《诗经》在越南的传播史，大致脉络是：西汉发端，唐代发展，李朝奠定，黎朝登顶，近世衰微，至今传承。

战国用于战争的巴人虎钮錞于（雍也摄于四川省渠县博物馆）

## 一、纳入本土，推行教化

汉武帝曾征服南越，分置九郡。汉武帝分置的九郡中有交趾、日南、九真等郡。这是以郡县制方式实实在在将越南北部纳入中央王朝有效管辖的区域，不是宋明以后的册封制管理。因此，《诗经》最迟应在此时传入。越南学者阮氏秋姮也明确指出："西汉末年至东汉初期，在锡光和任延等官吏担任交趾郡和九真郡的太守职务之时，越南开始建立了各级学校，采取汉文授课方法以便广泛地进行封建礼教和封建社会道德的教育及传播，与此同时，将中国文化推广到越南。包括《诗经》在内的中国文学作品尤其是中国古代经典作品传入越南并产生了极大的影响。"⑨另据史籍记载，东汉政府派遣士燮在交趾地区任太守，士燮教民耕种，推行文教，极大地促进了交趾地区生产力发展。

事实上，汉代对越南的有效管理及文教之治除了文献典籍之外，还有文物为证。在笔者家乡四川渠县即有汉代古迹沈府君阙留下了蛛丝马迹。这位沈府君在一千多年里都不知为谁，近来经四川省社科院李后强教授用"离合体"方式（拆字法等）考证为宕渠人、广昌太守沈稚。这其实并不重要，重要的是：它可能是国内现存唯一能证明越南河内地区当时被中国中央政府管辖地面的文物证据。它以实物表明，交趾地区在汉代被纳入了中央政府

四川渠县东汉沈府君阙沈府君任职交趾等碑文（戴连渠摄于渠县土溪镇）

有效管辖，因为他的墓碑有他的工作简历：曾在交趾一带工作，其任职为交趾都尉。这个汉阙上的铭文极张扬、极具个性，在书法史上评价非常高，唐代书论家张怀瓘等评价为："作威投戟腾气扬波""非魏晋以来所能仿佛也"。

## 二、参加科考，儒生研习

隋朝已经将越南交趾等区域纳入本土管理，唐代更在越南地区设立了安南都护府以实行有效的管理。王勃的父亲就曾在交趾地区为官，王勃淹死后也埋葬在此地。因为唐朝实施科举制度，所以唐代包括《诗经》在内的中国古代文学作品在越南有进一步的传播发展。"不少士大夫前往中国参加科举考试，若应考及第就得以授予官职，穿上了锦衣，参加封建统治机构的工作。因受汉文尤其是汉文学的影响，不少越南文人儒士会用汉字作诗，写文章，创作对联，不少作品名垂竹帛。"⑩

## 三、推崇儒学，推行科举

公元 938 年，越南获得独立，但是，儒学以其巨大影响力仍然受到重视，并逐渐成为越南各个封建朝代的正统思想。甚至，在越南李朝，更发生三件"弘扬优秀传统中华文化"的大事：一是 1070 年建立周公和孔子庙，祭拜儒家思想的两位创始人，标志着越南封建时代对儒学推崇的开端；二是 1075 年开设升龙的第一次科举考试，需要指出的是，本次科举考试内容就有《诗经》；三是 1076 年，建立国子监，用于教育皇子和高级官员（1236 年，文庙国子监发展成为培养国家人才之地）。我认为，这三大举措对越南而言，是固根本管长远的极其重要的事，第一件事是确立了李朝立国的政治指导思想，第二件事确立了国家的教育和人才选拔体制，第三件事确立了国家高级干部培养制度。包括这些制度在内，越南制度礼仪文化几乎"全盘中化"，一律比照中国实施。例如科举考试，学生学习的文字是汉字，考试的内容是中国的四书五经，考试的标准答案或者说参考用书与中国明代确立的一样是朱熹的著作，考试分乡试、会试、庭试（中国叫殿试），考试第一名为状元，第二名为探花，第三名为榜眼。后来，自 1466 年后连考试间隔相当于学制也改为与中国一样：三年一次。这三大举措一直推行到越南彻底沦为法国殖民地之前，其影响巨大，为儒家学说在越南的深入推行、广泛传播以至深入人心奠定了基础。一代又一代越南人像呼吸空气、食用饮食一样吮吸濡染着这些中华文化，难怪他们自命为小中华，且严重不满于中原王朝以夷狄视之。

## 四、影响文学，广为借鉴

在越南传统戏曲嘲戏中，读书人形象几乎都是以手捧《诗经》、口诵《诗经》为代表。据越南学者范玉含根据越南教育出版社 1988 年出版的《学校文学典故词典》统计，"从《诗经》引进典故的文学作品共有 35 个，约占 25.5%。而来自《诗经》的典故共有 86 个，约占 7.75%。其中典故出现频率最多的是《金云翘传》共有 23 个，占 26.4%"①。这个比例是相当高的。需要指出的是，《金云翘传》是越南文学史上极其重要的作品之一，其来源为明末清初中国青心才人编次的小说《金云翘传》（又名《双合欢》《双奇梦》，此书对《红楼梦》创作有影响）。

越南历史上著名小说家阮氏点作品中多有征引中国诗词曲赋，其中一首《北风歌》写道：

北风何凄凄，君子于役兮，不知其期。我心之忧兮，如调饥。昔君之行色兮，车马骈骈，排今君之家乡兮，风景依依。昔我之送君兮，饮饯吟诗；今我之思君兮，遵坟伐枚……

这里有机化用了《君子于役》《北风》《采薇》《汝坟》等的句子，显然作者对《诗经》了然于胸、信手拈来。

再如诗人冯克宽之《雎鸠》：

状类凫鹥若是班，也宜于水不宜山。

关关常在河洲上，两两相随淮浦间。

司马官联曾显贵，后妃德可比幽闲。

挚而有别无相狎，夫妇之情亦一般。

可以看出，冯克宽不仅熟悉《诗经》，而且对《毛诗序》《毛诗正义》《诗集传》等历史上的经义释读非常熟稔，其表达的意思都是传统经典解读中正合规的意涵，如关雎为咏后妃之德、夫妻相处之道应挚而有别等，体现出对《诗经》之"先王所以经夫妇，成孝敬，厚人伦，移风俗"的编撰用意有深入理解，而且语言妥帖，对仗工稳，既有唐诗语言风调，又有宋诗善于说理色彩。

### 五、深入民间，浸染风俗

一是进入教育，影响深远。科举制度不仅是人才选拔制度，实际上也是教育制度，像如今的高考一样，是指挥棒，规定了学什么、怎么学、教什么、怎么教。所以古代越南人从小就开始熟悉中国文化。越南封建时代规定，七岁以上的孩子就可以上学，读书顺序是《三字经》《五字经》，到《孝经》《小学》，再到四书五经。因此，古代越南读书人和通过这些读书人触达的全社会普通人，对《诗经》代表的中华文化十分熟悉亲近和认同，完全没有"排异反应"。

二是进入语言，成为习语。因为中华文化的影响，越南语里大约有70%的汉语借词。就《诗经》而言，亦有许多直接化为越南约定俗成的表达，如"于归""宜家""桃夭""今夕何夕"，等等。甚至还出现了在中国默默无闻而在越南大行其道的表达，如"狼跋其胡"。这个表达源自《豳风·狼跋》，其意为"老狼往前走踩到自己颈部下垂的肉"。整诗描绘的是大腹便便、养尊处优的贵族王孙形象。这首诗在整个《诗经》中并不显山露水，"狼跋其胡"在古代也湮没无闻，更不为现代人所知。但进入越南后不知什么原因竟成为一个成语被广泛使用，但意义已完全不一样了，"表示某人出门在外，流浪街头，路途遥远，不知归宿，难以寻踪"。我推测，他们是将"狼跋其胡，载疐其尾"（狼往前走踩到颈上下垂的肉，往后退又踩到自己尾巴）理解成了进退不得的困窘之态，并喜欢上这个形象生动的表达。

三是进入民俗，世代传承。如婚礼。越南人举行婚礼，除了在墙上贴汉字红双喜字，还在大门上贴上来自《诗经》《桃夭》或《汉广》的"于归"二字（汉字或拉丁语两种形式并存），并且传统的婚礼上还要朗诵《桃夭》以祝福新人。再如对联。越南人民也有作对联、贴对联之俗，只不过现在的春联几乎都是拉丁字母写的。历史上越南与中国一样，有很多高水平的对联。并且，据阮氏秋姮引用阮碧恒《越南对联》显示，不少对联喜借用、化用《诗经》字词，如："桃花结子三千岁，桩树敷荣八十春""喜见红梅放，乐见淑女来""百年琴瑟好，千载凤麟祥""谐遇百年期桂实，于归正月咏桃夭""岁月水和赋宜家室，乾坤相酸梦叶熊熊"（原文如此，我认为后一个熊应是罴才与上联家室相对）。这些对联总体上对仗工稳，化用精当，无隔无碍。

四是进入地名，广泛传播。《诗经》中的词汇被越南人民创造性地纳入地名，以显其雅，以传其风，以明其志，表现了越南人民的情趣和追求。据研究统计，"越南北部在阮朝同庆时期共有 8537 个社村寨坊，其中有 130 多个的名称与《诗经》有关。"[12]

总体来看，《诗经》对越南的影响是全面深刻和细致的，是阳光普照的温暖，是和风吹拂的舒爽，是细水长流的滋养，它与儒家文化一道成为古代越南人民亲近青睐的精神食粮。越南人民对《诗经》的热爱是真诚的、炙热的、恒久的，已融入了越南民族的精神血脉。这令我们这些来自《诗经》祖国的人既感慨感动，又自豪万分。

**附记：《越南诗经》**

这是越南关于其本土风谣的一本书，分为"中华《诗经》""越南《诗经》"和"风谣的来历"三部分。"越南《诗经》"部分，包含了"越南人民与儒教""越南社会建立在农业经济基础上""父系家族""反抗勇权""情感生活""本能生活""社会现状决定人的意识"。这是一本论述越南民间歌谣产生内容及其与中国《诗经》关系的书，书中应该收录了非常多的民间歌谣，因为阮氏秋姮指出："《越南诗经》的内容也特别丰富多样，生动确切地反映了广大越南人民群众的生产劳动生活、爱情婚姻生活以及阶级斗争生活。"这也表明了越南民间歌谣与《诗经》一样的现实主义性质，并非单纯的诗歌总集。虽然越南学者们主张出版《越南诗经》，但事实上并未完成。也许是因为越南放弃传统文字实行拉丁文字后文化断层的原因吧。丧失传统和根脉，这无疑是令人遗憾悲哀的事。

出版这本书，从一个侧面表明了《诗经》对越南的深刻影响和越南人民对《诗经》的高度认同，这本书与中国《诗经》一样具有现实主义特色，一样具有赋比兴等艺术特色，但从阮氏秋姮征引的几首看，艺术水准不高，影响不大。

注 释

①黄文凯、陈庆良，《追慕与拒斥——越南邦交诗的认同与民族共同体的构建》，《国际汉学》，2017（2）。

②范文澜，《中国通史简编：第一编》，人民出版社，1949，180。

③［越］阮氏秋姮，《〈诗经〉对越南之影响》，厦门大学，2018，15。

④［越］陈黎创，《浅谈〈诗经〉在越南》，《贵州文史丛刊》，1995（4）。

⑤徐中舒，《论巴蜀文化》，四川人民出版社，2019，170。

⑥戴连渠，《从渠县走出来的外交达人》，《封面新闻》，2022年11月3日。

⑦高杨，《中国拥有南海主权中外都有见证》，《人民政协报》，2014.6.14第5版。

⑧徐中舒，《论巴蜀文化》，四川人民出版社，2019，35-37。

⑨［越］阮氏秋姮，《〈诗经〉对越南之影响》，厦门大学，2018，24。

⑩ ［越］阮氏秋姮,《〈诗经〉对越南之影响》, 厦门大学, 2018, 24。

⑪ ［越］范玉含,《越南古典文学中来自中国〈诗经〉的典故》,《汉字文化》, 2017 (17)。

⑫陈继华,《越南阮朝北部村社地名与〈诗经〉的关系——以〈同庆地舆志〉为中心》,《黑龙江社会科学》, 2017 (5)。

# 半岛遍吹诵诗声：
# 《诗经》在朝鲜半岛

## 一、中华文化的服膺者

20 世纪 80 年代，大约在读初中一年级时的一个假期里，我利用赶场的机会，又跑到位于十多里外县城的渠县新华书店里去买书。说是买书，其实是蹭书，因为东翻西翻半天，售货员都不耐烦地催促了，也不会下手，因为兜里积存的钱不足以购买一本自己想要的书。我忐忑不安地厚着脸皮久久停留在一本文学史书籍面前翻阅着，其实就是想多免费看一会儿。我看到一段文字，说朝鲜古典文学与中国古典文学渊源很深，无论是诗歌散文还是小说，都受中国文学很深的影响，其中就提到了《诗经》对朝鲜诗歌的影响，提到了一部借鉴《红楼梦》取名《玉楼梦》的小说，还提到了小说《谢氏南征记》是完全取材于中国历史、人物、地域、生活。那一瞬间像被电流击中一样浑身一激灵，惊奇不已、兴奋不已：哟嗬！中国古典文学还是朝鲜半岛古典文学的母亲呢！不得了！了不得！那种民族自豪感真是油然而生，恨不得跳起来用高音喇叭告知书店所有的顾客。

后来，随着年岁渐长，阅读量增大，我更进一步了解到朝鲜与我们的不解之缘：汉武帝灭卫满朝鲜，在其地建玄菟、乐浪、临屯、真番四郡，统辖朝鲜中北部。唐灭高句丽后在半岛北部建立安东都护府，我们还曾经是一家人呢！同时也要为汉唐点赞：汉唐威武！我还了解到我们与朝鲜更早的渊源：武王伐纣灭商后，纣王叔父箕子逃亡朝鲜，建立箕子朝鲜，带去先进的华夏文明，对朝鲜的发展有开天辟地之功。

其实，梳理我们与朝鲜半岛的交往史可以发现，历史上的中朝关系总体上是亲近亲和的，朝鲜对中国的态度是亲附和恭顺的。他们倾慕中华文化，甚至以"小中华"自居。朝鲜典籍《宣祖实录》称："我国自箕子受封之后，历代皆视为内服，汉时置四郡，唐增置扶余郡。至于大明，以八道郡县，皆隶于辽东，衣冠文物，一从华制，委国王御宝以治事。"[1]《成宗实录》称："吾东方自箕子以来，教化大行，男有烈士之风，女有贞正之俗，史称小中华。"[2]这种对中华文明的亲附其实是古代东亚普遍存在的历史现象，是先进的中华文明产生的强大影响、吸附能力所致。即便军事上完全碾压宋朝的强大契丹，也产生过向中华看齐甚至归依的心理，如辽道宗耶律洪基曾表示："吾修文物，彬彬不异于中华"，甚至还发愿"愿世世代代生中国"，这体现出的是对中华文明的钦慕与亲近。虽然其发愿也有人研究指出此中国所指存在三种可能性（一指契丹，二指宋朝，三指中天竺），指佛教中的中天竺最合文本、语境、宗教、逻辑和人物心态③，但我认为，联系辽道宗对华夏文化的亲近和对北宋的亲善态度，以及其后在面对朝鲜半岛高丽朝时以华夏正统自居时的表现，联系其愿上下文，中国指包括契丹甚至北宋在内的"中国"也极有可能。

作为中华优秀传统文化五经之首的《诗经》，自带光芒，自带风采。她在朝鲜半岛经历了怎样的流传和对待呢？

## 二、两千年间吟诵不绝

《诗经》传入朝鲜半岛的时间，夏传才先生认为应是魏晋南北朝时期④。这种说法说得很笼统。根据《旧唐书》有关记载，公元 372 年高句丽王朝设立太学，毛诗成为其中教学内容。这说明《诗经》至迟在这个时间之前已传入朝鲜半岛并产生积极影响。另据《朝鲜简史》载，"早在公元 1 世纪初就有一些朝鲜人背诵《诗经》《书经》和《春秋》等"⑤。另外，陈尚胜在《中韩交流三千年》一书中也提到"韩国三国时期高句丽、百济两国的大学机构都已把《诗经》作为他们的基本教材……早在公元前一世纪，《诗经》就已经为高句丽人所习诵了"⑥。我个人判断，由于中国人卫满建立卫满朝鲜，汉武帝灭掉卫满朝鲜设立玄菟、乐浪、临屯、真番四郡，《诗经》等典籍一定随着政治管辖、文教推行传入了朝鲜半岛。这从半岛在公元前后产生的、与《诗经》风调手法极其相似的《龟旨歌》《黄鸟歌》《公无渡河》也可推知。因此，我认为，《诗经》传入朝朝鲜半岛最迟也是在汉武帝建立四郡之后即公元前 108 年后。也因此，我们有理由相信，从目前来看，《诗经》传入朝鲜半岛是其第一次远行。从此后，半岛诵诗之声犹如天籁不绝于耳。

其在朝鲜传播的重要史实还有：公元 541 年梁朝应百济之请遣学者陆羽赴朝讲授《诗经》。公元 765 年新罗王朝规定《诗经》为官吏必读书目。公元 968 年，高丽朝模仿中国建立科举制度，将《诗经》列为必考科目。在李朝时期（1392—1910），朱熹《诗集传》逐渐成为朝鲜占统治地位的《诗经》学著作直至李朝灭亡。

可以看出，《诗经》作为中华先进文化的代表，很早就受到朝鲜半岛人民的认同、接受、亲近和青睐，也可看出，朝鲜民族亦是崇文重教、乐道好学之民族。

### 三、李奎报的读书目录·成伣的极简中国文学史

高丽朝大诗人李奎报在自述其读书经历时说：

余自九龄始知读书，至今手不释卷。自《诗》《书》《六经》诸子百家、史笔之文，至于幽经僻典、梵书道家之说，虽不得穷源探奥、钩索深隐，亦莫不涉猎游泳、采菁撷华，以为骋词搞藻之具。又自伏羲已来，三代两汉秦晋隋唐五代之间，君臣之得失，邦国之理乱，忠臣义士奸雄大盗成败善恶之迹，虽不得并包并括，举无遗漏，亦莫不截烦撮要，览观记诵，以为适时应用

之备。⑦

李奎报的读书目录显示，他对汉学的用心之深、涉猎之广、吸收之杂、濡染之重、功底之厚，比之中国历代的博学鸿儒也未必居下。其读书目的非常明确，主要在于经世致用。这是特别难能可贵的。须知中国自隋唐以来以科举为目的的读书之风流弊甚广，副作用也不可小视。从如此庞杂的书单中也看出了他对《诗经》的青眼有加。其原因在于他充分认同《诗经》所体现的关注现实、反映现实并意图干预现实、改变现实的风雅精神。针对当时科举考试中模拟苏轼、黄庭坚成风，每岁科举"又三十东坡出矣"的趋时务虚之风，还专门作诗以讽并大声疾呼：

> 此俗浸已成，斯文垂坠地。
>
> 李杜不复生，谁与辨真伪。
>
> 我欲筑颓基，无人助一篑。
>
> 诵诗三百篇，何处补讽刺。
>
> 自行仪云可，孤唱人必戏。

这说明，东坡诗文在朝鲜与在中国一样长期拥有大批拥趸（在中国士子中一度有"苏文熟，吃羊肉，苏文生，吃菜羹"之说）。它更说明，李奎报与中国文学史上呼唤回归《诗经》风雅传统的陈子昂、重视风雅精神的李杜、元白一样，在浮华之气、形式主义、科诗之风盛行，文学脱离现实走向虚浮之际，是特别看重向《诗经》学习、向《诗经》看齐的，是以《诗经》为镜子、为参照、为标杆，甚至为文学批评、时政批评的武器的，其中也自然是特别看重其美颂讽喻精神的。

李朝成宗时期的大学者和诗人成伣曾有一段文字论述中国文学，让人印象非常深刻：

文章体格，发挥于汉而流衍于晋，盛行于唐而大备于宋。如董仲舒天人三策，晁错之贤良策，严安、徐乐、主父偃之陈事。诸葛孔明前后《出师表》，是皆得《书》之教，小司马之索隐，班固之赞述，范晔之记言，是皆得《礼》之教。梁丘之经师，扬雄之太玄法言，是皆得《易》之教。公孙弘之博学，杜预之精敏，是皆出于《春秋》。贾谊、相如、枚乘、邹阳之徒，曹、刘、应、阮、陶、谢、王、徐之辈，奇而怪，清而健，华而藻，莫非《三百篇》之遗音。然则汉、魏、晋之间诸子之学，虽或悖于六经，而实有赖于六经也。李、杜之诗，蔚有《雅》《颂》之遗风；愚溪之文，深得《春秋》之内传；昌黎淮西之碑，点窜《二典》之字，《原道》《原毁》，专仿孟轲之书。苏东坡读《檀弓》一篇，晓文法；赵忠献以《论语》半部，定天下。其余虞、姚之博学，孔、陆之研精，陈子昂、苏源明之典雅，元结之毅，李观之伟，卢同之严邃，孟郊、樊宗师之清苦，张籍之富，白居易之放，庐陵公之醇，曾南丰之浩，黄豫章之理，石徂徕之属，王临川之妙，苏颍滨之通，陈后山之浚，秦淮海之焕，张石室之俊，陆剑南之豪，上自盛晚唐，下至南北宋，高才巨手，拔茅而起。⑧

其论纵观百代，遍览经籍，知人论文，钩玄提要，追根溯源，论述精要，堪称一部极简中华文学史。虽然未必完全精当准确，但显示出极其渊深的学养、极其高明的洞见和极其卓越的才华。值得重视的是，成伣在论述中特别强调了包括《诗经》在内的儒家文化支柱——四书五经的根源性作用与影响。

管中窥豹，二人之文学才华与识见，放诸当世之华夏，亦属高标卓然；列诸汉唐宋明之文豪，定可赢得一片赞誉。假使此二人在上述文坛高手齐聚的沙龙或论坛上发表上述观点，一定会引来一阵交头接耳、窃窃私语：妙哉！妙哉！此二人虽非华夏之士，然于中华典籍却广涉博览、熟稔于胸，涵养渊深！实令我等中土之士汗颜！于是纷纷拱手相敬：先生高见卓识，佩服！佩服！

### 四、别样的吟诵之声

近两千年来，《诗经》在朝鲜半岛与在中国一样，始终像一团高高扬起的火炬，在接续，在燃烧，在照耀，在点亮，在唤醒着朝鲜人民，与儒家文化一道，发挥着巨大的政治思想引领、社会人伦教化、文学诗歌模范作用。

一是统治者非常重视。御前讲《诗经》：高丽王朝等封建统治时期，一度盛行御前讲经制度，由博学通经的学者为国王讲授儒家经典，而《诗经》作为五经之首，自然在列。这等于是为国王搞系列专题讲座。主持研《诗经》：东汉章帝刘炟曾亲自主持经学研讨会研究裁决《诗经》中的重要问题，此即历史上有名的白虎会议。18 世纪李朝正祖也主持召开过包括《诗经》讲义在内的经学讲义，而且时间长达 17 年！⑨这体现了最高统治者亲自抓政治思想文化工作的政治考量与文化自觉。编印送《诗经》：高句丽王朝多次编印《诗经》印送高级官员，倡导官员研读《诗经》。官员读《诗经》：公元765年，新罗王朝规定《毛诗》为官吏必读书目。科举考《诗经》：自公元958年实行科举制后，《诗经》就被作为儒家经典纳入科举制度的教育体制与考试选拔体制中。以上证明统治者既看重其文化文教功能，更看重其思想政治功能，并将之作为推行儒家文化、推行封建统治的手段。

二是《诗集传》长期一统江湖。朱熹之《诗集传》在朝鲜半岛拥有非常高的地位：官方定于一尊，学界唯朱是从。李朝时，将程朱理学定为官方意识形态，以朱熹对《诗经》的看法作为准绳，将《诗集传》作为教学和科举考试参考书籍和标准答案。李朝后期人洪熹说："降自李朝，选家集传，则汉唐古典之邃，无复问津者。"这表明朱熹之《诗集传》在朝鲜获得了比在中国更为尊崇的地位：竟然将《毛诗序》《毛诗正义》等经典注疏弃如敝屣湮没无闻。凡属不以程朱理学为圭臬、规矩、方圆、依归者，甚至有"一字之疑"者，均被视为离经叛道、"乱臣贼子"而受到残酷打击压迫。这源于以下几个原因：在政治上朝鲜李朝中期以后，社会矛盾渐趋尖锐，需要以新的思想学说为引领革除时弊，维护封建统治。更重要的是，在外交上，朝鲜王朝坚持大义名分，对明实行"尊周事大"政策，奉行、跟随"天朝上国"，紧跟明朝重视推行、高扬程朱理学的官方意识形态的路线。在思想上，朝鲜王朝竭力排斥佛老思想的影响，维护封建道统，以程朱理学为立国之本、制定内外政策的理论基础。在这样的过程中，朱子理学不觉中上升为绝对的统治地位，演变成国家官方哲学和正统思想。这表明，在朝鲜半岛，朱熹性理学说包括其对《诗经》的解释，达到了一统江湖、至高无上的地位，成了官方政治指导思想和全社会共同的思想道德准绳。这在中国，只有至圣先师孔夫子做到这一点。

## 五、浸润无处不在：《诗经》的影响

《诗经》作为儒家文化的重要经典，曾经像阳光、空气和水一样，滋养过朝鲜半岛；像精神上的稻粱谷物，养育过半岛上的人民。一言以蔽之，《诗经》参与了朝鲜民族精神的构建。从诗与经两个方面看：

一是作为经的影响，即代表儒家文化、服务政治的经。"对于这些地区的读书人来说，《诗经》首先是经书……大而言之，读《诗》与安邦治国分不开，小而言之，读《诗》又与安身立命有关联"⑩所谓"正得失，动天地，感鬼神"，类似于政治管理教科书，"经夫妇，成孝敬，厚人伦，美教化，移风俗"，类似于公民道德教科书。李朝著名政治家及学者金仁厚说：

善乎！子朱子之言，曰："本之二南以求其端，参之列国以尽其变。正之于雅，以大其规，和之于颂，以要其止。然后，章句以纲之，训诂以纪之，讽咏以昌之，涵濡以体之。察之情性隐微之间，审之言行枢机之始，即修身及家平均天下之道，其亦不待他求而得之于此。"能如是，然后可以尽学诗之大方也。彼其诗篇之离合，国号之异同，美刺之详略，在学者虽不可不讲，而亦不必强为之论辨也。但当考其指意之所归，寻其性情之邪正，而优游咏叹沉浸反复之际，盖有以兴起其好善恶恶之心，而自有不能已焉者矣。⑪

这段文字主要表达了对朱熹理解《诗经》的方法路径的赞同，表明了对朱熹《诗经》观的认同与尊崇，也间接表明对中国传统《诗经》观即作为儒家重要经典在家国政治上"修身齐家治国平天下"理念和社会伦理道德上劝善惩恶的价值功用的全盘领悟、悉心接受。换言之，看重的是其作为经的作用。其文学的一面基本未涉及，这其实就是《诗经》在朝鲜半岛历史上发挥的最重要功用。

二是作为诗的影响，即服务文学的、服务社会人生的诗。

自从《诗经》传入朝鲜半岛以后，这个中国文学史上早期的艺术典范，对朝鲜文学的发展也产生了极其深远的影响。它不仅给朝鲜文学以强烈的现实主义文学精神，而且也给朝鲜作家们以极其丰富的艺术启迪，使得其在发展自己的文学过程中，自如地运用各种艺术手法和技巧，促进了自己的民族文学。朝鲜历来的作家们，内外融会贯通，探索文学自身的发展规律，探讨各个国家、各个朝代、各类作家创作的艺术特色，以更好地总结文学的历史经验，使自己的文学更具独特的艺术个性，具有更为鲜明的民族特色。特别是在以朱子性理学为绝对统治理念，以朱熹的《诗集传》为研究《诗经》学的基本指导理念的时代里，他们还是以认真的文学态度，去探索文学自身的发展、演变规律，摸索出属于自己的文学道路。⑫

总体上，《诗经》在朝鲜半岛是以经为主发挥作用的。首先是在对《诗经》的阐释上，以经的阐释为主，诗的阐释为辅；其次，以经的面目发挥作用为主，以诗的面目发挥作用为辅；再次以解经产生的名家为主，以解诗产生的名家为辅。

《诗经》对朝鲜半岛具体有以下影响：

道德的影响。《诗经》在朝鲜半岛与在中国一样，更多在发挥诗教即道德教化作用，即国家政治层面的"正得失、感天地、动鬼神"和社会人伦层面的"经夫妇、成孝敬、厚人伦、美教化，移风俗"。这种作用，在朱熹理学传入、广布、深化直至占据统治地位的过程中，发挥的作用更为明显。以金仁厚为例，作为学者他也是无数《诗集传》追随者中的一分子，而且作为掌管国家思想文化重任的高官，他更以经学的视点和社会教化的角度考虑问题，指出每一个文人学者都要以朱熹的《诗集传》为《诗经》研究的典范，以"修身齐家，平天下之道"的高度对待《诗经》学研究。这说明朱熹《诗经》观在朝鲜半岛历史上的重要诗教地位和功能，也说明以朱熹诗解为圭臬的道德教化功用。其实就在今天，他们也并未失去对《诗经》的重视。韩国学者宋昌基曾旗帜鲜明地指出：当今社会中的自由、平等、和平、进步、幸福等一切美好的东西，都与《诗经》中正的精神一致。因此，《诗经》以及孔子根据《诗经》所总结出的诗教仍有积极的现代意义⑬。吕娜、贾世秀在对韩国从小学到大学开设的伦理教育课程进行考察后也认为："《诗经》作为传统的文化资源所具有的修身立德意义在韩国得到了高度重视和继承，在培养青少年健康向上的道德情操方面具有积极的现代意义。"⑭

文学的影响。《诗经》对朝鲜半岛文学的影响主要在两个方面。一是成为朝鲜半岛诗文创作的直接养分。其历史上最早的诗歌《龟旨歌》《黄鸟歌》《公无渡河》就被认为是受《诗经》影响而产生的，其艺术手法受到了《诗经》赋比兴的影响，其类别也对应《诗经》颂、雅、风，其主旨表达方式、现实主义精神、情感抒发模式都与《诗经》一脉相承⑮。当代韩国学者金英娥也明确指出："受《诗经》影响，韩国古代诗歌也沿袭了《诗经》的创作风格，在形式、内容及诗言志等方面与《诗经》有许多相似之处。韩国古代诗歌继承了《诗经》的传统，丰富了韩国诗歌的内涵。"⑯再如《诗经》中的一些语言直接成为朝鲜古典诗文的有机成分。半岛历史上三部最著名的汉诗总集为《青丘风雅》《国朝诗删》《箕雅》。其中收录最全、影响最大的是《箕雅》，它收录的146首汉诗中，引用了136个《诗经》典故，其中有17首诗一诗用二典，有2首一诗用五典，其用典频次非常高。其中一诗五典为郑道传《远游歌》："登车复行迈，翩翩逝宗周。峨峨灵台高，蔼蔼祥云浮。凤凰鸣高冈，关雎在河洲。"诗中的"行迈""宗周""灵台""凤凰高冈""关雎河洲"等语均来自《诗经》，全诗可以说是以《诗经》语汇意象为原材料建构的一首诗歌之筑。[17]二是成为朝鲜半岛古典诗文创作的标杆。这是指《诗经》所蕴含的现实主义精神或者说风雅传统。它在半岛受到的重视甚至沉浮起落都与中国相似，所以其历史上也有李奎报等人对这种失落传统的呼唤和重拾。与中国文学史发展历程相似，朝鲜也把《诗经》视为现实主义文学的真正源头之一，将其视为正宗的文学经典，把它当作文学现状的一面镜子和文艺批评的有力武器。在文学发展曲曲折折的进程中，总是自觉地以《诗经》为星辰指引迷途，以《诗经》为大海明确归依。

语言的影响。与《诗经》对中国语言的影响相似，《诗经》中的一些语言久经时间的冲刷磨砺，至今仍像鹅卵石浮现在河滩上，为人们所见、所拾、所摩挲把玩。其实这个比喻并不太准确，事实上，它们是语言之莲，千年之后仍然风姿绰约地绽放出光彩。"韩国语当中有很多词语或句子来自《诗经》，现在仍在广泛使用。如……战战兢兢、窈窕淑女、万寿无疆"。"据统计，韩国的《古四字成语》与《国语词典》中收录的词汇当中来源于《诗经》的四字成语有51个，词汇有183个"[18]，这个数量是令人惊讶的。其中甚至有些词语，如"罔极""总角"等在中国现代语言已经不再使用。

建筑的影响。著名的宫殿景福宫即取自《诗经·潜》等（"介尔景福"）。需要指出的是，其周边的城门——光华门、兴礼门、勤政门，以及首尔四座城门——兴仁门、敦义门、崇礼门、弘智门及市中心钟鼓楼普信阁，都有浓厚的儒家文化影子。

《诗经》在朝鲜半岛的传播，是《诗经》在它的故乡之外开出的又一片姹紫嫣红的花朵，持续散发着恒久的芳香。

<hr>

## 注　释

①转引自孙卫国，《朝鲜王朝"小中华"思想的核心理念及其历史演变》，《韩国研究论丛》第二十八辑（2014 年第二辑）。

②转引自孙卫国，《朝鲜王朝"小中华"思想的核心理念及其历史演变》，《韩国研究论丛》第二十八辑（2014 年第二辑）。

③张其凡、熊鸣琴，《辽道宗"愿后世生中国"诸说考辩》，《文史哲》，2010（5）。

④夏传才，《诗经讲座》，广西师范大学出版社，2019，185。

⑤转引自于衍存、黄妍，《试论朝鲜上古诗歌对〈诗经〉的接受》，《东疆学刊》，2008 年第 25 卷第 4 期。

⑥转引自于衍存、黄妍，《试论朝鲜上古诗歌对〈诗经〉的接受》，《东疆学刊》，2008 年第 25 卷第 4 期。

⑦李岩，《朝鲜古代〈诗经〉接受史考论》，《文学评论》，2015（5）。

⑧李岩，《朝鲜古代〈诗经〉接受史考论》，《文学评论》，2015（5）。

⑨于衍存，《白虎会议与〈诗经〉讲义——中朝古代〈诗经〉

研究之比较》,《延边大学学报》,2006 年 12 月第 39 卷第 4 期。

⑩王晓平,《〈诗经〉之于亚洲汉文学》,《天津师大学报》,1997(6)。

⑪李岩,《朝鲜古代〈诗经〉接受史考论》,《文学评论》,2015(5)。

⑫李岩,《朝鲜古代〈诗经〉接受史考论》,《文学评论》,2015(5)。

⑬[韩]宋昌基,《思无邪诗教之现代意义》,载《第四届诗经国际学术研讨会论文集》,学苑出版社,2000。

⑭吕娜、贾世秀,《诗经在韩国的传播与研究》,《现代交际》,2019(11)。

⑮转引自于衍存、黄妍,《试论朝鲜上古诗歌对〈诗经〉的接受》,《东疆学刊》,2008 年第 25 卷第 4 期。

⑯[韩]金英娥,《〈诗经〉与韩国古代诗歌发展》,《北方论丛》,2012(3)。

⑰王哲,《朝鲜汉诗集〈箕雅〉中的〈诗经〉典故研究》,中南大学,2013,17。

⑱吕娜、贾世秀,《诗经在韩国的传播与研究》,《现代交际》,2019(11)。

# 一衣带水到扶桑:《诗经》在日本

　　据夏传才先生梳理，公元238年倭王遣使到魏都洛阳，开始
建立两国关系，其后朝鲜还多次派学者到日本传授五经。公元5
世纪中叶雄略天皇向刘宋皇帝致表，表文为汉文并引用了《诗
经》诗句。其后的主要史实有：唐朝时日本遣唐使来华学习并带
回儒家文化，中国亦不断有学者赴日讲学。公元9世纪日本出现
第一部《诗经》译本。自此以后翻译评介注释、讲解、印刷传播
包括《诗经》在内的汉文典籍，成为日本学术风气。日本诗歌的
发展与《诗经》有密切关系，诗体、内容和风格都深受《诗经》
影响。到19世纪，中国汉、宋和清代的《诗经》名著在日本被
大量翻刻，出现了研究论著。 21世纪70年代，还成立了日本
《诗经》学会，出版会刊《诗经研究》①。由于琉球曾为独立的
王国，故《诗经》之传也须特别一提。据王晓平在日本东洋文库
读到清潘相所辑《琉球入学见闻录》一书记载，琉球"明初始通
朝贡，遣子入学""渐染华风，稍变旧习"。书中《书籍》部分说

"闻琉球文庙之两庑，皆蓄经书"，并且明确记载所见有"四书、《诗经》"等。②此外，还有资料反映出，琉球在明清均多次派遣了官方留学生到中国学习四书五经等儒家经典。还有民间子弟到福建等沿海求学。这表明琉球传入《诗经》等汉文典籍是较晚的，但学习中华文化的热情是很高的。从《诗经》传入讲，日本可能是东亚汉文化圈最晚接受儒家文化浸润的，但其受到的影响既深且广，并形成了自身特色。

日本民族对《诗经》等中华典籍和儒家文化的热爱从四件事可以管中窥豹。

## 一、一封来自日本的国书

史载，日本历史上曾经自称使持节、都督倭百济新罗任那加罗秦韩慕韩七国诸军事、安东大将军、倭国王，在南朝刘宋顺帝昇明二年，遣使上表。此即上文所述雄略天皇致刘宋皇帝表文。这是已知最早的中日交流正式文书、日本汉文作品、日本引用化用《诗经》作品，文曰：

"封国偏远，作藩于外，自昔祖祢，躬擐甲胄，跋涉山川，不遑宁处。东征毛人五十五国，西服众夷六十六国，渡平海北九十五国，王道融泰，廓土遐畿，累叶朝宗，不愆于岁。臣虽下愚，忝胤先绪，驱率所统，归崇天极，道遥百济，装治船舫，而句骊无道，图欲见吞，掠抄边隶，虔刘不已，每致稽滞，以失良风。虽曰进路，或通或不。臣亡考济实忿寇仇，壅塞天路，控弦百万，义声感激，方欲大举，奄丧父兄，使垂成之功，不获一篑。居在谅闇，不动兵甲，是以偃息未捷。至今欲练甲治兵，申父兄之志，义士虎贲，文武效功，白刃交前，亦所不顾。若以帝德覆载，摧此强敌，克靖方难，无替前功。窃自假开府仪同三司，其余咸各假授，以劝忠节。"诏除武使持节、都督倭新罗任那加罗秦韩慕韩六国诸军事、安东大将军、倭王。③

其大意为：我们封国地处偏远，在外边做大宋藩篱。我的祖先，亲自披坚执锐，跋涉山川，没有过几天安宁的生活。向东征服毛人五十五国，向西降服夷人六十六国，向北渡海平定九十五国。大道重启，开疆拓土，年年没有休息时间。臣虽愚笨却继承先人事业，率领自己的部下，投奔圣上，路过百济，整装船舰，可是高句丽国大逆不道，竟想吞并我们，不断地抢掠我们的仆从，屠杀不停，总是使我们失去好机会。虽然说是上了朝贡之路，但有时通有时阻。先皇非常憎恨敌人堵塞我们的觐见之路，带领着百万大军，无不义愤填膺，正想大规模地展开行动，突然父亲兄长去世，即将成功的事业，功亏一篑。我在守孝期间，不愿动武，所以休养兵马，不能讨伐。现在我想整军练武，伸张父亲兄长的未竟之志，忠臣勇士效力于我，白刃横于前，也奋不顾身。如有皇上之德护佑依托，战胜此强敌，化解此危难，不丧失以前的功业。我私自假借官职开府仪同三司，其余的人都给予相关职务，以奖励忠贞节义之士。

这篇表文相当于给刘宋王朝的一份报告。报告主要内容有三部分：一是先祖开疆拓土基本情况；二是高句丽阻断与中国交好之路的无道恶行；三是日本即将开展征伐高句丽的正义行动。雄略天皇是日本历史上一位英明神武的天皇，不仅对内统一日本，还将势力范围扩达朝鲜百济国一带。这封信的用意，在我看有二。一是赢得认同。整封信以臣下自居，虽见自尊自信，然而姿态谦恭，并且以刘宋职官自称，体现了亲近、学习、靠近、臣服于先进发达文明和国家的态度。二是赢得支持。希冀以刘宋王朝这个当时东亚大国的册封认同来抬高身价，以利于其国内的统治，特别是拉大旗作虎皮，震慑朝鲜半岛，以利与高句丽作战。这里面体现出如下几个信息：

1. 鲜明的儒家价值观。其用语涉及"夷""王道""义声""义士""申父兄之志""以劝忠节"等，体现出儒家忠孝节义等价值观。

2. 态度恭顺。自言"封国""藩""臣""下愚""窃""进""归崇"，而言宋为"天极""天路""帝德"，是执臣下及封国之礼，证明了刘宋王朝当时在东亚的大国地位。这或可从日本人大沼枕三的诗"一种风流吾最爱，南朝人物晚唐诗"得到间接证明。

3. 已有觊觎朝鲜半岛的野心。虽然言辞卑顺，但言辞间也有暗自得意夜郎自大之意，这当然有令刘宋政权"高看一眼厚爱三分之意"，但"自假开府仪同三司"，假借刘宋从一品高官名义征伐高句丽，并在前次请求刘宋王朝赐封"都督倭新罗任那加罗秦韩慕韩六国诸军事、安东大将军"未果后，此次朝贡时又自称此一长串吓人头衔，几乎是死皮赖脸索要这顶帽子。这明显是"耗子别左轮——起了打猫心肠"，意在狐假虎威震慑进犯高句丽和新罗。日本在刘宋政权时期一共有八次朝贡，其中第四次和这一次即第八次都自称大体相似④，既谦恭卑顺又滑稽可笑甚至不讲规矩：上国赐封名号应在得到后才可使用，哪有自己先就戴在头上招摇过市的？其心心念念意在染指朝鲜半岛的狼子野心昭然若揭。估计刘宋王朝最初看出了日本人的小儿科没有同意，只同意封授安东将军和倭王称号。

　　在使者出发之前，武略天皇一定多次召集专题会议研判当时的"国际形势"其实也就是东亚形势，审议出使的表文，包括天皇以什么身份致书中国。研究过程中天皇坚持用第四次上表刘宋时自称的称号。有大臣提出反对意见，说：陛下，不可！上次以天皇这个身份去出使，大宋给我们砍一刀，只保留了倭王和安东将军名号。这一次再以此名号去，如又不被承认赐封，传出去多没面子啊！而且他们会因我们对高丽、百济、新罗的兴趣产生戒心！武略天皇白了他一眼：你娃是个方脑壳！此一时彼一时嘛！那个时候我们国家四分五裂，愚昧落后，在人家眼里就是群野蛮的家伙！就是堆没有分量的渣渣！现在我们国家统一，实力大增，兵强马壮，声威远播，岂可当日而语！何况据可靠情报，宋国现在主少臣强，暗流涌动，哪管得了这些细枝末节！再者，好女也怕痴汉，我们再次以这个头衔出访并争取赐封，他们也不好拒绝我们！听老子的，就这么办！

这一次，他们一把手判断准确。日本还真是如其愿被册封了。许倬云先生一针见血指出："从这一事件看来，日本早有扩展野心，希冀以中国封授的虚号取得合法控制朝鲜的权力。"⑤

4. 精通汉文和《诗经》。这封国书用汉文写就，或骈或散或对偶或排比，或引用或化用汉文典籍，词充气沛，义正词严，反映出非常娴熟高超的汉文水平。尤其是对《诗经》的两处或明或暗的引用堪值一提。"不遑宁处"化用自《诗经·小雅·采薇》之"王事靡盬，不遑启处"，一字之改，反映出先祖征战创业艰辛，可以说充满感情，非常贴切。而且"不遑宁处"原词出现在《毛诗序》中关于《殷其雷》篇的释读："召南之大夫远行从政，不遑宁处"。"谅闇"一词亦然，出现于汉代郑玄的著作《诗谱·商颂谱》中，"作其即位，乃或谅闇，三年不言，言乃雍。不敢荒宁，嘉静殷邦"，为"居丧之处"意，可谓引用精准、表述精当。这表明，《诗经》连同《诗经》的释读之作均已在当时的日本得到深入的传播。这让今天的我们也感慨不已：真是好学之士、饱学之士啊！

## 二、和尚爱《诗经》

在日本文学乃至学术史上，有一个五山文学时代，前后绵延近400年。五山文学，是以僧侣为主体的庞大的文学创作群体。他们创作留存了大量的诗作，是其时日本《诗经》研习传播的一大群体，甚至是最重要的群体。五山文学，指镰仓至江户初期（12 世纪末期至 17 世纪初期）由禅僧创作的汉诗文的总称。"'五山'是五山禅僧活动的大本营，即镰仓、室町幕府仿照南宋创设的'镰仓五山'（建长、圆觉、寿福、净智、净妙）、'京都五山'（天龙、相国、建仁、东福、万寿）及南禅寺十一座寺院。在日本《诗经》传播史上，五山禅僧上承奈良平安公家，下启江户儒家，在日本《诗经》汉学向宋学转变过程中，在禅学、文学互融之间，做出了独特的贡献。"⑥

　　这些和尚在持斋诵佛、念经打坐的同时，还用很大的热情、很多的精力来研读《诗经》等儒家文化典籍。一些和尚甚至像你我读书求学时曾经有过的场景一样，在佛经下面放一本《诗经》，方丈来检查就装模作样地念诵佛经，方丈一转身就拿出《诗经》来如醉如痴研习。他们广涉佛家内外经典，甚至视外典更重于内典。外典之中，又以《诗经》为重。五山僧众学习外典热情之高令人惊叹，几至到了"不务正业"、不听招呼、废寝忘食的地步，"义堂周信曾责令弟子誓断俗书，不然将焚之于中庭，但弟子们依然不坐禅不看经，唯驰骋外典，学《诗》热情似火，以竞辞章、赋丽句为能事。"⑦用佛家观点看，这无疑是走火入魔了。这虽不是方丈眼中的好学僧，但却是儒者眼中的好学生啊！

　　这里，有一个僧人不得不提，那就是五山文学的奠基人之一中岩圆月（1300—1375）。他是上野吉祥寺开宗法师。圆月的贡献主要在两个方面。一是创作诗文。其著作有收录在《五山文学全集》中的《东海一沤集》和《五山文学新集》中的《中岩圆月集》。其诗中用典较多，据统计，其中引自《国风》《小雅》《大雅》的共有 10 处。二是阐释《诗经》。他为来自中国元代的释大䜣诗文集《蒲室集》（诗六卷，文九卷）作注。他在注中大量引用中国经史子集做注，十三经中引用有《诗经》《尚书》《周礼》《礼记》《易经》《左传》《尔雅》《孝经》八种，四书中引有《大学》。其中援引《诗经》有 53 篇，包含《国风》 25 篇、《小雅》 14 篇、《大雅》 7 篇、《颂》 7 篇，且这些注释里分别用"毛诗""毛传""笺""疏""正义""严粲诗辑"等标明出处，一些古注出现抵牾的地方还做出辩证，体现出极广博极深厚的汉文、儒学、《诗经》学修养，令人不得不惊叹折服。

僧侣成为数百年前《诗经》传播的重要甚至是主要群体，这是《诗经》传播史上的奇特甚至奇葩现象，在汉文化圈也是独一无二的现象。它有具体的历史原因和背景。日本人中茎旸谷对此曾有过切中肯綮的分析：

自应仁至庆长年间，百余年间，天下大乱，已无读书之人。虽寄身空门，但仍有豪杰之僧提枪奔赴战场。儒者、医者、易者、书家、画家之流，有豪侠任气者，均学戎马之术，沙场点兵。故学文学者，唯余柔弱之僧，柔弱之儒者、医者、书家、画家之类。然红尘俗发，恐遭兵役，纷纷剃度皈依佛门。夫读书之业，尽在禅林。小儿识字，不离佛门；学问之求，亦在山林；求医、问卜、寻书、购画，凡此种种，均入禅林。故曰诸艺皆成出家之业也。⑧

由此看，这些日本和尚之功德大哉！于文化的传承伟哉！

单就五山文学来看，其贡献也不容小觑。400 余年间，留存下来两部洋洋大观之作：《五山文学全集》《五山文学新集》，诗文高手迭出，禅僧达 669 人之多。他们成为这几百年间《诗经》传播的主力、汉文创作的重要群体，造就了日本汉文创作的一个黄金时代。

如果没有这些对以《诗经》为代表的儒家文化的研习和传播，这个阶段日本历史上的儒家文化诵读之声将要寂寥得多，曾经四处点燃的向华学习的熊熊火炬也要暗淡得多，甚至湮没沉寂下去也并非不可能。对这些在文化之光里青灯苦读、诵经打坐、开坛设讲、传播《诗经》等儒家文化典籍的和尚们，我们这些并非佛教徒的现代人，也不得不双手合十、默默念诵：阿弥陀佛，善哉！善哉！

## 三、《诗经》沙龙

据研究统计，在奈良时代到平安时代《宇多天皇御记》《御堂关白记》《台记》等著名贵族公家日记中，出现了贵族对汉籍的征引、手抄、诵读、讲授等活动，在对其中汉籍出现频率的统计中《诗经》居于第三位，有 50 余条。第一为《周易》80 余条，第二为《孝经》70 余条。其中《台记》记载了从 1143 年到

1155 年之间共 40 次读书讲经活动，其中讲《诗经》的活动有 5 次。讲经活动分为六个步骤：一是选吉日，为尊孔多选子日；二是定方规，规范场所选定、会场筹备、参加人员注意事项、入席顺序；三是祭拜孔，读书先拜先师孔圣人；四是讲经典，以讲十三经为主；五是评讲议，答疑、评论、讨论；六是录文书，专人负责记录活动过程在册。[⑨]

这些步骤体现出日本讲经活动定期举办、主题明确、程序规范、郑重严肃的特点，反映出它已经成为一种非官方的组织行为、一种郑重的小群体研学活动、一种高雅的生活方式，它反映出日本上流社会研习儒家文化的普遍性与恒常性。

要知道，这些沙龙活动主要还是以贵族家庭为主开展，以我等外国人观之，哪需要如此郑重严肃！即使孔子见之，也一定会因为这群外国学生而拈须微笑、颔首称许：岂非"兴于诗，立于礼，成于乐"乎！岂非"好学近乎仁"乎！岂非"小子可以言诗矣"乎！

## 四、明治天皇的国学课表

日本历史上，天皇大多受到很好的儒家文化教育，对儒家经典熟稔于心并能写汉诗汉文。其中还不乏佼佼者。在世人的印象中，明治维新是日本放弃自大化改新时确立的全盘唐化、向中国看齐的国策，义无反顾实行脱亚入欧，"破旧来之陋习""向世界求新知"，抛弃中国儒家传统、走向对外开放和现代的重要阶段。殊不知，就在这个阶段，明治天皇仍然在学习包括《诗经》在内的中华优秀传统文化。

试看其登基后第二年 4 月 12 日《太政官日志》所载的一张课程表⑩：

| 日期 | | 时间 | 课程 | 讲师 |
|---|---|---|---|---|
| 二 | 七 | 时辰半刻 | 《诗经》讲义 | 中沼六位 |
| | | 昼午半刻 | 资治通鉴讲义 | 秋月右京亮 |
| 三 | 八 | 朝辰半刻 | 《诗经》（御稽古御复读） | 秋月右京亮 |
| | | 午半刻 | 御进讲（贞观政要·帝范） | 不详 |
| 四 | 九 | 朝辰半刻 | 《诗经》（御稽古御复读） | 秋月右京亮 |
| | | 昼午半刻 | 大学讲义 | 中沼六位 |
| 五 | 十 | 朝辰半刻 | 《诗经》（御稽古御复读） | 秋月右京亮 |
| | | 昼午半刻 | 国史讲义 | 福羽五位<br>平田六位 |

此表反映出天皇学习的教材包含儒家典籍。它表明天皇在明治二年四月听讲学习《诗经》的次数竟然高达 8 次。我们可以"看到"这样一幅场景：授课老师在抑扬顿挫地吟咏，绘声绘色地讲解，甚至联系日本的内忧外患，慷慨激昂地阐发《诗经》的微言大义，而天皇目光炯炯，正襟危坐，聚精会神地听着，疑义处眉头紧锁，偶尔也提出自己的不解与疑问，兴会处击节赞叹，与葵园分享自己的读诗之得。

日本此时正处内忧外患之中，初登大位、心怀大志的天皇何来闲心、何来闲情研习《诗经》？

首先，从他的年龄来看，此时他才17岁，还是未成年人，还处在读"高中"的年龄，肯定是需要实施继续教育的。他自幼就受到良好的汉学教育，5岁就随母亲读书练字，听中山忠能讲官制律令，16岁时学习《论语》《孟子》等。从课程表来看，他学习的《资治通鉴》《贞观政要》《大学讲义》《国史讲义》都是治国理政教科书，而《诗经》自古以来也被人认为是"经夫妇，成孝敬，厚人伦，美教化，移风俗"的社会伦理教科书，同属治国理政教材。再者，据日本人近藤启吾的研究分析，其动因是了解社会："《诗经》中有很多反映民间疾苦的歌谣，可以让天皇了解社会真实状态。而且《诗经》为先民素朴之作，诗中如实记录了不同阶层作者的真情实感……作为汇集真情的诗集，在为政劝解方面与其他书籍是相辅相成的。"一言以蔽之，其学习的目的是经邦济世、经世致用。

不要以为天皇学《诗经》只学了这一年，"此后长达20年，元田永孚一直为天皇进讲，主讲《诗经》和《大学》"[①]，元田永孚是接葵园的班，为天皇授课的御用讲师。如果要授学位，这二十年开小灶的"国学"底子，恐怕得授天皇先生博士后了！

从天皇的求学生涯可以看出：虽然日本当时眼光向外，学习欧美，与后来的中国一样"师夷长技以制夷"，甚至毅然决然

"脱亚入欧"，但其并未将传统弃之如敝屣，扔在地上并踩上一脚，并未完全放弃中华优秀传统文化，只是对其做了扬弃。特别是并未出现如中国后来"打倒孔家店"、全面否定儒家文化的极端之举。就在明治维新期间，也仍有人为汉学大唱赞歌："我邦道德弃儒者之言无几也，我邦文章托汉文题材句法之外无能超然者，汉学作为世界文明之一端，其光明灿然可与拉丁学比肩兮"⑫。那么汉学在日本明治维新中居什么地位呈什么状态呢？张永平先生认为："汉学是明治知识阶层学养的基础""作为实学的存在是加强的""《诗经》在明治时期传播也多少带有了实学功用的特色"⑬。需要说明的是：明治维新中的"明治"与"维新"并非日本土生土长和横空出世的，它们均来自中国经典："明治"来自《易经》，意为圣人"向明而治"，"维新"来自《诗经·大雅·文王》"周虽旧邦，其命维新"，意为"（命运）革新"。

　　以上事例反映出《诗经》在日本传播的雪泥鸿爪，也让我们窥见日本人民对中华典籍或者说儒家文化的真诚热爱和倾心接纳，表现出日本人民的真诚好学、一心向学和热衷研学。要知道，儒家文化在日本的传播并无中国、越南和朝鲜等国实行的科举制度作为背书，因此日本人对知识、对文化、对先进思想的热爱更显难得。今天我们可以在日本很多场合看到中国风。他们珍重传统、爱护传统、传承传统、扬弃传统之举是可以给我们一些启发的。他们虚心甚至谦恭、真诚甚至虔诚地向优者、胜者、强者学习的态度是值得赞赏和效仿的。事实上，日本民族历史上的

两次巨大飞跃——大化改新和明治维新都是学先进的结果：全面
学习唐朝，让日本几乎一步跨越千年，由原始落后的国家跨入封
建先进国家，全面学习西方让其从封建国家一跃成为世界现代列
强。而且，在这个过程中，日本并未丢失其"大和魂"：传统文
化得到了有效保护。

　　《诗经》在日本是富有光芒的。《诗经》在奈良、平安时代作
为日本大学寮、国学规定的学习经典，是贵族子弟学习研究的重
要作品，也直接或间接影响了当时风行的汉诗文创作，如《怀风
藻》《凌云集》《文华秀丽集》《经国集》，还有《新撰万叶集》
《千里集》等日渐兴起，逐渐成熟直至蔚为大观的和歌集。这些
作品在典故、名物、意象、内涵等方面多有汉诗文包括《诗经》
的影子，汉文典籍中的语汇、意象乃至情蕴像阳光、空气和清
风、流水一样非常自然地映照流泻于他们的诗文中。试看著名诗
人菅原道真之诗：

　　秋山寥廖叶零零，

　　麋鹿鸣声数处听。

　　胜地寻来游宴处，

　　无朋无酒意犹冷。[14]

　　虽然诗歌形式为唐人惯用的七言，其意明显化用了《诗
经·鹿鸣》中的宴饮嘉宾、分享快乐之意。

　　在有"日本《诗经》"之称的《万叶集》中，也有《诗经》

隐隐约约的影子。比如我们将其第一首《天皇御制歌》与《诗经》第一首《关雎》放在"显微镜"下仔细观察：

筺兮，明筺是将；圭兮，利圭是掌。之妹者子，采菜在岗。我思闻之，家其焉居？曷我诏兮？以子之名！天鉴兹大和，率唯我所居，率唯我所坐。唯我其告兮，尔家亦尔名。

————《天皇御制歌》（钱稻荪译）

关关雎鸠，在河之洲。窈窕淑女，君子好逑。参差荇菜，左右流之。窈窕淑女，寤寐求之。求之不得，寤寐思服。悠哉悠哉，辗转反侧。参差荇菜，左右采之。窈窕淑女，琴瑟友之。参差荇菜，左右芼之。窈窕淑女，钟鼓乐之。

————《关雎》

从表面看，《天皇御制歌》与《诗经》风马牛不相及，无任何相似之处。比如在风格上，《天皇御制歌》（以下简称《御制歌》）雄浑大气，而《关雎》细腻委婉；在艺术手法上，《御制歌》简洁直白，而《关雎》精巧别致；在表达方式上，《御制歌》重在直抒胸臆，而《关雎》重在精细描绘。说白了，虽然两首诗都在"撩妹"，但如用古人通常的观点，《关雎》是位高权重的君子在撩妹，甚至被解为反映周天子婚姻之诗，比如《毛诗序》认为是反映"后妃之德"，《朱熹诗集传》认为是"其诗虽若专美太姒，而实深见文王之德也"。而《御制歌》在心态上自信、志在必得，有一统江湖高高在上的帝王气概或者用四川话说有点牛皮哄哄。《御制歌》中恋爱手法粗糙甚至简单粗暴，如果碰上中国古代罗敷或者今天的川东妹子，搞不好会碰一鼻子灰。而《关雎》却有谦谦君子风，"君子爱色，娶之有道"，甚至有极其难得的对女性的尊重欣赏和平等意识。两首在哪些方面有一致性且表明《御制歌》对《诗经》有借鉴呢？我认为有两点值得注意：一是在编排上，两首排在卷首，内容均为求爱，主题均为婚恋，体现出对婚恋的极其重视，这恰好体现出"经夫妇，成孝敬，厚人伦，美教化，移风俗"的用意，或者说婚姻为人伦之始的用意，体现出《万叶集》编者对《诗经》编撰宗旨的认同与借鉴；二是在用语上，天皇的自我表白之语虽然几近狂妄自大，但是符合其身份，更重要的是，这种观点和表达，明显来自《诗经·北山》"溥天之下，莫非王土。率土之滨，莫非王臣"。

日本著名小说《源氏物语》中，也有多处引用化用《论语》《礼记》《诗经》《白氏文集》，反映出作者深厚的汉文修养。

尤值一提的是，《毛诗序》的诗言志、六义说等是和歌歌论的重要来源。从某种程度上说，和歌歌论甚至有抄袭《毛诗序》之嫌。试看其论：

夫和歌者，其托根于心，而发其花于词林也。人生在世，不能无为。或为人、事、业所感，以其心思所至，谕于见闻万物，而吟形于言也。夫闻花上莺鸣，木栖蛙声，生息之人，孰不赋歌。不假外力，即可动天地、感鬼神、和夫妇、慰武士者，和歌也。（此为假名序开头部分。真名序抄袭色彩更重："夫和歌者，托其根于心地，发其花于词林者也。人之在世，不能无为。思虑易迁，哀乐相变。感生于志，咏形于言。是以逸者其声乐，怨者其吟悲。可以述怀，可以发奋。动天地，感鬼神，化人伦，和夫妇，莫宜于和歌。"）

和歌有六艺，一曰风，二曰赋，三曰比，四曰兴，五曰雅，六曰颂。[15]

而《毛诗序》中：

情发于声，声成文谓之音，治世之音安以乐，其政和；乱世之音怨以怒，其政乖；亡国之音哀以思，其民困。故正得失，动天地，感鬼神，莫近于诗。先王以是经夫妇，成孝敬，厚人伦，美教化，移风俗。故诗有六义焉：一曰风，二曰赋，三曰比，四曰兴，五曰雅，六曰颂。[16]

似曾相识处太多。当然，也可看出，在借鉴甚至套用中，歌论作者也并未全盘照录，而是结合和歌实际有所创新创造：它没有"正得失"，它增加了"慰武士"，不要小看这一增一减。一方面，它反映出日本和歌少有对现实生活的反映和干预，少有对现实的批判精神，而这无疑也是《诗经》较之和歌更丰富、更博大、更具现实主义精神的地方，是《诗经》富有独特力量和魅力的地方之一；另一方面，它体现了日本诗学没有中国诗教中被后儒喋喋不休几至令人生厌的教化色彩，而突出强调了文学反映人心、抚慰人心的功能，从而使日本诗文最终摆脱中国古典文学束缚，形成注重意象、注重个人情绪、注重抒写"物哀"、富有灵气情蕴的民族文学特色。

与越南类似，《诗经》在日本歌舞戏剧中也有惊鸿照影的光彩。如江户时代歌舞伎《积恋雪关扉》中，将《邶风·二子乘舟》改写为兄弟情深、舍生取义的悲剧故事。在传统艺能"能"中，其谣曲仿《关雎》《葛覃》《卷耳》《樛木》并做了戏曲化处理。以上皆反映出《诗经》对日本俗文化更深入、更深刻的影响。

另外，日本也有用《诗经》用语命名的雅好，如高冈市、鹿鸣馆、菁莪小学等。日本以《诗经》用语命名并保留至今的，似乎比《诗经》的祖国更多。

最后，要特别说明的是，古往今来对《诗经》的最高评价或许来自日本：

江户时代的贝原益轩在他的《慎思录》中曾说："古诗三百首……其为体也，温柔敦厚，平易微婉，是风雅之道为诗家之祖，作诗者须以此为法。"又说："三百篇是夫子之所删定，为诗之经，万世学诗者当以是为本。"⑰他以《诗经》为一切诗歌的源头和典范，另一位学者秋山玉山不仅把《诗经》视为六经之一，而且将其奉为"六经之和"："故古之学者，必先于诗焉。然后经艺可陈。苟不先于诗乎，经艺不可得而陈也，亦复终而墙而已。故盐梅五味之和也，曰：诗六经之和也。"⑱"诗家之祖""六经之和"，《诗经》在"出口"日本之后，甚至获得了比在她祖国更高的评价。

日本人民是如此偏爱《诗经》。

## 附记:《诗经》在东方诸国的传播小结

一、传播异同

《诗经》在东方诸国传播的共同点:

一是官方重视,大力推动。将《诗经》作为儒家五经之一,与其他儒家文化一道,由国家力量打包引进,强力推行。通过纳入官方意识形态,设立专门机构(如太学等),推行相关制度(如御前讲经制度),纳入科举考试等方式,进行国家层面的推行。

二是深入广泛,影响深刻。因为东方诸国将四书五经等从政治上纳入国家意识形态,又将其纳入科举或文化教育,遂使《诗经》等儒家文化既承担安邦治国之重又承担安身立命之任。遂产生极其深刻的影响,可以说是无所不至、无远弗届。

三是消化吸收,化为己有。将《诗经》等儒家文化结合国情实际、自身发展需求,全面充分消化吸收,消除排异反应,使之与自身民族文化水乳交融,成为自身民族文化的有机组成部分。甚至,《诗经》等儒家文化在东亚诸国中毫无"外国文化"的生分感与违和感,就是其传统文化之重。

《诗经》在东方诸国传播也有差异:一是朝鲜半岛与中国几乎同频共振,偏重于经学,对《诗经》经世致用一面很看重,对政治社会影响较大;二是日本偏重于文学,对日本诗歌的发展助力较大；三是越南偏重于教育或者说科举取士，对社会和普通民众影响较大。而琉球由于接受较晚且资料阙如，受影响最大者恐怕更多的是贵族及知识阶层教育上。

二、传播原因

1.《诗经》是中华优秀传统文化的代表。其在经学与文学上均达到很高的高度，体现了先秦时期中国人朴素而深刻、简约而丰厚的人生观、世界观、价值观，具有很大的魅力，受到东方诸国青睐并产生深刻影响。

2. 古代中国在东亚地区强大的影响力。中国构建起了儒家文化圈或汉文化圈并成为核心。日本学者西嶋定生说："'东亚世界'是以中国文明的发生及发展为基轴而形成的。……随着中国文明的开发，其影响进而到达周边诸民族，在那里形成以中国文明为中心，而自我完成的文化圈。这就是'东亚世界'。……这样的'东亚世界'，是以中国为中心，包括其周边的朝鲜、日本、越南以及蒙古高原与西藏高原中间的河西走廊地区东部诸领域。……构成这个历史的文化圈，即'东亚世界'的诸要素，大略可归纳为：一、汉字文化；二、儒教；三、律令制；四、佛教等四项。"[19]

3. 东方诸国重视教育、善于学习。这种重视和学习在历史上曾经有力地促进了所在国发展，其正面影响甚至泽被后世。其中日本是最突出的，实有后来居上之势。

三、传播影响

1. 《诗经》等儒家文化典籍传入东亚诸国，产生了极其深刻的影响，有效地促进了东亚诸国文学文化发展。

2. 促成东亚诸国形成相似政治文化、社会伦理及价值观，即世界文明史版图中不容忽视的儒家文化圈或者说儒家文化共同体。

借此，我想说的是，文化如水，必然四处流淌；文明如火，必然光照四方。范文澜《中国通史》中有一段话："各种文化必然要取长补短、相互交流。娶妻必娶异姓，男女同姓，其生不繁，文化交流也是一样，所以文化交流愈广泛，发展也愈益充分。文化输出国不可自骄，文化输入国不必自卑，某一国文化为别一国文化所吸收，这种输入品即为吸收者所拥有。譬如人吃猪肉，消化后变成人的血肉，谁能怀疑吃猪肉的人，他的血肉是猪的血肉而不是人的呢！"[20]这番言论体现出高远的境界、博大的胸怀、宽阔的视野和包容谦虚的心态以及深刻的历史洞见。一言以蔽之：文明是交流互鉴的。中华文明又何尝不是在学习借鉴中成长成熟的呢？"探源工程最近十来年最新的发现表明，尽管中华文明的起源、早期形成和发展过程由于地理的原因处在东亚地区，是相对孤立、相对独立、自己摸索向前发展的，但是在古国时代的晚期，最近十来年的考古工作的重要成果表明，中国文明和其他文明有了接触，源自中亚地区的麦类作物，黄牛、绵羊、山羊等家畜品种以及青铜、冶金技术，在这个时期陆续进入了中

国文明之中。而且，其中一部分很快地被加以改造和提升。这就
为中国文明的持续发展注入了新的动力或者能量，也就体现了中
国文明的互相借鉴、兼收并蓄能力。"㉑

## 注 释

①夏传才，《诗经讲座》，广西师范大学出版社，2019，186。

②王晓平，《〈诗经〉之于亚洲汉文学》，《天津师大学报》，
1997（6）。

③沈约，《宋书·倭国传》，中华书局，1999，1595。

④张云樵、孙金花，《魏晋南北朝时期中日文化交流》，《社
会科学辑刊》，1993（1）。

⑤许倬云，《万古江河》，湖南人民出版社，2017，234。

⑥张永平，《五山禅僧对〈诗经〉的讲传》，《光明日报》，
2019 年 11 月 4 日第 13 版。

⑦张永平，《五山禅僧对〈诗经〉的讲传》，《光明日报》，
2019 年 11 月 4 日第 13 版。

⑧张永平，《日本〈诗经〉传播史》，山东大学，2014，62。

⑨张永平，《日本〈诗经〉传播史》，山东大学，2014，43。

⑩张永平，《日本〈诗经〉传播史》，山东大学，2014，121。

⑪张永平，《日本〈诗经〉传播史》，山东大学，2014，123。

⑫张永平，《日本〈诗经〉传播史》，山东大学，2014，120-121。

⑬张永平，《日本〈诗经〉传播史》，山东大学，2014，121。

⑭张永平，《日本〈诗经〉传播史》，山东大学，2014，47。

⑮张永平，《日本〈诗经〉传播史》，山东大学，2014，53。

⑯《毛诗正义·关雎》，北京大学出版社，1999，7-11。

⑰王晓平，《〈诗经〉之于亚洲汉文学》，《天津师大学报》，1997（6）。

⑱王晓平，《〈诗经〉之于亚洲汉文学》，《天津师大学报》，1997（6）。

⑲傅星星，《汉文化圈视野下的朝鲜半岛〈诗经〉学研究》，《文学遗产》(中文版)，2017（5）。

⑳转引自卞孝萱，《协助范文澜先生编写〈中国通史〉》，《中华读书报》，2019年8月14日第7版。

㉑转引自张宏杰，《简读中国史》，岳麓书社，2019，18。

# 互不相闻的东西方歌唱

闻一多先生曾经说过，大约两千五百年前，人类四大文明同时开始了歌唱。流沙河先生也承袭了这个观点，并指出：希腊和印度的歌唱是史诗，中国和小亚细亚的歌唱是抒情诗①。事实上，这些歌唱曾经深深地浸润过大地及子民，并让一切变得更温厚淳和。这种歌唱至今仍在大地上隐隐约约响起，如果走近这种歌唱，你会发现，它们飘飞的音符像阳光下一只只蝴蝶，安静灵动地翕张着彩色的翅膀，闪耀着令人心动的光芒。

《诗经》与《雅歌》在五个方面有一定的一致性：一是二者产生的时间大致一致，《诗经》大约产生于西周初年到东周（前770年—前256年）中叶，《雅歌》大约产生于公元前973年—公元前722年；二是思想内容大致一致，二者都有对爱情的深情吟唱、歌咏礼赞；三是地位大致一致，都成为文化艺术的经典，对东西方人文历史都产生过重要的、巨大的、深远的影响；四是作用大致一致，都分别对东西方文化艺术的发展有奠基性作用，成为东西方古代文化特别是文学的两座高峰；五是来源大致一致，二者都主要来自民间，尤其是《诗经》中的"国风"，用朱熹的话说："凡诗之所谓风者，多出于里巷歌谣之作。所谓男女相与咏歌，各言其情者也。"②而《雅歌》也被认为是希伯来用于新婚庆典的爱情民歌之集成（当然，也还有说法是高大上的所罗门王创作的）。

此外，在形式上，二者也颇多相似之处，如都有重章叠咏和对唱等形式；在表达手法上也有诸多相似，如都特别善于使用"赋""比"等手法。甚至两部诗歌都有现代诗歌惯常使用的象征和意识流手法（有论者认为这两部古代作品堪称现代派诗歌之滥觞）。

如：

良人属我，我也属他，

他在百合花中牧放群羊，

我的良人哪，求你等到天起凉风，

日影飞去的时候，

你要转回，

好像羚羊，

或像小鹿在比特山上。

——《雅歌·第二章》

我夜间躺卧在床上，

寻找我心所爱的。

我寻找他，却寻不见。

我说，我要起来，游行城中。

在街市上，在宽阔处，

寻找我心所爱的。

我寻找他，却寻不见。

城中巡逻看守的人遇见我，

我问他们，"你们看见我心所爱的没有？"

我刚离开他们，就遇见我心所爱的。

我拉住他，不容他走。

领他入我家，到怀我者的内室。

——《雅歌·第二章》

很明显，这是书拉密女人在床上的一番单相思，其"神游"
有如身临其境，我认为，《雅歌》中某些十分真切的场景，都是
想象之境，是思维的意识流。如《雅歌》中最细腻、最深切、最
美妙动人的一处描写：

听啊，是我良人的声音。

看哪，它蹿山越岭而来。

我的良人好像羚羊或小鹿。

他站在我们墙壁后，

从窗户往里观看，

从窗棂往里窥探。

我良人对我说：

我的佳偶，我的美人，

起来，与我同去！

因为冬天已往，

雨水止住过去了。

地上百花开放、百鸟鸣叫的时候已经到来，

斑鸠的声音在我们境内也听见了。

无花果树的果子渐渐成熟，

葡萄树开花放香。

我的鸽子啊，你在磐石穴中，

在陡岩的隐秘处。

求你容我看得见你的面貌，

听得见你的声音，

因为你的声音柔和，

你的面貌秀美。


要给我们擒拿狐狸，

就是毁坏葡萄园的小狐狸，

因为我们的葡萄正在开花。

——《雅歌·第二章》③

我认为，这并非实有之境，而是想象之境，是"绵绵不断如春水"般的情意，是翻涌变化不断如云海般的念想，是超时间性、超空间性的意识之流。其意象之具切、情境之真实、描摹之精微、诗意之美妙，让人拍案叫绝。

《诗经》中运用意识流手法的也随处可见，如著名的《蒹葭》《汉广》，叙写爱情中那种上下寻觅之苦、求之不得之哀、相思成疾之痛，十分哀婉动人，是《诗经》中的明珠。此外，《卷耳》一诗尤值一提：

采采卷耳，不盈顷筐。嗟我怀人，寘彼周行。

陟彼崔嵬，我马虺隤。我姑酌彼金罍，维以不永怀。

陟彼高冈，我马玄黄。我姑酌彼兕觥，维以不永伤。

陟彼砠矣，我马瘏矣。我仆痡矣，云何吁矣。

爱（毛晓初摄于挪威）

千百年来，许多人都认为诗中写的是妇人在家劳作思夫和男人在外思家。其实在我看来，这是不懂诗歌者的判断。该诗应是妇人之想象，想象自己劳作思夫，想象丈夫在外奔波思念家乡，想念丈夫返回家乡行路之难。正如明代学者沈守正的意见："通章采卷耳以下都非实事，所以谓思之变境也。一家之中，无端而采物，忽焉而登高，忽焉而饮酒，忽焉而马病，忽焉而仆痛，俱意中妄成之，旋妄灭之，缭绕纷纭，息之弥以繁，夺之弥以生，光景卒之，念息而叹曰：云何吁矣。可见，怀人之思且真，而境之所设皆假也。"④其论深得诗文之旨，这才是《卷耳》的千年难遇的真知音，这才是真正懂文学艺术创作规律的人。因此，这篇并不十分出名的《卷耳》是《诗经》中一篇高水准的、经典的意识流之作。当然，也是中国最早的意识流作品。

当然，如考虑到民歌的特点，考虑到全诗四章的口吻，分别以女主人公之口和男主人公之口来述说，有情歌对唱之风，即是两个人的相互思念也说得通。钱锺书先生即认为该诗是"双管齐下""话分两头""花开两朵、各表一枝"的写法。⑤（20世纪80年代著名的歌曲《十五的月亮》："十五的月亮，照在家乡照在边关，宁静的夜晚你也思念我也思念，你孝敬父母任劳任怨，我献身祖国不惜流血汗……"）则此诗创作者为"第三者"，但其思维的跳跃、主体的变化、时空的转化，也仍然体现了意识流创作的特点。顺便说一句，美轮美奂、亦真亦幻，有"孤篇压全唐"之称的《春江花月夜》也应该是古代文学中非常典型的意识流之作：

> 春江潮水连海平，海上明月共潮生。
> 滟滟随波千万里，何处春江无月明！
> ……
> 江畔何人初见月？江月何年初照人？
> 人生代代无穷已，江月年年望相似。

……

谁家今夜扁舟子？何处相思明月楼？

可怜楼上月徘徊，应照离人妆镜台。

……

此时相望不相闻，愿逐月华流照君。

鸿雁长飞光不度，鱼龙潜跃水成文。

……

斜月沉沉藏海雾，碣石潇湘无限路。

不知乘月几人归，落月摇情满江树。⑥

总体而言，《雅歌》的意识流特征更为明显，即几乎通篇不
受客观时空、逻辑、因果等制约，以思绪、情感流变和意念场景
转化为内容。《诗经》中则以实际生活中的具体小场景、小情境
为多，写实成分更多。

就象征手法而言，《诗经》中随处可见的"兴"的手法具有
鲜明的象征意义。这种"先言他物，以引起所咏之事"并非在
"顾左右而言他"，而是"托事于物"。如"关关雎鸠"有象征
爱情忠诚之意（传说中雎鸠忠于爱侣）；"桃之夭夭"，有象征新
婚火红生活之意；"蒹葭苍苍"有象征凄凉彷徨心绪之意；"绿竹
青青"有象征君子美德之意，不一而足。而《雅歌》中类似有象
征意味的也比比皆是。如用沙仑的玫瑰花、山谷中的百合花、磐
石穴中的鸽子象征美丽纯洁、温柔可爱的姑娘；用羚羊、小鹿象
征敏捷英俊的小伙子；用葡萄园象征恋人的玉体。

　　但《雅歌》与《诗经》的不同也是显而易见的,我认为主要是三个不同:思想内容的单一纯粹与广博丰茂之异;情感表达的热烈奔放与含蓄慰藉之异;艺术风格的华美丰赡与简约凝练之异。

出行 (毛晓初摄于伊朗波斯帝国波斯波利斯古城遗址)

　　在思想内容上,《雅歌》就是单纯抒写爱情、赞美爱情:写所罗门王子与书拉密女邂逅的一见钟情之美,写二人云山阻隔的相互思慕之苦,写畅饮爱情的鱼水之欢,写卿卿我我的情意之切。这里几乎看不到丰富多彩的社会生活、压迫反抗的生产实践、人们生存发展的阶级斗争,显得纯粹、空灵、超脱、梦幻,因此我非常不赞成许多论者说它是现实主义作品。

　　而《诗经》则不同，它折射出丰富的社会信息，如父母之命（如《柏舟》）、劳役之苦（如《君子于役》）、战争之痛（如《伯兮》）、女人之悲（如《氓》）、婚恋之俗（如《溱洧》）、时政之乱（如《荡》《抑》）。

　　在情感表达上，《雅歌》与《诗经》完全是"冰火两重天"，是两种不同的风格：前者外向直白、热情如火；后者含蓄内敛、柔情似水（虽然《诗经》中的《褰裳》《溱洧》等也有大胆直白之表达，但那是个例，不是总体面貌）。在我看来，它们的差异具体体现在三个方面：

　　（一）在对恋人的称谓上。

　　《雅歌》的称呼带着非常强烈的感情色彩，而且非常丰富，如"我的良人""我的佳偶""我的新妇""我的美人""我的妹子""我心所爱的""我所亲爱的""我的朋友""我的完全人"，甚至有"我的鸽子"这样的奇妙称呼。甚至多处同时出现上述几种称谓，如"我的妹子、我的佳偶、我的鸽子、我的完全人，求你给我开门"，这里，仅凭这些称谓，你也能够感受到其深入骨髓的爱恋、剖肝沥胆的赤诚、熊熊燃烧的爱情之火，让人动心动容！而《诗经》中的称谓则稳重得多、平实得多、理性得多，如"子""君子""伯""仲子""吉士""良人""予美""狡童""狂童"等称谓，"子"为不咸不淡、不温不火的"你"，"君子"为对有才德之人的通称，"吉士"为美称，"伯""仲子"实为排行（可分别译为老大、老二），"良人"为好人，"予美"为"我的美人"，"狡童""狂童"为调笑责骂之语，可译为当代的"浑小子"。除郑卫之音里不拘一格、大胆热辣地使用"狡童""狂童"之外，其余地方的称谓都是彬彬有礼或中规中矩的，大有后来所倡的夫妻举案齐眉、相敬如宾之风。

与这种称谓相一致的是，《雅歌》的呼唤、呼告色彩很浓，《诗经》则更多像自言自语：

我心所爱的啊，求你告诉我，你在何处牧羊？晌午在何处使羊歇卧？

————《雅歌·第一章》

北风啊，兴起！南风啊，吹来！吹在我的园内，使其中的香气散出来。

————《雅歌·第四章》

我的良人哪，求你快来，如羚羊或小鹿在香草山上。

————《雅歌·第八章》

青青子衿，悠悠我心。纵我不往，子宁不嗣音？
青青子佩，悠悠我思。纵我不往，子宁不来？
挑兮达兮，在城阙兮。一日不见，如三月兮。

————《诗经·子衿》

月出皎兮，佼人僚兮。舒窈纠兮，劳心悄兮。
月出皓兮，佼人懰兮。舒忧受兮，劳心慅兮。
月出照兮，佼人燎兮。舒夭绍兮，劳心惨兮。

————《诗经·月出》

可以看出，《雅歌》之诗多为直抒胸臆型，而《诗经》之诗多为自言自语型，在我看来也可以称为"闷骚型"。这种直抒胸臆型的表达在后来西方戏剧歌剧中经常可见，如莎士比亚的《哈姆莱特》等许多剧作。也许这其中有着某种渊源和传承。《诗经》这种"自言自语"的表达几乎成了中国诗歌表达的主流。仅有少数例外，如《上邪》《胡笳十八拍》，屈原、李白的某些诗，宋代豪放派的某些诗以及现代的毛泽东诗词等。

上邪，我欲与君相知，长命无绝衰。山无陵，江水为竭。冬雷震震，夏雨雪。天地合，乃敢与君绝！

——《上邪》

谓天有眼兮，何不见我独漂流？谓神有灵兮，何事处我天南海北头？我不负天兮，天何配我殊匹？我不负神兮，神何殛我越荒州？

——蔡文姬《胡笳十八拍》

君不见，黄河之水天上来，奔流到海不复回！君不见，高堂明镜悲白发，朝如青丝暮成雪！……五花马，千金裘，呼儿将出换美酒，与尔同销万古愁。

——李白《将进酒》

魂兮归来！去君之恒干，何为四方些？舍君之乐处，而离彼不祥些。

魂兮归来！东方不可以讬些。长人千仞，惟魂是索些。十日代出，流金铄石些。彼皆习之，魂往必释些。归来兮！不可以讬些。

魂兮归来！南方不可以止些。魂兮归来！西方之害，流沙千里些。魂兮归来！北方不可以止些。

——屈原《招魂》

尽挹西江，细斟北斗，万象为宾客。

——张孝祥《念奴娇·过洞庭》

我失骄杨君失柳，杨柳轻飏直上重霄九。问讯吴刚何所有？吴刚捧出桂花酒。寂寞嫦娥舒广袖，万里长空且为忠魂舞。忽报人间曾伏虎，泪飞顿作倾盆雨。

——毛泽东《蝶恋花·答李淑一》

这些诗与《雅歌》在风格气韵上其实是异曲同工的：呼唤呼告、直抒胸臆；呼风唤雨、随心所欲；山南海北、自由来去；上天入地、神游八极，闪烁着浪漫主义的风采魅力。

（二）在对爱情的抒写上。

《雅歌》是大大方方、敞敞亮亮地表达：

愿他用口与我亲嘴，因你的爱情比酒更实。

——《雅歌·第一章》

我的良人在男子中，如同苹果树在树林中，我欢欢喜喜坐在他的荫下，尝他果子的滋味，觉得甘甜。

良人属我，我也属他。

——《雅歌·第二章》

愿我的良人进入自己园里，吃他佳美的果子。

——《雅歌·第四章》

巴不得你像我的兄弟，像吃我母亲奶的兄弟，我在外头遇见你就与你亲嘴，谁也不轻看我。

——《雅歌·第八章》

你的嘴唇滴蜜。好像蜂房滴蜜，你的舌下有蜜，有奶。你衣服的香气如黎巴嫩的香气。

——《雅歌·第四章》

你的口如上好的酒，女子说为我的良人干咽舒畅，流入睡觉人的口中。

——《雅歌·第七章》

求你将我放在你心上如印记，带上你臂上如戳记，因为爱情如死之坚强，嫉恨如阴间之残忍，所发的电光是火焰的电光，是耶和华的烈焰。

爱情，众水不能熄灭，大水也不能淹没。

——《雅歌·第八章》

这些诗句里，有畅饮爱情之泉的甜蜜，有徜徉爱情之园的迷醉，有咀嚼爱情之果的欣喜，有渴望爱情之霖的呼唤，有忠于爱情之贞的誓言，有面对至洁至纯之爱的赞美。真是浓情蜜意绵绵不绝，水乳交融柔情依依。其爱之深、情之切、意之厚，令人感动。这里没有扭捏、没有遮掩、没有含蓄、没有压抑、没有隐忍、没有苦闷，欢欢喜喜、坦坦荡荡、明明白白、大大方方，充满甜蜜与激情。尤其是从头至尾，你看不到对女性的歧视压迫；看不到"女人是祸水"等女性观；看不到女性的自我封闭、自我矮化、自我设限，有思念而无哀怨，有渴慕而无憋屈。让人不得不唱出京剧《沙家浜》中的一句："这个女人不寻常！"

而《诗经》则并不如此，你看《野有死麕》中那位少女，明明心里面十分渴望爱情，并与"吉士"两情相悦，但在二人的亲近中，却"欲迎还拒"、顾虑重重，又要对方举止不要太鲁莽，又要对方不能动她的围裙，又要对方不要惊动周边的黄狗叫唤，体现了东方少女的娇羞、矜持，对爱情既渴求又羞怯的心态。《将仲子》里的少女则更加谨小慎微，想爱而不敢爱，明明"仲可怀也"，心里装满了小二哥，但情人翻墙爬树过来见他，却让她担惊受怕、忧心忡忡，因为她"畏我父母""畏我诸兄""畏人之多言"。在面对意中人的追求时，在面对自己的爱情时，她没有大胆面对、积极追求的勇气。

而在诗意与著名的《蒹葭》类似的《汉广》中则如此写道：

南有乔木，不可休思；汉有游女，不可求思。汉之广矣，不可泳思；江之永矣，不可方思。

翘翘错薪，言刈其楚；之子于归，言秣其马。汉之广矣，不可泳思；江之永矣，不可方思。

翘翘错薪，言刈其蒌；之子于归，言秣其驹。汉之广矣，不可泳思；江之永矣，不可方思。

面对自己日夜思念、割舍不下的意中人，这个痴情汉没有主动出击、没有千方百计克服艰难险阻去表达、去追求、去展示、去争取，而是一味强调客观条件：江水太宽（不可泳思），渡河

太难（不可方思），对方条件太好或许是白富美高攀不上（不可
求思），只能在心里面祈求上苍表达意愿：如果她肯嫁给我，我
喂饱马儿去接她。这让我们后人看了也为他扼腕叹息：你把自己
看成了"癞蛤蟆想吃天鹅肉"，一点自信都没有。成不成总应该
去试试嘛，万一运气来了呢！而另一首同样写得很美的《泽陂》
中的恋人则更可怜：

　　彼泽之陂，有蒲与荷。有美一人，伤如之何？寤寐无为，涕
泗滂沱。

　　彼泽之陂，有蒲与蕳。有美一人，硕大且卷。寤寐无为，中
心悁悁。

　　彼泽之陂，有蒲菡萏。有美一人，硕大且俨。寤寐无为，辗
转伏枕。

　　我将其第一节翻译为：在那湖泊堤岸边，蒲草荷花两相妍。
走来一个俏佳人，我该拿她怎么办？日思夜想难入睡，涕泪流满
枕席间。

　　因为古人眼中的美男美女都以高大健硕为美，且美人可指男
子（《诗经》中多处可见，如"西方美人"指男子，"硕人欣欣"
指女子），故此诗主人公既可能是男的，也可能是女的。如果是
女子，可以理解，女人是水做的骨肉嘛！如果是男子，那就有点
可怜了，男儿有泪不轻弹，大胆去追求就是了嘛，何必哭兮兮的
呢！如果不是《诗经》中还有"琴瑟友之""钟鼓乐之""吉士诱
之"等表明男子主动作为追求爱情之语，那我们真得批评一下老

祖宗：先人们哪，你们在爱情上简直是"衣来伸手、饭来张口"，也太被动消极了嘛！

（三）在性的描写上。

这一点《雅歌》与《诗经》也呈现出很大的差异：首先在对身体的描写上，《雅歌》的表达涉及了口、唇、眼、耳、鼻、舌、腮、颈，甚至比较敏感隐私的乳、肚脐、大腿。如：

你的大腿圆润好像美玉，是巧匠的手做成的。

你的肚脐如圆杯，不缺调和的酒。

你的腰如一堆麦子，周围有百合花。

你的两乳好像一对孪生的小鹿。

——《雅歌·第七章》

在《诗经》中，也有类似描写人体美的佳作：

手如柔荑，肤如凝脂，领如蝤蛴，齿如瓠犀，螓首蛾眉，巧笑倩兮，美目盼兮。

——《诗经·硕人》

通观整部《诗经》，也只见这种精雕细刻地对五官仪容风姿的描写，却无一处对隐私部位的描写，即使在涉及性行为的描述上，也回避了对肉体的描述。

其次，在性行为的描述上，《雅歌》也大胆直露得多：

我们以青草为床榻，以香柏树为房屋的栋梁，以松树为椽子。

他带我入筵宴所，以爱为旗，在我以上。

——《雅歌·第一章》

他的左手在我头下，他的右手将我抱住。

——《雅歌·第二章》

我妹子，我新妇，我进了我的园中，采了我的没药和香料，吃了我的蜜房和蜂蜜，喝了我的酒和奶。

——《雅歌·第五章》

我说，我要上这棕树，抓住枝子。愿你的两乳好像葡萄累累下垂，你鼻子的气味香如苹果。

——《雅歌·第七章》

我的良人下入自己园中，到香花畦，在园内牧放群羊，采百合花。

——《雅歌·第六章》

因为诗中明确地说过"我妹子、我新妇乃是关锁的园、紧闭的井，封闭的泉源"，且研究表明：在苏美尔和埃及文化中，"果园"是"子宫"的隐喻，"井"则是"阴道"的隐喻，园里生长的众多植物，象征着女性子宫具有旺盛的生命力。因此，"园中的泉，活水的井"既象征女性子宫蕴有的孕育生命的张力，亦指代男女之间的性事。⑦井、水等隐喻夫妻之交和夫妻之道，这在圣经《箴言》中也可得到印证：

你要喝自己池中的水，饮自己井里的活水。你的泉源岂可涨溢在外？你的河水岂可流在街上？唯独归你一人享用，不可与外人同用。要使你的泉源蒙福；要喜悦你幼年所娶的妻。⑧

这里既有对丈夫要忠诚于妻子的规劝，也有对遵守性伦理、性道德的告诫。

此外，《雅歌》中的没药、葡萄干、苹果、石榴是情爱的象征，鸽子是爱神的隐喻，山岗是女性身体的隐喻。所以，上述描写都是艺术化的、寓意非常明确的性行为描述。学者朱维之对《雅歌》有两句精当的评论："希伯来抒情诗发展到《雅歌》可以说达到了顶峰。""在写恋情的诗歌方面，全部古代诗作无出其右者。对于两性爱情表现的大胆，对于两性肉体美描写的露骨，比东西方古代的诗作都超过了。"⑨西方学者威尔·杜兰特也有类似观点："《雅歌》充满色情和肉欲。"⑩

仔细想来，朱氏之言也有理，以大胆直白、全面细致描写性事而论，唐代白行简的《天地阴阳相交大乐赋》、兰陵笑笑生的《金瓶梅》，甚至《查特莱夫人的情人》《十日谈》等也算得上"榜上有名"，但它们毕竟都不是诗，而如下一些涉及性事的诗歌，在中国文学史上已经被定性为淫诗了：

碧玉破瓜时，郎为情颠倒。

感郎不羞郎，回身就郎抱。

——《碧玉歌》

开窗秋月光，灭烛解罗裙。

含笑帷幌里，举体兰蕙香。

——《子夜四时歌》

宿昔不梳头，丝发披两肩。

婉伸郎膝上，何处不可怜。

——《子夜歌》

托买吴绫束，何须问短长。

妾身君抱惯，尺寸细思量。

——《古乐府》

其实，这是多么正常的情人间的亲昵之举或打情骂俏或点到即止的鱼水之欢，哪里是什么淫诗！那些神经兮兮的腐儒们，甚至连李清照"轻解罗裳，独上兰舟"这样的句子也忍受不了，非议不止。就是下面两首被称为香艳淫词的帝王之作，也不过是描写情人幽会、鱼水之欢的作品而已：

花明月暗笼轻雾，今宵好向郎边去。刬袜步香阶，手提金缕鞋。

画堂南畔见，一向偎人颤。奴为出来难，教君恣意怜。

——李煜《菩萨蛮》

浅酒人前共，软玉灯边拥。回眸入抱总含情，痛痛痛，轻把郎推，渐闻声颤，微惊红涌。试与更番纵，全没些儿缝。这回风味忒癫狂，动动动，臂儿相拥，唇儿相凑，舌儿相弄。

——赵佶《醉春风》

比较起来，宋徽宗先生的自然主义细腻笔法或可勉强比肩《雅歌》或小亚细亚文学。这位不务正业的老兄虽然在本职工作上干得拉稀摆带，在文学艺术上却造诣精深。就是这首见之于宋代传奇小说《李师师外传》的"黄色歌词"，我看也写得有一定水准（不过是否真为这位风流天子之作，大可存疑。以其用语之俗，描写之俗判断，应是著者假托之作）。

而《诗经》中的此类描写是点到即止、含蓄的甚至是隐晦的，体现了孔子主张的"乐而不淫"和"发乎情，止乎礼"。那对在野外邂逅、一见钟情的恋人，最后两情相悦，实现灵肉交融，但在文字上也只写到了"邂逅相遇，与子偕藏"（《野有蔓草》），写到两人在我们眼皮子底下藏猫猫就打住了，真正的点到即止，与贾平凹先生写《废都》一样不知省略了多少文字，呵呵。

与此类似，包括成为成语"桑间濮上"的《桑中》，也只是点到了"期我乎桑中，要我乎上宫，送我乎淇之上矣"。动作幅度比较大的可能仅有《丘中有麻》了：

丘中有麻，彼留子嗟。彼留子嗟，将其来施。

丘中有麦，彼留子国。彼留子国，将其来食。

丘中有李，彼留之子。彼留之子，贻我佩玖。

因为，这里的"施""食"都是男女交合之隐喻或者隐语："将其来施""将其来食"都是邀约对方到麻田、麦地、李下，做"羞羞之事"（"将"者，"请"也，表现的还是"女追男"）。当然，诗中最后也反映出，这一对并非追求一夜情的野鸳鸯，而是真心相爱的负责任的恋人，是可以依靠的，因为男子最后还满怀爱意情真意切地"贻我佩玖"，这无疑是定情的信物，是郑重的表态，是庄严的承诺。需要指出的是，那时野合是人类青少年时的一种正常现象。须知，连孔子这样根正苗红的顶级圣人，也是父母野合的产物呢。《史记》中清清楚楚地写着"纥与颜氏女野合而生孔子"，对此"野合"，虽然儒者多解释为老夫配少妻，不合礼法，但《周礼·地官引徒第二·媒氏》有言："中春之月，令会男女，于是时也，奔者不禁。若无故而不用令者，罚之。司男女之无夫家者而会之。"这说明在规定时间内的野合是当时的"公序良俗"，即婚恋制度所允之事，并非不伦不堪之事，也说明儒者可能是在为至圣先师"打圆场"。

亚述帝国守护神雕像（聂万红摄于伊拉克国家博物馆）

但与《雅歌》比起来，也只是"生态环保绿色无公害"啦。著名斯洛伐克学者、汉学家马利安·高利克在其所著的《〈雅歌〉与〈诗经〉的比较研究》中明确指出："在《诗经》中，没有美索不达米亚文学或埃及文学中婚庆歌的色情与爱欲以及随后的诗歌形式。"他甚至举了令人瞠目结舌的美索不达米亚情歌与《诗经》做对比：

> 她的红唇像她的阴户一样甜美。
> 她的阴户像她的红唇一样甜蜜。⑪

而我也在另一首苏美尔诗歌《伊南娜赞歌》中看到了同样大胆直白地呼唤爱人和性爱：

> 谁来耕种我的阴门？
> 谁来耕种我的高地？
> 谁来耕种我的润土？

这种赤裸裸的表达简直让人脸红心跳：天哪！羞死人哪！

在艺术风格上，《雅歌》呈现出华美大气的特征，而《诗经》呈现出简约凝练的特征。《雅歌》的华美大气首先表现在它的篇幅上，共 8 章 117 节，在普遍短小精干的诗歌中，算得上一篇长诗，其次是高远宏阔的视野；最后是精美典雅的描绘。如对书密女的描写：

> 我的佳偶，我将你比法老车上套的骏马。

—— 《雅歌·第一章》

> 我的佳偶啊，你美丽如得撒，秀美如耶路撒冷，威武如展开旌旗的军队！

—— 《雅歌·第六章》

　　将令人心仪的佳人比喻为骏马、美丽的地区和军队，真是大胆、大气、大方！

　　再如：

　　你的颈项如象牙台。你的眼目像希实本，巴特拉并门旁的水池。你的鼻子仿佛朝大马色的利巴嫩塔。

——《雅歌·第七章》

　　你的头发如同山羊群卧在基列山旁。

——《雅歌·第四章》

　　很明显所选的比喻之物都是"高大上"的。

　　坐垫是紫色的，其中所铺的乃耶路撒冷众女子的爱情。

——《雅歌·第三章》

　　我的新妇，求你与我一同离开利巴嫩，与我一同离开利巴嫩。从亚玛拿顶，从示尼珥与黑门顶，从有狮子的洞，从有豹子的山往下观看。

　　我要往没药山和乳香冈去，直等到天起凉风，日影飞去的时候回来。

——《雅歌·第四章》

　　这些诗句，都是神游天地、精婺八极的，体现出诗者眼界何其旷远，意境何其开阔，思维何其灵动，情意何其深挚！

　　再看其描摹的美轮美奂：

　　他的头像至精的金子。他的头发厚密累垂，黑如乌鸦。

　　他的眼如溪水旁的鸽子眼，用奶洗净，安得合式。

他的两腮如香花畦，如香草台。他的嘴唇像百合花，且滴下没药汁。

他的两手好像金管，镶下水苍玉。他的身体如同雕刻的象牙，周围镶嵌蓝宝石。

他的腿好像白玉石柱，安在精金座上。他的形状如利巴嫩，且佳美如香柏树。

——《雅歌·第五章》

对男主人公的描写简直穷形尽相、精雕细琢。其爱恋之深、赞美之忱、欣赏之极，让人叹为观止。她甚至是在用她炽热的、爱恋的、欣赏的、赞美的、膜拜的目光，一遍一遍摩挲她恋人的身体，一边喃喃自语，轻声歌唱，心中涌出一泓泓爱的泉水，荡漾起一圈圈情的涟漪，绽开一簇簇欣喜的花朵。

如对"花园"的描写：

你园内所种的结了石榴，有佳美的果子，并凤仙花与哪哒树。

有哪哒和番红花，菖蒲和桂树，并各样乳香木、没药、沉香，与一切上等的果品。

你是园中的泉，活水的井，从利巴嫩流下来的溪水。

说实话，《雅歌》让我们真切感受到清朝艺术家邓石如所倡导的境界：春风大雅能容物，秋水文章不染尘。这真是一种大境界、大格局、大气象。

而《诗经》却少有这种"奢华"的描写。一是《诗经》用语本就极其简洁，以四字句式为主，杂以五言、六言、七言等，文字之简达到了至简、至朴、至纯、至洁的地步。二是多以重章叠咏方式完成全篇。无论其是两章、三章还是更多，常常只是在时间、地点、人物、事件上略为改动。因此看似几个章节的诗，实际上几乎读第一章就差不多了。（当然，从思想情感的表达、递进、叠加、升华来看，其后章节也是必要的）之所以如此，我认为是因为《诗经》是歌谣体，以独唱为绝对主体。《雅歌》繁复得多，是因为它是歌剧体，融独唱、对唱、合唱等多种形式于一体。三是叙写描摹几乎到了极简地步。试看《诗经》中的几首诗就一目了然了。

　　桃之夭夭，灼灼其华。之子于归，宜其室家。

　　桃之夭夭，有蕡其实。之子于归，宜其家室。

　　桃之夭夭，其叶蓁蓁。之子于归，宜其家人。

——《诗经·桃夭》

　　野有蔓草，零露漙兮。有美一人，清扬婉兮。邂逅相遇，适我愿兮。

　　野有蔓草，零露瀼瀼。有美一人，婉如清扬。邂逅相遇，与子偕臧。

——《诗经·野有蔓草》

　　彼采葛兮，一日不见，如三月兮！

　　彼采萧兮，一日不见，如三秋兮！

　　彼采艾兮，一日不见，如三岁兮！

——《诗经·采葛》

彼狡童兮，不与我言兮。维子之故，使我不能餐兮！

彼狡童兮，不与我食兮。维子之故，使我不能息兮！

——《诗经·狡童》

整体看来，它们的艺术风貌大有不同，它们是饱满浑厚的交响乐与明丽婉转的中国民乐合奏，是大河静流与千万溪水奔流，是一座山脉与一系列峭拔的山峰，是一块硕大的美玉与一串璀璨的珍珠，其中的差异是非常明显的。但我个人认为，也必须指出，《诗经》反映和影响社会生活的广度、高度、深度远远高于《雅歌》，其认识价值、研究价值、学术价值、社会价值也高于《雅歌》。

《雅歌》与《诗经》的面貌如此不同，我认为原因在于四点。（一）地域不同：小亚细亚和黄河流域相距数万里之遥，风物差异极大。（二）生活方式不同：游牧民族和农耕民族在生活方式上完全不同，游牧民族逐水草而居，家园不固定；农耕民族安定固定，安土重迁。（三）文化不同：《雅歌》体现的是希伯来游牧文化，《诗经》所体现的是华夏农耕礼乐文化。（四）民族性格不同：希伯来民族开朗外向，而汉民族沉稳内敛。这些或许都是造成《雅歌》与《诗经》面貌各异的原因。

《诗经》《雅歌》同时是古代诗歌的两座高峰，让后人"高山仰止，景行行止"，并以它们的光芒、精神，照耀、润泽、滋养、哺育了后代文学。即使两千年之后回望它们，它们依然巍然屹立、光彩夺目。

## 注 释

①流沙河，《流沙河讲诗经》，四川文艺出版社，2017，1。

②朱熹，《诗集传·诗集传序》，中华书局，2017，2。

③本文所引《雅歌》均引自《圣经》，中国基督教协会，1998，651-657。

④转引自扬之水，《诗经别裁》，中华书局，2017，9-10。

⑤钱锺书，《管锥编·毛诗正义·卷耳》，生活·读书·新知三联书店，2007，117。

⑥《新修增订注释全唐诗·卷一零六》，中华书局，1960，875-876.

⑦厉盼盼，《雅歌与中国现代文学》，河南大学，2011，12。

⑧《圣经》，中国基督教协会，1998，617。

⑨朱维之，《外国文学史》，南开大学出版社，1998，58。

⑩［美］威尔·杜兰特，《东方的遗产》，台湾幼狮文化译，天地出版社，2018，355。

⑪［斯洛伐克］马利安·高利克，《雅歌与诗经的比较研究》，林振华译，《基督教文化学刊》第25辑，2011年春。

# 一样血与痛，别样歌与哭

战争是人类的重要活动之一，是人类文明的重要构成之一，毋庸讳言，它其实也是历史发展的推动力之一，它还是文学作品中一道绕不开的话题。就《诗经》而言，它是《诗经》的重要内容之一，是构成《诗经》魅力的重要因素之一。它隐含、预示或渗透、影响了我们的民族性格。

## 一、《诗经》中的战争

《诗经》中的战争多战前描绘，少战中描绘，并且几乎没有不义之战，几乎没有战斗场景，几乎没有血腥场面，几乎没有对战争本身的歌颂。《诗经》中所写的战争，有三种：自卫、平叛、征伐。其中以自卫、平叛为主，攻伐只在周朝先祖伐崇伐纣中。以周之素来重德而言，这种攻伐也师出有名。

试看《诗经》中有名的写周宣王亲自带兵出征徐淮平叛的《常武》，本意即为尚武：

赫赫明明。王命卿士，南仲大祖，大师皇父。整我六师，以脩我戎。既敬既戒，惠此南国。

王谓尹氏，命程伯休父，左右陈行。戒我师旅，率彼淮浦，省此徐土。不留不处，三事就绪。

赫赫业业，有严天子。王舒保作，匪绍匪游。徐方绎骚，震惊徐方。如雷如霆，徐方震惊。

王奋厥武，如震如怒。进厥虎臣，阚如虓虎。铺敦淮渍，仍执丑虏。截彼淮浦，王师之所。

王旅啴啴，如飞如翰。如江如汉，如山之苞。如川之流，绵绵翼翼。不测不克，濯征徐国。

王犹允塞，徐方既来。徐方既同，天子之功。四方既平，徐方来庭。徐方不回，王曰还归。

诗中有发布命令、整军备战、任命将帅，有军威盛大、军容严整，有勇猛进击、势如破竹，有徐淮臣服来朝。其威其势有如雷霆万钧，但浓墨重彩写的是发布政令军令和军容军威，对战争场景只有寥寥数笔（第四章部分文字"进厥虎臣，阚如虓虎。铺敦淮渍，仍执丑虏。截彼淮浦，王师之所"）。如果说这是反映周王亲征，从大处着眼宏观落笔，有战役无战斗，有大场面无细节描绘尚可理解的话，那么全面反映大将南仲征猃狁的《出车》、尹吉甫征猃狁的《六月》、方叔征荆蛮的《采芑》三首纯战争题材的诗是否有更充分的反映呢？事实上仍然以写军容军威为重，战斗场面像电影快镜头一闪而过。其中，《出车》除反映奉命出征、军威赫赫、征夫思妇之思，以及概括性地表述战争结果之词（"猃狁于襄""执讯获丑，猃狁于夷"）外，无战斗过程状态描绘。《采芑》用三章文字写军容声威，用一章文字写威服蛮荆，攻伐场景仅"方叔率止，执讯获丑"。《六月》用大量篇幅反映军情紧急、军资准备、军事训练、军容军貌、行军迎敌和敌军强大威胁紧迫，交代主将指挥若定的战争情景只用了数句："戎车既安，如轾如轩。四牡既佶，既佶且闲。薄伐猃狁，至于大原。"最后再用一段文字交代归来受赏宴饮。本诗系专门赞颂尹吉甫文武全才、万邦为宪、丰功伟绩的诗歌，而且这场战役事发突然，军情紧急，形势危殆（猃狁"侵镐及方，至于泾阳"即迫近了西周都城，攻占了西周大片土地），敌人也很强大凌厉。很明显这场战役十分重大，胜利来之不易。但对战场上的描写不仅文字很少，而且

战国嵌错宴乐攻战纹铜壶及其展开显化图案（雍也摄于四川博物院）

正面迎敌交战、士兵出生入死的描绘仍然没有！倒是宴请宾客点
到了两道历史上的名菜（炰鳖脍鲤），点到了主要陪客（孝友张
仲）。这些文字在数量上几乎与直接描绘战争文字相当。还要指
出的是，这场由名将尹吉甫指挥的反侵略战争也只是将来犯之敌
逐出边境大原，并未痛打落水狗。这也太不可思议了！对此，李
山先生解释为："一次战后回来的欢宴，不表武功而专言'孝
友'，这和'昔我往矣，杨柳依依'一样，也表现了周人对战争
特有的态度：爱家乡美景的战士，更爱惜孝悌友爱的人伦生
活。"①我认为深得古人之心的就是：战斗杀戮和流血牺牲不值
得书写，和平生活与人伦亲情才值得珍惜！

此外，上述《诗经》中歌咏的将帅即英雄是非常类型化的，
甚至是如出一辙的：唯君王之命是从（招之即来，来之能战），
有统兵御军之才，有号令三军之威，有一往无前之勇，有敬天保
民之德。简言之歌颂的主要方面为：忠勇德才威。

我们还可以从反映普通军士生活的《采薇》《击鼓》等诗看
到，反映战斗场景的仍然很少。《采薇》全诗反映因季节变化引
起的思乡之情，全诗共六章仅有两章文字反映战争生活（行军或
冲锋），无与敌正面见刀见血搏杀的描写；《击鼓》仅有一句"击
鼓其镗，踊跃用兵"反映军情，一句"从孙子仲，平陈于宋"反
映战争缘由，其余反映的都是思念和忧伤。从《诗经》战争诗来
看，基本上就是两种基调：以《常武》《出车》《六月》《采芑》
《无衣》等为主的具有尚武气息、歌咏正义战争的基调和思念家

乡亲人、希望战争早日结束的厌战基调。风格激昂慷慨、被视为
最具尚武精神的强秦军歌《无衣》反映的也只是富有战斗情意的
同袍之谊和同仇敌忾的精神，并无战斗场景描绘。而且竟然都没
有搏斗，没有杀戮，没有牺牲！从《诗经》看，所肯定的战争都
是正义的，其军队是正义之师、威武之师、文明之师（不嗜杀，
不扰民，以战止战，战毕即退）。另外，周人在战场上的一些约
定俗成的规则，如不重伤、不杀二毛等也反映出周人的战争甚至
有君子精神，其战争文明已有相当高度。这几乎与现代人确立的
《日内瓦公约》不虐待战俘异曲同工。这说明周人不是崇尚战
争、武力与杀戮的民族。相较而言，屈原《国殇》中对战斗场景
的描绘反而要比《诗经》中所有的战争诗更真切丰满细腻和
残酷：

> 操吴戈兮被犀甲，车错毂兮短兵接。
>
> 旌蔽日兮敌若云，矢交坠兮士争先。
>
> 凌余阵兮躐余行，左骖殪兮右刃伤。
>
> 霾两轮兮絷四马，援玉枹兮击鸣鼓。
>
> 天时坠兮威灵怒，严杀尽兮弃原野。
>
> 出不入兮往不反，平原忽兮路超远。
>
> 带长剑兮挟秦弓，首身离兮心不惩。
>
> 诚既勇兮又以武，终刚强兮不可凌。
>
> 身既死兮神以灵，子魂魄兮为鬼雄。②

但屈原这种自然主义加浪漫主义的笔法未能成为后来中国战

争诗的主流。反而是《诗经》中这种重在描绘军容声威弱化两军
正面冲击残杀的笔法在后世诗歌中被有意无意地继承。即以汉唐
等注重军功时代的诗歌来看仍然如此。如岑参最有代表性的边塞
诗《轮台歌奉送封大夫出师西征》：

> 轮台城头夜吹角，轮台城北旄头落。
>
> 羽书昨夜过渠黎，单于已在金山西。
>
> 戍楼西望烟尘黑，汉兵屯在轮台北。
>
> 上将拥旄西出征，平明吹笛大军行。
>
> 四边伐鼓雪海涌，三军大呼阴山动。
>
> 虏塞兵气连云屯，战场白骨缠草根。
>
> 剑河风急雪片阔，沙口石冻马蹄脱。
>
> 亚相勤王甘苦辛，誓将报主静边尘。
>
> 古来青史谁不见，今见功名胜古人。③

　　唐朝是中国历史上最尚武的朝代之一，岑参是古代诗人中最
有尚武诗风的诗人之一，此诗是岑参边塞诗中直接写到战争场景
的重要作品之一。诗歌场景恢宏、大气磅礴，如"四边伐鼓雪海
涌，三军大呼阴山动"，颇有壮烈之美，但也有"剑河风急雪片
阔，沙口石冻马蹄脱"这样的细节特写，呈现出征战的险阻艰
辛。此诗是雍也在青少年时代"一见钟情"的边塞诗，初读时浑
身激灵，顿生慷慨报国之豪气。然而其诗仍然重在写形写势写声
威，仍然没有写到两军见血见肉的惨烈厮杀。这或许说明，不尚
血腥残杀的儒家思维已深深影响到后世文学创作特别是价值认

同，显示出不愿"直面惨淡的人生"，"正视淋漓的鲜血"。

而更明确直白地表达中国人战争观的或许是诗圣杜甫的几句诗：

杀人亦有限，列国自有疆。苟能制侵凌，岂在多杀伤。

——杜甫《前出塞九首·其六》

### 二、荷马史诗中的战争

而荷马史诗则与《诗经》相反：对战争没有是非评判。有大量战斗场景，有大量血腥场面，有对战争本身的热爱与歌颂。

如在道德观上，史诗对战争的双方都采取称颂的态度。《伊利亚特》中，史诗的叙述者几乎是以同等的分量来赞美两方的将领和统帅：阿喀琉斯像"刚刚上升的太阳"，赫克托耳则"所向无敌，意气风发"。众所周知，《伊利亚特》中的特洛伊战争

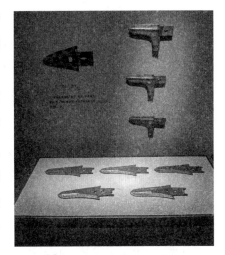

战国铜戈（雍也摄于四川博物院）

是一场为了海伦的归属权和占有权而展开的殊死较量，引发大战的美女海伦在这场战争中实质上是双方争夺的财富的象征或者折射。海伦作为斯巴达王墨

涅拉俄斯的妻子，被特洛伊王子帕里斯拐去后，希腊人和平交涉失败，唯有战争才能讨回斯巴达王失去的"财产"。从特洛伊人角度来讲，这场战争是非正义的，而史诗丝毫没有表现出诗人对特洛伊人的谴责与怒斥之情，而是不偏不倚地对参战双方都加以赞颂。他们甚至脸不红心不跳地说："我们曾攻陷埃埃提昂的全城特拜，劫掠了那座城市，带回全部战利品。"（《伊利亚特》阿喀琉斯语）这反映了古希腊人毫无正义与非正义的战争观念。至于这里面的原因，我们可以从恩格斯有关论述里找到答案。恩格斯在论述"野蛮时代高级阶段"即"英雄时代：铁剑时代"的特征时指出："他们是野蛮人：进行掠夺在他们看来是比进行创造性的劳动更容易甚至更荣誉的事情……现在进行战争，则纯粹是为了掠夺，战争成为经常的职业了。"[④]在古希腊人看来，战争是他们维持生活和发展的"一种正当的营生"，没有任何的正义与非正义的区别[⑤]。从这个角度讲，我们完全可以说荷马史诗只崇尚英雄武力和财富，不讲道义原则和是非。而这，我们在西方史中是屡见不鲜的。作为西方文化的三大源头之一（希腊文化、罗马文化、基督教文化），其影响不可谓不深远。

再如战斗场景与血腥场面：

"箭头长驱直入，挑开壮士的皮肉，放出浓黑的、喷流涌注的热血。如同一位迈俄尼亚或卡里亚妇女，用鲜红的颜料涂漆象牙，制作驭马的颊片，尽管许多驭手为之垂涎欲滴，它却静静地躺在里屋，作为王者的佳宝，受到双重的珍爱，既是马的饰物，又能为驭者增添荣光。"

"现在一大队一大队的达那俄斯人冷酷无情地冲入战阵了，就像巨大的波涛，在一阵西来飓风的催逼下，一个接一个地冲到那轰然回响的海滩上……"

"两军终于接触了，盾牌、矛子和披甲战士们都冲突起来了。那些盾牌的肚脐互相碰撞，发出轰然巨响，怕死者的尖叫混合着毁灭他们的人的大言，地上流着血，譬如冬天两条泛滥的山涧，从高处的大源泉出来，滚到一个深潭里去汇合……"

"雅典娜鼓动起堤丢斯之子狄俄墨得斯的勇气和决心……她使他的盾牌和头盔都闪出一派光焰，好像那天狼星刚刚从大洋里洗澡出来，照耀得其他的一切星都黯然失色。"

可以看出，这些对战士、战斗、杀戮和血腥场景的描写见形象见风采，见刀剑见骨肉，见流血见牺牲，见呐喊见哭喊，是细致入微、纤毫毕现、历历在目的；是大气磅礴、动人心魄、荡气回肠的；是强健的、壮美的、诗意的；是直面的、欣赏的、赞颂的。

再如对战争的态度上。希腊人的好战在阿喀琉斯身上体现无余：希腊人的英雄、半人半神的阿喀琉斯的母亲在他出生时，曾抓住他的脚踵把他倒浸入冥河水中，故他除脚踵外浑身刀枪不入。他母亲曾预言他有两种命运，或是过和平生活而长寿，或是在战争中早死。他宁愿要第二种命运，"在目前，我的目的是要去取得光荣"。最后果真如自己的选择，因先天致命缺陷、未被浸入冥河水的阿喀琉斯之踵光荣悲壮地战死沙场。

而残忍嗜杀在阿喀琉斯身上也有体现，他不仅恶狠狠地拒绝了赫克托尔临死的请求，表示要让狮虎之腹成为他的坟墓而且在杀死对手之后还拖着他的尸体绕城三圈以侮辱对手。

他们不仅崇尚英雄，鄙弃懦夫，而且对即将奔赴的战场充满兴奋和向往：

帕里斯并没有在他的高大宫室里久留，他披上那副漂亮的、制作精细的胸甲，仗恃自己腿快，迅速越城奔跑。有如一匹待在槽头喂饱的健马脱缰而出，兴高采烈地踏过平原。

从这些描绘描述里，我们看得到希腊人对武力和战争的态度：尚武好战嗜血滥杀，充满狼性精神。

我们再看历史学家希罗多德的记载。国王之子阿杜斯说："最美好和崇高的事情总不外是征战和狩猎，并在这些事情上为自己赢得荣誉。"⑥而修昔底德在揭示伯罗奔尼撒战争的起因时则认为：战争的起因是人的贪婪，是狂热地追求权力和占有欲。⑦这些结论鲜明地反映了希腊人强烈的战争情结、尚武精神、财富欲望和掌控心理。

如果说上述希腊人对战争的热衷只是我们从一系列事实和现象做出的分析判断的话，那么著名的哲学家赫拉克利特则从哲学角度高屋建瓴地表达了希腊人的战争观："战争是万物之父，万物之王。"⑧

### 三、大异其趣的战争美学

《诗经》存在两种战争思想。一是对特定战争行为即正义战争的歌颂与认同。诗中对明确为保家卫国等正义战争行为是肯定的。这主要表现为对国家层面主导的抗击外敌入侵、平定国内叛乱等，如《出车》《六月》《采芑》《常武》等。这应更多代表统治阶层的价值观，但也受到广大群众阶层的理解支持。他们背井离乡，是因为外敌入侵或蛮夷叛乱；他们奔波劳累，为的是打败侵略阻止叛乱。因此，他们说："靡室靡家，猃狁之故。不遑起居，猃狁之故"（《采薇》），"王事多难，不遑启居。岂不怀归，畏此简书。"这体现出了理解支持和遵从，体现出了深明大义。二是普遍的厌战心理。这主要体现为对没完没了战争的抱怨、对家乡亲人的思念，以及战争带来的悲伤创伤。这应主要代表广大士兵的声音，而且反映这种情绪的诗歌在《诗经》中艺术水准最高。

《诗经》称颂的战争之美有：崇尚正义的道德之美、声威赫赫的军阵之美、勇敢威猛的人格之美、保家卫国的情怀之美、思亲爱友的人性之美。毫无疑问，保家卫国、敬天保民是崇高正义之美；阵阵之旗堂堂之陈是军容之美；冲锋陷阵势若鹰虎是勇猛之美；思念入骨呼唤痛切的思乡思亲、咀嚼爱情誓言、战火考验鲜血凝成的战友情谊是情义之美。实际上《诗经》战争诗中艺术水准最高、情感最饱满、流传最广泛、叩击人心最深切的恰恰是反映情义之美的诗章。那思念征夫以至神情恍惚，相思成疾无心打扮的女人，让人怜爱（《伯兮》）；那出行时默默不语的依依杨柳，是强抑悲伤的诗人与家乡和亲人的两相不舍，那归来时的雨雪霏霏是故土对游子的流泪迎候和拥抱亲吻（《采薇》）；那血雨腥风的战斗之后，在难耐的驻守与饥寒日子里，脑海中浮现出来的破败家园和凄苦亲人也是心中甜蜜的慰藉、招引归去的巨大力量（《东山》）；那无亲无故但同生共死的战友，当战斗流血在一起，情谊也一如兄弟手足（《无衣》）……这些一颦一蹙的幽微表情，一枝一叶的多情摇曳，一丝一缕的遥远牵挂，就永远闪烁在文学的天空里。特别要指出的是，《诗经》中因战争导致的悲哀悲伤和悲剧，在《诗经》中虽有非常动人的情绪性描写，但并无触目惊心、直击人心的事件性、场景性描绘，与荷马史诗中的丧子之痛、失友之怒、夺妻之恨、思亲之苦，其惨其烈并无可比性。但为什么《诗经》有如此浓郁的悲情？因为对民众而言，家园故土是安身立命之本，而战争是在动摇和摧毁这个基础和根本，甚至生命本身。而荷马史诗称颂的战争之美则是：强健勇武、一往无前的人格美，战斗厮杀、流血牺牲的悲壮美，追求荣誉、不畏牺牲的崇高美，甚至，杀人如麻、血流成河的"暴力美"。对此，倪乐雄先生认为：

"荷马史诗在战争中寻找悲壮、激情、希望、力量、崇高、伟大，它给人以强烈的暗示：战争创造了这一切。《诗经》的相当部分却在战争中寻找忧伤、凄凉、懦弱、绝望、眼泪、沮丧，它同样给人以强烈的暗示：战争是这一切不幸之源。"

"化痛苦残酷为悲壮是荷马史诗又一大特点。鲜血横溢的肉搏、惨不忍睹的屠杀，如阿喀琉斯残裁赫克托耳的尸体、帕特洛克罗斯尸体旁的血腥厮杀，以及杀人细节至里入微的描绘，此外还有克律塞斯掳女之恨，普里阿摩斯失子之痛，阿喀琉斯亡友之悲，安德洛玛克丧夫之哀，这一切战争的不幸并没有像《诗经》那样，形成足以同尚武好战精神相抗衡的反战意识和厌战情绪，相反却在浓烈的战争审美意识催化下，令人难以置信地升华为崇高和悲壮。而这种崇高和悲壮则成为复仇的动力，成为激励战争热情的精神源泉。总之，战争对于古希腊民族生存的重要性使之产生出极端的尚武精神，这种尚武精神进而把他们带入对战争真正审美的境界，这一境界里不存在其他任何价值观的干扰。"⑨

化悲痛为悲哀，化悲痛为悲壮，这正是《诗经》与荷马史诗呈现出来最大的美学之异。

## 四、不同战争观的根源

《诗经》包括中国古典文学注重战争正义性，战争诗多表现君子之战、热爱和平、热爱乡土。其根源一是农耕社会对战争本能的拒斥。农耕社会注重的是安土重迁，需要的是依靠劳动和双手春种和秋收，需要的是和平安宁环境，而战争极大地影响农业生产和人民生计，造成生活与人生的巨大冲击震荡，造成流离失所和流血牺牲。这与希腊等民族崇尚战争，意在掠夺财富等有本质区别。希腊多山临海，土地贫瘠而物产不丰，资源获取靠海洋贸易和战争掠夺，因而视战争为必然和当然，因而没有不义战争概念。这一点，《诗经》时代之猃狁，后世之匈奴、突厥、蒙古亦然。二是周有和的民族基因。周人祖先古公亶父远离富于侵略性的狄人，去豳迁岐迎来民族新生即可证，周族有宽容宽爱忍让求和的民族天性。《诗经》本身即体现了和的观念。李山先生的观点是《诗经》中有四大精神线索：族群之和、上下之和、家国之和、人与自然之和⑩。正因为有和的思想贯穿其中，所以火眼金睛的孔夫子说关雎"乐而不淫，哀而不伤"。这种和的观念在很大程度上影响了我们的民族性：理想的统治是协和万邦，理想的人格是君子和而不同，理想的人际关系是和为贵，理想的经商氛围是和气生财。而以《荷马史诗》观之，希腊人有着"争"的基因：争资源、争财富、争美女、争荣耀。三是崇仁尚义的价值观。如孔孟"仁者爱人""舍生取义"的观念的濡染。再如孟子春秋无义战的结论，即是将战争性质的正义与非正义做了区别。在儒家的观念中，慎战、正义是他们主要的观点。我们可以相信，原诗中直接表现战斗杀伐的本来就不多，孔子或有关编辑者在编辑过程中，也可能把战争诗中原有的杀伐之气、搏杀之句、嗜杀之词删掉了。道家更认为："夫唯兵者，不祥之器，物或恶之，故有道者不处。君子居则贵左，用兵则贵右。兵者不祥之器，非君子之器，不得已而用之，恬淡为上，胜而不美，而美之者，是乐杀人。夫乐杀人者，则不可以得志于天下矣。吉事尚左，凶事尚右。偏将军居左，上将军居右。言以丧礼处之。杀人之众，以悲哀莅之，战胜以丧礼处之。"⑪这表现出鲜明的慎战和反战思想。以军事为业的军事家孙武也主张慎战："兵者，国之大事，死生之地，存亡之道，不可不察也。""百战百胜，非善之善者也。不战而屈人之兵，善之善者也。"⑫以《荷马史诗》观之，希腊人对战争没有是非、正邪观念，更无厌战反战思想。四是以德治国深入人心。周

基督教堂雕像（毛晓初摄于约旦河西岸伯利恒教堂）

之先祖即以文德聚族兴邦，又以讨伐无道殷商为旗率诸侯灭商立国，故有周立国之初，武王即确立以德治国方针："我求懿德，肆于时夏。"（《时迈》）宣王时一如既往强调文德之治："明明天子，令闻不已。矢其文德，恰此四国。"（《江汉》）整个周王朝，始终以德为旗，以德为号。王国维先生甚至认为，周朝是"纳上下于道德，而合天子诸侯卿大夫士庶民以成一道德之团体"⑬。这种德治思想自然会贯穿于周人的战争活动中。德治思

想对周人战争观的影响是明显的：如把合德（正义）作为征战的前提，如把制止侵略、平定叛乱视为敬天保民的需要，如攻伐有节制。从《荷马史诗》看，希腊人除了对勇敢的歌颂外，对"德"几乎没有兴趣，甚至视武力、劫掠与占有为当然。正如希罗多德在其《历史》中介绍色雷斯人的特性时所言："靠战争和打劫为生的人被视为是一切人当中最荣誉的。"

《诗经》与《荷马史诗》都有尚武精神，都有英雄歌颂，都有战争带来的伤痛，又有显著不同。我们的尚武是保家卫国型的，他们的尚武是进攻侵略型的；我们的英雄是道德正义型的，他们的英雄是武力搏杀型的；我们的伤痛因战争而起，因而反对战争；他们的伤痛因战争而止，因而拥抱战争。这进而影响了民族性格：我们是内敛平和型的，他们是外向进取型的。从战争观而言，一言以蔽之：我们爱和平，我们爱家乡；他们爱战争，他们爱远方。这里面蕴含着中西方战争文化的根本不同，甚而至于是人与人、族与族、国与国相处之道的根本不同。这种根源性深层次不同，并未因时代发展、历史演进而消失，反而在后世之冲突中一再显现，对此我们不得不察。

希腊历史学家修昔底德在论述伯罗奔尼撒战争缘起时指出："使战争不可避免的真正原因是雅典势力的增长和因而引起斯巴达的恐惧。"[18]现当代国际关系学者、美国哈佛大学教授格雷厄姆·艾利森通过对包括上述战争在内的历史上新兴大国与守成大国关系的研究，提出了"修昔底德陷阱"这一概念，意指新兴大国与守成大国矛盾不可调和，爆发一战的概率与可能性极大。几千年世界历史舞台上不断上演的"你方唱罢我登场"的剧目当然可以证明这个观点。但是否一定如此？文化基因不同的东西方答案并不一致。我们需要注意的是：战争与和平不以一方的意志和偏好为转移，这就像交通事故，它通常并不取决于遵守交通规则的一方，而往往取决于不遵守规则的一方。

## 注 释

①李山，《诗经析读》，中华书局，2018，444。

②《楚辞·九歌章句·国殇》，中华书局，2015，101。

③《唐诗三百首》，中华书局，2016，80。

④恩格斯，《家庭私有制和国家的起源》，中共中央马克思、恩格斯、列宁、斯大林著作编译局译，人民出版社，1972，72。

⑤童辰、江华、李智萍，《诗经与荷马史诗比较研究》，江西人民出版社，2014，198。

⑥［古希腊］希罗多德，《历史》，王以铸译，商务印书馆，1959，21。

⑦［古希腊］修昔底德，《伯罗奔尼撒战争史》，徐松岩译注，上海人民出版社，2017，28。

⑧［德］汉斯·约阿西姆·施杜里希，《世界哲学史》，吕叔

君译，山东画报出版社，2006，83。

⑨倪乐雄，《东西方战争文化的原型蠡测——"荷马史诗"与〈诗经〉比较研究》，《中国文化研究》，1994 年冬之卷总第 6 期。

⑩李山，《诗经析读》，中华书局，2018，8。

⑪老子，《道德经》，天地出版社，2021，77-78。

⑫孙武，《孙子兵法》，陈曦译注，中华书局，2022，2，37。

⑬王国维，《观堂集林》，中华书局，1959，454。

⑭［古希腊］修昔底德，《伯罗奔尼撒战争史》，谢德风译，商务印书馆，1960，21。

# 跋
## 双开门与一指禅

凸 四

　　言《诗经》如古蜀迷雾一般邈远，应该是不争的事实。撇开其本意、思想等不究，仅两三千载时光之隔膜、众多文字之生僻，就让其成为悬置远方的孤象。偏偏是，这几天，我竟突然见着了她的近。刷手机，看见自己的诗歌获了个奖，奖名叫"《诗经》奖·十佳诗人"。在中国诗歌学会理事群，瞥见有人发了一张"以酒换诗，向诗人致敬"倡议图片，内容是中国诗经文化之乡湖北房县希望用本县黄酒换取天下诗人亲笔签名诗集。在将西渡兄为《诗：三人行》写的序文编发在我的微信公众号过程中，查到一张 20 世纪 80 年代末的讲座旧照，在照片中的我手书在黑板上的《中国诗歌发展简况一览图》中，"诗经"二字赫然在目，且处于黑板左上角源头性滥觞位置。要不是这张旧照开口，打死我也不信，二十多岁的我居然有过不知天高地厚到给一众成年学员讲《诗经》的经历！正当我在一段《诗经》往事的回忆中羞愧难当时，收到文友雍也发来信息，嘱我为他刚刚杀青的《诗经》研究专著《从诗经出发》撰跋。

《诗经》那么远，那么珍稀，这个冬日，我的身边，竟一下子来了这么多《诗经》！作者引以为傲的雍姓，不远不近，刚好与《诗经》同时代。

我对雍也说，本人才疏学浅，真胜任不了他的信任，只怕糟蹋了他的研究成果，弄脏了《诗经》的神圣辉光。但他说这是我的认为，而他不这样认为。话头就算聊死了。没办法，只好硬着头皮、麻着胆子上，跋一下，权作友情客串罢。

## 理性与激情

成形于西周初年至春秋中叶（公元前 11 世纪至前 6 世纪），传为尹吉甫采集、孔子编订，有着六经之首地位的《诗经》，因其邈远而陌生，因其陌生而费解，因其费解而自诞生以降，不知有多少满腹经纶、目空一切的学人，皓首穷经、前仆后继，去做一解二解三解无穷解的工作。人影幢幢独木桥，其中之一雍也也。

前路漫漫，迷雾重重，他雍也置身其中，何以自处，又何以披荆斩棘，于无光处凿出一孔亮来，于无路处拨出一径道来？

所有的历史都是当代史。这个叫雍也的作者，要穿越时空去将那些个写史作者的"当代"拿掉，在还原彼时文化语境的前提下，打掉一路上的筋筋绊绊、枝枝柯柯、朝露暮霭。对此，我以为，理性与常识点灯，热爱与激情开路，是雍也从《诗经》出发，于万难中得以脱身泥淖，辨明方向，走出自己的一条风光道的两只锦囊。

雍也在铺笺起笔《从诗经出发》前，已获拥著就《回望诗经》一书的经历、经验和成果。这一事象，给我们提供有三则信息：一、不说雍也已华丽转身为研究《诗经》的知名专门家，至少也称得上已然用业余时间跻身研习《诗经》、抢得一块地盘的正宗业界人士——除了著书，其解读《诗经》的文章也多有在《钟山》《山东文学》《四川文学》《青年作家》《人民日报》等专业杂志与主流报纸发表；二、明知山有虎，偏向虎山行，他有再接再厉、再创另绩的预判把握与文化自信；三、对《诗经》的宗教般的虔诚、信服与热爱，对追随《诗经》真相与探究《诗经》底牌的不尽激情，是始终萦怀在他身体内的太阳与大海。

我以为，阐解《诗经》，热爱与激情，尤为重要，它们是引擎笔尖前行的季候与疾风。没有它们，才高八斗，学富五车，也等于零。前几天，看完《盛世的侧影：杜甫评传》，与该书作者向以鲜教授交流阅读感受，我说其书的好，得益于他的历史文化教养、国际诗学比较视野和现代诗创作成就，更得益于他对杜甫的热爱与激情，他深以为然。

熟悉雍也的朋友应该知道，斯人（出自《论语·雍也》）从脚拇趾到头发尖，全副身心都是诚实的、激情的，面对工作、生活，从来都是笑容盛开，阳光灿烂，满血复活。他也想公平公开

公正，把他的激情布向万事万物，但这是不可能的，因人的精力
有限，人生的时间不允许。所以，他只能暂时放弃一些学科。一
些个人嗜好，弱水三千只取一瓢饮，华夏六经只取一经解。这样
一来，《诗经》有幸了，《诗经》爱好者有幸了，大家伙儿赢得了
雍也足金的，甚至是富庶得溢出来的激情。这种激情，不仅外化
在对《诗经》的持续发力，更内化在文本筋骨、血肉和怦怦有声
的心跳上。"《诗经》是华夏民族青少年时代的嘹亮啼唱、人类初
春原野绽放的绚丽花朵、世界文学宝库中光芒四射的硕大美玉。"
(《彼其之子，美如玉——我眼中的〈诗经〉》) 如此这般灿烂
怒放的书中，推向天花板的大论断、大赞美，没有激情和热爱是
出不来的。不光内容，连可虚可实的标题，也挡不住激情与热爱
联动的冲涤和啸叫：《有爱大声讲出来》。

　　但激情与热爱，不管怎么生发，或真挚或凌厉，都必须规束
在理性思考与常识处置的匡算内。不信邪不归顺，初生牛犊不怕
虎，舍得一身剐敢把皇帝拉下马——进入学术坛子内部，搞出一
番动静来，仅凭拉破黄喉的口号、打了鸡血的孤勇是不够的。

　　一头钻进《诗经》的矿井，在摩肩擦背、前仆后继的采矿人
中，雍也只想也只能成为雍也而非他者。为此，他首先要做的，
是收回感性与激情，让自己处于成熟理性和常识公认基本面，祛
魅，去蒙昧，弃权威，排开一切洗脑的巫术与可能，将被误解误
读、被歪曲、被黑白颠倒的镜像澄清扳正。面对一首具体诗，绝
不先入为主、先声夺人渗透主观意识，预设诸多红线、哨子和敏

感词——那些政治的、道德的、唯心的、片面的、机械的、苛刻的、呆板的、含毒的名人眼风与嘴唇。他拭去了矿石金盍玉甲上的厚厚尘埃，扒掉了紧贴矿石肌体的最后一层内衣——他要以赌石的方式，震裂矿石骨肉，查勘其本来面目，以理性与常识点亮拨乱反正、一锤定音的灯盏。

"我认为，造成这些谬见的原因，是因汉儒戴着'罢黜百家，独尊儒术'的紧箍咒，而宋儒戴着儒术本身的紧箍咒。千百年来少有质疑辩驳的原因则是学术上的述而不作和师承传统导致泥古难化或画地为牢……一些穿靴戴帽、涂脂抹粉、穿红挂绿甚至莫名其妙的解读让曾经年轻朝气的诗篇成了任人打扮的小姑娘，变得少年老成或老气横秋甚至妖里妖气，大大失真、失本、失色、失水，乃至变成僵尸木乃伊。"（《彼其之子，美如玉——我眼中的〈诗经〉》）雍也的常识来自书本，更来自人类文明发展尤其自身参与社会实践的人生经历、有效经验和理性思考。在《拂去风尘识真身》中，他拨云见日，高屋建瓴，理性研讨，万事从常识出发，用最少的文字对《诗经》是什么进行总体性、概括性论述：《诗经》是诗非诗，《诗经》是民歌非民歌，《诗经》是经非经。

"常识里有我们作为人的尊严与品格，有我们微观生活的价值和边界。相信常识才能保卫常识，才能消弭悖逆科学、违背人性的谬误。"（《南方周末》2023新年献词）理性是一种教养、律己和态度，常识是经过理性处理后的一种普识、正确与真理，是活通透了的人的本能反应与素面识见。让理性和感性皆始于常识，皆归于常识，才是在逼狭解读中另辟蹊径出来的康庄大道。常识，也只有常识，才是人类认识和探讨世界生命本相与运行规律的前提与基础，偏离常识去坐而论道是谬论，去社会活动是走穴更是走邪。


## 庙堂与草根

观察近几十年中国新诗运动史，如果说只存在有两个诗歌阵营，那就是官方和民间，亦有体制内写作与体制外写作之论；如果说耸立有两大学术派别或两个山头，那就是知识分子写作与民间立场，亦有学院派与草根之分。

而源头性的诗歌总集《诗经》，却是官方跟民间、庙堂与草根的对话、通融、合作和拥抱，是一台音律节拍和谐，众声阳光普照、依山傍水、风水气息通顺的大合唱。

一边研习、一边深受《诗经》教育的雍也，自然而然视《诗经》为自己的纸上导师、行为楷模，又自然而然让自己的解读一方面敬佩并借鉴前人的智慧和优良成果、摆正自己科班和体制内身份、庙堂言路大方向上"不逾矩"，一方面又深受农民儿子身份、龙泉山工作经历，尤其"性相近"、习亦相近思想风格影响，并迷恋其中、不亦乐乎。

脚踏两只船，何以下脚？只手握双笔，怎生落笔？

"工欲善其事，必先利其器。"（《论语·卫灵公》）在研究、阐释《诗经》行庙堂一路上，雍也无疑做好了各项准备工作，其知识储备、思想储备和经验储备，完全配得上他闪电般而又非急就章的著述。关于这一点，我就不做引述了，从经史子集到儒释道，到西人学问，再到政治艺术，《从诗经出发》中俯拾皆是，它们与作者的识趣，交汇成了一条崎岖嶙峋、斑斓迷人、宽阔清亮的学术之河。要知道，博览群书、记忆力紧追"目视十行书"之蜀人张松的雍也，还是拥有高等学府三级跳经历的跳高跳远运动员呢——专科州河达师专后，又本科了沙河边四川师范大学，硕士了锦江边四川大学。

他在《天命观》中写道："我认为周之天命观，天命、人、德三者构成了一个类似于数学函数的关系。"又在《新婚快乐》中写道："《诗经》为什么能产生《车舝》这样在中国婚恋诗史中思想内涵十分独特的作品？这要从时代中去找……那么时代精神和风俗是什么呢？一是重视婚姻。周人对婚姻的认识，可以说站位很高：'上以祀宗庙，下以继祖先'，简言之，祭祀祖宗，传宗接代；也可以说落地很实：'合二姓之好'。"这种论述式态、术法与信手拈来的佐证观点，窥斑见豹，不一而足，贯穿全书。仅从《屈原早在〈诗经〉中》题目看，是一种标新立异——三闾大夫屈原的诗，与《诗经》相较，在形式布局上、艺术追求上，相去甚远嘛。读之却不得不认同作者之论："屈子之诗在形上离《诗经》远矣，然其质颇近，大雅之诗尤然，实与屈诗一脉也。"

看了他用文字修筑的高大上、高富帅庙堂，再来看看他用口语喷灌的无拘无束、野蛮生长的草根。

在《我们的餐桌：一幅开放交流的历史长卷》中，他这样表扬一个皇帝、批评一个皇帝："宋真宗还真是一位心忧民瘼、关心民生的好领导，而且思想开明、胸襟开放，值得尊重点赞。这可比后来那个自我感觉良好，自诩建立了'十全武功'，被清宫戏美化成高富帅，接见英使马戛尔尼时宣称'天朝物产丰盈，无所不有，原不借外夷货物以通有无'的乾隆大帝高明多啦！"又在《爱情咒语》中赞美底层生民道："这些诗均来自泥土、来自草根、来自普通群众，比之君子淑女创作的诗歌，别有一种质朴天然大气爽快的特色，让人为之击节叫好！"还在《新婚快乐》中吐槽《诗经》专家："这种随意曲解可能是欺负时人因始皇坑儒资料缺失无法确证、欺负后人时代太远无法求证，简直是睁着眼睛说瞎话到了肆无忌惮的地步，把我眼泪都笑出来了！笑完后，又差点忍不住效仿著名的清代《诗经》研究专家兼愤青姚际恒，吐他们一脸口水！"如此高肺活量语气言式，哪里还有八股文般正统庙堂的行文规制与范式，分明就是张口就来、唾沫四溅的野路子嘛。

偏偏是，作者的野路子，却是自正路子来。

这个正路子当然是指他上的高等学府，具体而言，是指这个学府的师门。没错，他的正路子正是他上的第一所高等学府中的中文系教授雍国泰先生传承给他的（此前，对他文学兴趣产生影响的，是他一生行走乡村，身兼农民、裁缝、郎中、草根书法家的父亲)。我曾在《一册小书勘大千》中说:"真正把雍也领入文学殿堂的是他的雍国泰老师。雍国泰先生曾受业于国学大师陈寅恪,史学大家钱穆、徐中舒,也是史界权威蒙文通先生青眼有加的高足,在国学、史学、古典文学方面造诣颇深,有《桑榆诗稿》(合)《野鹤集》《雍国泰文集》等著述行世,系'通州三才子'之一。二十世纪八十年代末,雍也执弟子礼成为他的学生。正是这位博古通今、豁达开阔、诙谐幽默如渠江之水的教授,让雍也的思想窄门、文学天眼轰然打开,从此笔下有神,一发不可收。"像两名素不相识的地下革命者对上暗号一样,当他的经历和脾性,跟他的老师做人通泰、诙谐幽默、"嬉笑怒骂皆成文章"(黄庭坚《东坡先生真赞》)的气息完全对路时,师生二人的激动与欣喜可想而知。

与他气味相投、一拍即合的恩师兼知己,当然不止他渠县族人雍国泰老师一人耳,更多的,属于一众神交,课本内有,课本外有。著有《一只特立独行的猪》等一大批冷幽默作品、他的乡党王小波是。写"我只是说,战斗的作者应该注重于'论争';倘在诗人,则因为情不可遏而愤怒,而笑骂,自然也无不可。但必须止于嘲笑,止于热骂,而且要'嬉笑怒骂,皆成文章',使敌人因此受伤或死亡,而自己并无卑劣的行为,观者也不以为污秽,这才是战斗的作者的本领。"(《辱骂和恐吓绝不是战斗》)的鲁迅是。说"我骂人的方法就是别人都骂人是王八蛋,可我有一个本领,我能证明你是王八蛋"的李敖是。林语堂、钱锺书、老舍、王朔，也是。操讽刺幽默路数一脉的外国作家，依然大有人在，随手列就一串搁这里：伏尔泰、狄更斯、王尔德、法朗士、契诃夫、马克·吐温、萧伯纳……

我对文学作品有一个永恒不变的自觉，那就是写出的东西要好看，有意思，而一桌好看又有意思的美味，永远离不开幽默有趣这手烹饪术。

如果用十四字介绍雍也其人其文，我给出的结论是：腹有诗书气自华，嬉笑怒骂皆文章。


## 材料与亲历

面对一部字字珠玑、首首珍稀的皇皇《诗经》，怎么释解、翻译、导读，化为时人能够共认、共服、共佩和共情的家常便饭与围炉夜话，是每一位做这项工作的读书人，必须面对和扑身的一场赶考。

一般人的做法，或大多数人的做法，是寻找、占有和按照自己的智识及精力，吸纳、消化前人和同时代人形成的《诗经》研究专论材料（资料，含石刻等地上地下文物），以及与《诗经》多多少少有牵扯的材料，而后，拼着老命在面前的材料大山中刨出自以为是的真金白银。再后，用这些真金白银锻打一把又一把钥匙，并在无数次试错中，敲定一把出来，刻上自己的尊姓大名，形成新的材料，任时间的长河漂流。至于是否漂流得走，走多远，已不是这些人能把控和知晓的了。

　　高远的《诗经》不管怎样高远，说到底，也是材料。

　　没错，一众躬腰驼背的读书人，终其一生做的，是从一种材料到另一种材料、从此词到彼词的工作，至多，也只做到了从僵词到死物的地步。

　　这样做出的解读，无疑是材料剪裁粘贴术，与作者自娱自乐之意淫呓语的机械媾和。

　　自然，雍也也经了这些死流程，做了这些死工作。只不过，除此之外，他还将自己的贴着时代脉搏跳动的亲历、经验和心跳糅了进去，变冷血僵硬的机械媾和，为生命葳蕤的热血合龙。也就是说，他把生龙活虎、活色生香的"我"，请进文章中，做了生动、真实、充满细节、无以辩驳的佐证材料。

　　他干了把死局盘活的活儿。

　　在《有爱大声讲出来》中，他先从《诗经》中捞出原始材料，摆出有争议的事实，貌似非正经地提出自己的观点，再对初设论点进行一本正经论述。而"我"，是这样入戏的："在有女儿国之称的云南四川泸沽湖地区，摩梭人走婚风俗亦与此类似。笔者十余年前到该地旅游，在一杨姓人家，亲证其俗犹存……"

　　在《爱情咒语》中，《诗经》里的《东方之日》基本上是被古今大家裁判为一首淫诗，他却通过剖析、比对、论证，将此诗解为爱情咒语，其稳扎稳打，步步为营的身姿，显示出作者治学的严谨。"我"的到来，依然是以理服人、以情感人的生动台词："小时候，雍也等农村野孩子曾经乐此不疲玩过一个《请蚂蚁》

的游戏：用竹条弄成一个圈绑在竹竿上，再用蜘蛛网覆在圈上去
网或飞或停的蜻蜓……"

《桃李一般春：〈诗经〉在越南》论述《诗经》对越南文学乃
至文明的影响，有意思的是，其取自渠县的佐证材料居然达五项/
次之多，这就难怪文字中频繁出现作者忍不住敲出的幸运、激动的
表情包了。"我"的现身说法、出庭做证就这样来了："汉代对越
南的有效管理及文教之治除了文献典籍之外，还有文物为证。在笔
者家乡四川渠县即有汉代古迹沈府君阙留下了蛛丝马迹……"

《我们的餐桌：一幅开放交流的历史长卷》对我国有史以来
的粮食、菜肴，从源流、出生、种植到烹制，进行大规模梳理和
深耕细作研讨。本土的、引进的、输入的，在一只灶、一口锅里
翻腾飘香，实现了时间长河里中华饮食大发展大繁荣。其间，
"我"插话道："我在成都中国西部客家第一镇洛带任镇长、书记
时，在关注研究川菜与客家饮食关系时，发现川菜对客家菜多有
借鉴，特别注意到辣椒的独特作用……"

至于"我"在《〈诗经〉谷麦叩响的记忆》《从历史深处传
来的隆隆地震》中的留痕、丰饶、活跃密度与尺度，更是文艺翩
跹，以致文章式态与内容权重，几近本末倒置、反客为主。

其实，说了半天，雍也的《诗经》解读，依然是承袭写论文
的不二旧法，在引用资料围绕题设论点进行论述的同时，搬来相
关案例和田野考察结论，予以呼应与举证，最后交给法官审理、
读者阅看。他笔下的"我"，正是随喊随到、进出自由的相关案

例和田野考察结论。

建房子离不开材料，建一幢好房子，除了材料，更需要天马行空、巧夺天工的自由想象，即鬼神般的设计。材料出自大地、森林，设计出自设计者的私人定制：慧根与人生雌雄同体一样亲切自然的密谋。

## 双开门与一指禅

《从诗经出发》分上中下三部分。概其大要，上编为创新性解读，中编为对历史上被误读误解诗作的辨析，下编为《诗经》在国外的传播及文学/文化比较。

杀猪杀屁眼，各有各的杀法。《诗经》庞杂繁艰，山重水复，千头万绪，怎么解？怎么直奔主题，用何种方法精准狠地从中提拎出重要的、核心的、主脉的、灵魂的内容，让读者轻轻松松登临顶峰、舒舒服服把定全局？

雍也贯穿和覆盖本专著的解读方略与行动，我以为，除了上述的常识与激情、庙堂与草根、材料与亲历外，尚有纵观与横览、食性与色性、歌诗与儒经、盖棺与平反、自由与规仪、活着与死亡、仰高与从低、分述与总论……因为成书篇幅之囿和本人才力不逮，这些方面，只好留待有兴趣的方家来展开，我就在这里抛个欲言又止、欲说还休的哏吧。

"纵观与横览"指的是文章古今之纵与中外之横。古今时间纵轴，不用多说，从华夏文明源头一朝一代漫流到当下，不知几千年。中外空间横轴，用《桃李一般春：〈诗经〉在越南》《半岛遍吹诵诗声：〈诗经〉在朝鲜半岛》《一衣带水到扶桑：〈诗经〉在日本》《互不相闻的东西方歌唱》《一样血与痛，别样歌与哭》吹出的"四方之风"，不知几万里。厘清了时空，也就厘清了《诗经》的在地性、在场性，厘清了《诗经》诸诗形成原地、传播路径与海外影响，也就通晓了《诗经》为什么还能活在当下，且活得古色古香、春风浩荡。没有富庶的知识准备和有效的社会实践，很难建立形成非常鲜明的坐标体系大意识，以及由此引申的时空大格局。《君子》即便身处上编，在说清楚《诗经》中的君子，一路纵下来说到当下后，又横过去与国外君子情形做了跨海对照。

"食性与色性"指的是作者对食物的深爱和对女性的偏爱。"食色，性也。"（《孟子·告子上》）此论中的食、色、性，作何解，历来并无定论。我在这里的借用，只为把"食"看成食物，将"色"当作女性，拿"性"作性能、性质解，并无他意与另指。书中写吃食的专章有《我们的餐桌：一幅开放交流的历史长卷》《〈诗经〉谷麦叩响的记忆》《贵族生活："革命"不是请客就是吃饭》；写女性的专章有《有爱大声讲出来》《新婚快乐》《母爱的天空》《〈关雎〉不是民歌是"官歌"》《为一个女人平反》《爱情咒语》《一个绝代佳人引发的"国际风云"》。除却专章，写有和点到饮食的文章，不在少数。至于涉及女性的内容，全书正文凡二十余篇，一篇不落，篇篇皆有。《新婚快乐》认为，解《车舝》，必须抛开附加其上的所谓正能量之升华光晕，所谓负能量之腹诽戾气，端正态度，老老实实，从诗到诗、从人到人、从情到情，回归本身，方得正解。《〈关雎〉不是民歌是"官歌"》将《关雎》诸多解读逐一否定后说，"实际上，它就是周代贵族社会一首婚礼乐歌，即周代贵族的'婚礼进行曲'，如《桃夭》为民间婚礼乐歌一样。"记得作者在《回望诗经》一书中写到过宣姜，是嫌没写过瘾吧，这次又用《为一个女人平反》一文再度写她。这个女人是谁？他抛了个噱头出来，然后用小说技术乃至福尔摩斯侦探手法，从历史尘埃的蛛丝马迹中，把宣姜一点一点还原出来。在《一个绝代佳人引发的"国际风云"》中，他借《株林》详述夏姬故事后，对夏姬的真实面目和历史声誉，给出了自己的意见。

民以食为天。人是铁，饭是钢，一顿不吃饿得慌。鲁迅、李劼人、汪曾祺、梁实秋、莫言、车辐，哪位不是吃货兼美食家？诗友石光华，20世纪80年代整体主义掌门人，现今的川菜文化学者、川菜专委会文化委员会主席。世情文风、雅俗食欲如斯，雍也亦步亦趋，情倾吃食，再正常不过。读他的诗文，你会发现，对女性，他更有异乎寻常的惊人偏爱。他的笔下，历史上没有一个十恶不赦、彻头彻尾坏到底的女人，即便坏，也是坏得不得已，坏得有初因，值得怜惜、同情、理解、宽谅乃至开脱，进而用自己的执念与偏爱，一笔一画为其纠偏、平反。对家中亲人中的女性，祖母、外祖母、母亲和妻子等，更是不吝大把大把文字，穷尽世界最美好、善良、勤劳、勇敢、智慧、正直的语汇，去深爱、膜拜、赞美和大歌特颂。歌德"永恒之女性引领我们上升"，已成雍也耳中诗意、仁慈的清澈钟声。

"歌诗与儒经"指的是《诗经》或歌或诗的一面，与儒家经书一面的分走、切割、并轨。"盖棺与平反"指的是作者对《诗经》各门各派解读的认同与否定，呈现其判别立断界面划定的规律矢向。"自由与规仪"指的是《诗经》时代自由精神，与道德礼仪的对立统一关系。诺贝尔物理学奖得主理查德·费曼说："作为科学家，我们知道伟大的进展都源于承认无知，源于思想的自由。"《诗经》时代，是有着百花齐放、百家争鸣、周礼尚存的人文环境和人道氛围的。"活着与死亡"指的是《诗经》中人，对待和平与战争、活着与死亡、天灾人祸与丰衣足食的观念及行为。《一样血与痛，别样歌与哭》即是写战争的专文。"仰高与从低"指的是对《诗经》中有关上天和君王、大地和百姓这两个书写指向的探讨。在《天命观》中，作者即对华夏先民认识世界、怎样与世界相处的源头性理念，层层剥茧，递进推导，抛出了学理性很强的真知灼见。"分述与总论"指的是对作者解读《诗经》之分述与总论的再论述。分述为放，总论为收，收放自如的作者，用《拂去风尘识真身》《彼其之子，美如玉——我眼中的〈诗经〉》二文，实现了自己的总论。

至此可知，雍也解读《诗经》的方略与行动，不管从哪条路径、哪个口子进入，都会有道双开门（双扇门）立在那儿。这是他自己为难自己，给自己出难题，并等着他用他的独门绝技"一指禅"神功打开。

古代房门，一扇为户，两扇为门；合族大家设双扇总门，单家独户用单扇独门——这从门、户两字的古老象形体即可一眼看出。《诗经》三百篇，当之无愧、众望所归的合族大家，当然匹配有左右对开的双开门。

这把叫一指禅的钥匙，是作者用理性和常识、热爱和激情做的，也是双开门自己做的。没错，从《诗经》出发，沿途的门，既是一指禅打开，也是门打开门——原汤化原食嘛。过程中，设计者/造物主身临其境，超然物外。

跋之至此，本该收笔杀割，但雍也却不依，说不能只写长项，不涉短处，非要我尽数指出不可。无奈，只好依他。毋庸讳言，雍也文章并非十全十美，一些问题在某些篇章中显而易见。行文匆匆，文字偏粗糙，语言疏于推敲，文辞失之洁净，不讲究句子长短安排、标点符号运用和换气方式与节律音韵处理。文体杂驳、不清晰，散文、随笔、杂文、小品文、笔记、札记、论文、公文诸种，都是，又都不是。出这些问题，在于他不看重这些问题——他重视的永远是他认为的硬通货：思想、主题、内容、贡献、结论。为了这些硬通货，他目不旁视、目中无人，大步流星，雄赳赳气昂昂走在通往目的、意义、快捷、有效、超越的通衢大道上。他就这么走着，越走越像他，越走越是他，出走人群，成了少数甚或茕茕落单者。这是他目下的美学选择、文章考量与个人意志，下文走法，续篇生成，不得而知。

对雍也来说，解《诗经》写过《回望诗经》，有历险，有苦乐，有经验，是好事。但继而再之，就给自己选择了新高度和新挑战。好在《从诗经出发》不惧挑战，未辱使命，实现了既定愿景，收获了应有风光——此番，各篇完成度更高，也更从容、笃定、成熟。作为文友，阅之跋之，为他高兴。

2022. 12. 18—2023. 1. 6

（凸凹，本名魏平。中国作协会员，中国诗歌学会理事，四川省诗歌学会副会长，成都市作协副主席，《南方周末》年度好书推提名人。著有各类文学作品二十余种。）

# 后　记

## 探寻中华民族基因密码，彰显中华文化魅力风华

　　从某种角度上说，这本书是自己《回望诗经》的姊妹篇。如果说《回望诗经》是"溯洄从之"，那么《从诗经出发》则兼具"溯洄从之"和"溯游从之"。

　　这也表明，自己在写完《回望诗经》之后有言有未尽、意有未尽之处，用自己的话讲：还未过瘾。其中最大的未尽之处是：在我看来，《诗经》蕴含着中华历史文化及其发展的独特胎记、主要基因与诸多密码。作为中华文化的重要经典甚至是元典性作品，一条源远流长的文化长河，到底对后世后人浸润影响几何？在世界文学经典的流光溢彩中，到底特色亮点几何？或者说《诗经》中蕴含的中华之为中华、中国人之为中国人的基因与密码何在？与其他国家文学经典、文化现象区别何在？对世界的贡献价值何在？作为一个富有家国情怀的人，有文化自觉自信的人，一个兴致盎然捡拾中华文化河床玉石的人，一个乐此不疲咀嚼民族文化桑叶的人，在中华民族伟大复兴的背景下，有责任有义务对

此做出探讨和回答，有责任有义务陈列出一枚枚五彩斑斓的珍宝，吐出一缕缕熠熠闪光的丝线——我无才无缘为国家和民族做轰轰烈烈的大事，但可以做点添砖加瓦的小事。

为此，写作本书，我怀有极大的热情。一年多的业余时间、节假日几乎全用于研读和写作，几乎是用学生时代上早晚自习的求学心态、求学状态、求学功夫，而且因为某个特殊时段、某种特殊原因，甚至有过之无不及以至于"三更灯火五更鸡"。大有"衣带渐宽终不悔，为伊消得人憔悴"之状。爱人在看到我如醉如痴、废寝忘食时，忍不住笑骂我"走火入魔"。其中一首与朋友凸凹交流的打油诗写道：

读诗经，上自习。

越研究，越安逸。

虽辛苦，亦有趣。

与古人，通声气。

弘大道，缘小蹊。

为复兴，出心力。

辛苦并非仅是熬更守夜，而是要过几道难关。对于业余《诗经》研究者而言，至少有三大难关：语言文字关，许多文字已成化石，不少词难解其意，不少释读泥沙俱下，真伪杂陈，并且许多研究典籍全为竖排繁体字，影响阅读理解效率；诗意理解关，毕竟时隔两三千年，"代沟"太多；主题阐释关，历史上对许多篇章的阐释众说纷纭，莫衷一是，亦真亦幻难取舍。著名诗人龚学敏先生在《回望诗经》研讨会上，将研读《诗经》比喻为过马路频闯红灯难以畅行颇不爽快。在《诗经》研究之路上，从某种程度上说，此言于我亦"心有戚戚焉"。而且，我还像赛场上的举重运动员，自加了一重压力：将《诗经》研究置于国际视野之下。这益增其难。

从某种程度上说，以《诗经》的丰富，可见大千世界；从《诗经》出发，亦可见气象万千。而于自己而言，写作此书也是在完成一项"超级工程"。

王国维先生说："诗人对宇宙人生，须入乎其中，又出乎其外。入乎其中，故有生气；出乎其外，故有高致。"我深以为然。在写作此书时，我把自己作为"导体"，满腹热情地将自己与《诗经》、民族家国、中华文明文化串联接通，并放眼五洲四海、古今中外，努力避免坐井观天、故步自封，甚至在写作中不讲规矩、不分文体，怎么方便怎么来。为给自己的野路子壮胆，美其名曰：向钱锺书先生学习，致力"打通界限"，"为无町畦"。

写作此书，我坚持的一个基本原则是：论诗论史务求真知灼见，知人论世力避人云亦云。中国诗经学会原会长夏传才有一句话正合我在《诗经》研究中的态度，特别是对《诗经》研究史上一些陈陈相因的谬见陈说的态度："他说他的瞎话，我有我的看法。"或者用我自己的话说是"他说他的意见，我摇我的脑壳"。

但我力争做到用充分的理由和证据来"摇我的脑壳"。为此,又赋打油诗一首:

> 熬更守夜著小文,
>
> 吐故纳新长精神。
>
> 拱手名家与方家,
>
> 只认是非不认人。

因心直口快,如不小心有得罪之处,还请古往今来诸位先生多多包涵!同时也要对你们在《诗经》研究之路上的筚路蓝缕薪火相传之功表示崇高的敬意和真诚的感谢!如果有专家名家看了引起身体不适,我也只能真诚告白:"大狗有叫的权利,小狗也有叫的权利",您大人大量,就当我是小狗在叫好了。

虽非锦绣文章,亦有绣花之功。一书写罢头飞雪,个中苦乐唯自知。

此书写作还有一个特点为"纯手工制作",即为了业余写作修改方便,全部作品均在手机上手写完成,开创了雍也写作的"先河"。

作为一个认真严肃而又满怀热情的研究者和写作者,犹如一个敬业的厨师,当然希望做出的饭菜能够受到啧啧称赞甚至被大快朵颐一扫而光,特别是对弘扬中华优秀传统文化有所助益;但作为一个自学且并未成才的《诗经》研究者和业余写作者,作为一个诗经爱好者、研究者中的"民科",以蜻蜓点水的肤浅,以无知者无畏的大胆，所思所写仅为自己一学之悟、一己之思、一孔之见、一念之得，以自身学识的偏狭，以闭门造车的孤陋，以土法炼钢的粗糙，虽然敝帚自珍，但谬误粗疏浅陋在所难免。还请方家批评指教！

最后要特别感谢阿来、李明泉、任芙康、李舫、伍立杨、蒋蓝、向以鲜、凸凹等作序、跋、点评或推荐；感谢马平、印子君等一众文朋诗友"助产催产"，其中印子君还在文稿校对上给予很多帮助；感谢肖平、雍邕、晓文等在提供论文书刊资料方面给予的帮助；感谢袁波博士在天命观等问题探讨中给予的启发；感谢毛晓初等摄影家提供的精美有趣的照片；感谢编辑劳心费神、"锱铢必'校'"；感谢妻子儿子大力支持，使之得以应时"分娩"！

二〇二二年五一节草　二〇二三年春节改定

# 附录一
## 作家专家点评

诗三百,孔子亲手裁选。是中国文学源头,亦是第一部文学教科书。清词丽句,爱恕仁心,雅娴正声。雍也引读《诗经》,着力正在这些紧要关节。书之广矣,正好泳思。亲切端严,令人安心;奇文妙趣,引人入胜;广揽遐观,新人耳目。

——阿来(中国作协副主席、四川省作协主席)

历来著书立说的《诗经》大贤,多如过江之鲫。就在眼下,借助《从诗经出发》《回望诗经》两部专著,挨近华夏诗歌总揽的殿堂,但见俨然的金交椅上,端坐着儒雅倜傥的雍也。步步为营的探究,宛如清扬的行文,化铜为金,拨云见日,雍也将《诗经》之民间歌咏、情爱心曲、宫廷礼赞、文人呻吟、中外交流种种风韵绘声绘色写出,并与现实生活有机勾连,展演出旷古高雅,带给我们阅读的惊喜和快乐。

——任芙康(编审,《文学自由谈》原主编)

雍也用灵动优美的巨笔，写出了传诵两千余年的《诗经》缘何深植中国人的心灵，构成了中国文学发展"诗骚"传统的宝贵篇章。在随笔集《从诗经出发》中，雍也从日常出发，对《诗经》进行再解读，其中既有新解，又有考辨，更有生发，将春秋战国时期的贵族生活、文人风雅、百姓哀乐以灵动的语言还原出来，纳入审美观照的视野。尤其值得一提的是，作者还考察了《诗经》在朝鲜、日本、越南等地的海外传播情况，将其与《雅歌》进行文学对比，将其中的战争诗与希腊文明的瑰宝《荷马史诗》进行文化对比，凸显出这部中华典籍超越时空的恒久魅力。

——**李舫**［作家，第八届鲁迅文学奖获得者，《人民日报》（海外版）副总编］

学术探索式的文学创作，跨文体创作式的学术研究，或围点打援，或大兵团迂回，或远程遥控，或游而击之……起落裕如，纵横捭阖，致力打通，无远弗届，文史哲法，艺美思经，中外史地，天际之远，萤火之微……当下生活……汇一炉而冶之。从一个源点，辐射无尽……

——**伍立杨**（四川省作协副主席，《当代文坛》原主编）

可以在《诗经》里游牧于训诂名物之上，游心于坚白同异之间，游神于诗情伦理之侧，更以独立的思想刀法拓展出自己的学理与言路，其逆向思维的锋芒将板结的冬烘之论击碎，让先民的

从诗经出发

爱欲与情丝得到阳光雨露的续接，并在更广阔的域界审视《诗经》的涟漪与共性，成为学者雍也《从诗经出发》的亮点。还原先民天人合一的生活，修复先秦的节俗与风物，彰显《诗经》人性大光，是我读完本书的感慨。

——蒋蓝（四川省作协副主席）

今天回过头来，如同雍也那样深情而细致地"回望"先秦时代的经典，打量华夏历史上最璀璨最自由最具原创性的文明结晶，才猛然意识到，我们离自己高贵的文化母体、我们的精神原乡已经太遥远了。雍也近年来咬住群经之首《诗经》不放，从《回望诗经》到《从诗经出发》，正是以高度的文化自觉与自信力，重拾古老的学问圭臬，重擎孤独而又光芒的经学爝火，由经及史，由东及西，由《诗经》及荷马，由中国及世界，一步一个问道觅源深深浅浅的脚印。这不息的爝火，照亮的不仅是一颗心灵、一部经典、一段渺茫的烟云，更是一片更为辽阔的未来。

——向以鲜（诗人，随笔作家，四川大学教授）

# 附录二
## 对《回望诗经》的回望

人民网西藏频道

2022-09-29

　　作家雍也的散文集《回望诗经》出版后，广受关注和好评，荣登 2021 年度四川文学作品影响力排行榜。四川省作家协会创作研究室也曾组织省内知名作家、诗人、专家学者，在成都洛带慕庐书院召开研讨会，对该书进行多角度赏析。那也是一场热切的回望，既面向《回望诗经》这本书，也面向《诗经》本身。相延一段时日，再对这本书和那个会做一场回望，从人文经典随时都在滋养每一个人这个立场来看，把大家的现场发言整理出来，并不过时。敬畏历史，敬畏文化，致敬经典，观照当下，为推动中华优秀传统文化创造性转化和创新性发展尽心尽力，永远有常说常新的话题。

### 一个礼敬经典的独特文本

　　李明泉（中国文艺评论家协会副主席，四川省文艺评论家协会主席）

　　雍也这本有关《诗经》的书，写法别致，读来轻松，确实是

从诗经出发

一部很有意思的著作。研读《诗经》之作，常见的无外以下几种：《诗经》注译之作，《诗经》解读之作、《诗经》研究之作、《诗经》漫谈之作、《诗经》改写之作（如散文化、小品化）。这本书的特点就在于它像钱锺书先生所说的"打通界限，为无町畦"，将注译解读研究漫谈申发等熔于一炉，更令人耳目一新的是，雍也将自己的人生经验、社会经历融入其中，让《回望诗经》与自己与文学与历史与社会与当下"亲密接触"，而且用文化散文笔法，铺排陈述，幽默表达，是对《诗经》的别样解读与抒写。

## 一种解读经典的可能

龚学敏（四川省文联副主席，四川省作家协会副主席，四川省作家协会诗歌委员会主任，《星星诗刊》社长、主编）

这几年，很多作家诗人，他们在回望历史，思考当下。回望，就是在寻找一种答案。这本书里很多章节写得很有趣，读着读着忍不住笑了，他在用现代人的目光来审视。《诗经》这条河流流淌到了今天，已经和当初不一样了：石头，芦苇，河堤……都不一样了。那么如果还是用农耕文明的眼光去读《诗经》，它的价值就要打折扣。雍也在某种程度上开了一个先河，它的意义在这儿：和普通老百姓的生活紧密地结合在一起。

### 一个庄重的致敬姿态

蒋蓝（中国作家协会散文委员会委员，四川省作家协会副主席，四川省作家协会散文委员会主任）

我经常觉得很少有人注意到一个问题，就是《诗经》发生的地理空间，表面与蜀地无关，实际上《诗经》所涉及的地域面积很大。从汉中平原，一直往甘肃一带，我去过好几次，与我们所处平原地区很接近。雍也觉察到了这个话题，他运用客家方言辨析，这是一个很好的点位。

龙泉驿不但是交通意义上的古代驿站，也是一个文化流动的驿站。在这一块土地上，我觉得我们有另外的空间，《诗经》告诉我们的空间感。实际上站到龙泉山上，通过这一枝桃花能够看到我们这个地方的话，跟那边的方言有些相同，还有些不同。我们的要大胆一些，那边的话好像要奔放一些，感觉到那边的爱情好像更生动一些。我认为在这本书里面爱情是最重要的部分，如何用力做大一些，可以将爱情作为这本书的主题，雍也称它"一望无际的爱情"。我对这个表述是高度重视的。

### 一个知识写作典范文本

艾莲（四川省文联副主席，四川省文艺评论家协会副主席兼秘书长）

欧洲浪漫主义兴起之前，曾经有这样一个观点：这是一个科学上升、抒情下降了的年代。观察新世纪以来的写作现象,我把它叫科学上升、知识写作。我们看到的雍也老师的《回望诗经》,就是一个很好的知识写作典范的文本。当然,跟那种知识型写作相比,雍也融入了大量的人生阅历、思考来解读《诗经》,让它在当今现实中落地,他有对传统与生活经验嫁接的能力,比如客家话,作品中有非常多的篇章、段落。

## 一次具有思想弹性的写作

白浩(四川省评论家协会秘书长)

雍也的《回望诗经》一书的意义和价值需要从两个方面展开:一个是这个文本本身,另一个就是他可能引发的对于当今学术体系的冲击。从文本来说,我用两个字来概括:一个是"活",一个是"灵"。"活"在当下生活体验,他完全是回到了日常生活,大胆融入了当代社会生活体验。"活"是用活四川地域文化,尤其是巴文化来映衬,包括客家方言来进行解说对话,而这恰恰就是《国风》独有的一个特点。

## 一次回到原乡的远行

向以鲜(四川大学教授)

我们回望《诗经》,从某种意义上,是在回望我们的"原乡"。荷尔德林说的那个原乡,人类的心灵和天地是完全融为一体的。能够回到这个"原乡"中去,他认为只有两个途径:一个是诗歌，一个是艺术。《诗经》确实内容非常庞杂，因为它的《风》《雅》《颂》的构成有来自民间各种各样的声音。在孔子之前的话，可能会更多，至少有 1000 多首。孔子进行了一些整理，但是恐怕也有他把他认为庞杂的、在今天看来可能是非常宝贵的东西给删掉了，比如《诗经》里面的民间性。雍也这本书里，我觉得他完全接通了《诗经》的学术性和民间性，行文之间，信手拈来，很有智慧。

### 一场女性主义的瞭望

杨青（《当代文坛》杂志社社长、主编）

雍也对《诗经》肯定怀有强烈的热爱，才肯花漫长的工夫，做这样非功利性的写作。他像一个孤勇者，以他丰富的人生阅历和勇气与《诗经》彼此投射，敢于创新，这是一个作家可贵的气质。要特别盛赞雍也的女性主义视野。《回望诗经》充满了对女性的温暖和尊重，这一点让我特别感动。书中如能加上多层面的爱情观照，那就更好了。

### 一番细微的剥茧抽丝

李银昭（四川经济日报社社长、总编辑，四川省作家协会散文委员会副主任）

记得两年前，我编发他的一篇散文《一望无际的爱情》，在标题上加了两个字"诗经"。透过文本，我看到了他深厚的积累和才情。我受到感染，来了兴致，找出《诗经》读，一个字：累。《一望无际的爱情》这篇文章，成了《回望诗经》里的第一篇。雍也肯下功夫，下了大功夫，他仿佛不断地从《诗经》里面抽出丝来，舞动起来。每一根丝，经他生花妙笔舞动，就是一篇优美的、有质感的文化散文。

## 一回重在社会民生的观照

庞惊涛（成都时代出版社副总编辑）

雍也在《回望诗经》里，撷取解读的篇章，大多是关注社会、关注民瘼的，这一点与钱锺书先生在《管锥编·毛诗正义》的选题指向有异曲同工之妙，都把注意力放到了社会民生上，作者幽默、趣味以及旁征博引的文本书写，也与钱老的《围城》有一脉相承的机趣。从解经的方法上，《回望诗经》开辟了新路径，可以说是第一例。《回望诗经》所选诗作，大约为言情、物象、社会、民生与王道政治几个大的方面，其中又尤以关涉男女爱情的言情为最多，几乎占了全书一半的篇目，而涉及的诗歌泰半是《诗经》中言情的经典代表。此外，《客家话与山歌里的〈诗经〉遗风》与《日本〈诗经〉亦多姿》两篇，可作为雍也《诗经》欣赏与研究的个人旨趣，也是这部书中最有价值的部分。在我看来，这两篇文章，完全可以作为两部著作的题目，系统深化、长期研究，有望成为雍也《诗经》研究的一家之言。

### 一个妙趣横生的复合文本

贾登荣（评论家，作家）

《回望诗经》以《诗经》为由头，把《诗经》内容与古往今来林林总总的社会具象、自然景象、文化现象等加以恰如其分的类比。如《〈诗经〉之舞·华夏之舞》一文，通过对《诗经》中的《宛丘》《东门之枌》《简兮》等多首诗歌的梳理，认定它们是对当时民间舞蹈、宫廷舞蹈内容的呈现之后，笔锋一转，导出曾经流传于四川、重庆等地的民间歌舞——"巴渝舞"，以及自己家乡的"花园歌"等内容，最终找到它们与《诗经》中展示的那些民间舞蹈、宫廷舞蹈之间千丝万缕的联系，从而感知华夏文明相互的借鉴关系、师承关系。在《客家话与山歌里的〈诗经〉遗风》《一部婚恋史》《周朝勃兴的秘密》等众多篇什，都能为此特点找到有力的佐证。

### 一条一以贯之的创作墨线

凸凹（成都市作家协会副主席，成都市龙泉驿区作家协会名誉主席）

《回望诗经》是一部以多文体杂糅的形式解读《诗经》的随笔作品。其一，语言朴白，字词不事雕琢，直来直去。宁愿不够美饰，也要向大地致敬——向闾巷俚语、乡土民俗、妇孺"草民"致敬，有一种"嬉笑怒骂皆成文章"的血脉惯性和底气十足的自信。其二，逻辑与条理有着公文的审慎、严谨和精准，却比公文更生动和有趣。其三，结构方式及叙述手法，则是由"然也""非也"的果决对抗、无情厮杀来实现的。"与孔子对《诗经》的青眼有加、赞颂有加及'诗三百，一言以蔽之，思无邪'的论断相比，朱熹之徒的眼界、境界、格局、修为和心灵，对社会人生的认知省察高下立判，简直有云泥之别！"（《一望无际的爱情》）在这里，对孔子是"然也"，对朱熹是"非也"。如果只允许用四个字来介绍这部书，我能给出的意见，正是一针见血不容置疑的"然也""非也"。

　　注：原题为《对雍也散文集〈回望《诗经》〉的四望》。